HEYNE
BÜCHER

Von Johanna Lindes sind
als Heyne-Taschenbücher erschienen:

Wild wie der Wind · Band 01/6750
Die gefangene Braut · Band 01/6831
Zärtlicher Sturm · Band 01/6883
Das Geheimnis ihrer Liebe · Band 01/6976
Wenn die Liebe erwacht · Band 01/7672
Herzen in Flammen · Band 01/7746
Stürmisches Herz · Band 01/7843
Zorn und Zärtlichkeit · Band 01/6641
Geheime Leidenschaft · Band 01/7928
Lodernde Leidenschaft · Band 01/8081/
Wildes Herz · Band 01/8165
Sklavin des Herzens · Band 01/8289
Fesseln der Leidenschaft · Band 01/8347
Sturmwind der Zärtlichkeit · Band 01/8465
Geheimnisvolles Verlangen · Band 01/8660
Gefangene aus Leidenschaft · Band 01/8851
Leidenschaft · Band 01/8911
Wild wie deine Zärtlichkeit · Band 01/8790

JOHANNA LINDSEY

LODERNDE TRÄUME

Roman

Aus dem Englischen
von Cornelia Haenchen

WILHELM HEYNE VERLAG
MÜNCHEN

HEYNE ALLGEMEINE REIHE
Nr. 01/9145

Titel der Originalausgabe
MAN OF MY DREAMS

7. Auflage

Redaktion: Rainer-Michael Rahn

Printed in Germany 2000
Umschlagillustration: Elaine Duillo/Agentur Schlück
Umschlaggestaltung: Atelier Ingrid Schütz, München
Gesamtherstellung: Elsnerdruck, Berlin

ISBN 3-453-07597-8

Für Lee Ann und Harry –
denn wahre Liebe dauert ewig

1

England, 1878

»Was erlauben Sie sich, mich so anzustarren, Tyler Whately?«

Megan Penworthys Stimme klang ungebührlich scharf, doch genau das war ihre Absicht. Ihr Blick war hochmütig und voller Verachtung, so als wäre ihr dieser Mann zutiefst zuwider. Dabei war es eigentlich ganz anders. Im Grunde ihres Herzens mochte sie den Ehrenwerten Tyler Whately sogar ausgesprochen gern.

Er war ein gutaussehender Mann, mit hellblondem wirrem Haar, das nur ein paar Tropfen Macassar-Öl gebraucht hätte, um in Form zu kommen. Er trug einen feschen Schnauzer und einen gestutzten Backenbart, der sein kraftvolles Kinn nicht verbergen konnte. Auch seine dunkelgrünen Augen waren sehr hübsch. Er war zwar groß, doch nicht *so* groß, daß sich ein Mädchen den Hals verrenken mußte, wenn es zu ihm aufschaute. Und obwohl er schlank war und keineswegs ein einschüchternder Muskelprotz, strahlte sein Körper Kraft aus. Mit seinen 27 Jahren war er ein junger Mann mit glänzenden Zukunftsaussichten, außerdem hatte er von den Großeltern seiner Mutter ein nicht unbeträchtliches Vermögen geerbt.

Megan war sich völlig im klaren, daß Tyler eine ausgesprochen gute Partie war. Womöglich hätte sie ihn sich sogar geangelt, doch ihre beste Freundin, Tiffany Roberts, hatte ihr, gleich nachdem sie ihn beide zum ersten Mal gesehen hatten, gestanden, daß *sie* ihn unbedingt haben wollte.

Genau so hatte sie es ausgedrückt: »Ich muß ihn haben, Meg.« Die beiden Mädchen hatten sich nie ein Blatt vor den Mund genommen – zumindest wenn sie unter sich waren und nicht fürchten mußten, jemanden, der Zeuge ihres Gesprächs wurde, mit ihrer Unverblümtheit zu schockieren. Doch an jenem Tag war Tiffany dermaßen aufgeregt, daß es ihr völlig egal war, ob jemand zuhörte. »Wirklich, Meg, er ist der Richtige! Ich hatte so ein Gefühl wie noch nie, so ..., als er mich anlächelte – mein Gott, ich kann's einfach nicht beschreiben, ich schwör' dir, ich wär' fast in Ohnmacht gefallen.«

»Wahrscheinlich war dein Korsett wieder mal zu eng geschnürt«, grinste Megan mit einem Augenzwinkern. »Du weißt doch, du mußt immer einen Spalt Luft lassen, damit du noch atmen kannst.«

»Ach, hör doch auf«, lachte Tiffany. »Es ist mein voller Ernst. Sag mir, Meg, was kann ich bloß machen, um ihn für mich zu gewinnen?«

Megan war fünf Monate älter, und deshalb meinte Tiffany immer, ihre Freundin müßte in Fragen der Liebe alle Antworten parat haben, doch gerade dieses Thema war für Megan, auch wenn sie es selbst nicht so recht wahrhaben wollte, ein Buch mit sieben Siegeln. Wo immer sie auftauchte, war sie sofort von Männern umschwärmt. Es war ihr oft richtig peinlich, besonders, weil sie von sich aus überhaupt nichts dazu tat. Aber nachdem sie zwei Jahre lang miterlebt hatte, wie fast jeder heiratsfähige Mann aus der näheren Umgebung ihr den Hof machte, war sie zu der Überzeugung gekommen, daß es wohl ihre Augen waren und ihre Art, die Männer anzuschauen, die ihnen den Kopf verdrehte. Dabei hatte sie so ziemlich die unmöglichste Haarfarbe im ganzen Königreich England: ein gräßliches, auffallend helles Kupferrot – leider das einzige, was sie von ihrem Vater geerbt hatte.

Und deshalb hatte Megan an diesem Tag nur ihren gesunden Menschenverstand zu Hilfe genommen und ihrer Freundin geraten: »Sei einfach so, wie du bist, dann hat er überhaupt keine Chance, deinem Charme zu widerstehen.«

Und genauso kam es. Es waren keine zwei Monate seit ihrer ersten Begegnung vergangen, da hielt der Ehrenwerte Tyler um Tiffanys Hand an. In knapp drei Monaten, an ihrem achtzehnten Geburtstag, wollten sie heiraten. Und Tyler, der Sohn eines Vicomtes, hatte nicht vor, dies in aller Stille zu tun. Es sollte ein Fest mit Glanz und Glorie werden, auf dem Höhepunkt der diesjährigen Londoner Saison.

Megan war überglücklich, daß ihre Freundin so einen feinen Menschen wie Tyler heiraten würde, und als sie an diesem herrlichen Sonntagmorgen das verlobte Paar in die Kirche begleitete, wirkte ihre barsche Zurechtweisung wie ein Schlag ins Gesicht. Tyler war völlig vor den Kopf gestoßen. Ihr unhöflicher Ton ihm gegenüber hatte ihn von Anfang an irritiert. Mit der Zeit jedoch wuchs sein Ärger vor allem deshalb, weil er ihr niemals einen Anlaß dazu gegeben hatte. Tiffany dagegen wußte sehr wohl, was hinter Megans eigentümlicher Frostigkeit steckte, und war deshalb keineswegs überrascht.

Am Anfang war sie Megan sogar ungemein dankbar dafür gewesen, daß sie sich Tyler gegenüber wie ein Biest aufführte. Bisher war es nämlich immer so gelaufen, daß die Männer, für die Tiffany auch nur einen Hauch von Interesse zeigte, sich sofort Hals über Kopf in Megan verliebt hatten. Dabei war Tiffany alles andere als häßlich. Im Gegenteil, mit ihren blonden Locken und ihren großen blauen Augen entsprach sie genau dem Schönheitsideal. Doch wenn man nur »hübsch« war, hatte man neben so einer faszinierenden Schönheit wie Megan eben einfach keine Chance. Und so hatte Megan alles getan, um zu verhindern, daß Tyler sich in sie verlieben würde.

Mit dieser ungewöhnlichen Strategie hatte Megan auch durchschlagenden Erfolg gehabt. Doch langsam hatte Tyler diese Art einfach satt. Er hatte keine Lust mehr, wegen irgendwelcher harmloser Bemerkungen, an denen Megan mal wieder Anstoß genommen hatte, zu erröten und verlegen Entschuldigungen zu stammeln. Jetzt schlug er zurück, und das machte er durchaus gekonnt.

Mit einer heftigen Bewegung gab er dem Fuchs die Zügel, als die beiden Mädchen in der offenen Kutsche Platz genommen hatten. Und dann, ohne Megan noch einmal anzuschauen, bemerkte er scharf: »Ich habe niemanden angestarrt, Fräulein Penworthy, absolut niemanden.«

Tiffany erstarrte. In diesem Ton hatte er noch nie zu ihrer Freundin gesprochen. Megan schoß Zornesröte ins Gesicht, und sie wandte sich ab, um zu verbergen, daß sein Hieb sie getroffen hatte.

Tiffany konnte Tyler keinen Vorwurf machen. Bei all den Gemeinheiten, die er hatte schlucken müssen, war es nur zu verständlich, daß auch er irgendwann gemein wurde. Nein, es war *ihre* Schuld, daß sie Megans Treiben nicht schon viel früher ein Ende gesetzt hatte. Aber sie hatte eben immer noch diesen allerletzten Rest von Mißtrauen gehegt, ob nicht Tyler, wenn er Megan jemals so erleben würde, wie sie wirklich war, genauso für sie entflammt wäre wie all die anderen Männer, denen Megan nur ein einziges Lächeln geschenkt hatte.

Aber jetzt mußte ein Ende sein. Sie war inzwischen absolut sicher, daß Tyler sie liebte. Und wenn sie es bis jetzt immer noch nicht geschafft hatte, ihn für sich zu gewinnen, dann verdiente sie ihn eben nicht, oder besser: *Er* verdiente *sie* nicht. Gleich nach der Predigt würde sie mit Megan sprechen, oder vielleicht sogar noch vorher, zumindest rechtzeitig, bevor Megans Verletztheit sich in Wut verwandelt hatte. Dies mußte Tiffany unbedingt verhindern, denn wenn Megan einmal so richtig in Rage geriet, was zum Glück nicht oft vorkam, konnte sie wirklich unberechenbar werden.

Zum Glück bot sich gleich eine günstige Gelegenheit, als sie bei der Pfarrkirche am Dorfrand von Teadale ankamen. Tyler ging ihnen voraus, um Lady Ophelia und ihren drei Töchtern seine Aufwartung zu machen. Als Gräfin von Wedgwood besaß Ophelia Thackeray den höchsten Adelstitel in der ganzen Umgebung, und das ließ sie den niederen Adel deutlich spüren. Auch Megan stand ganz in ihrem Bann. Sie ließ keine Gelegenheit aus, die Aufmerksamkeit der Gräfin zu erregen, denn diese war für ihre rauschenden Feste in der ganzen Gemeinde bekannt, und jeder riß sich darum, zu den ausgewählten Gästen zu gehören. Auch Megan hätte alles darum gegeben, einmal eingeladen zu werden.

Und so wollte sie sich gerade an Tylers Fersen heften, um der Gräfin ihre Ehrerbietung zu erweisen, als Tiffany sie zurückhielt, um mit ihr zu sprechen. Megan blickte sie ungeduldig an, denn in diesem Augenblick kam ihr eine Aussprache äußerst ungelegen, und so versuchte sie schnell, Tiffany das Wort abzuschneiden.

»Ich nehme doch nicht an, daß du vorhast, die peinliche Auseinandersetzung von vorhin noch mit irgendeinem Wort zu erwähnen, Tiffany.«

»Ich muß aber mit dir darüber reden«, beharrte Tiffany. »Ich weiß, was für ein Spiel du spielst, Megan, und ich bin dir sehr dankbar dafür. Es war mir am Anfang auch eine große Hilfe, doch nun ist es Zeit, damit aufzuhören. Das Band der Liebe zwischen mir und Tyler ist inzwischen so stark, daß er dir, wenn du ihm einmal ein Lächeln schenkst, bestimmt nicht gleich zu Füßen sinken wird.«

Megan schaute sie verblüfft an und brach dann in ein spontanes, ganz und gar nicht damenhaftes Lachen aus. Sie umarmte ihre Freundin. »Du hast völlig recht, ich weiß. Ich glaube, es ist mir inzwischen schon richtig zur Gewohnheit geworden, auf deinem netten Bräutigam herumzuhacken.«

»Dann gib diese Gewohnheit auf, noch heute!«

Megan schmunzelte. »Liebend gern. Aber er wird doch nicht meinen, daß irgend etwas mit mir nicht stimmt, wenn ich plötzlich nett zu ihm bin, oder?«

»Ich denke, er wird zumindest mit den dezenten Anspielungen aufhören, daß du nicht der richtige Umgang für micht wärst.«

Megans nachtblaue Augen blitzten auf. »Was, zum Teufel, höre ich da? Hat er das wirklich gesagt?«

»Mehr als einmal. Aber kannst du es ihm verdenken,

wenn du dich ihm die ganze Zeit von deiner schlechtesten Seite zeigst? Er kann es einfach nicht verstehen, daß zwei Menschen, die aus seiner Sicht so unterschiedliche Temperamente haben, miteinander befreundet sein können.«

»Hat der eine Ahnung!« stieß Megan hervor. »Wir sind doch beide aus dem gleichen Holz geschnitzt!« Doch dann verfinsterte sich ihr Gesicht, und sie biß sich auf die Lippe. »Er wird dir doch nicht den Kontakt mit mir verbieten, wenn ihr erst einmal verheiratet seid?«

»Du weißt doch, daß er nicht die geringsten Herrscherallüren hat«, beruhigte sie Tiffany. »Und selbst wenn er es mir verbieten würde, würde mich das keinen Augenblick lang abhalten. Ich glaube, Fräulein Penworthy, diese Freundin werden Sie Ihr Leben lang nicht mehr los.«

Megan strahlte sie an. Es war dieses Lächeln mit den beiden Grübchen, das ihr so einen ganz besonderen Ausdruck von Schönheit verlieh. Es war ein warmes, offenes, einladendes Lächeln, das Tiffany immer wieder zutiefst berührte, auch wenn sie schon oft damit bedacht worden war. Jedes Mal, wenn Megan sie so anlächelte, hatte sie das Gefühl, daß ihr ein unsagbares Glück zuteil wurde und daß sie für diese geliebte Freundin einfach alles tun würde. Doch dieses Lächeln verfehlte auch auf die umstehenden Herren der Schöpfung, die sich im Kirchhof unterhielten und dabei heimlich zu Megan herüberschielten, nicht seine Wirkung. Sie brachen ihre Gespräche mitten im Satz ab und starrten sie jetzt offen an; einige der Gentlemen bezogen das Lächeln auf sich und fühlten sich sofort berufen, erneut ihr Glück zu probieren und dieser Schönsten aller Schönen den Hof zu machen.

Jetzt, wo alles geklärt war, fühlte sich Tiffany erleichtert. Sie hängte sich bei Megan ein und ging mit ihr zum Kirchentor, wo Tyler immer noch in ein angeregtes Gespräch mit den vier Thackerays vertieft war. »Heute haben wir bestimmt Glück«, flüsterte Tiffany aufgeregt, »heute kriegen wir endlich die langersehnte Einladung, ich schwör's dir! Du siehst in deinem neuen blauen Kleid einfach umwerfend aus, das wird mit Sicherheit auch die alte Schachtel beeindrucken!«

»Meinst du wirklich?« fragte Megan gespannt.

Eigentlich wünschte sich Tiffany, daß Megan diese verdammte Einladung nicht so wichtig nähme, aber da war nun einmal nichts zu machen. Die Gräfin hatte einen riesigen Bekanntenkreis in ganz Devonshire; wenn sie eins ihrer Feste gab, kamen die Gäste von weit her angereist, so daß man jede Menge interessanter Leute kennenlernen konnte. Und alle jungen Mädchen, die bisher dem Mann ihrer Träume noch nicht begegnet waren, hofften natürlich, hier endlich die große Liebe zu finden.

Doch für Megan war das nicht der Hauptgrund, warum sie unbedingt von der Gräfin eingeladen werden wollte. In ein paar Monaten würde sie für einige Zeit nach London gehen und dort so viele heiratsfähige junge Männer kennenlernen, wie sie nur wollte. Nein, es war etwas anderes. Eine Einladung bei der Gräfin bedeutete, daß man »dazugehörte«. Wenn man es nicht schaffte, irgendwann auf der Gästeliste zu stehen, konnte man nicht »mithalten«, oder noch schlimmer, es entstand der Eindruck, als ob irgend etwas mit einem nicht in Ordnung war, vielleicht ein Familienskandal, der nur noch nicht publik geworden war, oder etwas Ähnliches. Jeder in der Gemeinde, der Rang und Namen hatte, war schon einmal eingeladen worden, und sei es nur ein einziges Mal, sogar Tiffanys Familie. Ihre Eltern waren hingegangen, doch sie selbst hatte sich entschuldigen lassen, weil sie unpäßlich sei, doch in Wirklichkeit nur aus Mitgefühl gegenüber Megan. Sie hatte es nicht übers Herz gebracht, ihr es jemals zu erzählen, denn es hätte ihre Freundin nur noch untröstlicher gemacht.

Bis jetzt hatten sie beide immer geglaubt, daß die Gräfin mit einer Einladung nur bis zu Megans achtzehntem Geburtstag hatte warten wollen. Doch der lag nun schon zwei Monate zurück, und der Gutsbesitzer und seine Tochter wurden immer noch einfach ignoriert.

Tiffany drückte Megans Arm und betete zu Gott, daß sie mit ihrer Bemerkung bei ihrer Freundin keine Hoffnungen geweckt hatte, die sie umso mehr enttäuschen würden, sollten sie wieder nicht in Erfüllung gehen. Aber dies war die erste Gelegenheit seit einem Monat, daß sie – dank Tyler – mit der Gräfin sprechen konnten. Und vielleicht mußte man Lady Ophelia ja einfach nur dezent daran erinnern, daß Megan Penworthy ihre Nachbarin war...

»Bis zum nächsten Sonnabend dann, Mr. Whately«, flötete Lady Ophelia gerade, als die beiden Mädchen sich dazugesellten. »Nur ein kleiner Kreis, so vierzig Gäste oder so. Und vergessen Sie nicht, Ihre reizende Verlobte mitzubringen!«

Die Gräfin lächelte Tiffany an, starrte einen Augenblick lang auf Megan, drehte sich dann um und trat in die Kirche.

Es war ein gezielter, ein beabsichtigter Schlag. Alice Thackeray, die siebzehnjährige, jüngste Tochter der Gräfin konnte sich ein hämisches Kichern nicht verkneifen, bevor sie ihrer Mutter hinterherhuschte. Die beiden anderen Mädchen, Agnes und Anne, schauten Megan nur an, doch auch in ihren Gesichtern stand unverhüllte Schadenfreude.

Einen Augenblick lang stand Tiffany wie gelähmt, doch dann fühlte sie eine ohnmächtige Wut in sich aufsteigen. Wie konnten sie es nur wagen?! Alle wußten, daß sie und Megan die besten Freundinnen waren und daß Megan sie und Tyler fast überallhin begleitete, weil sie ihre Anstandsdame war. Es war, als hätten die Thackerays es gezielt darauf abgesehen und auch genau den richtigen Zeitpunkt gewählt, Megan in aller Öffentlichkeit bloßzustellen und ihr genüßlich unter die Nase zu reiben, daß ihre langgehegte Hoffnung, einmal eingeladen zu werden, nie und nimmer in Erfüllung gehen würde. Und Tiffany befürchtete, daß Megan auch wußte, warum. Megan war einfach zu schön, als daß man sie einladen könnte, wenn man selber drei Töchter hatte, die man unter die Haube bringen mußte und die leider nicht einmal »hübsch« zu nennen waren.

Tyler räusperte sich dezent, um sie darauf hinzuweisen,

daß sie immer noch wie angewurzelt dastanden. Tiffany warf einen verstohlenen Blick auf Megan, um zu sehen, wie sie die Zurücksetzung durch die Thackerays verkraftet hatte. Doch es stand noch schlimmer um sie, als sie befürchtet hatte. Megans Gesicht war kreideweiß wie ihr Hutband, ihre großen blauen Augen waren mit Tränen gefüllt, die ihr jeden Moment über die Wangen zu laufen drohten, obwohl sie sie tapfer zurückzuhalten versuchte. Tiffany brach das Herz, als sie ihre Freundin so leiden sah, und es raubte ihr fast den Verstand, daß sie ihr überhaupt nicht helfen konnte.

Sie schaute ihrer Freundin in die schönen Augen und drückte ihr stumm die Hand. »Warum?« flüsterte Megan.

Tiffany war wütend genug, um sich kein Blatt vor den Mund zu nehmen. »Du bist einfach zu hübsch, verdammt noch mal. Sie hat diese drei dummen Ziegen, die sie an den Mann bringen muß, und sie weiß genau, daß kein Mann sie auch nur eines einzigen Blickes würdigen wird, wenn du in der Nähe bist.«

»Aber das ist so ... so...«

»Selbstsüchtig? Kleinkariert? Genau das ist es, Meg, doch...«

»Es ist wirklich nett von dir, Tiff, wirklich – aber ich muß jetzt allein sein...«

Sie brach ihren Satz abrupt ab, machte auf dem Absatz kehrt und eilte davon. »Megan, warte doch!« rief Tiffany, doch Megan hörte nicht. Sie rannte fast, als sie den Kirchhof verließ, denn sie konnte die Tränen nicht mehr zurückhalten. Mr. Pocock hielt ihr ein Taschentuch hin, als sie an ihm vorbeihastete, doch sie bemerkte ihn gar nicht. Er starrte ihr entgeistert hinterher, als sie völlig aufgelöst die Straße entlanglief.

»Ich fürchte, wir müssen ihr nach – es sind immerhin fast zwei Kilometer bis Sutton Manor«, bemerkte Tyler.

»Das ist nicht der Grund, warum wir ihr hinterherfahren müssen«, murmelte Tiffany geistesabwesend. Sie schaute immer noch Megan nach, wie sie die Straße entlangstolperte, stehenblieb, in ihrem Handtäschchen nach einem Taschentuch suchte und dann weiterhastete, ohne es zu benutzen. »Sie und ich sind diese Strecke oft zusammen gelaufen.« Dann wandte sie ihren Blick zu Tyler, und als sie seinen Gesichtsausdruck wahrnahm, stieg wieder die Wut in ihr auf. »Wage es nicht, dich über sie lustig zu machen, Tyler Whately«, fauchte sie, »sie hat es wirklich nicht verdient, von dieser gräßlichen Frau so gedemütigt zu werden.«

»Gestatte mir, daß ich da anderer Meinung bin.«

»Nein, das gestatte ich dir nicht! Du wirst von heute ab sowieso eine gewaltige Veränderung an ihr bemerken, und deshalb kann ich es dir ja gleich erzählen. Sie hat dich die ganze Zeit einzig und allein deshalb so gemein behandelt, damit du auf keinen Fall Sympathie für sie empfindest! Sie hat das alles nur aus Liebe zu mir getan, weil sie weiß, wie sehr ich dich – was ich für dich empfinde, und sie wollte um jeden Preis verhindern, daß ich leiden muß, weil du dich statt mir womöglich ihr zugewandt hättest.«

»Aber ich kann dieses Mädchen nicht ausstehen!« protestierte er.

»Als du sie zum ersten Mal gesehen hast, da hast du doch wohl andere Gefühle gehabt, oder?« schoß Tiffany zurück.

»Naja, das weiß ich jetzt nicht mehr, aber – also soll das jetzt heißen, daß sie dieses ganze Theater mit Absicht inszeniert hat?«

»Haargenau! Und wenn du dich jetzt ärgern willst, dann ärgere dich über *mich*, denn ich hätte diesem ganzen Spiel schon viel früher ein Ende setzen müssen. Es war nur, weil ich immer noch ein bißchen Angst davor hatte, was passieren würde, wenn du herausfinden würdest, daß sie eigentlich ein unheimlich warmer, liebenswerter Mensch ist.«

»Und verwöhnt, und eigensinnig...«

»Nur ein ganz klein bißchen verwöhnt, und das ist schließlich kein Wunder bei so einem freundlichen und großzügigen Vater, wie es der Gutsbesitzer ist. Und übrigens bin ich mindestens genauso eigensinnig wie sie, Tyler.«

»Richtig, aber deinen Eigensinn finde ich manchmal sehr liebenswert.«

»Danke. Aber kannst du denn ihr Dilemma nicht verstehen? Sie *weiß*, wie sie auf Männer wirkt, Tyler. Das Verhalten, das sie dir gegenüber an den Tag gelegt hat, ist ihre einzige Möglichkeit, sich und die Männer davor zu bewahren, daß sie sich hoffnungslos in sie verlieben.«

»Aber ich würde doch niemals eine Frau haben wollen, die so aussieht wie sie, Liebling. Um Gottes willen, bloß nicht!« Er schien regelrecht erschrocken bei dem Gedanken. »Dieses Mädchen braucht einen Mann, der einiges aushält, der sanft ist wie ein Lamm und für den ›Eifersucht‹ ein absolutes Fremdwort ist. Es wäre mir eine grauenvolle Vorstellung, daß jeder Mann in meinem Bekanntenkreis in meine Frau verliebt wäre – naja, gegen einen oder zwei hätte ich nichts einzuwenden«, fügte er mit einem Schmunzeln hinzu. »Aber wenn es wirklich alle wären, würde mich das an den Rand der Verzweiflung bringen.«

»Nach deinen Worten sieht es ja ziemlich schlecht aus für sie. Aber ist denn nicht jeder Mann ein bißchen eifersüchtig, wenn es um seine Frau geht?«

»Das bißchen Eifersucht hin und wieder macht einem Mann nichts aus, denke ich, wenn er sich nur der Liebe seiner Frau sicher sein kann. Und deshalb muß sie sich entsprechend anstrengen, ihm diese Sicherheit zu geben.«

Tiffany fand, daß Tyler dieses Problem ziemlich einseitig sah. »Und was ist, wenn *sie* aus irgendwelchen Gründen eifersüchtig ist? Muß *er* dann nicht auch einiges tun, um sie seiner Liebe zu versichern?«

»Wozu denn. Er hat sie ja schließlich geheiratet, oder nicht?«

»Nein, das hat er noch nicht«, bemerkte sie trotzig.

Tyler sah sie fragend von der Seite an, als sie mit einer schwungvollen Gebärde die Schleppe ihres Kleides raffte und hoch erhobenen Hauptes zur Kutsche davonrauschte. Er hatte fast Mühe, sie einzuholen.

»Sind wir nicht gerade ein bißchen vom Thema abgekommen?« fragte er etwas irritiert.

»Meinst du wirklich, Tyler?«

»Nein, eigentlich nicht, wenn ich es recht bedenke«, meinte er dann. »Schau, Tiffany, der Fall deiner Freundin ist ein außergewöhnlicher, weil *sie* eben ganz außergewöhnlich ist. Womit ich nicht sagen will, daß du nicht ebenfalls außergewöhnlich bist; ich hoffe, du verstehst mich. Unsere Situation ist einfach eine ganz andere, die man mit ihrer gar nicht vergleichen kann.«

»Ich weiß, Tyler. Ich verzeihe dir.«

»Danke.«

2

»Ißt du schon *wieder?*« staunte Tiffany, als sie unangemeldet in das Eßzimmer gerauscht kam.

Krebs, der Butler der Penworthys, schloß mit ärgerlichem Gesicht die Türen hinter ihr, denn wieder einmal war er nicht schnell genug gewesen, um Tiffany rechtzeitig die Tür aufzuhalten. Eigentlich hätte er diesen Ehrgeiz schon lange aufgeben sollen; schon nach den ersten Begegnungen zwischen den beiden Freundinnen hätte er erkennen müssen, daß es, was Tiffany betraf, völlig aussichtslos war, auf die Etikette zu achten. Doch er hatte eben auch seinen Stolz.

Es war nämlich Tiffanys ganz privates Spielchen, Krebs damit zu necken, daß sie immer wieder durch eine andere Tür ins Haus kam. Wenn Krebs Glück hatte und sie vorher schon kommen sah – und selbst das verhinderte sie oft genug, indem sie einen großen Bogen um das Gutshaus machte und sich von hinten direkt durch den Stall hereinschlich –, sauste er zum Kücheneingang, um kurz darauf resigniert festzustellen, daß sie diesmal durch die Glastüren im Salon hereingewirbelt kam. Wenn er sie im Salon erwartete, hatte er ebenfalls Pech, denn schon kam sie mit einem unschuldigen »Ist jemand da?« auf den Lippen durch die Hintertür die Treppe hoch. Einmal, als er wußte, daß sie in Kürze kommen würde, ließ er alle drei Türen sperrangelweit offen und wartete unten in der Empfangshalle, die sie auf jeden Fall durchqueren mußte, egal, welchen Eingang sie diesmal wählen würde. Aber an diesem Tag stieg sie doch tatsächlich durch ein Fenster des Eßzimmers ein. Nach dieser Niederlage sprach Krebs zwei Wochen lang kein einziges Wort mehr mit ihr.

Megan hatte gehofft, daß der Butler der Roberts' mit ihr das gleiche Spielchen spielen würde. Doch der war ein souveräner, liebenswürdiger älterer Herr, der sich auf so etwas gar nicht einließ. Wenn sie plötzlich unverhofft bei ihm auftauchte, lächelte er sie nur freundlich an und wünschte ihr einen guten Tag, und das verdarb ihr dann jedesmal den ganzen Spaß.

Megan gähnte und hielt sich die Serviette vor den Mund. »Das hier ist tatsächlich erst mein Frühstück, aber ich bin schon fertig.«

»Nein, laß doch, trink ruhig erst deinen Tee aus«, erwiderte Tiffany und setzte sich zu ihr. »Ich könnte auch eine Tasse vertragen, teilen wir uns also den Rest.« Und nonchalant, als hätte sie Megans Bemerkung gar nicht überrascht, fügte sie hinzu: »Dein Frühstück, sagst du? Weißt du eigentlich, wie spät es ist?«

Megan zuckte die Achseln, goß Tee in ihre Tasse und reichte sie Tiffany hinüber, die sofort Zucker dazugab. Somit war klar, daß von Teilen keine Rede mehr sein konnte, denn Megan nahm ihren Tee stets ohne Zucker, und das wußte Tiffany natürlich. Sie wußten sowieso ziemlich alles voneinander nach elf Jahren Freundschaft. Doch Krebs, der immer noch in der Lage war, wenigstens *ein paar* Dinge vorauszusehen, war inzwischen in die Küche gegangen, um Cora zu sagen, daß sie eine zweite Tasse bringen sollte.

Cora war die Tochter des Kochs, ein hübsches Mädchen,

die jedoch einige Probleme hatte, ihre üppigen Kurven in den figurbetonten Kleidern unterzubringen, die jetzt Mode waren, und da sie das Korsett immer ein wenig zu eng schnürte, war sie auch immer ein wenig außer Atem. Ihre Hausmädchen-Tracht war zwar äußerst schlicht, betonte jedoch deutlich ihre stattliche Oberweite und war auch mit einer prächtigen Schleppe geschmückt, die immer noch dazugehörte, auch wenn der Reifrock ja schon seit vielen Jahren aus der Mode gekommen war. Einigen Gutsherrinnen war es ein Dorn im Auge, daß ihre weiblichen Bediensteten die gleichen modischen Kleiderschnitte trugen wie sie selbst, wenn auch natürlich aus einem viel billigeren Stoff. Sogar Putzfrauen gingen mit wallenden Schleppen zur Arbeit, in die sie jedoch mit geschickter Hand kleine Bänder eingenäht hatten, mit denen sie die Röcke rafften, damit sie nicht bei der Arbeit störten. Wenn Feierabend war, lösten sie diese Bänder wieder und rauschten dann majestätisch von dannen.

Megan wartete, bis Cora sich mit einem tiefen Knicks wieder entfernt hatte, und gestand dann: »Ich habe tatsächlich verschlafen.«

Dies war ein echtes Geständnis, denn Megan verschlief sonst nie, und auch das wußten sie natürlich beide. »Und was war der Grund? Es ist erst das zweite Mal in deinem ganzen Leben. Das erste Mal kann ich ja verstehen, da haben wir in diesem verfallenen Schloß die halbe Nacht vergeblich auf den Geist von Lord Beacon gewartet, der da angeblich umging. War das eine Enttäuschung...« Tiffany unterbrach sich, weil sie jetzt nicht in alten Erinnerungen schwelgen wollte, und fragte Megan einfühlsam: »Hast du schlecht geschlafen?«

»Schlecht ist gar kein Ausdruck«, erwiderte Megan.

»Verdammt, ich hätte dich gestern nacht also doch nicht allein lassen sollen. Aber ich dachte, daß du dich wieder soweit gefangen hättest, um nicht die ganze Nacht weitergrübeln zu müssen. Du warst ganz schön wütend auf die Gräfin, oder?«

Megan grinste. »Meinst du denn, daß Wut ein gutes Schlafmittel ist?«

»Zumindest ein besseres als Herumbrüten.«

»Na, da bin ich aber anderer Meinung, Tiffany«, antwortete Megan.

»Wie dem auch sei«, sagte Tiffany, »es hat dir also weiterhin keine Ruhe gelassen, auch als ich weggegangen bin?«

»Nein.«

Megans Tränen waren schon getrocknet, als Tiffany gestern aus der Kutsche sprang, um Megan zu Fuß auf der Landstraße nach Hause zu begleiten. Tyler folgte ihnen in diskretem Abstand, so daß sie sich ungestört unterhalten konnten. Tiffany stellte überrascht fest, daß Megan jedes Selbstmitleid abgelegt hatte und statt dessen vor Wut kochte. Um sie aufzuheitern, hatte sie ihr zum Spaß vorgeschlagen, doch zurückzugehen und Lady O zu ohrfeigen. Megan hatte daran auch schon allen Ernstes gedacht, den Gedanken jedoch wieder verworfen, weil ihr das eine viel zu geringe Vergeltung schien. Tiffany, die den Vorschlag gar nicht ernst gemeint hatte, stimmte ihr dann aber zu, daß die Gräfin den Skandal einfach nicht wert war, den eine solche Rache nach sich ziehen müßte.

Sie war sehr erleichtert, daß Megan sich nicht mehr selbst bemitleidete, sondern wieder ihre alte Kraft gefunden und eine anständige Wut entwickelt hatte. Eine Wut zu haben, war einfach viel gesünder. Dabei ärgerte sich Megan inzwischen am meisten über sich selbst, daß sie die ganze Zeit so viel unnütze Energie verschwendet hatte für eine Angelegenheit, die von Anfang an ein hoffnungsloses Unterfangen gewesen war. Sie kam sich wie eine totale Idiotin vor. Auch Tiffany fühlte sich so, weil sie dies alles schon viel früher hätte kommen sehen müssen. Doch die alte Schachtel hätte Megan wirklich nicht solch einen Schlag zu versetzen brauchen. Das war einfach hundsgemein.

»Ich *wußte* es ja, ich hätte nicht auf dich hören sollen!« rief Tiffany aus. »Aber du hast gesagt: ›Geh nach Hause, mir geht's schon wieder gut. Es ist ja nicht so, daß mich noch nie jemand beleidigt hätte.‹«

Megan lachte kurz auf. »Ja, das ist nur allzu wahr.«

»Ich weiß wirklich nicht, wie du darüber auch noch lachen kannst.«

Tiffany wurde immer noch wütend, wenn sie daran dachte, daß ihre früheren Freundinnen sich alle von Megan zurückgezogen hatten, als sie anfing, sich vom kleinen Mädchen zu einer jungen Schönheit zu entwickeln. Eine nach der anderen waren sie weggeblieben. Und nur deshalb, weil sie sich neben ihr farblos und unattraktiv vorkamen und das einfach nicht ertragen konnten. Einige von ihnen hatten Megan später sogar in aller Öffentlichkeit beleidigt, und das war wirklich nur die blanke Mißgunst gewesen. Als ob Megan etwas dafür könnte, daß sie derart aufsehenerregende Augen hatte.

Megan verstand genauso wenig, wie sie darüber lachen konnte. Wenn einen Freunde verlassen, hinterläßt das eine Wunde, die nie ganz verheilt. Sie schwärt unter der Oberfläche und bricht immer wieder auf, wenn einem ein ähnliches Erlebnis widerfährt. Und das, was die Gräfin ihr gestern angetan hatte, brachte ihr wieder all die schmerzlichen Erinnerungen zurück.

»Besser, drüber zu lachen als wieder drüber zu weinen, meinst du nicht auch?« Megan starrte düster auf das letzte Würstchen auf ihrem Teller und zog damit kleine Kringel in die Marmeladereste.

Tiffany stutzte. »Natürlich. Das ist auf jeden Fall besser.«

Beiden wurde bewußt, daß sie das Thema gewechsel hatten, und daß es jetzt um die alten Wunden ging, nicht mehr um die gestrige Beleidigung. »Andererseits«, fuhr Megan fort, »wenn ich an all den Spaß denke, den wir beide in den letzten Jahren miteinander hatten, dann tun mir die anderen Mädchen schon fast wieder leid, weil sie nicht dabei waren und sich mit uns freuen konnten.«

»Jetzt, wo du es sagst, empfinde ich es auch so. Sie haben

sich alle in so langweilige Ziegen verwandelt, nachdem sie sich von uns abgewandt hatten. Doch wenn ich es recht bedenke, dann tun sie mir eigentlich überhaupt nicht leid.«

Megan schaute kurz auf und grinste. »Mir eigentlich auch nicht, wenn ich ehrlich bin, aber ich dachte, es klingt doch sehr edelmütig, wenn ich so etwas sage, oder?«

Sie lachten beide, obwohl das ganze eigentlich eine sehr traurige Angelegenheit war. Und so wechselte Tiffany schnell das Thema. »Ich nehme an, dieses späte Frühstück bedeutet, daß auch dein Morgenritt heute ausgefallen ist und du deshalb den ganzen Tag schlechter Laune sein wirst, oder?«

Megan frühstückte gewöhnlich in aller Herrgottsfrühe zusammen mit dem Gutsbesitzer und verbrachte den halben Vormittag damit, ihr Pferd, Sir Ambrose, zu reiten, und die restliche Zeit, es zu striegeln und zu versorgen. Sir Ambrose war ihr ganzer Stolz, und so war es dem Stalljungen – sie hatten nur einen einzigen, da sie zur Zeit bloß vier Pferde besaßen – strengstens untersagt, das Pferd auch nur anzurühren. Er durfte es gerade noch füttern, und auch das machte Megan am liebsten selber. Man brauchte nur zu sehen, wie sie sich den ganzen Tag im Reitstall herumtrieb, und man wußte sofort, daß sie Pferde einfach über alles liebte.

»Doch, ich bin heute schon geritten« sagte Megan. Dann senkte sie ihren Blick wieder auf ihr Würstchen und fügte leise hinzu: »Allerdings in stockfinsterer Nacht.«

»Um Gottes willen!«

»Es war ungefähr zwei Uhr morgens.«

»Das darf doch nicht wahr sein! Megan!«

Megan schaute auf. »Ich *mußte* es tun, Tiffany, ich *schwöre* es dir. Ich wäre sonst einfach wahnsinnig geworden.«

»Hat dich wenigstens einer der Diener begleitet?«

»Ich hab es nicht übers Herz gebracht, einen zu wecken.«

»Megan!«

»Es hat mich bestimmt keiner gesehen«, beteuerte Megan. Offensichtlich erinnerte sie sich jetzt erst wieder daran, daß es absolut skandalös für eine junge Dame war, mitten in der Nacht ganz allein das Haus zu verlassen. »Ich bin nur auf der Straße geblieben, schon allein wegen Sir Ambrose, denn es war stockfinstere Nacht. Aber es hat wirklich geholfen! Als ich wieder in meinem Bett war, bin ich sofort eingeschlafen.« Tiffany war immer noch sprachlos, und so fuhr Megan fort: »Dieser Ritt war mehr als nur ein Schlafmittel. Als ich zum dritten Mal von hier zum Dorf geritten war...«

»Zum *dritten* Mal?!«

»Ich bin die Strecke fünfmal hin- und hergaloppiert. Ich mußte doch die ganze Zeit auf dieser verdammten Straße bleiben, und Sir Ambrose war genauso wild darauf wie ich, sich mal so richtig auszutoben.«

Tiffany rollte die Augen.

»Als ich also zum dritten Mal die Strecke entlangraste, da kam mir plötzlich *die* Idee, wie ich mich an Ophelia Thackeray rächen könnte, und zwar so, daß sie ihres Lebens nicht mehr froh würde. Und genau das werde ich auch machen.«

Tiffany erschrak. »Du hast doch nicht etwa vor, sie doch noch zu ohrfeigen?«

»Nein«, grinste Megan. Und dann fügte sie triumphierend hinzu: »Ich werde in einem Palast wohnen, der doppelt so groß ist wie ihrer, und werde zur umschwärmtesten Gastgeberin der ganzen Umgebung werden! *Das* wird ihr den Schlag versetzen!«

»Ach, und wie gedenkst du das anzustellen?«

»Ganz einfach. Ich werde einen Herzog heiraten.«

»Na klar doch! Mein Gott, daß ich da nicht selbst darauf gekommen bin! Und an welchen Herzog hattest du da gedacht?«

»Wrothston natürlich«, bemerkte Megan. »Er ist der einzige, den wir kennen.«

Tiffany richtete sich auf. Jetzt, wo Megan den Herzog beim Namen genannt hatte, war sie auf einmal nicht mehr sicher, ob das nur mal wieder eine von Megans Schwärmereien war, oder ob sie es tatsächlich ernst meinte. »Megan, wir *kennen* ihn doch überhaupt nicht! Als wir auf Sherring Cross waren, um mit seiner Großmutter Tee zu trinken war er doch gar nicht da, wenn du dich erinnerst. Dein Vater hatte die verwitwete Herzogin wohl einmal flüchtig kennengelernt und hatte sie dann brieflich um Rat gebeten, als er auf der Suche nach einem Pferd war, das er dir zu deinem 12. Geburtstag schenken könnte.«

»Und das Schicksal wollte es, daß sie uns zu sich einlud, damit wir uns aus dem Gestüt des Herzogs eines aussuchen könnten.«

»Schicksal, sagst du? Sie haben Hunderte von Pferden, und so war sie heilfroh, daß sie eins loswerden konnte.«

Megan beugte sich zu Tiffany und flüsterte das Wort, das junge Damen eigentlich gar nicht aussprechen dürften: »Sie *züchten* Pferde auf Sherring Cross, und da war es doch klar, daß sie uns gerne eins verkauft hat.« Dann lehnte sie sich wieder zurück: »Wir haben also schon etwas gemeinsam – wir sind beide Pferdenarren.«

»Was heißt ›wir‹? Meinst du dich und den Herzog? Großer Gott, Meg, das alles ist doch nicht dein Ernst?!«

»Mein absoluter Ernst.« Megans Augen leuchteten triumphierend. »Stell dir doch bloß vor, Tiff, wir fahren in einer herrlichen weißen Kutsche, auf der das Wappen des Herzogs prangt, zur Kirche hinauf, und unter den neugierigen Gästen wartet auch die Gräfin mit ihren immer noch ledigen Töchtern. Dann öffnet sich die Tür, und ich steige majestätisch heraus, und der schönste Mann der Welt hält mir galant seinen Arm hin. Ich werde natürlich großmütig sein und die Gräfin mit meinem charmantesten Lächeln begrüßen und ihr meinen Mann vorstellen, den Herzog. Und ich werde natürlich ebenso charmant darüber hinwegsehen, daß ihr der Mund vor Verblüffung sperrangelweit offensteht.«

»Worauf du Gift nehmen kannst«, kicherte Tiffany, die für

einen Moment von dieser wunderbaren Phantasie genauso gefangen war wie Meg. »Ja, das wäre die gerechte Strafe.« Dann seufzte sie schwer. »Wenn dieser Traum doch bloß in Erfüllung gehen könnte!«

»Er *wird* in Erfüllung gehen, ich schwöre es dir«, antwortete Megan seelenruhig.

Tiffany erschrak, als sie sah, daß wieder dieser typische Eigensinn von Megan Besitz ergriffen hatte. »Hör zu, laß uns wieder ein wenig auf den Boden kommen. Wenn du einen Mann mit Titel heiraten willst, dann werden wir schon irgendeinen netten Vicomte für dich finden, vielleicht bringst du es sogar bis zum Grafen. Genau, ein Graf, dann bist du Lady O ebenbürtig! Was schüttelst du denn bloß den Kopf, Megan?«

»Wenn ich mich schon dazu hergebe, einen Mann um seines Titels willen zu heiraten, dann gebe ich mich nicht mit kleinen Fischen ab.«

»Aber es zwingt dich doch niemand dazu. Heirate doch aus Liebe und nicht aus Titelsucht!«

»Ich habe mich bereits entschlossen, aus Titelsucht zu heiraten, wenn du es so nennen willst. Und je länger ich darüber nachdenke, desto mehr gefällt mir die Idee, Herzogin zu sein.«

Tiffany stöhnte. »Muß ich es dir denn erst mit dem Holzhammer beibringen? Also gut, dann schau doch einfach einmal den Tatsachen ins Gesicht: Du magst ja vielleicht irgendwo in deinem Stammbaum auch einen Grafen haben...«

»Vor vier Generationen, plus einen Baron oder zwei.«

»Na schön. Aber trotz allem bist du immer noch die Tochter eines einfachen Gutsbesitzers. Herzöge können Mitglieder des Königshauses heiraten, wenn sie wollen. Sie heiraten *keine* Gutsbesitzerstöchter.«

»Wrothston wird aber nichts anderes übrigbleiben, und was spricht auch dagegen?« Megan blieb eisern. »Er ist jetzt schon unermeßlich reich, er hat Macht und Einfluß, soviel er will. Er braucht keinen Titel mehr, er kann es sich leisten, aus Liebe zu heiraten. Ein Herzog kann machen, was er will, und braucht sich um niemanden zu kümmern. Mein Stammbaum garantiert immerhin, daß ich nicht völlig unannehmbar bin. Natürlich kann er eine bessere Partie als eine Gutsbesitzerstochter machen, aber er wird gar keine Zeit haben, sich darüber Gedanken zu machen, denn er wird sich in mich verlieben, und zwar hoffnungslos, verstehst du? Und zwar wegen meines verwünschten Gesichts. Es hat mir bisher nichts als Kummer gebracht, aber jetzt wird es das alles wiedergutmachen und mir einen Herzog einbringen.«

In den letzten Worten von Megan klang soviel Bitterkeit und Verletztheit mit, daß Tiffany ihre nächste Frage nur sehr vorsichtig andeutete: »Und was ist mit *dir?«*

»Was heißt ›mit mir‹?«

»Was ist, wenn du ihn nicht liebst?«

»Natürlich werde ich ihn lieben.«

»Und was ist, wenn du ihn einfach nicht lieben *kannst?* Wenn er widerlich und gemein und einfach überhaupt nicht liebenswert ist?«

»Er kann gar nicht widerlich sein. Er ist schließlich ein Herzog.«

Tiffany mußte fast lachen über soviel kindliche Naivität. »Aber was ist, wenn du ihn siehst und sofort ganz tief drinnen weißt, daß er einfach nicht der Richtige ist, daß er dich nur unglücklich machen wird, würdest du ihn dann immer noch heiraten wollen?«

Megan schwieg eine Weile. Dann sagte sie leise: »Nein.«

Tiffany stieß einen Seufzer der Erleichterung aus. *Gott sei Dank!* dachte sie. Jetzt wurde sie wieder mutiger. »Er könnte auch häßlich sein, weißt du?«

»Kannst du dich nicht an das Stubenmädchen erinnern, das uns gleich zuflüsterte, wie toll er aussieht?«

»Sie wollte doch nur vor uns angeben.«

»Wir waren an dem Tag schon so voller Bewunderung, da bestand gar kein Grund, uns noch zusätzlich beeindrucken zu wollen.«

»Aber du kannst mir doch nicht erzählen, daß du an so einem Ort leben möchtest!«

»Soll das ein Scherz sein?« Megan schnappte nach Luft. »Sherring Cross ist das wunderbarste Schloß, das ich je gesehen habe!«

»Das ist kein Schloß, das ist ein riesiges Mausoleum, das sich über fast drei Hektar Land hinzieht. Der Stall allein ist schon so groß wie dieses Haus hier, das ja weiß Gott nicht gerade klein geraten ist.«

»Ja. Es war alles so herrlich weitläufig.« Megans Augen bekamen einen verträumten Ausdruck.

»Weitläufig? Wahrscheinlich verlaufen sich in diesem Labyrinth täglich Dutzende von Menschen und werden irgendwann tot in einer der Zimmerfluchten gefunden.«

Sie schauten sich beide überrascht an und brachen dann im gleichen Moment in Gelächter aus.

»Tot, sagst du, Tiff?«

»Jawohl. Da bin ich absolut sicher.« Sie mußten wieder lachen. Schließlich gab sich Tiffany geschlagen. »Also gut, ich gebe ja zu, daß es nicht völlig undenkbar ist, sich einen Herzog zu angeln, zumindest, wenn man so aussieht wie du. Du bist also von deinem Plan fest überzeugt, Meg?«

»Hundertprozentig. Ambrose St. James' Junggesellentage sind von heute an gezählt.«

»Großer Gott«, stieß Tiffany hervor, »ich hatte ja ganz vergessen, daß du dein Pferd nach ihm benannt hast.«

Megan zwinkerte ihr zu. »Genauso ist es.«

Und wieder mußten sie beide kichern. Doch da ging die Tür auf, und Krebs meldete die Ankunft des Ehrwürdigen Tyler Whately. Als er eintrat, schenkte ihm Megan ein strahlendes Lächeln: »Guten Morgen, Tyler. Gott, sehen Sie heute wieder schneidig aus! Wenn Sie mir eine Minute Zeit gönnen, gehe ich nur schnell hoch und hole meinen Hut, dann können wir gleich abfahren.«

Sie rauschte an ihm vorbei, ohne daß er Zeit gehabt hätte, ihren Gruß zu erwidern, denn er stand immer noch wie gebannt von dem Lächeln, das sie ihm geschenkt hatte. Tiffany versteckte sich kichernd hinter ihrer Teetasse und merkte zu ihrer freudigen Überraschung, daß sie auch nicht das kleinste bißchen eifersüchtig war, als sie sah, wie sehr ihre Freundin ihn beeindruckt hatte.

Mit sanfter Stimme schmeichelte sie: »Du mußt ein bißchen netter zu ihr sein, Tyler, sonst fängt sie wieder an, kratzbürstig zu werden.« Er holte tief Luft, vergrub seine Hände in den Hosentaschen und schüttelte den Kopf. »Grosser Gott, *den* Mann beneide ich wirklich nicht, der einst um ihre Hand anhalten wird.«

»Der Glückliche ist schon erwählt, hoffen wir also, daß er nicht nur ihre Hand, sondern auch ihr Herz gewinnt.«

Tyler hob überrascht die Brauen. »Habe ich von gestern auf heute irgend etwas Wichtiges verpaßt?« fragte er.

»Nichts Weltbewegendes – aber hättest du jemals gedacht, daß du einen Herzog bedauern würdest?«

3

»Sie treiben die Vorsichtsmaßnahmen entschieden zu weit, Mr. Browne. Zu Fuß gehen, mein Gott! Wenn Freddy uns so sähe, würde er sich totlachen.«

Mortimer Browne warf dem hochgewachsenen Mann an seiner Seite einen grimmigen Blick zu. Seit sie Kent verlassen hatten, jammerte dieser Kerl ihm die Ohren voll. Aber er war darauf gefaßt gewesen.

»Sie bräuchten nicht zu Fuß zu gehen, wenn Sie ein anderes Pferd genommen hätten, wie ich es Ihnen geraten habe.«

»Hörst du, wie er dich beleidigt, Caesar?« sagte Devlin zu seinem Pferd.

Der Hengst schnaubte, als ob er verstanden hätte, und Mortimer schleuderte ihm einen wütenden Blick zu, doch dann zog er es vor, die harten Fakten sprechen zu lassen.

»*Mister* Jefferys, wenn wir nachts unterwegs sind, ist das eine andere Sache, doch am Tage sieht man nicht nur mehr, sondern man *wird* auch mehr gesehen, und die Leute würden sich ganz schön wundern, wenn ein Bauernbursche wie sie auf so einem Pferd dahergeritten käme, oder nicht? Sie sind hier incognito unterwegs und sollten nicht noch zusätzlich Aufmerksamkeit erregen.«

»Und *Sie* werden mich nochmal zum Wahnsinn treiben« stöhnte Devlin. »Darf ich Sie höflich darauf aufmerksam machen, daß das Dorf außer Sichtweite ist und sich sonst auf dieser Straße keine Menschenseele blicken läßt?«

»Dann darf ich Sie ebenso höflich bitten, doch einmal Ihre Augen aufzumachen!«

Devlin hatte die Kutsche nicht gesehen, die gerade eben über einer Kuppe erschienen war und auf sie zurollte. Doch die interessierte ihn gar nicht; er baute sich in seiner ganzen Größe drohend vor Mortimer auf und schaute ihn von oben herab an. Mit seinen ein Meter neunzig verfehlte diese Geste durchaus nicht ihre Wirkung. Doch Mortimer war kein Typ, der sich leicht einschüchtern ließ, im Gegenteil. Das war ja unter anderem der Grund gewesen, warum man gerade ihn ausgewählt hatte, Devlin zu begleiten. Außerdem hatte er direkte Order von einer gewissen Person, der sich auch Devlin nicht widersetzen durfte, und deshalb saß er am längeren Hebel – zumindest bis auf weiteres.

»Man hat uns gesagt, daß es nicht mehr weit ist bis zu den Ländereien des Gutsbesitzers«, entgegnete Mortimer ruhig. »Sobald wir da sind, können sie das edle Tier wieder besteigen. Bis dahin darf ich Sie jedoch daran erinnern, daß Sie *jetzt* nicht mehr als ein einfacher Stallbursche sind...«

»Pferdezüchter, Mr. Browne«, unterbrach ihn Devlin scharf. »Pferdezüchter *und* Trainer. Jawohl, auch Trainer. Das hört sich besser an.«

»Doch sie vergessen das Wichtigste...«

»Sie sind mir zur Seite gestellt worden, weil ich jemanden brauche, der aufpaßt, daß ich nicht aus der Rolle falle.«

»Das ist nicht der Grund...«

»Das ist aber der Grund, warum *ich* mit ihrer höchst unliebsamen Begleitung einverstanden war. Wenn ich nun schon in einem Stall leben muß, dann will ich wenigstens in diesem Stall auch das Oberkommando haben, sonst ist diese ganze hirnrissige Idee für mich auf der Stelle gestorben, verstanden?«

Mortimer wollte ihm widersprechen, doch dann besann er sich eines Besseren, denn er wußte, daß an diesem Punkt eine weitere Diskussion sinnlos war. So nickte er nur kurz und konzentrierte sich wieder auf seine eigentliche Aufgabe.

»Da kommt uns eine Kutsche entgegen, in der wahrscheinlich Adlige aus der Gegend hier sitzen. Ziehen Sie doch bitte ihren Hut etwas ins Gesicht, damit die Leute Sie nicht erkennen...«

»Browne, hören Sie endlich auf, verdammt noch mal!« brüllte Devlin, der offensichtlich mit seiner Geduld am Ende war. »Wir sind hier am Arsch der Welt, und wenn diese Bauerntölpel mich erkennen, dann freß ich diese verfluchten Stiefel, die Sie irgendwo für mich aus dem Müll gezogen haben.«

»Könnten Sie nicht wenigstens eine etwas weniger hochherrschaftliche Haltung einnehmen?«

»Nein!« Und dieses »Nein« duldete keinen Widerspruch. »Ich gehe zu Fuß, *zu Fuß*, hören Sie?! In einer mottenzerfressenen Jacke, in lausigen Stiefeln, die man nicht einmal mehr der Wohlfahrt anbieten könnte, und ich schwitze, Mr. Browne, *ich schwitze!* Ich bin nicht mehr bereit, Ihnen auch nur noch ein einziges Zugeständnis zu machen. Es reicht mir, und zwar endgültig!«

»Sie schwitzen in einem blütenweißen Batisthemd«, knurrte Mortimer, »nicht gerade die übliche Bekleidung für einen Stalljungen...«

»Sagten Sie noch irgend etwas?!«

»Nichts, Mr. Jefferys, gar nichts«, murmelte Mortimer. »Aber wenn diese ganze Unternehmung hier in die Binsen geht, wissen wir auch, wer daran schuld ist.«

»Jawohl, das wissen wir.«
Das klang alles andere als beruhigend.

Es war nichts Außergewöhnliches, auf der Straße nach Teadale Leuten zu begegnen. Es war auch nichts Außergewöhnliches, wenn sie Pferde am Halfter führten, anstatt sie zu reiten. Doch *was* außergewöhnlich war, war schlicht und einfach dieses Pferd.

Megan hatte den schwarzen Vollblüter als erste entdeckt. Dann sah ihn Tyler. »Mein Gott, habt ihr schon mal so einen atemberaubenden Deckhengst gesehen?« rief er bewundernd aus.

Tiffany und Megan wechselten einen amüsierten Blick. Tyler mußte von dem Anblick wirklich total überwältigt sein, sonst wäre ihm wohl das Wort »Deckhengst« in Anwesenheit von Damen niemals herausgerutscht. Inzwischen waren sie näher gekommen und konnten die eleganten Linien des schwarzen Hengstes aus allernächster Nähe bestaunen. Wahrhaftig, keiner von ihnen hatte je ein derartig edles Tier gesehen.

Megan, die Pferde über alles liebte, war genauso beeindruckt wie Tyler, wenn nicht mehr. Bisher hatte sie immer gemeint, daß *sie* das prächtigste Pferd in der ganzen Umgebung, vielleicht in ganz Devonshire, besäße, doch gegen diesen Hengst mußte Sir Ambrose verblassen. Aber sie gönnte diesem Tier den ersten Preis, denn es war einfach *zu* schön. Sie stellte sich vor, auf ihm zu reiten, dachte an die Geschwindigkeit, die ein geübter Reiter aus ihm herausholen könnte. Es war unfair, daß man es als unschicklich betrachtete, wenn Damen Hengste ritten. Wie gern hätte Megan diesen hier besessen! Einen Moment dachte sie daran, ihren Vater zu bitten, ihn ihr zu kaufen. Er hatte ihr bisher jeden Wunsch erfüllt – sofern er sich im Rahmen hielt. Doch dann verwarf sie diesen Gedanken wieder. Wer dieses Tier besaß, würde es nicht um alles Geld der Welt hergeben. *Sie* würde es zumindest nicht tun – wenn es ihr gehörte.

Sie hatte gar nicht gemerkt, daß Tyler die Kutsche angehalten hatte. Sie sah nur den Hengst, der jetzt genau vor ihr stand und konnte die Augen nicht von ihm wenden, so sehr bewunderte sie ihn. Sie wollte aufstehen, um ihn aus der Nähe zu betrachten, doch Tiffany kicherte und flüsterte leise: »Benimm dich!« Da fiel ihr wieder ein, daß es für eine Dame natürlich absolut unschicklich ist, einfach aufzustehen, um sich das Pferd eines fremden Mannes anzuschauen, zumindest nicht, ohne ihn vorher um Erlaubnis gefragt zu haben. Deshalb wandte sie sich zu dem Mann um, der das schöne Tier am Zügel hielt – und mit einem Schlag vergaß sie den ganzen Hengst.

Er stand da, staubig und verschwitzt, doch sie dachte nur eins: Das ist der schönste Mann, den ich je gesehen habe! Ohne zu merken, was sie tat, verschlang sie ihn mit den Augen, genauso wie sie es eben noch mit dem Hengst getan hatte. Er war groß, breitschultrig, atemberaubend muskulös. Sein faszinierendes Gesicht war sonnengebräunt, und sein tadellos rasiertes Kinn ließ seine edlen, ein wenig hochmütigen Züge hervortreten. Hingerissen beobachtete sie seine männliche Hand, die unendlich langsam zum Kopf fuhr und den Hut lüftete, unter dem wildes, ungekämmtes, pechschwarzes Haar hervorquoll. Dann fiel ihr Blick auf diese abenteuerlichen, türkisblauen Augen – und in diesem Moment sah sie, daß er sie genauso unverblümt anstarrte wie sie ihn.

Sein Blick durchfuhr sie wie ein elektrischer Schlag. Jetzt erst merkte sie, was sie eigentlich tat, und mit einer heftigen Bewegung wandte sie den Kopf zur Seite. Die Schamröte schoß ihr ins Gesicht, und sie war froh, sich hinter ihrer breiten Hutkrempe verstecken zu können. Sie war völlig fassungslos. Wie hatte sie sich nur so danebenbenehmen können? Die einzige Entschuldigung, die ihr einfiel, war, daß sie so voller Bewunderung für diesen Hengst gewesen war, daß ihr Blick dann wie in Trance auf dieses noch edlere Exemplar gefallen war, auch wenn es einer anderen Gattung angehörte... Aber das *war* natürlich keine Entschuldigung, das war lächerlich. Es war absolut unmöglich, einen wildfremden Mann so ungeniert anzustarren. Noch nie hatte sie einen Mann so angeschaut, auch wenn sie ihn schon länger kannte.

Sein Bild war ihr wie in die Seele gebrannt. Dabei war er ein Mann von niederem Stande, das bewiesen seine Kleidung, seine langsamen, unbeholfenen Bewegungen. Er trug nicht einmal ein Halstuch, was für jeden Gentleman ein absolutes Muß war. Vielleicht war es ein Glück, daß er nicht von Adel war. Zumindest hoffte sie das, denn so würde in ihren Kreisen niemand von ihrem unmöglichen Benehmen erfahren. Vielleicht würde die Geschichte in irgendwelchen Spelunken die Runde machen, aber damit konnte sie leben. Nein, nicht einmal damit konnte sie leben. Mein Gott, was war bloß in sie gefahren?!

Tiffany hatte von der kurzen Szene Gott sei Dank nichts mitbekommen, und auch Tyler war noch voll und ganz mit dem Hengst beschäftigt, ließ sich genauestens seinen Stammbaum erklären. Doch Megan wollte gar nicht zuhören. Sie wollte bloß weg von hier. Sie wollte diesen Mann nie wieder sehen – diesen Mann, der Zeuge ihrer so peinlichen Entgleisung geworden war.

»...*ich* hab die Moneten nicht, ihn zu bezahlen« hörte sie die tiefe Stimme des Mannes, die irgendwie einen etwas dreisten Unterton hatte.

»Wer dann?« wollte Tyler wissen.

»Der Gutsbesitzer Penworthy ist der stolze Besitzer.«

Megans Kopf fuhr herum. Doch als sie den Mann anschaute, als sie wieder diese Augen sah, verschlug es ihr die Sprache, und einen Augenblick lang war sie so durcheinander, daß sie sich überhaupt nicht mehr erinnern konnte, was er eigentlich gesagt hatte.

Sie brauchte ganze fünf lange Sekunden, bis es ihr wieder einfiel, und dann platzte sie heraus: »Das glaube ich nicht. Mein Vater hätte mir doch davon erzählt.«

»Und wer ist ihr Vater, daß er überhaupt etwas davon wissen kann?«

»Gutsbesitzer Penworthy.«

Diesmal war *er* es, dem es für einen Moment die Sprache verschlug, doch dann schürzte er seine sinnlichen Lippen und bemerkte spitz: »Ach, aber ich nehme doch nicht an, daß Ihr Vater, wenn er sich mit dem Gedanken trägt, einen Deckhengst zu kaufen, um Pferde zu züchten, diesen Plan vorher groß mit Ihnen bespricht, oder?«

Es stimmte, daß ihr Vater sie nicht in alle seine Pläne einweihte. Doch wenn es um die Anschaffung eines neuen Pferdes ging, egal zu welchem Zweck, fragte er sie immer nach ihrer Meinung. Natürlich hätte er sich in diesem Fall etwas dezenter ausgedrückt als dieser Mann hier, dem es offenbar eine diebische Freude bereitete, das Wort »Deckhengst« besonders zu betonen, es sich genüßlich auf der Zunge zergehen zu lassen, was vor den Damen eine absolute Unverschämtheit war. Auch Tyler schien sich an diesem »verbotenen« Wort zu stoßen, obwohl es ihm ja selber gerade eben erst herausgerutscht war.

Der Blick des Mannes ruhte immer noch auf Megan und stürzte sie in maßlose Verwirrung. Jetzt, wo sie ihn angesprochen hatte, ließ er sie mit seinen türkisblauen Augen nicht mehr los und musterte sie genauso ausgiebig von oben bis unten, wie sie es gerade mit ihm getan hatte. Er machte das mit Absicht, das wußte sie. Er zahlte ihr mit gleicher Münze heim. Und sie hatte keine Möglichkeit, sich dagegen zu wehren, denn wenn sie sich seine schamlosen Blicke verbeten hätte, hätte er womöglich süffisant geantwortet, daß er ihr ja nur die gleichen Komplimente mache wie sie ihm – und das mußte sie auf jeden Fall verhindern. Doch was er da tat, war alles andere als ein Kompliment. Es war die schlimmste Beleidigung, die man jemandem antun konnte, eine Beleidigung, zu der sich kein Gentleman hinreißen lassen würde, auch wenn er noch so provoziert worden wäre. Doch dieses ungehobelte Benehmen bewies ja gerade, daß er eben kein Gentleman war. Es sei denn, er tat es in der Annahme, es würde ihr gefallen. Großer Gott, nach dem, was sie gemacht hatte, *mußte* er das ja von ihr denken!

»Dann liefern Sie also nur den Hengst ab und gehen dann wieder, oder?« platzte sie heraus.

Daß sie nichts sehnlicher wünschte als das, war unüberhörbar. Tiffany schaute sie überrascht an. Auch dem Mann, der unter ihr auf der Straße stand, war der Unterton nicht entgangen. Doch nur einen ganz kurzen Moment wirkte er verblüfft, dann grinste er. Es war ein breites, unverschämtes Grinsen, das Megan erstarren ließ.

»Ich bin Pferdezüchter, Fräulein, und ich kann diesen Hengst nicht im Stich lassen, denn ich bin der einzige, der mit ihm fertig wird. Sie glauben doch wohl nicht, daß der ehemalige Eigentümer ein Pferd wie dieses hier einfach so aus der Hand gibt, ohne dafür zu sorgen, daß es die richtige Pflege erhält? Das wäre ja wohl sehr eigenartig. Aber ich richte auch Pferde ab, und auch sonst kann ich noch einiges. Ich bin ein Kerl, der zu einigem zu gebrauchen ist. Sehen Sie, ich habe ein Händchen für Pferde – ich behandle sie wie die Frauen. Meistens mit zarter Hand, hin und wieder auch mit festem Griff, wenn sie es brauchen, und wenn sie zu übermütig werden, gibt es einen anständigen Klaps auf das Hinterteil.«

Warum zum Teufel hatte er das nur gesagt, ärgerte sich Devlin. Nur um zu sehen, wie ihre Wangen genauso rot würden wie ihr Haar? Schamröte stand Rothaarigen eigentlich nicht besonders. Doch verdammt, dieses kleine Biest sah auch mit hochrotem Kopf einfach hinreißend aus.

Tyler war empört, wollte aufspringen, um ihn zur Rede zu stellen, er war schließlich ein Gentleman. Devlin hätte sich auch gewundert, wenn er anders reagiert hätte. Doch er entwaffnete den blonden Mann, indem er ihn mit dem unschuldigsten Lächeln fragend anblickte. Und als Antwort erhielt er einen Blick, der sagte: Was kann man von einem Pferdezüchter schon anderes erwarten als die Manieren eines Stallknechtes?

Doch auch für Megan war *das* zuviel gewesen. Wutschnaubend befahl sie: »Fahren Sie los, Tyler. Ich habe ihn schon entlassen, bevor er überhaupt um Anstellung ersucht hat, das schwöre ich Ihnen!«

Die Zügel knallten, und die Kutsche brauste davon, doch Devlin hörte den jungen Mann noch sagen: »Ich bin sicher, er hat es nicht so gemeint, wie es geklungen hat, zumindest wollte er Sie nicht beleidigen.«

»Natürlich wollte er das!«

»Recht hat sie«, meinte Mortimer, als er neben Devlin trat und wie er der Kutsche hinterherschaute.

»Haben Sie Ihre Sprache wiedergefunden?«

Mortimer schoß das Blut in die Wangen. »Ja, ich gebe zu, es hat mir die Sprache verschlagen. Ich habe tatsächlich noch nie ein so schönes Mädchen gesehen. Doch was haben *Sie* als Entschuldigung vorzubringen? Sie haben nicht Ihre Sprache, sondern schlicht den Verstand verloren! Das war die Tochter genau *des* Gutsbesitzers, der weder weiß, daß wir uns in seinem Stall einquartieren werden, noch daß er diesen außergewöhnlichen Hengst erworben hat. Was ist, wenn sie sich jetzt auf der Stelle heimfahren läßt und ihrem Vater alles erzählt?«

Devlin runzelte die Stirn. Daran hatte er wirklich nicht gedacht. Doch er schob seine Bedenken beiseite: »Dann müßten wir eben ein kleines Rennen veranstalten, um vor ihr da zu sein. Raten Sie mal, wer gewinnen würde?«

»Das ist eine glänzende Idee, das würde das kleine Fräulein nur noch mehr in Rage bringen. Warum mußten Sie sie denn bloß dermaßen beleidigen?«

»Ich dachte, zu meiner Rolle gehört auch ein grober Charakter?«

»Hören Sie, Devlin. Sie sind ein Züchter edler Pferderassen. Sie haben durch Ihre geschäftlichen Kontakte mit adeligen Familien deren Umgangsformen mitbekommen und können sich entsprechend benehmen. Sie sind kein ordinärer Straßenflegel!«

Devlin lachte auf. »Ich glaube, in der Rolle des Straßenflegels fühle ich mich sicherer, zumindest, wenn ich mit diesem kleinen Prachtstück zu tun habe.«

»Sicherer?«

»Ohne jede Frage«, antwortete Devlin. Doch dann beruhigte er Mortimer: »Ich gebe ja zu, Sie haben Recht. Mir sind da wirklich ein wenig die Pferde durchgegangen, und ich hab sie immer noch nicht ganz wieder an der Kandare.«

»Sie war wirklich ein aufregendes Frauenzimmer, finden Sie nicht auch?«

»Naja. Da muß man schon eine besondere Vorliebe für Rothaarige haben.«

Mortimer stutzte. »Haben Sie die etwa nicht?«

»Nein, wirklich nicht. Aber zumindest glaube ich jetzt, Mr. Browne, daß unser Aufenthalt an diesem Ende der Welt vielleicht doch noch ganz amüsant wird.«

»Sie haben doch nicht etwa vor, sich mit diesem kleinen Fräulein zu amüsieren?«

»Amüsieren? Mit Sicherheit. Haben Sie denn nicht gemerkt, daß wir beide uns gerade den Krieg erklärt haben?«

4

Arnold Penworthy warf über den Rand des Briefes hinweg einen weiteren langen Blick auf Devlin, dann wandte er sich wieder seiner Lektüre zu. Seine braunen Augen waren warm und freundlich. Selbst jetzt, da er durch das Ansinnen in dem Brief beunruhigt war, behielt er seinen gutmütigen Ausdruck.

Sie sieht ihrem Vater überhaupt nicht ähnlich, dachte Devlin. Er war sich wie ein Riese vorgekommen, als der Gutsherr sich hinter seinem Schreibtisch erhoben hatte, um den Brief aus seiner Hand entgegenzunehmen. Der Mann war wirklich ein Zwerg, vielleicht sogar noch ein paar Zentimeter kleiner als seine Tochter, dazu war er füllig und rund wie ein Bierfaß. Die Wespentaille von Miss Penworthy hingegen, das wußte Devlin, hatte ihre schlanke Silhouette keinem Korsett zu verdanken. Darin kannte er sich aus, denn er hatte schon das Vergnügen gehabt, so mancher Dame aus dem Korsett zu helfen.

Miss? Er hatte keine Ahnung, ob sie verheiratet war. Sie sah alt genug aus für die Ehe. Vielleicht war der Mann heute in der Kutsche ihr Ehemann? Devlin hatte nicht vor, danach zu fragen.

»Ich kann aus dem Brief hier nicht ersehen, warum er möchte, daß ich Sie in meinem Stall verstecken soll«, sagte der Gutsbesitzer plötzlich.

Devlin überlegte einen Moment, was er sagen sollte. Dann entschied er sich für ein offenes Wort: »Einer meiner Freunde will mir eine Kugel durch den Kopf jagen.«

Überrascht hob der Gutsbesitzer seine buschigen roten Brauen. »Haben Sie gesagt: ›ein Freund‹?«

Devlin nickte. »Sogar mein bester Freund. Das Ganze ist ein Mißverständnis, doch er ist ein solcher Hitzkopf, daß er jetzt einfach noch nicht in der Lage ist, die Sache in Ruhe zu klären. Man war deshalb der Meinung, daß es für alle Beteiligten am besten wäre, wenn ich für eine Weile verschwinden würde.«

»Ich verstehe«, sagte der Gutsherr. Er verstand zwar in Wirklichkeit *überhaupt* nichts, doch er las einfach weiter.

Ihr Haar war vielleicht das einzige, was Vater und Tochter gemeinsam hatten, wenn es auch beim Gutsherrn nicht mehr so strahlend kupferrot leuchtete und vom Alter etwas gebleicht und mit Grau durchsetzt war. Dazu waren Nase und Wangen mit Sommersprossen übersät. Er könnte sich doch einen Bart wachsen lassen, um wenigstens einige darunter zu verbergen, dachte Devlin, doch das hatte der Gutsherr wohl nicht nötig.

Devlin fragte sich, ob *sie* an ihrem Körper auch irgendwo Sommersprossen hatte. Auf dem zarten Elfenbeinteint ihrer Wangen waren jedenfalls keine zu sehen.

Wie sie wohl mit Vornamen hieß?

Er würde sich hüten, danach zu fragen.

Der Gutsherr hatte begonnen, den Brief noch einmal zu lesen, was seine Aufmerksamkeit für einige Zeit in Anspruch nahm. Doch das störte Devlin nicht im geringsten, denn er war sowieso in Gedanken woanders. Er dachte wieder daran, wie er ihr vorhin auf der staubigen Straße begegnet war. Warum hatte er sich bloß derart idiotisch benommen?

Gut, er hatte, als sich die Kutsche näherte, seinen Hut nicht abgenommen, wie Mortimer es verlangte, doch hatte er immerhin den Blick gesenkt. Er hielt das für eine äußerst demutsvolle Geste und war bei dem Gedanken daran sehr mit sich zufrieden. Es wäre jedoch wesentlich besser gewesen, wenn er sie schon von weitem gesehen hätte, denn dann hätte er Zeit gehabt, sich auf ihre strahlende Schönheit einzustellen. So hatte er bis zuletzt zu Boden geschaut und war dann, als er aufblickte, wie vom Schlage getroffen und hatte sie wie ein Idiot mit offenem Munde angestaunt. Zum Glück hatten sie und ihre Begleiter nichts davon gemerkt, denn sie waren alle drei völlig von Caesars Anblick fasziniert. So hatte er Zeit, sich wieder zu fangen. Doch als sie ihn dann etwas fragte, hatte er dies erst gar nicht mitbekommen, so überwältigt war er immer noch.

Es war normal, daß Caesar einiges Aufsehen erregte, doch das gleiche galt auch für Devlin. Es war ihm niemals zuvor passiert, schon gar nicht bei Angehörigen des schönen Geschlechts, daß man ihn völlig übersah und er ganz im Schatten seines Pferdes stand. Und das hatte ihn irgendwie geärgert. Später dann hatte sie ihm allerdings eher *zu* große Aufmerksamkeit gewidmet, als sie ihn musterte, wie wenn *er* der Deckhengst wäre. Sie hatte ihn mit dem gleichen taxierenden Blick durchbohrt wie eben noch Caesar. Einerseits fühlte er sich gedemütigt, wie ein Stück Vieh vor der Versteigerung abgeschätzt zu werden, andererseits hatte ihr Blick ihn wie ein Blitz getroffen und ein heißes Begehren in ihm entfacht.

Und das war für ihn eine völlig neue Erfahrung. Er war zwar ein sehr sinnlicher Mann, doch normalerweise war es für ihn ein Kinderspiel, bei Frauen anzukommen, und so war er nie so ausgehungert, daß ihn der feurige Blick eines Mädchens bereits derart erregte. Solange er sich erinnern konnte, flogen die Frauen auf ihn, und das stumpfte einen Mann einfach ab. Wenn man dauernd das Objekt der Begierde war, stieg einem das irgendwann zu Kopfe.

Dabei hatte er den Blick des Rotschopfs gar nicht einmal als lüstern empfunden. Im Grunde genommen hatte er gar nicht verstanden, was ihr Blick bedeutete, aber es war einfach eine Unverfrorenheit, einen Mann so anzustarren, und das war es, was ihn so beleidigt und wütend gemacht hatte, daß er ihr eine Lektion erteilen wollte. Und so hatte er ihr mit gleicher Münze heimgezahlt und sie genauso abschätzig gemustert wie sie ihn vorher. Doch statt leidenschaftslos ihre schwellenden Brüste und ihre Wespentaille zu taxieren, hatten ihn ihre Formen so aus der Fassung gebracht, daß er das Blut in seinen Lenden pochen fühlte und für einen Moment seinen kühlen Kopf verlor.

Ob sie wohl schon verlobt war?

Devlin rutschte unruhig in dem Sessel hin und her, den man ihm angeboten hatte. Bei jedem Geräusch, das durch die Tür des Arbeitszimmers drang, meinte er, sie nach Hause kommen zu hören. Würde sie wirklich gleich hereinstürzen und von ihrem Vater seine Entlassung fordern, wie sie es angedroht hatte? Er wußte, daß Frauen mit roten Haaren dazu neigten, leidenschaftlich und ohne Überlegung zu handeln...

Devlin unterdrückte einen Seufzer. Er konnte hier auf keinen Fall bleiben. Der Idee, sich für eine Weile hier in der Provinz zu vergraben, hatte er nur deshalb zugestimmt, weil er einen Tapetenwechsel wirklich brauchen konnte. Er wollte seine Alltagssorgen für eine Weile vergessen und sich einfach in aller Ruhe entspannen. Doch das war absolut unmöglich, wenn ein Temperamentbündel wie sie um einen herumwirbelte. Es war ja geradezu grotesk, daß er hier wie ein Schuljunge nervös herumrutschte und wartete, daß sie hereinstürmen würde. Er müßte wohl anderswo für eine Weile untertauchen – und ihr den Triumph lassen, daß sie ihn verjagt hätte? Nein, das ginge auf gar keinen Fall!

Wieder waren die freundlichen braunen Augen des alten Herrn auf Devlin gerichtet. Ihre Augen hingegen waren von dem samtenen Dunkelblau des Mitternachthimmels gewesen, wenn auch alles andere als freundlich.

»Das Pferd, das er als Vorwand für Ihren Aufenthalt hier erwähnt, scheint ja entsetzlich teuer zu sein. Soll ich das wirklich kaufen?« fragte der Gutsherr.

Erleichtert seufzte Devlin, dankbar, auf andere Gedanken gebracht zu werden. »Oh nein, Sir, Caesar ist unverkäuflich. Ihre Rolle ist lediglich, jedem, der danach fragt, zu sagen, Sie hätten ihn gekauft.«

Penworthy runzelte die Stirn. »Solche Geschichten sind nicht gerade meine Stärke. Ich verhaspele mich schon bei der kleinsten Flunkerei.«

Deine Sorgen möchte ich haben, amüsierte sich Devlin insgeheim, doch dann meinte er: »Seien Sie deshalb ganz unbesorgt, es ist alles bestens geregelt. Ich werde Ihnen als Gegenleistung für Ihre Gastfreundschaft Caesar nur für eine gewisse Zeit als Eigentum überlassen, und besagtes Eigentumsrecht wird mit meiner Abreise wieder erlöschen. Sozusagen eine Abmachung unter Ehrenmännern. Wären Sie damit einverstanden?«

»Dann würde mir also das Tier wirklich gehören? Ich würde gar nicht lügen, wenn ich das behaupte?«

»Sie würden nichts als die reine Wahrheit sagen, Sir.«

Ein erleichtertes Lächeln trat auf seine Züge. »Meine Güte, da wird Megan aber staunen.«

»Megan?« hakte Devlin nach.

»Das ist meine Tochter«, gab der Gutsherr zurück. »Sie hat einen ganz ungewöhnlich guten Blick für edle Pferde – ich meine natürlich ungewöhnlich für ein Mädchen. Ihr eigenes Pferd...«

»Sir, ich glaube, ich muß Sie warnen, daß ich Ihrer Tochter bereits in die Quere gekommen bin, und ich kann mir um alles auf der Welt nicht erklären, warum sie eine derartige Abneigung gegen mich gefaßt hat. Gewöhnlich wirke ich auf Frauen ganz anders.«

Der Gutsherr schmunzelte: »Das glaube ich Ihnen gerne, wenn ich Sie so anschaue.«

»Es läßt sich wohl nicht umgehen, ihr klarzumachen, daß ich fest zu Caesar gehöre und man mich deshalb nicht entlassen kann.«

»War sie wirklich so unfreundlich zu Ihnen?«

»Ich hatte jedenfalls den Eindruck.«

»Also, da Sie ja wirklich irgendwie zu dem Pferd gehören und ich dieses ja gerade erworben habe, steht eine Entlassung gar nicht zur Debatte – ganz abgesehen davon, daß Sie ja nicht wirklich bei mir angestellt sind und ich Sie schon deshalb nicht entlassen könnte.« Wieder runzelte der Gutsherr die Stirn, etwas unsicher, ob er die ganze Geschichte auch richtig begriffen hatte. Dann fing er plötzlich von etwas anderem an. »Ich muß gestehen, daß ich sie, nun ja, sagen wir, verwöhnt habe. Ich kann ihr einfach keine Bitte abschlagen. Doch diesmal werde ich hart bleiben. Es kommt schließlich nicht jeden Tag vor, daß ich gebeten werde, *ihm* einen Gefallen zu tun«, schloß er, wobei er auf den Brief deutete.

Devlin hatte nicht den geringsten Zweifel gehegt, daß der Gutsherr seinem Ansinnen entgegenkommen würde, doch aus Höflichkeit fragte er noch einmal nach: »Also akzeptieren Sie unsere Abmachung, Sir?«

»Aber gewiß, Mr. Jefferys,« lächelte der Gutsherr, »es ist mir eine Freude, Ihnen gefällig zu sein.«

»Ich muß wohl nicht ausdrücklich darauf hinweisen, daß diese Angelegenheit streng vertraulich ist? Nicht einmal Ihre Familie darf den wahren Grund für meinen Aufenthalt erfahren.«

»Machen Sie sich darüber keine Sorgen. Meine Familie besteht nur aus Megan und mir.«

»Dann ist sie also gar nicht verheiratet?« platzte er heraus. Eben noch hatte Devlin sich geschworen, daß er gerade danach auf keinen Fall fragen würde! »Äh ... ich meine, haben Sie einen Schwiegersohn, der Sie fragen könnte, warum Sie sich so plötzlich auf die Pferdezucht einlassen?«

»Nein, noch habe ich keinen, doch ich meine, lange wird er nicht mehr auf sich warten lassen. – Haben Sie von einer Pferdezucht, also einem Gestüt, gesprochen? Bedeutet das, ich soll mir noch mehr Pferde zulegen?«

»Ein paar Stuten. – Was meinen Sie, wenn Sie sagen, er würde nicht mehr lange auf sich warten lassen? Ist sie bereits verlobt?«

»Wer?«

»Ihre Tochter.«

Der Gutsherr zog seine Brauen zusammen; er hatte offensichtlich Probleme, die beiden Themen auseinanderzuhalten. »Meine Tochter nicht, soviel ich weiß – nein, nein, ganz bestimmt ist sie es nicht. Das hätte sie mir doch erzählt, meinen Sie nicht?«

Devlin konnte nur hoffen, daß sie gerade über das gleiche sprachen. »Aber gewiß doch, Sir.«

»Aber Sie haben sie doch gesehen. Man muß doch einfach zugeben, daß sie ein hübsches Mädchen ist, oder? Und recht bald wird sie in London debütieren. Nein, ich rechne nicht damit, daß es dann noch lange dauern wird.«

Megan Penworthy in London? Nun war es Devlin, der die Brauen zusammenzog, allerdings ohne sich dessen bewußt zu sein.

»Die Stuten, Sir!« wechselte er hastig wieder das Thema. »Sie werden für die Dauer meines Aufenthalts Ihr Eigentum sein, genau wie Caesar. Doch Sie brauchen sich nicht persönlich darum zu kümmern. Es dauert seine Zeit, um ein Gestüt in Gang zu bringen, alles in allem bestimmt viel länger, als ich vorhabe, bei Ihnen zu bleiben. Wir werden nur so tun, als ob, Sie verstehen? Wir brauchen wohl nicht wirklich mit der Zucht zu beginnen, doch wird das ganze Unternehmen schon entschieden glaubwürdiger, wenn erst einmal die Stuten auf dem Gut sind.«

»Ein Gestüt«, überlegte der Gutsherr, und schüttelte leise lachend den Kopf. »So etwas habe ich mir noch nie überlegt, glauben Sie mir! Megan wird sich ganz schön wundern.«

Sie *hat* sich bereits gewundert, erinnerte sich Devlin; sie hatte es ihm einfach nicht abgenommen. Das war wohl mit ein Grund gewesen, daß sie ihn von Anfang an nicht ausstehen konnte, wobei er allerdings zugeben mußte, daß er am Schluß auch noch seinen Teil dazu beigetragen hatte. Eine Pferdezucht, egal ob an der Sache etwas dran war oder nicht, hätte ohnehin nicht zu ihren Aufgaben gehört. Das hatte er ihr bereits gesagt. Es bestand also für die Tochter des Gutsherrn keinerlei Veranlassung, dem neuen Pferdezüchter ihres Vaters nochmals in die Quere zu kommen. Und auch Devlin würde, ganz gegen seine Gewohnheit, sehr darauf achten, daß das nicht mehr vorkam.

Er erhob sich. »Wenn Sie keine weiteren Fragen mehr haben, werde ich mich nun zurückziehen.«

»Sie können gerne im Haupthaus wohnen.«

»Ich weiß Ihr Angebot zu schätzen, Sir, doch das würde den Zweck meiner Anwesenheit vereiteln. Ich soll für eine Weile verschwinden, doch als Ihr Gast geht das nicht. Genau damit rechnet mein Freund ja, und so würde er mich über kurz oder lang finden.«

»Also gut, sollten Sie noch etwas brauchen, geben Sie Mr. Krebs Bescheid. Er ist der Butler und wird sich darum küm...«

»Vater, ich...«

Sie kam nicht hereingebraust, wie es sich Devlin vorgestellt hatte, sondern war leise und ohne anzuklopfen eingetreten. Offensichtlich hatte sie nicht damit gerechnet, daß Devlin noch da war, denn es verschlug ihr die Stimme, als sie ihn bemerkte. Dann gab sie sich merklich einen Ruck und warf ihm einen kurzen, vernichtenden Blick zu. Irritiert stellte Devlin fest, daß sein Körper schon wieder auf sie reagierte, obwohl ihr Blick ja alles andere als einladend war.

»Du bist aber schnell zurück, mein Liebling«, bemerkte der Gutsherr. »Ich glaube, du hast Devlin Jefferys schon getroffen?«

»Oh ja, das habe ich.« Das Wort »leider« stand unausgesprochen im Raum. »Es tut mir leid, wenn ich störe, Vater, aber ich muß mit dir reden – unter vier Augen.«

Der Gutsherr war einverstanden. »Aber sicher doch, Mr. Jefferys wollte ohnehin gerade aufbrechen.«

»Er wollte aufbrechen?« Sie warf Devlin einen eisigen Blick zu. »Wieder zurück, woher Sie gekommen sind?«

Ihre Stimme hatte wieder diesen hoffnungsvollen Unterton, was ihn ärgerte. »Ganz so weit soll's nicht gehen, Miss Penworthy. Ich hatte eben vor, mich hier auf dem Gut häuslich niederzulassen.«

»Wenn das so ist, seien Sie so nett, und warten Sie eben einmal kurz in der Halle«, erwiderte sie kühl und hielt ihm demonstrativ die Türe auf. »Ganz bestimmt wird mein Vater Ihnen in ein paar Minuten etwas zu sagen haben.«

»Werde ich wirklich?« fragte der Gutsherr.

Devlin lächelte sie ein wenig an, als er auf sie zuging. »Wie Sie meinen.« Als er auf ihrer Höhe war, sagte er mit sanfter Stimme und nur für sie vernehmlich: »Ja, ich werde warten, damit Sie persönlich mir den Weg zum Stall zeigen können.«

Ihr Blick besagte, daß sie ihm zeigen würde, wie er schleunigst vom Hofe käme, und sonst gar nichts. Devlin wollte ihr noch eine hämische Grimasse schneiden, doch sie hatte schon die Türe des Arbeitszimmers hinter ihm geschlossen. Nun stand er in der Halle und hatte Gelegenheit, sich in den Anblick von Penworthys Butler zu vertiefen, der ihm gegenüberstand und ihn seinerseits fragend anschaute.

»Ich soll hier warten«, bemerkte Devlin, woraufhin der Diener fürsorglich auf eine der Bänke wies, die zu beiden

Seiten des Eingangs zur Halle standen. Devlin mußte schmunzeln. »Nicht nötig, Mr. Krebs, es dauert garantiert nicht lange.« Er dachte gar nicht daran, sich von der Stelle zu rühren und es womöglich zu versäumen, wenn es hinter der Türe des Arbeitszimmers hoch herginge. Nein, das durfte ihm auf gar keinen Fall entgehen.

5

Kaum hatte Megan die Tür hinter Devlin geschlossen, da stürzte sie schon auf ihren Vater zu und fragte aufgeregt: »Eine Pferdezucht?!«

»Gefällt dir die Idee?«

»Natürlich, Vater! Aber warum hast du mir denn nicht früher schon davon erzählt?«

»Vielleicht sollte es eine Überraschung sein?«

»Die Überraschung ist dir gelungen. Sie ist dir sogar *so* gut gelungen, daß ich mich gottverdammt blamiert habe.«

Der Gutsbesitzer stutzte. Er hatte Megan noch nie wegen ihrer alles andere als damenhaften Ausdrucksweise kritisiert, denn immerhin achtete sie wenigstens in Gegenwart Fremder darauf, daß ihr solche drastischen Wörter nicht entschlüpften. Außerdem mußte er zugeben, daß sie die meisten von *ihm* gelernt hatte. Doch dieser kleine Makel konnte nichts daran ändern, daß er im Grunde seines Herzens unheimlich stolz auf seine Tochter war. Wenn doch seine geliebte Frau noch hätte erleben können, zu welch einem prächtigen jungen Mädchen sich Megan entwickelt hatte! Doch zu seinem großen Unglück war sie gestorben, als die Kleine gerade drei Jahre alt war.

»Dieser Hengst hat doch bestimmt ein Vermögen gekostet!« fuhr Megan fort. »Gehört er dir *wirklich?*«

»Aber sicher!«

»Und du willst ihn tatsächlich als Zuchthengst einsetzen?«

»Genau dafür habe ich ihn gekauft, doch das dauert alles noch eine Weile«, fügte er vorsichtig hinzu.

»Das ist mir klar. Aber du weißt doch hoffentlich auch, daß du nicht irgendeine alte Stute mit einem solchen Hengst decken kannst, oder? Wir müssen die edelsten Tiere für ihn anschaffen.«

»Ist schon erledigt. Sie werden bald geliefert, glaub mir, und ich hab sie noch dazu recht günstig erstanden.«

»Das ist ja wunderbar! Außerdem müssen wir natürlich noch die Stallungen erweitern, aber du hast bestimmt auch daran schon gedacht.«

»Die Stallungen erweitern?« wiederholte er unsicher.

»Und die Pferde müssen auch bewegt werden. Dabei kann ich dir helfen, ganz besonders bei dem Hengst. Ach, ich kann es kaum erwarten, auf ihm zu reiten!«

»Nun, Megan...«

»Nun, Vater« kam sie seiner Ermahnung zuvor, »du brauchst dir wirklich keine Sorgen zu machen. Ich paß' schon auf, daß mich keiner sieht, wenn ich auf ihm reite.«

Während sie ihn weiter zu beruhigen versuchte, mußte Devlin hinter der Türe lächeln bei dem Gedanken, daß sie Caesar reiten wollte. Dieses Mädchen? Aber wirklich nicht! Doch wann, verdammt, würde sie endlich auf seinen Rauswurf zu sprechen kommen?

Der Gutsherr unterbrach seine Tochter: »Da mußt du erst Jefferys fragen.«

»Wie bitte?!«

»Er kennt den Hengst und weiß, welche Mucken er hat. Es ist doch möglich, daß er sich gar nicht reiten läßt, oder? Und schließlich habe ich ihn ja auch in erster Linie für andere Zwecke angeschafft.«

Megan starrte ihren Vater fassungslos an. Dann brach es unvermittelt aus ihr heraus: »Verdammt noch mal! Was soll das heißen: ›läßt sich nicht reiten‹? Und diesen Kerl würde ich schon gar nicht fragen! Aber da wir gerade von ihm reden: *Der* ist nun wirklich völlig ungeeignet für eine so wichtige Aufgabe, Vater. Da brauchst du jemanden ganz anderen...«

»Ja, ich weiß. Er hat mir erzählt, daß du ihn von Anfang an nicht gemocht hast. Aber ich verstehe beim besten Willen nicht, warum. Wenn du mich fragst, ist er ein verdammt gutaussehender Bursche.«

»Ein verdammt grober Klotz ist er!«

»Aber er hat die besten Empfehlungen, mein Liebling, wirklich die allerbesten.«

»Selbst wenn ihn die Königin selbst empfohlen hätte, wäre es mir egal...«

»Damit kommst du der Wahrheit verdammt nahe«, murmelte der Gutsherr vor sich hin.

»...sein arrogantes Betragen ist provozierend. Ich verlange, daß er entlassen wird.«

»Das kann ich nicht.«

»Aber sicher kannst du das. Du schickst ihn einfach zurück, woher er gekommen ist. Es kann doch nicht so schwer sein, für ihn einen Ersatz zu finden. Ich werde mich selbst darum kümmern, wenn du es nicht tun willst.«

»Das wirst du nicht tun, mein Mädchen. Ich werde diesen Mann nicht entlassen, also vergiß es.«

»Ach, Daddy, bitte!« Sie schlug den einschmeichelnden Ton an, mit dem sie sonst gewöhnlich ihren Kopf durchsetzte.

»Nein, nein, kommt gar nicht in Frage. Mr. Jefferys gehört zu dem Pferd, das ist Bedingung des Kaufs gewesen. Wenn er gehen muß, dann geht auch der Hengst.«

»Aber das ist doch absurd!«

Der Gutsbesitzer zuckte die Achseln. »Mir sind die Hände gebunden. Der Verkäufer wollte sichergehen, daß der Hengst die bestmögliche Pflege erhält. Für ihn ist Mr. Jefferys der Mann seines Vertrauens.«

»Großer Gott! Dann ist es natürlich kein Wunder, daß er so verflucht arrogant ist. Er *weiß* einfach, daß er nicht entlassen werden kann.«

»Ich fand ihn eigentlich ausgesprochen liebenswürdig. Er weiß alles, was man über Pferdezucht wissen muß.« Doch dann schaute der Gutsbesitzer seine Tochter plötzlich besorgt an: »Hat er dir irgend etwas getan, was ... sagen wir, völlig unannehmbar ist, Megan?«

»Nein, nein, es ist nichts Besonderes«, unterbrach ihn Megan hastig. »Ich ... ich hab ihn einfach von Anfang an nicht gemocht, es ist genauso, wie er sagt.«

»Er ist kein Gast in dem Sinne«, beruhigte sie ihr Vater. »Es ist nicht so, daß du mit ihm im Salon Konversation treiben mußt. Wahrscheinlich wirst du ihn sowieso kaum zu Gesicht bekommen.«

»Na, das ist ja wenigstens ein kleiner Trost, wenn wir ihn schon nicht loswerden können.«

Sie ging um den Schreibtisch herum und küßte ihren Vater zärtlich auf die Wange, um ihm zu zeigen, daß sie mit allem einverstanden wäre. Doch in Wahrheit war sie maßlos enttäuscht. Schon der bloße Gedanke, von nun an Devlin Jefferys ständig um sich zu haben, genügte inzwischen, sie völlig aus der Fassung zu bringen. Warum bloß war dieser herrliche Hengst nur unter der Bedingung zu haben, daß man diesen Mann als Zugabe nahm? Der Preis war einfach *zu* hoch...

Als Megan die Türe des Arbeitszimmers geschlossen hatte und sich umdrehte, lief sie ihm direkt in die Arme. Obwohl sie die ganze Zeit an nichts anderes als an ihn gedacht hatte, hatte sie doch tatsächlich völlig vergessen, daß sie ihm bedeutet hatte, er möge in der Halle warten.

Unwillkürlich riß sie die Hände hoch und stemmte die Arme gegen sein weiches, weißes Batisthemd. Sie fühlte seine Muskeln unter ihren Händen schwellen, und diese unschickliche Berührung seines Körpers ließ ihre Wangen erglühen, obwohl sie doch völlig unbeabsichtigt war. Megan machte einen Satz rückwärts, trat in ihrer Hast auf den Rocksaum und hätte dabei fast das Gleichgewicht verloren. Während sie damit beschäftigt war, ihre Absätze aus dem Rocksaum zu angeln, stand Devlin Jefferys breit grinsend daneben.

»Es kommt gelegentlich vor, daß Frauen vor mir zu Boden sinken, doch nicht, um mir zu entkommen!«

»Bestimmt werden sie wegen Ihrer vulgären Anspielungen ohnmächtig«, versetzte Megan, ehe sie wieder zu ihm hochblickte.

Das hätte sie lieber sein lassen. Er stand nun so dicht vor ihr, daß sie seinen Atem spürte, und diese Nähe zu ihm ließ ihr fast die Sinne schwinden. Mein Gott, hatte der Mann schöne Augen! Sie strahlten in einem faszinierenden Türkis und verzauberten sie geradezu, wobei der Kontrast zu seinem glänzenden schwarzen Haar ihre Wirkung noch verstärkte.

Es verging fast eine halbe Minute, bis ihnen beiden im selben Moment bewußt wurde, daß sie nur dastanden und einander anstarrten. Megans Wangen glühten wie noch nie, und sie senkte als erste den Blick. Auf diese Weise entging ihr, daß auch Devlin etwas rot geworden war.

»Ich mache selten Anspielungen, und schon gar nicht vulgäre, und aus diesem Grunde ist vor mir auch noch keine Frau ohnmächtig geworden. Ich bin lieber direkt, Miss Penworthy, und komme ohne Umwege zur Sache. Soll ich es beweisen?«

»Nein!«

»Wirklich schade, denn rosa steht ihnen verdammt gut!«

Der Flegel spielte auf ihr Erröten an, dabei war er selber der Übeltäter, der dies hervorrief. Sie hob den Kopf und warf ihm einen giftigen Blick zu. Sein Gesicht hatte einen süffisanten, beinahe triumphierenden Ausdruck. Wieder wurde sie über und über rot, was ihm ein weiteres hämisches Grinsen entlockte.

»Aha, ich sehe, Sie erinnern sich wieder«, sagte er nun beinahe freundlich. »Sie haben verloren, und nun wird es Zeit, zu bezahlen.«

»Bezahlen wofür?«

»Wollen Sie mir denn nicht Ihren Stall zeigen, Fräulein? Darauf habe ich doch die ganze Zeit gewartet!«

Er sagte das mit einem schmierigen Unterton, wie eine sexuelle Anspielung, als würde er gar nicht über ein Gebäude reden, sondern sich über bestimmte Details ihrer Figur auslassen. Doch sie schlug zurück: »Bei uns ist der Stall nicht irgendwo draußen im Wald versteckt, sondern er liegt gleich hinter dem Haus. Da selbst ein Idiot ihn finden würde, sollte es auch Ihnen möglich sein.«

»Ich hätte wissen müssen, daß Sie Ihre Wette nicht einlösen würden.«

»Ich wüßte nicht, daß wir gewettet hätten«, versetzte sie spitz.

»Sie wüßten nicht? Nichts hätten Sie lieber getan, als mir die Tür zu weisen, wenn Sie Ihren Kopf durchgesetzt hätten. Sie haben mich herausgefordert, ich habe die Wette angenommen – und gewonnen.«

»Dann haben Sie aber getrickst, denn Sie wußten ja von vornherein über diese gewisse Bedingung beim Kauf des Hengstes.«

»Tja, da haben Sie eben Pech gehabt. Aber da Sie mich nun schon mal am Hals haben, sollten Sie Ihre Niederlage mit Würde tragen.«

Der Mann schien überraschend gut Bescheid zu wissen. Plötzlich kam es Megan: »Haben Sie etwa an der Tür gelauscht?«

Er lächelte spöttisch: »So etwas Schönes kann man sich doch unmöglich entgehen lassen!«

»Das hätte ich mir ja denken können«, zischte Megan. »Was kann man schon von jemandem erwarten, der Manieren hat wie ein Schwein!«

Pikiert hob er seine Brauen, doch seine Überraschung war nur gespielt, denn er fuhr grinsend fort: »Ich versuche ja, mich auf ein etwas niedrigeres Niveau herabzulassen, aber ganz so tief bin ich wohl doch noch nicht gesunken.«

Megan versuchte gar nicht erst, sich auf seine Worte einen Reim zu machen, sondern wollte nur an ihm vorbei und den Raum verlassen. Doch mit einem kleinen Schritt zur Seite versperrte ihr Devlin den Fluchtweg.

»Wollen Sie nicht eine kleine Kostprobe meiner Manieren zum Abschluß?« fragte er. Er stemmte seine Arme links und rechts von ihr gegen die Wand, so daß sie in der Falle saß und seinem vor Erregung heiseren Flüstern nicht entrinnen konnte. »Wir sind doch allein. Möchten Sie mich nicht mit Ihren Händen auch so gründlich untersuchen, wie Sie es mit den Augen gemacht haben?«

Megan stieß einen entrüsteten Schrei aus, der ihm eindeutig sagte, was sie von ihm und seinem unverschämten Antrag hielt. Dann tauchte sie unter seinem rechten Arm hindurch und rannte zur Treppe am anderen Ende der Halle.

Sie hörte ihn lachen und ihr spöttisch nachrufen: »Sehen Sie, meine allerliebste Megan, *das* war schweinisches Benehmen! Ist Ihnen der Unterschied aufgefallen?«

Als Megan in sicherer Entfernung war, blieb sie stehen und fauchte zurück: »Zwischen dieser Schweinerei und Ihren früheren Gemeinheiten sollte ich einen Unterschied sehen? Aber wirklich nicht!«

»Na gut, dann reden wir mal über *Ihr* Benehmen, Miss Penworthy: Bei Ihnen kommt es auf das gleiche heraus, ob Sie einen nur mit den Augen oder gleich mit den Händen abtasten. Es wirkt, jedenfalls auf einen Mann, das eine so gut wie das andere.«

»Sie Bastard!«

»Verdorbenes Biest«, hielt er dagegen, warf mit einer arroganten Bewegung seinen Kopf zurück und schlenderte betont lässig hinaus.

Sie hörte noch, wie er draußen vor sich hin pfiff. Er schien wohl höchst zufrieden darüber, daß er diese Runde für sich entschieden hatte. Megan spürte eine derartige Wut in sich aufsteigen, daß sie ihm am liebsten nachgerannt wäre und mit ihren Fäusten auf ihn eingeschlagen hätte. Nur mit Mühe konnte sie sich beherrschen; doch wehe, er wagte es noch einmal, sie auch nur anzusprechen...

6

»Ich möchte dich so gerne reiten; du ahnst nicht, wie sehr ich mich danach sehne. Laß mich, bitte!«

Devlin riß die Augen auf, als er die zärtlich geflüsterten Worte durch die angelehnte Tür hörte. Daß diese verdammte Tür auch nicht zu schließen war! Sie klemmte und hatte nicht einmal ein Schloß. Wenn er sie doch bloß schon gestern repariert hätte, dann könnte er jetzt in Ruhe weiterschlafen. Doch als er gestern hier im Stall eingezogen war, hatte er sich erst einmal um eine neue Schlafstatt gekümmert, denn die Pritsche in der Ecke mit ihren durchgelegenen, stinkenden Matratzen empfand er als eine Zumutung. Die Tür, so hatte er sich gesagt, wollte er erst am nächsten Tag reparieren, ein geruhsamer Schlaf war ihm wichtiger. Jetzt bereute er das.

Das hatte ihm gerade noch gefehlt, daß er von Liebesgeflüster in *seinem* Stall geweckt wurde! Noch dazu wo er gestern nacht vor dem Einschlafen sich selber noch eine heiße Liebesszene ausgemalt hatte, eine leidenschaftliche Liebesszene mit der heißblütigen Miss Penworthy. In seiner Phantasie war sie wild und feurig gewesen. Sie hatte ihm diesmal keine Bosheiten an den Kopf geworfen, im Gegenteil. Sie hatte kein einziges Wort gesagt, hatte ihren Mund nur geöffnet, um sich von ihm küssen zu lassen, hatte ihm bebend ihre samtweiche Zunge entgegengehalten...

Devlin stöhnte, als er wieder die Hitze in seinen Lenden spürte, genauso wie gestern nacht, als er sich vorgestellt hatte, wie sie seinen Körper mit bewundernden Blicken verschlingen würde. Er durfte nicht mehr daran denken, zumindest solange nicht, bis er hier irgendwo eine Frau gefunden hatte, die bereit war, seine Gier zu stillen.

Er überlegte kurz, wer da in Frage käme. Da war einmal die hübsche kleine Tochter des Wirts im hiesigen Gasthof. Sie hatte vorgestern abend erst mit ihm, und dann, als er kein Interesse bekundet hatte, mit Mortimer geflirtet. Der hatte dann auch prompt gestern wieder dort übernachtet. Wenn er bei ihr zum Zuge gekommen war, hatte er zweifellos die älteren Rechte. Zumindest müßte er ihn der Höflichkeit halber vorher fragen.

Dann gab es da noch das Hausmädchen, die ihm gestern die frische Bettwäsche gebracht hatte. Sie hatte üppige Formen, genau wie seine letzte Geliebte, und als sie ihn anschaute, war sie ganz schön ins Stottern gekommen. Es wäre ein leichtes Spiel für ihn, schon gestern hätte er sie haben können. Warum hatte er sie bloß nicht gleich verführt? Aber mit Hausangestellten war das immer so eine Sache. Sie tratschten schnell alles herum, und er mochte lieber diskrete Affären.

Er wußte, daß er über kurz oder lang ein Mädchen finden würde, das ihm gefallen und sich auf eine kurze Sache einlassen würde, doch diese Gewißheit half ihm jetzt auch nicht weiter. Er war inzwischen so erregt, daß er nicht mehr warten konnte. Sein Körper forderte einfach sein Recht. Diese verfluchte Megan Penworthy. Und dann noch dieses Liebesgeturtel hinter der Tür, das gab ihm wirklich den Rest. Bestimmt waren es Bedienstete vom Gut, bei denen es sich noch nicht herumgesprochen hatte, daß dieser Stall inzwischen nicht nur von Pferden bewohnt war. Und dann noch in aller Herrgottsfrühe. Durch das einzige Fenster im Stall fiel gerade das erste Morgenlicht.

»Sir Ambrose wird womöglich eifersüchtig sein, aber das macht nichts, dann reite ich euch eben beide.«

Ein trockenes Lachen drang durch die Tür. Devlin stieß ein verzweifeltes Stöhnen aus. Er versuchte sich zu erinnern, wie es im benachbarten Trakt des Stalls aussah. Da waren zwei Boxen, oder? In einer von ihnen war Caesar untergebracht; Devlin wunderte sich, daß der Hengst nicht ärgerlich schnaubte, wie er es sonst tat, wenn er sich gestört fühlte.

Devlin war nach mehr als nur ärgerlichem Schnauben zumute. Er platzte langsam vor Wut über diese weibliche Stimme nebenan, die ihn aus dem Schlaf geweckt hatte. Sie kam ihm irgendwie bekannt vor, doch er kam nicht darauf, wer es war. Es war wie verhext, diese Stimme machte ihn schier wahnsinnig. Vielleicht gerade, *weil* sie ihm so vertraut war?

»Das kitzelt.« Sie kicherte. »Du magst das, nicht wahr? Ich wußte es. Sir Ambrose ist ganz wild darauf.«

Wie von Furien gejagt sprang Devlin aus dem Bett. Jetzt wußte er es! Aus dem Dunkel seiner Erinnerung war das Gesicht aufgetaucht, das zu dieser weichen, schnurrenden Stimme gehörte. Er stieß die Tür weit auf – und blieb wie angewurzelt stehen. Es war kein Liebespaar, das sich da im Stall tummelte. Kein Mann weit und breit, an dem er seine Wut hätte abreagieren können. Es war Megan, die da im schummrigen Licht einer Laterne stand und Caesar mit Zucker fütterte. Sie hatte ein jadegrünes Reitkleid an, und ihr leuchtendrotes Haar, das sie zu einem dicken Zopf geflochten hatte, züngelte wie eine Flamme über ihren Rücken. Sie hatte Devlin nicht gehört und war ganz auf den Hengst konzentriert, den sie mit lockenden Worten und süßen Naschereien becircte.

Obwohl sie da so harmlos in ihrer ganzen Unschuld vor ihm stand, kochte er immer noch vor Wut. Er konnte sich einfach nicht beruhigen. Er wußte nicht einmal genau, warum. War es Eifersucht? Dieses Gefühl war ihm sonst ausgesprochen fremd. Nein, es war etwas anderes. Dieses Mädchen hatte ihm die ganze Zeit im Kopf herumgespukt, doch er hatte die Finger von ihr gelassen, weil er davon ausgegangen war, daß sie noch Jungfrau war. Dann hatte er dieses Liebesgeflüster gehört, hatte ihre Stimme erkannt, und für den Bruchteil einer Sekunde hatte er gedacht, daß sie also *doch* keine Jungfrau mehr war, sondern sich da mit ihrem Liebhaber im Stroh tummelte, und diese Vorstellung hatte ihn vor Eifersucht fast wahnsinnig gemacht, noch dazu, wo er sich selbst gerade in Gedanken an sie in heißer Erregung in seinem Bett gewälzt hatte.

Jetzt sah er, daß er einem Irrtum erlegen war – zugegebenermaßen einem geradezu lächerlichen Irrtum –, doch das beruhigte ihn nicht im geringsten, im Gegenteil. Er war immer noch auf sie wütend, nur aus einem anderen Grund. Bisher hatte er auf das Vergnügen verzichtet, sie zu verführen, dann hatte er einen Moment lang geglaubt, daß sie also doch zu haben wäre, und jetzt war alles nur ein Irrtum. Er mußte sich also weiterhin beherrschen und die Finger von ihr lassen, und verrückterweise war es genau *das*, was ihn so in Rage brachte.

»Was zum Teufel machst du hier, verdammte Göre?« brüllte er.

Megan zuckte zusammen. Sie richtete sich steif auf, drehte sich aber nicht um. Sie hatte also seine Stimme erkannt. Langsam ließ sie ihre Hand sinken und wischte sich achtlos ein paar Zuckerreste an ihrem Rock ab. Caesar gefiel das ganz und gar nicht, er reckte den Kopf so weit er konnte aus der Box heraus und verlangte nach mehr.

»Ich wäre Ihnen äußerst dankbar, wenn Sie mich etwas höflicher anreden würden…«

»Das müssen Sie schon mir überlassen, wie ich Sie anrede.«

»…wobei ich von Ihnen andererseits nichts anderes erwartet habe.« Sie drehte sich um, um ihm gehörig die Meinung zu sagen – doch ihren Lippen entfuhr nur ein stummes »Oh!«, als ihr Blick auf ihn fiel: Devlin hatte nichts an außer seinen Hosen, und auch die hatte er der Bequemlichkeit halber gelockert, so daß sie ihm knapp unter den Hüften hingen und ein breites Stück nackter Haut unterhalb seines Bauchnabels enthüllten. Sie stand wie angewurzelt, unfähig, den Blick von ihm zu wenden. Wie gebannt fuhr sie mit den

Augen über seine nackte, goldbraune Haut, glitt über seine breiten Schultern, seine langen, muskulösen Arme, die breite Wölbung seiner majestätischen Brust, die sich abwärts verjüngte zu einem durchtrainierten, flachen Bauch und sehnigen Hüften, die kaum breiter waren als seine schlanke Taille. Schwarzes, dichtes Haar wuchs auf seinen Brustmuskeln, kräuselte sich zart um seine Brustwarzen. Seinen glatten, samtigen Bauch ließ es frei, doch unterhalb des Nabels fing es wieder an, üppig zu wuchern, bis es unter seinem Hosenbund verschwand. Und noch weiter unten – da war eine gewaltige Wölbung, die den Stoff seiner Hose zum Zerreißen spannte.

Hier blieb ihr Blick hängen; fasziniert und verwirrt starrte sie auf diesen höchst intimen Körperteil, und Devlin starrte sie genauso an, atemlos, fühlte, wie sein schwellendes Glied unter ihren stimulierenden Blicken noch weiter wuchs. Er glaubte es kaum, aber es war wieder so, daß sie ihn mit ihren Augen geradezu verschlang. Anders als sonst hatte er diese Nacht vorsichtshalber seine Hosen angelassen; da die Tür nicht abzuschließen war, hätte doch jemand unverhofft hereinplatzen können. Sonst stünde er jetzt hier splitternackt. Und auch in dem Moment, als er aufgesprungen war, um ihren Liebhaber zu verprügeln, hatte er an alles andere als an züchtige Bekleidung gedacht. Ob sie ihn genauso anstarren würde, wenn er hier jetzt tatsächlich nackt vor ihr stünde? Er hätte fast darauf gewettet.

»Wenn meine Tür abzuschließen wäre, hätten Sie jetzt das Vergnügen, noch mehr zu sehen, denn normalerweise schlafe ich im Adamskostüm. Aber ich kann Ihnen den Gefallen gerne tun und die letzten Hüllen auch noch fallen lassen, einverstanden?«

Sie riß entsetzt die Augen auf, als ihr der Sinn seiner Worte langsam klar wurde, doch bevor die Schamröte in ihre Wangen schießen konnte, drehte sie sich um und stürzte davon. Aber sie war nicht schnell genug. Die Wut, die die ganze Zeit schon in Devlin gekocht hatte, war nun von der

Leidenschaft, die sie in ihm entfacht hatte, zusätzlich angeheizt, und das war zuviel für ihn. Ein primitiver Trieb brach in ihm durch. Diesmal würde sie ihm nicht entkommen. Er setzte ihr hinterher, hatte sie mit seinen langen Beinen im Nu eingeholt, und bevor sie überhaupt daran denken konnte, um Hilfe zu schreien, packte er sie, riß sie in seine Arme und küßte sie leidenschaftlich.

Im ersten Moment war sie starr vor Schreck, dann fühlte sie eine ohnmächtige Angst in sich aufsteigen. Seine letzten Worte schossen ihr durch den Kopf. Er hatte sie hochgehoben und an den Haaren gepackt, so daß ihre Füße in der Luft hingen und sie seinem wilden, gierigen Mund nicht entrinnen konnte. Verzweifelt strampelte sie, schlug mit ihren kleinen Fäusten auf seine Schultern und Arme ein, versuchte vergeblich, seine Brust zu treffen, doch er hielt sie zu fest an sich gedrückt.

Es widerte sie an, was er mit ihr machte. Es tat ihr weh, sein Mund war wie eine Waffe. Sie meinte, jeden Moment würden seine starken Arme ihr die Rippen brechen. Sie verlor ganze Büschel von Haaren, weil sie sich so wild wehrte, doch sein eisenharter Griff gab keinen Millimeter nach. Die Luft ging ihr aus, so daß sie zu ersticken glaubte. Gerade als sie die ersten Sterne vor ihren Augen flimmern sah, konnte sie mit einem letzten Atemzug noch etwas Luft holen, um nicht in Ohnmacht zu fallen. Doch sie war immer noch gefangen, knuffte und schlug um sich, so gut sie konnte, riß an seinen Haaren, aber er achtete gar nicht darauf, bohrte nur gierig weiter seine Zunge in ihren Mund.

Devlin brauchte eine ganze Weile, bis er merkte, daß die Frau in seinem Armen sich tatsächlich gegen ihn wehrte, ernsthaft gegen ihn kämpfte, nicht nur sich ein wenig zierte, wie es Frauen gerne taten. Das war für ihn eine völlig neue Erfahrung. Doch eine ebenso neue Erfahrung war für ihn, dermaßen die Kontrolle über sich verloren zu haben, daß er nicht einmal wahrnahm, daß seine ungestüme Leidenschaft in keiner Weise erwidert wurde. Langsam kam er wieder zur

Besinnung. Er hob den Kopf und schaute auf das Opfer seiner Begierde hinab. Er sah keine Tränen in ihren großen blauen Augen, nur etwas anderes – Angst.

»Sie tun mir weh«, klagte sie mit leiser Stimme.

Großer Gott, hatte er ihr wirklich weh getan? Was war nur in ihn gefahren? Wie hatte ihn diese Frau bloß verhext, daß er sich so vergessen konnte?

»Es tut mir leid«, sagte er. Und das meinte er ernst. Zumindest tat es ihm leid, daß er ihr weh getan hatte. »Als ich gestern abend ins Bett ging, konnte ich schon an nichts anderes denken als an Sie, und heute morgen wurde ich von Ihrer Stimme geweckt, und als Sie mich dann mit Ihren wunderbaren Augen wieder so angesehen und meinen Körper gestreichelt haben, da habe ich für einen Moment einfach den Verstand verloren.«

Für Megan hörte sich das mehr wie ein leiser Vorwurf und nicht wie eine Entschuldigung an, so als wäre *sie* schuld daran, was er ihr angetan hatte. Das ärgerte sie, und je mehr ihre Angst vor ihm schwand, desto mehr kehrte ihre alte Wut auf ihn zurück.

Sie wollte sie ihm gerade um die Ohren hauen, als er fragte: »Wo habe ich Ihnen denn weh getan?«

Megans Augen flammten zornig auf. Sie ärgerte sich über seine dumme Frage, und da er seinen Griff immer noch nicht gelockert hatte, konnte sie ihm leicht auf die Sprünge helfen: »Sie sind gerade dabei, mir das Rückgrat zu brechen! Sie haben mir wahrscheinlich so ziemlich alle Haare ausgerissen und meine Lippen mit Ihren Zähnen total zerbissen!«

Sie zetert wie ein launisches kleines Ding, dachte Devlin. Sie hatte wirklich nicht die geringste Ahnung, was Leidenschaft war. Er war bekannt für seine raffinierten Liebeskünste, und so wäre es ihm lieber gewesen, sie hätte ihm einfach eine schallende Ohrfeige versetzt. So fühlte er sich durch ihre Worte zum primitiven Rüpel herabgesetzt, und das beleidigte ihn. Es war wieder einmal der Beweis, daß es besser war, von Jungfrauen die Finger zu lassen. Sie war eben wirklich noch ein unerfahrenes, unschuldiges junges Mädchen. Dabei bettelte sie mit jeder Geste und jedem ihrer verführerischen Blicke darum, daß er ihr genau diese Unschuld doch bitte rauben möge. Wenn er es recht bedachte, so hatte er nur getan, was sie insgeheim wollte, und so war ihm eigentlich gar nichts vorzuwerfen, und es bestand auch nicht der geringste Anlaß für irgendwelche Wiedergutmachungsleistungen.

Er wäre froh gewesen, wenn er genauso leicht wie seine Schuldgefühle auch seine Lustgefühle loswerden könnte, aber die tobten immer noch in seinen Lenden, und vielleicht war das auch mit ein Grund dafür, daß er sich einfach weigerte, sich bei ihr zu entschuldigen.

»Kein Grund zur Aufregung«, entgegnete er auf ihren Vorwurf. Er stellte sie wieder auf ihre Füße, löste aber immer noch nicht seine Umklammerung. »Das kommt eben davon, wenn Sie mich mit Ihren Augen auffressen!«

»Das habe ich überhaupt nicht!« keuchte sie empört.

»Oh doch, Fräulein! Und wenn Sie das das nächste Mal wieder mit mir machen, werde ich Ihnen die gleiche Lektion erteilen wie eben gerade, und auch das übernächste Mal und so fort. Vielleicht lernen Sie auf diese Weise irgendwann einmal, wie man einen Mann richtig küßt.«

Mit dieser letzten Bemerkung wollte er sie bewußt verletzen, wollte ihr gezielt einen Schmerz zufügen, den gleichen Schmerz, den er in sich brennen fühlte. Er begehrte sie wie verrückt. Er war zwar wieder zur Besinnung gekommen, doch er wußte, daß dieses Begehren weiter in ihm lodern würde, so daß er einfach nichts anderes tun konnte, tun *würde*, als sie immer wieder zu küssen. Vielleicht würde sie dies auch als Warnung verstehen, daß sie sich verdammt noch einmal von ihm fernhalten sollte, denn er war sich nicht sicher, ob er auf die Dauer dieser ständigen Verführung widerstehen könnte.

»Ich hasse Sie!« zischte sie ihm wutentbrannt entgegen.

Devlin antwortete mit einem breiten Grinsen: »Ich bin am Boden zerstört, Gnädigste.« Sein Grinsen strafte seine Worte Lügen. »Darf ich Sie darauf aufmerksam machen, daß Sie mich bisher noch gar nicht gebeten haben, Sie loszulassen. Das hätte ich eigentlich von Ihnen erwartet – wenn Sie mich wirklich hassen.«

»Lassen Sie mich los!«

»Zu spät!«

Er senkte seine Lippen auf ihre herab und küßte sie ein zweites Mal. Doch dieser Kuß war vollkommen anders als der erste. Diesmal verlor er nicht die Kontrolle, dachte daran, daß sie noch unschuldig war. Er ließ seine reichen Erfahrungen spielen, lockte sie zärtlich, umschmeichelte ihre Lippen, bat sie mit seiner Zunge, ihren Mund zu öffnen, und als sie es schließlich tat, fuhr er hinein, um sich seinen Preis zu holen. Oh Gott, sie war so süß, so hinreißend in ihrer Unschuld!

Sie wehrte sich nur kurz, zweimal noch schlug sie ihn mit ihren kleinen Fäusten, dann schlossen sich ihre Arme um seinen Hals. Sie entspannte sich, schmolz in seinen starken Armen dahin. Das war die Reaktion, die er bei Frauen kannte. Er wurde mutiger, wollte seine Zunge tief in ihren Mund bohren, wollte das Feuer ihrer Leidenschaft entzünden. Doch er befürchtete, damit bei einer Jungfrau den gegenteiligen Effekt zu bewirken – mit Jungfrauen hatte er ja nun wirklich keine Erfahrung –, und so behielt er sich in der Gewalt, zwang sich, langsam vorzugehen, vorsichtig. Er war auch darauf gefaßt, sich schnell aus ihr wieder zurückzuziehen, falls sie ihn in die Zunge beißen sollte. Aber das tat sie nicht, selbst dazu war sie offensichtlich zu unerfahren.

Sie erwiderte seinen Kuß nicht, sie ließ alles nur willenlos mit sich geschehen. Doch das war ganz im Sinne Devlins, denn er hatte solche Mühe, seine Begierde im Zaum zu halten, daß er, wenn sie seinen Kuß erwidert hätte, womöglich endgültig die Kontrolle über sich verloren hätte. Sie hatte wirklich nicht die leiseste Ahnung, wie man küßt, doch das störte ihn nicht, im Gegenteil. Ihre Unerfahrenheit kam ihm jetzt gerade recht. Ihre Lippen waren weich, nur ein wenig geschwollen von seiner letzten Attacke. Ihr Atem strömte sanft und süß; noch süßer war die kindliche Ergebenheit, mit der sie in seinen Armen lag, ihr warmer, biegsamer Körper... *Großer Gott, gib mir Kraft.*

Doch Devlin war mit seiner Kraft am Ende. Er wollte sich in sie versenken, nichts hielt ihn mehr. Wieder und wieder packte er ihr Becken und preßte es gegen seine geschwollene Männlichkeit. Ihr keuchender Atem verriet ihm, daß in ihr nie gekannte Gefühle wogten. Sein Körper barst schier vor Erregung, Devlin wollte aufspringen und sie in sein Bett davontragen. Er brauchte jetzt ihre Wut, er brauchte jetzt, daß sie ihn ins Gesicht schlug, damit er endlich zur Besinnung kam.

Er ließ von ihr ab. Zitternd vor Wollust stand er da, rang nach Luft, versuchte verzweifelt, wieder zu sich zu kommen. »Jetzt weißt du, wie es geht«, stieß er keuchend hervor. »Wenn du es irgendwann einmal haben willst ohne diese verdammten Kleider zwischen uns, dann sag es mir.«

Wie betäubt standen sie da und schwiegen. Dann endlich schlug sie ihm ins Gesicht, so wie er es die ganze Zeit schon ersehnt hatte. Doch zu seiner Überraschung hatte die Ohrfeige gerade die gegenteilige Wirkung. Statt zur Besinnung zu kommen, wurde er nur noch wilder, wollte sie erneut an sich reißen und küssen. Nur mit letzter Kraft bezwang er sich. Er mußte eine andere Taktik einschlagen. Er mußte sie offen beleidigen.

»Wenn Sie ein anständiges Mädchen wären, hätten Sie vorhin, als sie mich halbnackt gesehen haben, sofort die Augen geschlossen und sich umgedreht, dann hätte Sie meine Nacktheit auch nicht provoziert. Aber zu diesen anständigen Mädchen scheinen Sie wohl nicht zu gehören, Miss Penworthy.«

Sie schlug ihm ein zweites Mal ins Gesicht. Es war ihm egal, ob er es diesmal verdient hatte oder nicht. Er hatte nichts als die blanke Wahrheit gesagt. Dann lief sie um die Ecke und war verschwunden.

7

Megan rannte den ganzen Weg hinüber zum Haus und stürmte sofort hinauf in ihr Zimmer. Sie schlug die Tür hinter sich zu und lehnte sich mit geschlossenen Augen dagegen. Sie zitterte vor Erregung. Dann stieß sie einen tiefen Seufzer aus.

Er hatte ja so recht. Sie hatte sich schon wieder völlig danebenbenommen! In dem Moment, wo sie gesehen hatte, daß er nicht vollständig bekleidet war, hätte sie sofort die Augen schließen und sich umdrehen müssen! Statt dessen hatte sie wieder das Unvorstellbare getan, hatte diesen aufregenden Männerkörper einfach sprachlos bewundert, hatte ihn »mit den Augen verschlungen«, wie er es so rüde ausgedrückt hatte. Dabei konnte sie eigentlich gar nichts dafür, es war einfach so über sie gekommen. Sie hatte gar nicht gemerkt, was sie da tat und daß er sie dabei beobachtete.

Kein Wunder, daß er sie gefragt hatte, ob er für sie auch noch die Hosen herunterlassen sollte. Sie konnte es ihm wirklich nicht übelnehmen, wo sie doch am längsten auf diesen einen, diesen bestimmten Körperteil gestarrt hatte. Er hatte nur ihre Gedanken gelesen. Es war wahr, sie hätte wirklich zu gern gewußt, was sich da unter seiner Hose verbarg.

Sein Glied war ihr so riesig erschienen. Später hatte sie es dann sogar durch ihren dicken Rock hindurch gespürt, als er es hart gegen ihre Scham preßte. Sie hatte Angst bekommen, ja, aber da war auch noch ein anderes Gefühl gewesen, ein aufregendes Gefühl, das in ihrer Scham begonnen und sich von dort in heftigen, heißen Wogen über ihren ganzen Körper ausgebreitet hatte. Hätte sie dieses Gefühl doch niemals erlebt! Und auch dieses andere nicht, dieses Kribbeln im Bauch, als er sie das zweite Mal geküßt hatte!

Megan stöhnte leise bei dem Gedanken. Dann ging sie mit unruhigen Schritten in ihrem Zimmer auf und ab. Das alles hätte nicht passieren dürfen! Sie hatte sich doch nur mit dem Hengst anfreunden wollen, damit sie ihn später vielleicht einmal reiten könnte. Sie hatte überhaupt nicht vorgehabt, Devlin Jefferys über den Weg zu laufen, ganz im Gegenteil. Deshalb war sie ja extra so früh in den Stall gegangen, viel früher als sonst, damit sie mit Sicherheit ganz alleine wäre.

Es wäre alles gut gegangen, wenn nicht diese verflixte Tür angelehnt gewesen wäre – und wenn Devlin nicht so einen leichten Schlaf hätte. Dabei hatte sie wirklich nur im Flüsterton zu dem Hengst gesprochen. Es war einfach unmöglich, daß Devlin davon aufgewacht war, selbst bei offener Tür! Aber er hatte gesagt, daß er von ihrer Stimme geweckt worden war. Er hatte auch gesagt, daß er gestern nacht, als er ins Bett ging, an sie gedacht hatte. Ob das wahr war? Bestimmt nicht. Er hatte ihr so viele anzügliche Sachen gesagt, von denen mit Sicherheit die Hälfte erlogen war, nur um sie zu schockieren. Dieser Mann liebte offensichtlich nichts so sehr, wie sie zu schockieren!

Sie blieb stehen. Sie fühlte sich auf einmal magisch zum Fenster hingezogen. Es ging zum Seitenhof hinaus und gestattete somit auch einen Blick auf den Stall. Er lag etwas versetzt hinter dem Haus, doch sie konnte den Eingang gut einsehen und daher auch beobachten, wer dort aus- und einging. Als sie ein Pferd wiehern hörte, glaubte sie erst, daß es Timmy, der Stallbursche, wäre, der auf seiner alten Mähre wie jeden Morgen zur Arbeit geritten kam. Doch es war nicht Timmy. Plötzlich wurde die Stalltür aufgerissen, und der schwarze Hengst kam mit Devlin auf dem Rücken heraus.

Ja, sollte er doch endlich mitsamt seinem Pferd verschwinden! Aber sie wußte, daß er wiederkommen würde.

Der Hengst war ungesattelt, und Devlin hatte keine Stiefel an, nur wieder eines dieser weißen Hemden, das er auch schon gestern getragen hatte. Als nächstes wünschte sie sich, daß er in hohem Bogen vom Pferd fliegen möge, doch auch dieser Wunsch ging nicht in Erfüllung. Dieser Mann und sein Hengst waren eins, sie waren füreinander geschaffen. In Sekundenschnelle waren die beiden verschwunden, doch der Anblick hatte sich tief in Megans Gedächtnis gegraben.

Wenn er doch bloß nicht so verdammt gut aussähe! Dann bräuchte sie sich vor ihm nicht dauernd so lächerlich zu machen! Sie hatte wirklich noch keinen Mann getroffen, der so blendend aussah wie er, der sie so aus der Fassung zu bringen vermochte.

Gut, es war wirklich unanständig von ihr gewesen, ihn so anzustarren. Aber es war noch viel unanständiger von ihm, sie zu fragen, ob er sich für sie ausziehen sollte. Er hatte einfach kein Recht, sich so eine Dreistigkeit zu erlauben. Und er hatte auch kein Recht, dauernd diese Schlüpfrigkeiten von sich zu geben, kaum, daß er den Mund aufmachte. Und er hatte vor allem kein Recht, sie so anzugehen, wie er es getan hatte! Es gab wirklich nicht den geringsten Grund, daß sie da die Schuld bei sich suchen müßte. Oder doch?

Hatte er ihr nicht gesagt, daß ihre Art, ihn so anzustarren, für ihn war, als ob sie ihn mit den Händen streichelte? Nein! Sie weigerte sich, zu glauben, daß sie ihn zu seinem ungeheuerlichen Benehmen provoziert hätte. Und sie weigerte sich ebenso, seine Drohung ernst zu nehmen, daß er sie wieder küssen würde, wenn sie ihn noch einmal so anstarren würde. Das würde er niemals wagen! Oder etwa doch? Ein gemeiner, roher Bursche, wie er einer war? Warum denn nicht? Sie hätte sich auch nicht im Traum vorgestellt, daß er die Frechheit besäße, sie einfach zu küssen, und trotzdem hatte er es getan. Und warum, zum Teufel, mußte sie eigentlich die ganze Zeit daran denken?

Wenn er sie doch bloß nur dieses zweite Mal geküßt hätte. Das war doch ganz anders, hundertmal schöner gewesen als das erste Mal. Ihr waren die Sinne geschwunden, eine Welle von Gefühlen war ihr durch den Bauch gewogt. Sie mußte zu ihrer Schande gestehen, daß sie enttäuscht war, als er aufgehört hatte. Dabei war es ja kein Wunder. Er hatte ihr offen ins Gesicht gesagt, daß sie nicht küssen konnte.

Megan runzelte die Stirn, als sie daran dachte. Es stimmte, sie hatte auf diesem Gebiet nicht die geringsten Erfahrungen. Den einzigen Kuß, an den sie sich erinnern konnte, hatte ihr einmal ein früherer Verehrer gestohlen. Doch das war nur eine flüchtige Berührung der Lippen gewesen, so kurz, daß sie gar keine Zeit hatte, sich zu überlegen, ob es ihr gefallen hatte oder nicht.

Aber sie würde bald heiraten. Sollte sie nicht die eine oder andere Erfahrung sammeln, bevor sie ihren Herzog küßte? Sie wollte nicht, daß er sie genauso als unerfahrenes Ding belächeln würde, wie es Devlin getan hatte. Doch jetzt, wo sie wußte, wen sie heiraten würde, war es ja auch unfair, irgendeinen Verehrer sie küssen zu lassen und somit falsche Hoffnungen in ihm zu erwecken. Sie hatte also keine Gelegenheit mehr, das Küssen zu lernen. Und als Devlin sie geküßt hatte, war sie von diesen ganz neuen Gefühlen derartig überwältigt gewesen, daß sie gar nicht darauf geachtet hatte, was er da eigentlich mit ihr machte, daß sie diese wunderbaren Gefühle bekam. Natürlich würde sie es ihm nie wieder gestatten, sie noch einmal zu küssen. Ein Pferdezüchter! Daß er es überhaupt gewagt hatte...

Sie stand immer noch am Fenster, als er kurz darauf zurückkam. Sein Haar war naß und sein Hemd klebte am Rücken. Hatte er irgendwo gebadet? Doch nicht etwa in *ihrem* Teich! Bei dem bloßen Gedanken, daß er sich in ihrem ganz privaten Badeparadies getummelt hatte, geriet sie in Rage. Es war schon schlimm genug, daß er in ihrem Stall hauste.

Während sie sich immer noch über diese seine neueste Frechheit ärgerte, bemerkte sie, daß er sie gesehen hatte.

Er hielt den Hengst direkt unter ihrem Fenster an und schaute zu ihr empor. Trotz seiner Warnung schaute sie zurück, absichtlich. Sie wußte, daß sie in ihrem Zimmer vor ihm und seinen Drohungen sicher war, und umso herausfordernder schaute sie zu ihm hinunter. Es bereitete ihr ein diebisches Vergnügen.

Aber auch er schaute sie unentwegt an. Sogar als er abstieg und sich direkt vor seinem Pferd aufstellte, ließ er sie nicht aus den Augen. War das ein Wettkampf, wer den Blick des anderen am längsten aushielt? Doch plötzlich langte er an seinen Hosenbund und zog sich mit einer einzigen schnellen Bewegung das Hemd über den Kopf.

Megan erstarrte und riß hastig die Gardinen zu. Sie hörte ihn unten heiser lachen. Es klang ihr schlimmer in den Ohren als sein selbstgefälliges Pfeifen gestern. Er hatte also auch diese Runde für sich entschieden! Es war einfach nicht zum Aushalten. *Er* war einfach nicht zum Aushalten. Sie mußte mit ihrem Vater sprechen. Dieser Mann mußte in seine Schranken verwiesen werden!

8

Megan wollte später beim Frühstück mit ihrem Vater darüber reden. Sie legte sich genau zurecht, was sie sagen wollte. Sie würde natürlich nicht die ganze Wahrheit erzählen, doch sie wollte ihrem Vater die Augen öffnen, was Devlin Jefferys für ein unmöglicher Kerl war, ohne andererseits zu riskieren, daß er ihn deshalb gleich entließe, denn das würde sie den Hengst kosten. Sie würde ihrem Herzen Luft machen, aber eher am Rande des Gesprächs, während sie über ihre bevorstehende Fahrt nach London oder ihre Pläne für heute plauderten. Doch dann verließ sie der Mut. Sie befürchtete, daß Devlin, wenn er von ihrer Beschwerde erfuhr, seinerseits ihrem Vater das eine oder andere über ihr Verhalten erzählen würde, und dann stünde sie genauso schlecht da wie er.

Deshalb entschloß sie sich, einen anderen Weg zu gehen. Sie würde Devlin *androhen*, daß sie sich über ihn beschweren würde, wenn er ihr weiteren Anlaß dazu gäbe. Insgeheim hoffte sie jedoch, daß es dazu gar nicht mehr käme, denn sie hatte nicht vor, mit ihm überhaupt noch ein Wort zu wechseln. Bis jetzt nahm er ja wohl an, daß sie nicht vorhatte, ihrem Vater irgend etwas zu erzählen, denn als sie ihn zum ersten Mal um seine Entlassung gebeten hatte, hatte Devlin ja an der Tür gelauscht und auf diese Weise mitbekommen, daß sie ihrem Vater keine näheren Einzelheiten ihrer ersten Begegnung mitgeteilt hatte. Sie brauchte ihm also nur klar und deutlich zu sagen, daß sie sofort alles ihrem Vater erzählen würde, wenn er sie nicht ab sofort in Ruhe ließe. Dann würde er ja wohl ein für alle Mal die Finger von ihr lassen.

Obwohl sie sicher war, daß sie mit dieser Strategie wieder Herrin der Situation sei, beschlich sie dennoch ein ungutes Gefühl, als sie wie immer kurz nach dem Frühstück den Stall betrat. Sie atmete erleichtert auf, als sie niemanden entdecken konnte, nicht einmal Timmy, der sonst immer schon da war, wenn sie kam. Im hinteren Teil des Stalles war ein Geräusch zu hören, das sich wie Hämmern anhörte. Sie hatte aber keine Lust, sich darüber Gedanken zu machen, und ging geradewegs zu Sir Ambrose' Box.

Normalerweise rieb sie ihr Pferd nur kurz ab, bevor sie ausritt, und widmete sich erst hinterher ausgiebig seiner Pflege. Doch heute wollte sie sogar das Abreiben ausfallen lassen, um möglichst schnell wieder aus dem Stall zu sein, bevor Devlin ihr über den Weg laufen könnte.

»Morgen, Miss Megan!« Sie fuhr zusammen, wenn auch nur für eine Sekunde. »Guten Morgen, Timmy«, antwortete sie aufatmend.

»Er ist wirklich toll, dieser Caesar, nicht wahr?« strahlte Timmy, als er auf das Boxengitter kletterte und sich dort neben ihrem Sattel niederließ.

Es war eine gemeinsame, liebgewordene Gewohnheit von Timmy und ihr. Sie brauchte seine Hilfe nicht, mochte es aber gern, wenn er nur so auf dem Boxengitter saß und ihr Gesellschaft leistete, während sie sich um das Pferd kümmerte. Diese Gewohnheit wirkte irgendwie beruhigend auf sie, und so überlegte sie einen Moment, ob sie nicht doch auch heute wie immer erst ihr Pferd abreiben sollte.

»Ich hab dir gesagt, was du tun sollst, also mach dich an die Arbeit.«

Megan stöhnte innerlich, als sie diese Stimme hörte. Ebenso schien es Timmy zu gehen. Denn der Junge sprang sofort herunter und rannte in den hinteren Teil des Stalles.

»Sie haben kein Recht, hier herumzukommandieren«, sagte Megan scharf und drehte sich um. Devlin stand breit am Eingang der Box. »Timmy hat mir nur Gesellschaft geleistet.«

»Das darf er aber nicht, wenn er eine Arbeit zu erledigen hat. Ich habe ihm eine Aufgabe gegeben. Und er steht jetzt unter *meiner* Leitung.«

Sie wollte gerade anfangen, darüber zu streiten, wer hier der Chef sei, als sie bemerkte, daß sie schon wieder dabei war, ihn fasziniert anzustarren. Deshalb biß sie sich auf die Lippe und drehte sich um.

»Na, heute keine Lust zu streiten?«

»Verschwinden Sie«, murmelte sie leise. Doch er hatte es gehört.

»Ich habe nicht die Absicht, Ihnen diesen Gefallen zu tun«, erwiderte Devlin süffisant. »Ich lebe hier schließlich. Das ist sozusagen mein Zuhause für die nächste Zeit.«

Sein ironischer Ton wirkte ziemlich provozierend auf Megan. Sie hätte ihm gerne erwidert, daß ein Stall für jemanden wie ihn tatsächlich die passende Behausung sei, doch sie verkniff sich die Bemerkung. Sie wollte kein Wort mehr mit ihm reden, ihn einfach ignorieren, bis er endlich wegginge.

Sie machte eine Bewegung, um ihren Damensattel zu nehmen, aber plötzlich war Devlin hinter ihr. Sie spürte seine kräftige Brust an ihrem Rücken, als er ebenfalls nach dem Sattel griff. Megan wirbelte herum, um ihn ihm zu entreißen, was ihr auch gelang, da er mit ihrer Reaktion nicht gerechnet hatte. Doch durch ihre heftige Bewegung und das Gewicht des Sattels verlor sie das Gleichgewicht und fiel, wild mit den Händen fuchtelnd, rückwärts in einen Heuhaufen.

Sie stieß einen wütenden Schrei aus und schlug ihm trotzig auf die Hand, als er ihr hochhelfen wollte. Mein Gott, schon wieder hatte sie sich vor diesem Mann schrecklich lächerlich gemacht. Wie oft mußte ihr das denn *noch* passieren?

»Ich wollte Ihnen doch nur helfen«, sagte er, »Timmy konnte es ja nicht tun, nachdem ich ihn weggeschickt habe.«

Sie vermied es nach wie vor, ihn anzusehen. Doch obwohl sie nicht den geringsten Anflug von Belustigung in seiner Stimme gehört hatte, stellte sie sich vor, wie er von einem Ohr zum andern grinste. Ob das jetzt wohl der richtige Moment war, ihm ihre Drohung mitzuteilen?

Sie stand auf und streifte das Stroh von ihrem Reitkleid, dann griff sie nach dem Sattel. Während sie Sir Ambrose zum Ausritt fertig machte, stand Devlin stumm neben ihr und sagte kein einziges Wort. Sie war nicht einmal sicher, ob er überhaupt noch da war. Doch sie würde sich lieber auf die Zunge beißen als...

»Miss Penworthy«, unterbrach er ihre Gedanken, »seit ich hier stehe, haben sie mich nicht ein einziges Mal angesehen.« Sein Tonfall hatte sich geändert und zeigte einen Anflug von Verärgerung. »Sind mir plötzlich Hörner gewachsen?«

»Die hatten Sie wohl immer schon«, platzte sie heraus. Sie konnte einfach den Mund nicht halten.

»Sehen Sie mich gefälligst an, wenn Sie mich beleidigen!«

Sie tat ihm diesen Gefallen nicht, gab ihm jedoch einen

kleinen Tip: »Mr. Jefferys, ich habe nicht die Absicht, Sie durch meine Art, Sie anzusehen, ein weiteres Mal zu provozieren.«

»Das tun Sie aber gerade«, keuchte er und konnte nur mit Mühe seine Erregung beherrschen. »Man kann jemanden auf sehr verschiedene Art anschauen, das wissen Sie ganz genau. Außerdem habe ich das nur so aus meinem Ärger heraus gesagt. Wahrscheinlich wird beim nächsten Mal, wenn Sie mich wieder so anstarren, überhaupt nichts passieren. Wollen Sie's nicht mal versuchen?«

»Nein!«

»Macht auch nichts. Übrigens, der verfluchte Teich war ganz schön kalt.«

Jetzt konnte sie es sich doch nicht verkneifen, ihn anzuschauen, doch ihr Blick war kühl und abweisend: »Dieser ›verfluchte‹ Teich, wie Sie sich auszudrücken belieben, ist zufällig *mein* Teich. Ich wäre Ihnen dankbar, wenn Sie sich in Zukunft davon fernhielten.«

»Dann bringen Sie gefälligst nicht mein Blut derartig in Wallung, daß mir nichts anderes übrig bleibt, als mich auf diese Weise abzukühlen. Sonst schnappe ich Sie mir das nächste Mal und trage Sie höchstpersönlich in mein Bett.«

Megan schoß das Blut in die Wangen. Dann sagte sie mit gepreßter Stimme: »Wenn das *so* ist, dann dürfen Sie sich ab jetzt in meinem Teich abkühlen, wenn Sie es nötig haben!«

»Genau die Antwort hatte ich erwartet!«

Megan drehte sich um und führte betont gelassen ihr Pferd aus dem Stall hinüber zum Sattelplatz, doch innerlich kochte sie vor Wut über den selbstgefälligen Ton in seiner Stimme.

»Eigensinnige Göre«, hörte sie ihn hinter sich murmeln, eindeutig nicht für ihre Ohren bestimmt, denn er fügte laut hinzu: »Kommen Sie, ich helfe Ihnen in den Sattel.«

»Danke, nicht nötig. Ich kümmere mich um mein Pferd selber und kann auch allein in den Sattel steigen.«

»Ist das *Ihr* Pferd?«

Ihre Augen wurden schmaler bei dieser Frage. »Finden Sie irgend etwas daran ungewöhnlich?«

»Ich frage mich nur, wie Sie an so einen Vollblüter gekommen sind.«

»Sir Ambrose war ein Geschenk zu meinem zwölften Geburtstag.«

»*Das* ist Sir Ambrose?« prustete er los.

Megan biß sich die Zähne zusammen. »Was zum Teufel finden Sie daran so lustig?«

»Ich bin ungern derjenige, Miss Penworthy, der Sie darauf hinweist, aber dieses Pferd ist eine Stute.«

»Das ist mir bekannt. Und?«

Er schaute verblüfft. »Warum haben Sie sie dann ›Sir Ambrose‹ genannt?«

»Nach ihrem vorherigen Besitzer, Ambrose St. James.«

»Warum denn *das?«* fragte er und sah sie plötzlich argwöhnisch an. »Haben Sie ihn kennengelernt? Sah er vielleicht aus wie ein Pferd?«

Megan wunderte sich, daß er auf einmal so angespannt wirkte. »Nein, ich habe ihn noch nicht kennengelernt, noch weiß ich, wie er aussieht. Aber was macht das schon. Und im übrigen, was geht es eigentlich Sie an, wie ich mein Pferd nenne?«

»Natürlich nichts«, antwortete er förmlich, doch sein Blick wirkte immer noch beunruhigt. »Doch abgesehen davon, es ist ein verdammt blöder Name für ein Pferd, speziell für eine Stute.«

»Wenn Sie *mich* fragen, ›Devlin‹ ist ein ebenso blöder Name für einen Mann. Erinnert an Teufel oder so. Aber dann paßt er für Sie ja eigentlich hervorragend.«

Statt einer Antwort packte er sie an den Hüften und hob sie hoch, bis ihr Gesicht genau vor seinem war. »Erinnern Sie sich, was ich sagte, wie ich Pferde und Frauen behandle, wenn sie zu frech werden?« Seine Stimme klang leise und bedrohlich. Megan war sprachlos, sie schaute ihn an und nickte nur stumm. »Das ist bei Ihnen bald fällig, Miss Penworthy.«

Sie landete mit einem plötzlichen und unerwarteten Ruck auf ihrem Sattel. Für einen Augenblick hatte sie sich tatsächlich von ihm einschüchtern lassen, doch durch die harte Landung kam sie wieder zur Besinnung. Devlin hatte nicht gewartet, wie sie reagieren würde, und sich wortlos umgedreht. So konnte sie ihm nur noch hinterherstarren, wie er lässig in den Stall zurückschlenderte. Dieser widerliche Kerl! Seine letzte Drohung brachte ihr Inneres zum Kochen.

Er sollte es nur wagen, sie anzurühren! Das würde ihm schlecht bekommen. Sie verspürte den Wunsch, hinter ihm her zu rennen und ihm das noch zu sagen – doch der bedrohliche Ton seiner Worte klang ihr noch in ihren Ohren und ließ sie zögern. Besser, ein anderes Mal. Ja, ein anderes Mal, wenn sie nicht so ... erregt wäre.

9

»Rosa?« fragte Devlin entsetzt, als er auf den Vorhang starrte, den Mortimer gerade an dem winzigen Fenster seines neuen Schlafraums befestigt hatte. »Was Besseres konnten Sie wohl nicht finden? Rosa!«

»Ich bin froh, daß ich in diesem Kaff *überhaupt* etwas gefunden habe. Aber außerdem verstehe ich gar nicht, warum Sie sich so aufregen. Ein bißchen Farbe tut diesem öden Raum doch wirklich gut.«

Das einzige, was diesem Raum guttäte, wäre, ihn kurz und klein zu hacken, dachte Devlin. »Haben Sie den Türriegel befestigt?«

»So fest, wie's nur geht. Und ein paar Wolldecken werden heute noch geliefert.«

»Kein Teppich zu bekommen?«

»Nicht hier in Teadale.«

Devlin seufzte gequält. *So* hatte er sich das nicht vorgestellt. *Es wird dir verdammt guttun,* hatte ihm Duchy versichert. *Vielleicht kommst du dann endlich einmal von deinem hohen Roß herunter. Kann dir wirklich nicht schaden.* Aber Duchy hatte eben den Stall des Gutsbesitzers nicht gesehen. Dieser Stall war schon seit Jahren von keinem Menschen mehr bewohnt worden. Selbst Timmy ging abends lieber in die enge Hütte seiner Mutter zurück, als in einem dieser zwei winzigen Zimmer zu schlafen. Früher hatten Stallknechte hier gelebt, seitdem hatten die Räume als Abstellkammern gedient. Devlin fand es befremdlich, daß ein Mann wie der Gutsbesitzer sich nur einen einzigen Stalljungen und lächerliche vier Pferde hielt.

»Diese kahlen Wände könnten auch ein bißchen Farbe vertragen«, sagte Devlin, »aber *nicht* Rosa.«

»Sie werden dann aber mit dem Farbgeruch schlafen müssen«, warnte ihn Mortimer.

»Was macht das schon in diesem verdammten *Stall!«* antwortete Devlin wütend.

»Sie haben recht«, lachte Mortimer, *»ein* Gestank mehr oder weniger macht hier wirklich nichts mehr aus.«

Devlin fand das überhaupt nicht komisch. Einen Augenblick dachte er allen Ernstes daran, auf alle Vorsicht zu verzichten und mit Mortimer in den Gasthof zu ziehen. Aber Duchys Warnung, sich besser nicht in der Öffentlichkeit zu zeigen, hielt ihn davon ab. Wann, zum Teufel, würde er bloß lernen, zu Duchy einmal nein zu sagen?

»Ich brauche auch noch mehr Hemden«, sagte Devlin und sah angewidert auf seinen vor Dreck starrenden Hemdsärmel. »Mindestens ein Dutzend.«

»Habe ich Ihnen nicht gesagt, daß Weiß nicht in einen Stall gehört?«

»Ist mir egal. Schauen Sie, ob Sie welche auftreiben können, Mr. Browne, und wenn Sie schon im Ort sind, können Sie sich auch gleich mal umhören, ob hier mit Frauen irgendwas geht.«

»Was soll denn gehen?« fragte Mortimer in aller Unschuld, aber als er Devlins gewissen Blick bemerkte, fuhr er irritiert fort: »Wollen Sie wirklich...«

»Sparen Sie sich die Moralpredigten, Mr. Browne, sonst muß ich...«

»...die gleichen Entbehrungen teilen wie alle Männer hier«, vollendete Mortimer den Satz.

Devlin zog eine Augenbraue hoch. »Ehrlich, haben Sie sich schon erkundigt?«

»Mr. Jefferys, dies ist eine *wohlanständige* Gegend. Wenn es einen Kerl irgendwo drückt, muß er heiraten, um zu bekommen, was er braucht.«

»Nicht einmal irgendein Wirtshausmädchen?« fragte Devlin ungläubig.

»Dafür müßte es erst einmal ein Wirtshaus geben, und das werden Sie auch vergeblich suchen, wenn man einmal vom Zapfraum des Gasthofs absieht«, erwiderte Mortimer.

»Was soll ich denn dann machen? Nach London fahren?«

»Um Gottes willen! Auf keinen Fall, es sei denn Sie wollen sich doch noch diesem Duell stellen.« Als er Devlin's wütenden Blick bemerkte, konnte sich Mortimer ein Grinsen nicht verkneifen. Doch dann meinte er ernsthaft: »Ich habe gehört, es gäbe hier einen hübschen, kleinen kühlen Teich ganz in der Nähe.«

»Den kenne ich schon, Ihren verdammten Teich«, stieß Devlin hervor.

Bei diesen Worten mußte er plötzlich an Megan denken, wie sie hoch zu Roß auf Sir Ambrose vor ihm stand. Sir *Ambrose*, um Himmels willen!

Er hatte einen inneren Drang verspürt, ihr nachzureiten, um sicherzugehen, daß dieses temperamentvolle Tier ihr nicht durchging. Doch dann hatte ihm sein Verstand gesagt, daß sie wohl gut genug reiten konnte, wenn ihr das Pferd schon so lange gehörte. Trotzdem, Verstand hatte wenig zu tun mit diesem Drang, dieser Begierde, ihr zu folgen.

»Besorgen Sie mir auch eine Kiste Brandy«, wandte sich

Devlin an Mortimer. Dann brummte er unwirsch: »Keine einzige Dirne in der ganzen Gegend?«

»Keine einzige!«

»Dann bringen Sie mir gleich *zwei* Kisten.«

Megan war so schlechter Laune, daß sie nicht einmal Lust hatte, auf ihrem Morgenritt bei der Wiese vorbeizuschauen, wo sie sich sonst oft mit Tiffany traf, um ein Stück gemeinsam zu reiten. Die Mädchen trafen sich hier nicht regelmäßig, denn obwohl Tiffany eine gute Reiterin war, war sie längst nicht so pferdenärrisch wie Megan; deshalb gab es auch Tage, wo sie ihr Pferd überhaupt nicht bewegte.

Es war daher immer ein bißchen dem Zufall überlassen, ob man sich sah oder nicht. Auch heute waren die Mädchen nicht verabredet. Da man aber bei ihrer Freundin nie wissen konnte, ob sie nicht vielleicht doch aufkreuzte, entschloß sich Megan, auf jeden Fall an ihrem Treffpunkt vorbeizuschauen.

Erstaunlicherweise war Tiffany schon da. Megan war überrascht, denn in ihrem Bemühen, den Stall schnellstens zu verlassen, um Devlin aus dem Weg zu gehen, war sie selbst heute viel früher dran als sonst. Sie ritt auf ihre Freundin zu und fragte scherzhaft: »Habt ihr heute Großreinemachen, daß du schon so früh unterwegs bist? Oder ist deine Mutter wieder mal dabei, das ganze Haus zu renovieren?«

»Weder noch, aber ich habe Neuigkeiten und kann es kaum abwarten, sie loszuwerden. Außerdem mußt *du* mir unbedingt erzählen, wie sich bei dir die Dinge entwickelt haben. Ich sterbe fast vor Neugier.«

»Na, dann muß ich wohl erst einmal deine Neugier befriedigen, oder?«

»Absolut richtig«, grinste Tiffany, »vor allem, weil du gestern nicht mit der Kutsche zurückkamst. Ich wollte gestern noch zu euch hinüberkommen, doch dummerweise hatte ich meiner Mutter schon versprochen, an ihrem Literaturkreis teilzunehmen. Abends hatten wir dann Tyler und seine Eltern zu Gast.«

»Und, wie ist es gelaufen?«

»Sehr gut. Aber ich war vielleicht nervös vorher! Nun erzähl doch aber erst mal. Hat dein Vater *wirklich* dieses unglaublich tolle Pferd gekauft?«

Megan lächelte stolz. »Er *hat* es gekauft und zusätzlich einige Stuten, die kommen aber erst noch.«

»Das ist ja alles wahnsinnig aufregend! Tyler war genauso aus dem Häuschen. Den ganzen Abend lang hat er nur von dem Hengst gesprochen; auch seinem Vater hat er jedes kleinste Detail erzählt. Die beiden haben eine Wette abgeschlossen, ob der Hengst nicht ein ehemaliges Rennpferd ist. Tyler schwört darauf. Würde mich nicht wundern, wenn beide diese Woche noch zu euch rüberkämen, um sich das Prachtstück näher anzuschauen. Bist du schon auf ihm geritten?«

»Du weißt doch, Damen reiten keine Hengste!«

»Als wenn *du* dich davon abhalten ließest!« lachte Tiffany, die ihre Freundin gut kannte. »Dann hattest du also noch keine Gelegenheit?«

»Noch nicht«, seufzte Megan.

»Und was war mit diesem gutaussehenden Trainer? Hast du es geschafft, ihn rauszuschmeißen?«

»Glaubst du wirklich, daß er gut aussieht?«

»Mehr als gut! Der Kerl sieht doch aus wie ein junger Gott, findest du nicht?«

Megan zuckte die Achseln. »Eine gewisse Anziehungskraft kann ich ihm nicht absprechen, wenn man über seine Rüpeleien hinwegsehen kann, was mir allerdings nicht gelingt. Aber, um deine Frage zu beantworten, ich hab es leider nicht geschafft, ihn loszuwerden. Als Devlin Jefferys sagte, er gehöre zu dem Pferd, meinte er das wörtlich. In dem verdammten Kaufvertrag ist festgehalten, daß er nicht entlassen werden kann.«

»Eigenartig!«

»Es ist grotesk, aber so ist es nun mal«, antwortete Megan und merkte, wie in ihr der Ärger wieder hochkam, wenn sie nur daran dachte. »Auf diese Weise kann er sich natürlich herausnehmen, was er will. Du glaubst ja gar nicht, wie arrogant, grob und unverschämt er ist!«

»Hm. Gibt's sonst noch was Neues?«

»Nein, aber was *der* Kerl sich alles schon geleistet hat, reicht mir auch völlig!«

»Seltsam«, grübelte Tiffany, »Männer in deiner Nähe benehmen sich doch sonst nicht so.«

Megan schaute ihre Freundin einen Moment lang nachdenklich an, dann meinte sie: »Nein, tatsächlich, normalerweise nicht.«

»Naja, Mr. Jefferys sieht wirklich *etwas* besser aus als die meisten anderen«, überlegte Tiffany. »Vielleicht hat er das gleiche Problem wie du, daß jede Frau, der er begegnet, sich sofort in ihn verliebt?«

»Also, es ist wirklich nicht so, daß jede Frau, der ich begegne, sich sofort in mich verliebt!« erwiderte Megan mit todernstem Gesicht.

Tiffany brach in schallendes Gelächter aus. »Du weißt doch genau, was ich meine.«

»Natürlich. Aber es ist einfach wirklich so, Mr. Jefferys ist ein absolutes Ekel.«

»Genau so ein Ekel, wie du zu Tyler warst.«

Stimmt eigentlich, dachte Megan, doch es fiel ihr schwer, sich vorzustellen, daß ein Mann den gleichen Trick anwenden würde wie sie. War also alles nur gespielt? All diese Beleidigungen, sogar der Kuß?

Bei der Erinnerung an den Kuß kam Megan auf etwas anderes zu sprechen. »Ich will nicht länger über diesen Pferdezüchter reden«, meinte sie. »Aber mir ist da etwas eingefallen, wobei du mir vielleicht helfen kannst: Ich habe nicht die leiseste Ahnung, wie man richtig küßt.«

»Wie man richtig küßt?« fragte Tiffany erstaunt.

»Ja, wie das eigentlich geht. Ich denke, ich sollte das wissen, bevor ich meinen Herzog kennenlerne. Meinst du nicht?«

»Also, das weiß ich nicht unbedingt – aber Moment mal. Du erwartest doch nicht etwa von *mir*, daß ich es dir beibringe?«

»Sei nicht albern. Aber du weißt doch nun einmal viel mehr als ich darüber. Hat Tyler dir beigebracht, wie man küßt, oder kam es bei dir ganz von selbst? Muß man es üben?«

»Ja, ein bißchen üben muß man schon. Ich habe mir nichts anmerken lassen, aber ich habe es wirklich erst von Tyler gelernt. Ich glaube nicht, daß es von selbst kommt. Bei den ersten Malen war ich auch viel zu aufgeregt, um es richtig zu genießen. Heute hab ich das Gefühl, als hätte ich es schon immer gekonnt. Andererseits – nun ja, Meg, wir küssen uns natürlich noch nicht *richtig*, verstehst du. Nur diese kurzen Küsse beim Hallo- und Auf-Wiedersehen-Sagen, und auch das nur, wenn gerade keiner zusieht, du weißt schon.«

Megan hatte als Tiffanys Anstandsdame mehr als einmal dezent den Kopf zur Seite gedreht, damit Tyler und sie sich ungestört küssen konnten. Sie mußte lächeln, als sie daran dachte. Dann fragte sie plötzlich: »Ist er schon einmal mit seiner Zunge in deinen Mund eingedrungen?«

»Megan! Wo hast du denn *das* her?!«

»Ach, das war so eher zufällig«, antwortete Megan ausweichend. »Ist er denn nun schon mal oder nicht?«

»Nein, aber Tyler hat es mir gegenüber schon einmal erwähnt. Er hat es gesagt, um mich zu warnen, damit ich nicht erschreckt wäre, falls er einmal die Kontrolle über sich verlieren würde. Er sagte auch, wenn wir erst verheiratet wären ... nun, daß diese Art zu küssen Teil von...«

»Davon?« flüsterte Megan.

»Ja, *davon.* Aber es klingt irgendwie abstoßend, wenn du *mich* fragst.«

»Ist es aber eigentlich nicht.«

Tiffany bekam große, runde Augen. »Megan Penworthy! *Wer* hat seine Zunge in deinen Mund gesteckt?«

»Hab ich denn gesagt, daß...?«

»Das brauchst du mir doch gar nicht extra sagen!«

»Also gut«, murmelte Megan, »ich geb's zu. Es war Devlin Jefferys. Ich habe es dir deshalb noch nicht erzählt, weil ich jedesmal, wenn ich daran denke, wieder wütend werde.«

»Der Pferdezüchter?« Tiffany konnte es nicht fassen.

»Ich *sagte* dir doch, sein Benehmen ist einfach empörend! Und dann hat er auch noch *mir* vorgeworfen, daran schuld zu sein, weil ich ihn angestarrt hätte.«

»Hast du ihn denn angestarrt?«

»Hm. Laß mich dir erst eine Frage stellen. Wenn plötzlich ein halbnackter Mann vor dir stünde, was würdest du dann machen? Würdest du dich *sofort* umdrehen?«

»Machst du Witze?« kicherte Tiffany. »Ich würde vielleicht ganz kurz hingucken, bevor ich mich umdrehe.«

»Naja, und ich habe eben leider total vergessen, mich *überhaupt* umzudrehen.«

»Dann hast du ihn also *nackt* gesehen!?«

»Halbnackt, aber ich sehe schon, ich muß dir das alles ausführlich erzählen.« Und so schilderte sie ihrer Freundin ihr Erlebnis und endete mit den Worten: »Ich glaube, du hast wirklich recht, sein Verhalten ist gespielt. Meinst du nicht, ich sollte ihm sagen, er könne sich seine Bemühungen sparen, weil mein Herz schon vergeben wäre?«

»Ich denke, du solltest lieber mit deinem Vater reden.«

»Wenn ich das tue, verlieren wir den Hengst! Vater schmeißt den Kerl auf der Stelle raus.«

»Du bist in einer verdammten Zwickmühle«, grübelte Tiffany, doch dann empörte sie sich: »Es muß uns doch aber irgend etwas einfallen, wie wir ihn zur Räson bringen können!«

»Wir?« grinste Megan skeptisch.

»Naja, vielleicht hast du recht. Er ist ja wirklich ein unmöglicher Typ, aber...«

»Mach dir keine Sorgen. Ich hab mir schon überlegt, was

ich mache. Ich werde ihn ab jetzt einfach nicht mehr zur Kenntnis nehmen, und wenn das nicht funktioniert, werde ich ihm sagen, daß ich in Kürze St. James heiraten werde. Dieser Jefferys mag ja ein gewissenloser Rüpel sein, aber er wird sich nicht den Zorn eines allmächtigen Herzogs zuziehen wollen. Was auch immer der Grund für seine Beleidigungen war, er wird auf der Stelle damit aufhören, ich schwör's dir!«

»Eine glänzende Idee! Er wird wie ein Wurm im Staube kriechen, um sich bei der zukünftigen Herzogin von Wrothston zu entschuldigen.«

»Im Staube braucht er gar nicht zu kriechen. Worauf ich mich freue, ist, seinen und Lady Os betroffenen Gesichtsausdruck zu sehen an dem Tag, an dem ich in der herzöglichen Kutsche vorfahre.«

In diesem Moment fiel Tiffany plötzlich etwas ein: »Du lieber Gott! Da hätte ich doch beinahe *meine* Neuigkeiten ganz vergessen! Und ich glaube sogar, daß sie dich näher an dein Ziel bringen werden! Meine Mutter hat eine Einladung ihrer alten Freundin Elisabeth Leighton für einen Maskenball erhalten. In der ›Times‹ von gestern hat mein Vater auch darüber gelesen. Sie haben darin die Gästeliste abgedruckt, die viele bekannte Persönlichkeiten enthält, unter anderem auch...«

»Ihn?« jauchzte Megan begeistert. »Und ich zerbreche mir den Kopf, wie ich es anstellen könnte, mit ihm in Kontakt zu kommen! Deine Mutter wird die Einladung doch annehmen, nicht wahr?«

»Ich glaube schon, wenn ich ein bißchen nachhelfe.«

»Und ich kann mit euch kommen?«

»Meinst du, daß ich *ohne* dich gehen würde?«

»Ach, Tiffany! Ist es nicht seltsam? Das Schicksal lenkt mich in die richtige Richtung! Mir ist, als ob nicht *ich* irgend etwas entscheiden würde, sondern als ob alles vorherbestimmt sei. Wo findet der Ball statt und wann?« Megan wurde immer aufgeregter.

»Die Leightons leben in Hampshire, und das Fest wird nächste Woche stattfinden – schau nicht zu erschrocken, Meg! Da ist noch genügend Zeit für Vorbereitungen...«

»Aber nicht genug für ein neues Ballkleid.«

»Du hast doch genügend tolle Kleider...«

»Aber diesmal muß es etwas ganz Besonderes sein. Ich will mir einen Herzog angeln, Tiff, einen *Herzog!*«

»Du hast ja recht«, schmunzelte Tiffany und fügte spöttisch hinzu, »auch bei der Vorsehung sollte man kein Risiko eingehen. Laß uns nach...«

»Wir sehen uns«, rief ihr Megan über die Schulter zu und gab Sir Ambrose die Sporen. »Ich bin ja so aufgeregt...«

Den Rest ihrer Worte konnte Tiffany nicht mehr verstehen, aber sie wußte auch so, daß sie Megan im Laden von Miss Whipple, der Dorfschneiderin, finden würde. Wenn man eine wirkliche Freundin hat, dann kann man eben auch ihre Gedanken lesen.

10

Megan war bester Laune, als sie am späten Nachmittag zum Gut ihres Vaters zurückkehrte. Sie hatte herrlichen grünen Seidenstoff und weißen Tüll in Miss Whipples Laden erstanden. Es würde ein hinreißendes Ballkleid werden, dessen war sie sicher. Sie verspürte keinerlei Lust, sich ihre gute Stimmung durch eine Begegnung im Stall verderben zu lassen. Andererseits wollte sie es sich auch nicht nehmen lassen, ihr Pferd wie jeden Tag ausgiebig zu pflegen. So schickte sie zum ersten Mal einen Bediensteten ihres Vaters in den Stall, um Striegel, Bürste und alles weitere, was sie benötigte, zu holen. Megan band Sir Ambrose vor dem Haus im Schatten eines Nußbaumes an und machte sich an die Arbeit.

Es dauerte keine zehn Minuten, da tauchte Devlin Jefferys

auf. »Sind Sie sich eigentlich im klaren, was Sie hier machen?« fragte er ohne große Umschweife.

Megan wunderte sich selbst, daß ihre gute Stimmung durch sein Auftauchen in keiner Weise getrübt wurde. *Seine* Laune dagegen schien durch ihre Anwesenheit deutlich gedämpft, oder hatte er vielleicht schon den ganzen Tag lang vor sich hin gebrütet? Im Moment sah er auf jeden Fall etwas verwirrt aus, was Megan mit Genugtuung zur Kenntnis nahm, und so konnte sie sich ein kleines Lächeln nicht verkneifen.

»Na, was meinen denn *Sie*, Mr. Jefferys? Ich denke, es ist ziemlich offensichtlich, was ich hier mache, oder?«

Ihr gönnerhafter Tonfall ließ ihn die Zähne zusammenbeißen. »Diese Arbeit kann doch wohl Timmy erledigen.«

»Natürlich könnte Timmy das, aber mir macht die Pflege meines Pferdes einfach Spaß. Das sagte ich Ihnen doch heute morgen bereits.«

»Warum machen Sie es aber dann nicht dort, wo es sich gehört, statt hier so ein Theater zu veranstalten?«

»Theater? Ich sehe gar kein Publikum! Nun übertreiben Sie mal nicht. Und warum ich mein Pferd nicht im Stall striegele, dürfte Ihnen ebenfalls klar sein. Ich wollte einfach Ihre unangenehme Gesellschaft vermeiden. Deshalb frage ich mich, was Sie hier zu suchen haben und meine Absicht zunichte machen.«

Er sah sie einem Moment lang verdutzt an, dann steckte er beide Hände in die Hosentaschen und murmelte: »Wenn das *so* ist. Ich habe überhaupt nichts dagegen, wenn ich im Stall meine Ruhe habe.«

Dies war eine infame Lüge, hatte doch Devlin sich den gesamten Nachmittag zu Tode gelangweilt und nur auf Megans Rückkehr gewartet. Er hatte nicht damit gerechnet, daß sie ihm so deutlich aus dem Wege gehen würde. Er hatte vielmehr auf ihre Verbissenheit und Kampfeslust gesetzt – schließlich war sie rothaarig! Darauf hatte er sich schon gefreut. Und jetzt? »Ich glaube, es ist Zeit für eine Entschuldigung meinerseits«, sagte er mit kaum hörbarer Stimme. Der Satz ging ihm verdammt schwer über die Lippen.

»Eine? Unzählige!«

Verdammt noch mal, wenn man ihr den kleinen Finger gibt, nimmt sie sofort die ganze Hand, schoß es ihm durch den Kopf.

»Okay, meinethalben auch mehrere.«

Megan hatte Mühe, sich ihr Erstaunen über seinen Sinneswandel nicht anmerken zu lassen. Er meinte seine Entschuldigung gewiß nicht ernst, das wußte sie, es klang eher so, als hätte er sie sich mühsam abgerungen, weil sie das kleinere Übel für ihn war. Aber was war dann das *größere* Übel?

Doch für den Fall, daß er tatsächlich sein Verhalten bedauern würde, sagte sie: »Ich bin nicht sicher, ob eine einfache Entschuldigung ausreicht für das, was Sie...« Sie zögerte einen Moment und sah mit Befriedigung, wie sein Körper sich anspannte und sich seine schwarzen Brauen zusammenzogen. *Diese Runde geht an mich, Mr. Jefferys,* dachte sie selbstzufrieden, ehe sie mit ihrem strahlendsten Lächeln fortfuhr: »Auf der anderen Seite bin ich aber heute derart guter Laune, daß ich keinerlei Groll mehr gegen Sie hege. Ich nehme Ihre Entschuldigung an – auch mehrfach!«

Devlin nahm ihre Worte kaum wahr. Er war vielmehr völlig damit beschäftigt, sich von dem umwerfenden Eindruck ihres Lächelns zu erholen. Wieso konnten zwei Grübchen einem Mann wie ihm alle Waffen aus der Hand schlagen? Er fühlte sich gänzlich durcheinander, die Gedanken schossen ihm wirr durch den Kopf, er brachte kein Wort hervor. Es hatte ihn einfach total umgehauen.

Das Mädchen müßte wenigstens Sommersprossen haben, dachte er hilflos. Zum Teufel, warum hat sie keine. Irgendwas mußte doch an ihr zu finden sein, was die Wirkung dieses umwerfenden Lächelns etwas abschwächte. Bei diesem Lächeln mußte man als Mann doch einfach seine Arme um sie legen und sie für den Rest seines Lebens beschützen!

Dann kam er wieder zur Besinnung. Sie schaute ihn erwartungsvoll an, woraufhin er nur unbestimmt nickte. Er ärgerte sich, daß er so in Gedanken gewesen war, daß er gar nicht mitbekommen hatte, ob sie nun seine Entschuldigung angenommen hatte oder nicht. Doch er hatte keine Lust, sie zu bitten, ihren letzten Satz zu wiederholen. Und so lehnte er sich an den Stamm des Nußbaums und schaute sie einfach nur an. Wenn sie seine Entschuldigung abgelehnt hatte, würde sie ja wohl noch irgend etwas sagen, oder? Zumindest würde sie ihn auffordern zu gehen. Das tat sie aber nicht; sie nahm einfach seine Gegenwart nicht zur Kenntnis.

Zum Teufel auch. Da hatte er also den Waffenstillstand, den er eigentlich gar nicht gewollt hatte – *wenn* er ihn denn überhaupt hatte! Und was sollte er jetzt mit dem Mädchen reden? *Die* Gespräche, die er mit jemandem ihrer Herkunft normalerweise führen könnte, würden albern aus dem Munde eines Pferdezüchters klingen. Dabei gefiel ihm diese Rolle inzwischen wider Erwarten gut. Sie gab ihm eine Freiheit im Reden, die er sonst nicht hatte. Welch ein seltenes Vergnügen, weder Zunge noch Temperament zügeln zu müssen!

»Ich werde nächste Woche auf einen Ball nach Hampshire gehen, einen Maskenball«, platzte sie plötzlich heraus.

Devlin zog überrascht die Augenbrauen hoch. »Und warum erzählen Sie das gerade mir?«

Megan zuckte die Achseln. »Weiß ich nicht, ich freue mich so darauf. Ich hatte einfach das Bedürfnis, es Ihnen zu erzählen.«

»Sie meinen, Sie wollten mich mal wieder mit der Nase darauf stoßen, daß *ich* zu solchen Festen *nicht* eingeladen werde.«

»Das vielleicht auch«, gab sie zu und blickte frech aus den Augenwinkeln zu ihm herüber. »Haben Sie auf diesem Gebiet etwa ein empfindliches Näschen?«

Devlin hatte Mühe, ein Lachen zu unterdrücken. »Nicht unbedingt, ich war nämlich auch schon auf dem einen oder anderen Ball.«

»Oh«, spottete sie, »vielleicht auf einem dieser öffentlichen Bälle in Covent Garden?«

»Wie haben Sie das nur erraten?« gab er trocken zur Antwort.

»Da tanzt man aber wohl kaum mit Herzögen oder Grafen, oder?«

»Ich werd's dir schon zeigen, freche Göre – 'tschuldigung, Miss Penworthy. Kommen Sie, regen Sie sich nicht auf. Ist mir nur so rausgerutscht.«

Sie gab keine Antwort, sondern widmete sich mit verstärktem Eifer der Pflege ihrer Stute. Devlin schmunzelte in sich hinein und beobachtete mit Vergnügen, wie sie sich bemühte, ihn wie Luft zu behandeln. Sie bürstete wie eine Wilde, sie war ganz aufgeregt, ihre Wangen röteten sich, ihre Augen glänzten. Er stellte sich vor, daß sie wohl genauso erregt aussehen würde, wenn ... doch eine deutliche Regung in seinen Lenden ließ ihn diesen Gedanken schnell zur Seite schieben.

»Was ist an dem Ball in Hampshire so außergewöhnlich?« nahm Devlin das Gespräch wieder auf. »Ich denke, daß die bevorstehende Ballsaison in London für Sie doch viel interessanter sein dürfte.«

Megan drehte sich zu ihm um. »Woher wissen Sie denn überhaupt, daß ich nach London gehen werde?«

»Macht das nicht jedes Mädchen Ihres Alters, wenn es auf der Suche nach einem passenden Ehemann ist?«

»Nein, nicht jedes. Ich werde, wenn in Hampshire alles gutgeht, nicht mehr auf die Feste in London gehen – oh, abgesehen von Tiffanys Hochzeit natürlich. Da muß ich unbedingt hin, aber...«

»Wenn *was* in Hampshire gutgeht?« fragte Devlin schroffer, als er wollte. »Erwarten Sie einen Heiratsantrag?«

»Du lieber Himmel, nein! Ich treffe ihn ja zum ersten Mal.

Meine Erwartungen sind zwar hoch, aber so hoch nun auch wieder nicht!«

»Mit anderen Worten, Sie haben sich schon jemanden ausgesucht, der aber von seinem Glück noch gar nichts weiß. Wer ist denn der arme Hund?«

»Ich wäre Ihnen dankbar, wenn Sie von meinem zukünftigen Gatten in einem etwas respektvolleren Ton reden würden!«

Devlin schnappte nach Luft: »Ist ja gut. Aber sie wollen mir doch nicht allen Ernstes erzählen, daß Sie jemanden heiraten wollen, den Sie noch gar nicht kennen?«

»Genau so ist es«, erwiderte sie eigensinnig. »Und deshalb brauchen *Sie*, Mr. Jefferys, sich auch keine weiteren Gedanken mehr um mich zu machen. Mein Herz ist bereits vergeben.«

»Ach, verlieben wollen Sie sich auch noch in dieses Phantom. Wissen Sie denn schon, wie er aussieht?«

»Nun ja, nein, aber...«

»Aha. Sie sind also nur hinter einem verdammten Titel her, stimmt's?«

»Und wenn schon! Da bin ich ja wohl nicht die erste, die so etwas macht, oder?«

»Das ist schon richtig, aber Sie vergessen dabei, daß der adlige Herr aus dem Geschäft auch etwas herausschlagen will. Was haben *Sie* denn so anzubieten?«

Sein höhnischer Ton hatte sie beleidigt. Sie richtete sich auf und zischte: »Ich glaube, das war ein kurzer Waffenstillstand!« Dann machte sie auf dem Absatz kehrt, um Sir Ambrose zum Stall zu führen.

Doch Devlin ließ sich nicht abwimmeln. Er ging neben ihr her und versuchte, sie zu beruhigen: »Tut mir leid, das wollte ich nicht.«

»Was macht das schon aus, eine Beleidigung mehr oder weniger? Wahrscheinlich hat Tiffany ganz recht. Sie wollen mit Ihrem unmöglichen Benehmen Frauen davon abhalten, Ihnen zu Füßen zu fallen. Aber wie ich schon sagte, Mr. Jefferys, was *mich* betrifft, brauchen Sie sich da keine Sorgen zu machen. Ich werde Ihnen schon nicht zu Füßen fallen. Eine geradezu lächerliche Vorstellung, falls Sie das wirklich angenommen haben. Ich finde Sie nämlich alles andere als anziehend!«

»Diese Behauptung läßt sich leicht widerlegen. Soll ich Ihnen zeigen, wie?«

»Wollen Sie hier direkt vor meinem Haus einen Skandal provozieren?«

»Wir haben bereits den Seitenflügel erreicht, falls Sie das noch nicht bemerkt haben sollten, und außerdem habe ich nicht die geringste Angst vor Skandalen!« knurrte er.

»Das sollten Sie aber. Mein Vater wird mich nämlich schreien hören und dürfte darüber alles andere als begeistert sein. Genausowenig wie mein künftiger Ehemann, und der Herzog von Wrothston ist keiner, mit dem man...«

»Wer?«

Megan mußte sich umdrehen, denn Devlin war plötzlich stehengeblieben. Sie freute sich königlich über seinen verblüfften Gesichtsausdruck. »Ich hatte mir *gedacht*, daß Ihnen das die Sprache verschlagen würde!« sagte sie selbstgefällig.

»Habe ich richtig gehört?«

»Jawohl, ich werde Ambrose St. James, den Herzog von Wrothston, heiraten. Und Sie, Mr. Jefferys, werden zu der Hochzeit *nicht* eingeladen!«

»Warum denn ausgerechnet – *ihn?«*

»Warum nicht? Ich mag zufällig seine Pferdezucht.«

»Sie mögen seine...?«

Er geriet völlig ins Stottern. Megan zuckte die Achseln und ließ ihn einfach stehen. Der kleine Mann, mit dem Devlin zusammen angekommen war, stand im vorderen Teil des Stalles, als sie Sir Ambrose zu seiner Box führte.

»Einen schönen Guten Tag, Miss«, sagte er höflich und lüftete seinen Hut.

»Guten Tag, Mr. ... Browne, so war doch Ihr Name?«

»Ja, Miss.«

»Und wie geht es unserem herrlichen Hengst heute?«

»Caesar geht es hervorragend, geradezu blendend.«

Sie drehte sich zu Devlin um. Sie hatte gespürt, daß er hinter ihr den Stall betreten hatte. Nachdem er nun wußte, was für einen mächtigen Mann sie in Kürze heiraten würde, glaubte sie, die Oberhand zu haben. Er hatte jetzt sicher starke Schuldgefühle ihr gegenüber. Daraus mußte sie Kapital schlagen.

»Ich will den Hengst reiten.«

»Nein!«

»Habe ich richtig gehört? Nein?«

»Sie haben *absolut* richtig gehört.«

Diese Arroganz war zuviel für sie. »Sie sind wirklich unmöglich!« fauchte sie ihn an, bevor sie hoch erhobenen Hauptes aus dem Stall rauschte.

»*Ich*, unmöglich?« Devlin warf Mortimer einen Blick zu. »Stellen Sie sich vor, Mr. Browne! Sie hat sich bereits einen Ehemann ausgesucht. Sie kennt ihn zwar noch nicht, aber sie hat ihn sich fest in den Kopf gesetzt. Raten Sie mal, wer es ist!«

»Jemand, den Sie kennen?«

»Den ich sogar sehr gut kenne. Sie will den Herzog von Wrothston heiraten.«

Mortimer bekam große Augen: »Ja aber, das sind doch *Sie!*«

»So ist es.«

11

Ambrose Devlin St. James, vierter Herzog von Wrothston und Träger noch einer ganzen Reihe anderer hoher Titel, war im Augenblick gerade mit äußerst niederer körperlicher Arbeit beschäftigt. Wie ein Berserker stieß er mit der Gabel auf den Heuhaufen ein. Er war wie betäubt vor Wut und merkte gar nicht, wie seine Hände wund wurden und er sein feines Batisthemd durchschwitzte.

Er versuchte sich abzureagieren mit dieser harten Arbeit. Am liebsten hätte er mit der Faust durch die Wand geschlagen. Denn das, was ihm Megan Penworthy gerade eröffnet hatte, war einfach der Gipfel. Doch selbst diese Plackerei konnte ihn nicht auf andere Gedanken bringen. Ganz im Gegenteil, sein Ärger wuchs mit jeder Gabel Heu, die er stemmte.

Sie hatte sich doch tatsächlich in den Kopf gesetzt, ausgerechnet ihn zu heiraten! Nur über seine Leiche! Nerven hatte diese Göre! Eine verdammte Frechheit, sich ihn angeln zu wollen, ohne ihn überhaupt zu kennen. All die anderen Frauen, die auf seinen Titel aus waren – und es waren wirklich eine ganze Menge –, hatten ihn wenigstens als Mann mindestens genauso sehr begehrt. Doch Megan war wirklich eine ganz besondere Marke: Es war ihr egal, ob er ein Wüstling oder ein Heiliger war; er als Mann war uninteressant, es ging ihr nur um den verdammten Titel! Großer Gott, und sie hatte diesen eiskalten Plan sogar ohne die kleinste Verlegenheit zugegeben.

Gut, er hielt sie für verwöhnt, eigensinnig und jähzornig. Doch daß sie derart berechnend war, hätte er nie geglaubt. Wenn er nicht wegen Freddys impulsiver Art für eine Weile hätte verschwinden müssen, wäre er womöglich wirklich in diese Falle getappt. Er durfte gar nicht daran denken…

Devlin konnte sich zwar nicht an die Einladung auf einen Ball in Hampshire erinnern, doch er hatte ja immer eine ganze Menge Einladungen erhalten und sofort wieder vergessen, bis sein Sekretär ihn daran erinnerte. Es war also durchaus möglich, daß er diesen Ball besucht hätte, wenn er zu Hause geblieben wäre, statt sich auf Duchys Wunsch hier zu verkriechen. Womöglich wäre er, wenn er Megan dort unter völlig anderen Umständen begegnet wäre, auf ihr unwiderstehliches Lächeln hereingefallen. Wie hätte er auch darauf kommen sollen, daß diese hinterhältige kleine Abenteurerin nur auf seinen Titel scharf war.

Schon diese Vorstellung jagte ihm einen kalten Schauer über den Rücken – und gleichzeitig rief sie in ihm auch eine Riesenwut hervor. Er sollte wirklich auf diesen verdammten Ball gehen und es Megan besorgen, wie sie es verdiente: Wie ein gemeiner, mit allen Wassern gewaschener Weiberheld sollte er ihr an die Wäsche gehen, sie wie ein Flittchen behandeln. Doch es gab da ein Problem: Sie rechnete offensichtlich damit, daß er auf diesem Ball auftauchen würde; es war also davon auszugehen, daß dies auch Freddy zu Ohren käme. Der würde sich womöglich wundern, daß er, Devlin, erst in der Versenkung verschwindet und sich ihm dann auf einem Ball sozusagen öffentlich zum Abschuß präsentiert. Aber Freddy würde sich diese Chance trotzdem nicht entgehen lassen und für alle Fälle mit schußbereiten Pistolen dort aufkreuzen. Über diese Geschichte war für seinen Freund noch kein Gras gewachsen, darüber durfte er sich keine Illusionen machen.

Doch wie lange sollte das denn *noch* dauern? Wenn Duchy recht hatte, noch ungefähr zwei Monate. Er erinnerte sich an ihre Worte:

»Die Göre wird mit der Zeit weich werden, wenn sie wirklich schwanger sein sollte. Sie wird mit dem Namen des wirklichen Vaters herausrücken, um nicht den nächstbesten Kerl als Bräutigam akzeptieren zu müssen, den ihr Bruder ihr anschleppt. Ich kann mir zwar bei Sabrina Richardson, eigensinnig und eitel, wie sie ist, kaum vorstellen, daß sie sich gerne auf eine solche Heirat einlassen wird, doch Freddy wird darauf bestehen. Gerade weil *du* verschwunden bist, bleibt ihm ja gar nichts anderes übrig, als hart zu bleiben. Er wird sie einfach verheiraten *müssen*, und schon hast du nur noch ein Problem am Hals statt zwei.«

Sie hatte recht. Das Problem, von Freddys raffinierter kleiner Schwester vor den Traualtar gezerrt zu werden, hätte er dann tatsächlich vom Hals. Ungelöst blieb jedoch das

Problem, daß er in Gefahr war, von seinem besten Freund abgeknallt zu werden. Trotzdem, zwei Monate waren eine verdammt lange Zeit, wenn man sich in der Provinz vergraben mußte. Devlin hoffte darauf, daß Freddy schon vorher wieder zur Vernunft kommen und sich daran erinnern würde, daß Devlin seine verdammte kleine Schwester doch überhaupt nicht ausstehen konnte. Wie wäre er also dazu gekommen, sie zu verführen und zu schwängern, wie sie behauptet hatte?

Schlagartig wurde ihm die ganze Ironie seiner Lage bewußt: Er hielt sich hier auf, um der Heirat mit dem einen durchtriebenen Luder aus dem Weg zu gehen, und lief dabei schnurstracks dem nächsten in die Arme. Die erste bediente sich einer Lüge, um ihn in den Hafen der Ehe zu lotsen, die andere würde wohl ihr unwiderstehliches Lächeln zum Einsatz bringen. Doch was würde sich Megan Penworthy *noch* alles einfallen lassen? Wie weit würde sie gehen, um an ihn und sein Gestüt heranzukommen? Mein Gott, sein verdammtes *Gestüt* mußte es sein! Am meisten ärgerte und kränkte ihn, daß sie sich ihn nur schnappen wollte, weil sie es auf sein verdammtes Gestüt abgesehen hatte. Oh, fast hätte er vergessen, daß er als Devlin Jefferys ja gar nicht zur Hochzeit eingeladen würde. Er mußte lachen. Wie würde sie es wohl anstellen, ihn in seiner Abwesenheit zu heiraten?

»Hat das eigentlich irgend einen Sinn, was Sie da machen?« hörte er plötzlich eine Stimme.

Devlin drehte sich zu Mortimer um, der lässig an einer der Pferdeboxen lehnte und ihn bei seinem merkwürdigen Tun beobachtete. Erst jetzt bemerkte Devlin, daß er das Heu wie wild umhergeworfen und auf die Pferde, die Tränke und auch auf sich selbst verteilt hatte. Er hob die Brauen, versuchte möglichst arrogant zu schauen und sich den stechenden Schmerz in seinen Händen nicht anmerken zu lassen.

»Es hat immer seinen Sinn, wenn ich etwas mache, Mr. Browne, es fällt mir nur im Moment gerade keiner ein.«

Mortimer prustete los. »Sie hat es Ihnen ja ganz schön angetan, was?«

»So ein Quatsch!« widersprach Devlin. »Es ist nur dieses ewige Nichtstun, das mir auf die Nerven geht. Irgend etwas muß ich einfach anpacken, Mr. Browne.«

»Haben Sie denn sonst noch etwas vor?« fragte Mortimer vorsichtig.

»Wir könnten zum Beispiel damit anfangen, diesen Stall auszubauen.«

»Wir selbst?!«

»Besorgen Sie einen Schreinermeister, dem wir zur Hand gehen können.«

»Mit der Heugabel haben Sie nicht sehr viel ausgerichtet. Wie kommen Sie darauf, daß Sie mit einem Hammer besser umgehen könnten?«

Devlin würdigte ihn keiner Antwort. »Geben Sie meinem Sekretär Order, mir die Korrespondenz hierher nachzusenden. Noch besser, Mr. Pike soll gleich selbst kommen. Ich wüßte nicht, warum ich meine Geschäfte nicht ebensogut von hier aus...«

»Das würde aber Ihrer Großmutter gar nicht gefallen«, warnte Mortimer.

»Duchy meint es zwar gut, doch nicht in jedem Fall weiß sie, was für mich am besten ist. Sie war der Meinung, ein bißchen Urlaub auf dem Lande könnte mir nicht schaden. Ich habe mich damals damit einverstanden erklärt, doch verdammt, heute sehe ich das ganz anders. Dieser Urlaub hier bringt mich noch um den Verstand.«

»Es dürfte wohl weniger der Urlaub sein, der Sie verrückt macht, als...«

»Hören Sie auf, mir zu widersprechen, Mr. Browne, und führen Sie meine Anordnungen aus!«

»Und wie wollen Sie die Anwesenheit von Mr. Pike erklären? Außerdem ist der nach der langen Zeit in Ihren Diensten so hochnäsig geworden, daß er wohl kaum bereit wäre, in einem Stall unterzukommen.«

Damit hatte Mortimer den Nagel auf den Kopf getroffen. Devlins Sekretär benahm sich wirklich, als ob er selbst ein Lord wäre, und es wäre für ihn mit Sicherheit nicht in Frage gekommen, das Theater auf diesem Gut hier mitzuspielen.

»Na gut, vielleicht haben Sie recht, dann muß ich mich also einstweilen mit der Korrespondenz begnügen – aber vergessen Sie den Schreiner nicht! Wir fangen morgen mit der Arbeit an.«

»Meinen Sie nicht, Sie sollten vorher den Gutsherrn um Erlaubnis bitten?«

Devlin seufzte. Er war es nicht gewohnt, erst um Erlaubnis zu bitten, wenn er etwas vorhatte. Einen Moment lang hatte er tatsächlich vergessen, welche Rolle er hier spielte.

»Ich werde mit dem Gutsherrn sprechen, doch ich rechne da mit keinen Schwierigkeiten, da ich ja für sämtliche Erweiterungsbauten selbst aufkommen werde.«

»Das ist doch alles völlig überflüssig«, brummte Mortimer. »Bis die Pferde alle da sind, ist es doch lang schon wieder Zeit, unsere Zelte hier abzubrechen.«

»Das ist doch Nebensache, Mr. Browne, ich brauche dieses Projekt. Ich muß einfach etwas tun, also kümmern Sie sich darum!«

12

Megan war soeben die Treppe herabgekommen, als die Tür des Arbeitszimmers aufging. Sie wollte ihrem Vater gerade »Guten Morgen« zurufen, als sie bemerkte, daß es Devlin war, der in die Halle trat. Sie befand sich auf dem Weg zum Stall, um auszureiten, und war auf eine neuerliche Begegnung mit diesem Mann absolut nicht vorbereitet.

Wieder trug er ein tadellos weißes Hemd, wie ein Gentleman – ihr Vater bezahlte ihn einfach zu gut –, und die enge

Hose saß verdammt gut und betonte seine Figur. Hatte er denn keine Ahnung, daß enge Hosen schon seit dem Tod des berühmten Schönlings Brummell völlig aus der Mode waren? Das einzige, was ihm zum Gentleman noch fehlte, war ein Halstuch. Sein Auftreten und seine Haltung waren bereits arrogant genug.

»Guten Morgen, Miss Penworthy.«

Sollte er tatsächlich anfangen, sich zu benehmen? *Vorsicht, Megan, bloß nicht schwach werden!*

»Guten Morgen, Mr. Jefferys.«

»Heute im Laufe des Tages dürften die Stuten eintreffen«, bemerkte er beiläufig.

»Ich nehme an, daß ich auf ihnen ebenfalls nicht reiten darf?« fragte sie mit nur mühsam unterdrücktem Ärger.

»Ich wüßte nicht, warum.«

Sie horchte auf. Dann fragte sie etwas weniger förmlich: »Und weshalb kann ich dann Caesar nicht reiten?«

»Der ist kein Pferd für Damen. Wenn Sie ihn reiten wollen, dann nur zusammen mit mir.«

»Das wäre doch völlig unmö ... also gut, abgemacht.«

Dieser Meinungsumschwung mitten im Satz brachte nun Devlin aus dem Konzept. »Sie überraschen mich wirklich, Megan. Ist Ihnen klar, daß *zu zweit mit mir reiten* bedeuten würde, Sie müßten Ihre Arme um mich schlingen?«

Sie wollte nicht zugeben, daß sie daran wirklich nicht gedacht hatte. »Natürlich weiß ich das.«

»Sind Sie auch sicher, daß Sie es ertragen können, mich so anzufassen?»

»Sie brauchen mir nur zu zeigen, was in diesem Pferd steckt, und ich werde nicht einmal bemerken, daß ich Sie berühre.«

»Aber *ich* werde es merken, verdammt!«

Da war er wieder, dieser bissige Unterton in seiner Stimme, den sie von ihm kannte. Prompt ging Megan darauf ein: »Wenn Sie sich nicht trauen, warum haben Sie es dann angeboten?«

»Ich habe doch nicht gewußt, daß Sie annehmen würden!«

Er schmollte wie ein kleiner Junge, so daß sie lächeln mußte. Kokett bemerkte sie: »Ihre Unschuld werden Sie dabei schon nicht verlieren, oder? Sie haben das Angebot gemacht, ich habe es angenommen, und jetzt will ich diesen Ritt haben, oder stehen Sie nicht zu Ihrem Wort?«

Er schaute ihr düster nach, als sie Richtung Stall hinausspazierte. Nein, es war ihm absolut nicht recht. Aber sie sollte ihren Ritt trotzdem haben. Caesar würde das seine dazu tun, daß es der Ritt ihres Lebens würde. Und wenn das ganze überstanden war, würde er in Zukunft seine Zunge verdammt im Zaume halten.

Caesar war prima in Form und begierig darauf, es zu beweisen. In rasendem Tempo galoppierte er dahin; wie ein bunter Teppich flog die Landschaft mit ihren Grün- und Brauntönen und den eingestreuten Farbtupfern der Wiesenblumen an ihnen vorbei. Megan jauchzte. Sie geriet in einen wahren Freudentaumel. Sie war ganz hingerissen vom Rausch der Geschwindigkeit und dem aufregenden Gefühl, das sie bei den eleganten Bewegungen des kraftstrotzenden Hengstes verspürte.

Devlin hatte damit gerechnet, daß der Ritt die reinste Hölle für ihn werden würde, und so war es denn auch. Es war schon hart genug, daß sie ihre Arme so eng um ihn schlang, doch das konnte er gerade noch ertragen. Schlimmer war schon, wie sie ihre Brüste gegen seinen Rücken preßte. Aber auch damit wurde er noch fertig. Er versuchte sich eben, so gut es ging, zusammenzureißen. Was ihn aber schließlich völlig aus der Fassung brachte, war ihr Lachen. Ihre Begeisterung wirkte unglaublich erotisch auf ihn. Von Megan ging ein sinnliches Beben aus, das er direkt in den Lenden spürte.

Inzwischen war er in einem Bogen zurückgeritten und zu dem abgelegenen Teich gekommen, von dem Megan behauptet hatte, daß er ihr gehöre. Wieder befand sich Devlin in der gleichen, nicht gerade angenehmen Verfassung wie am vergangenen Morgen, als er sich hierher gerettet hatte, um sich eine kalte Dusche zu verpassen. Er hielt an, stieg vom Pferd und wandte sich abrupt ab, ohne Megan herunterzuhelfen. Was er im Augenblick brauchte, war Abstand von ihr, und den verschaffte er sich, indem er um den kleinen Teich herumging bis ans gegenüberliegende Ufer. Dort stand er nun mit den Händen in den Taschen und wandte sein Gesicht den Eichen und Ulmen zu, die am Ufer standen. Mit geschlossenen Augen versuchte er zu vergessen, daß er nicht allein war. Doch seine Begleiterin ließ ihm keine Ruhe.

»Sie haben ja ganz schön Mut, mich hier einfach allein auf diesem Pferd sitzen zu lassen«, rief Megan ihm zu.

Er verstand sofort, was sie meinte. »Es ist kein Damensattel, auf dem Sie sitzen, Megan.«

Megan ärgerte sich darüber, daß er sie nun schon zweimal ohne ihre Erlaubnis mit Vornamen angeredet hatte, doch sie entschloß sich, es ihm noch einmal durchgehen zu lassen. Weit mehr aber ärgerte sie die Unverschämtheit, mit der er sie einfach ignorierte, und das wollte sie ihm nicht durchgehen lassen.

»Das macht mir gar nichts aus. Es würde mich nicht im mindesten daran hindern, wenn ich Lust darauf hätte, ohne Sie weiterzureiten.«

Er fuhr herum. Sie weidete sich an dem Zorn, der ihm ins Gesicht geschrieben stand. Doch dann sagte er plötzlich: »Ich wette, daß Ihnen Ihr Vater noch nie so richtig den Hintern versohlt hat, habe ich recht?«

Nun verstand *sie* sofort, was er meinte. »Das sollten Sie wagen! Sie würden augenblicklich gefeuert.«

»Ich glaube, Sie wissen ganz genau, daß ich es tun würde. Wollen Sie es darauf ankommen lassen?«

Megan reckte trotzig das Kinn; immerhin lag der Teich zwischen ihnen, und sie saß auf dem Pferd. Doch sie hatte nicht vor, weiter mit ihm über dieses Thema zu reden.

»Müssen Sie sich eigentlich sehr anstrengen, so unausstehlich zu sein, Mr. Jefferys, oder sind Sie von Natur aus so ein Ekel?«

»Das einzige, was mich im Augenblick anstrengt, Sie freches Biest, ist, Sie mir nicht vorzunehmen. Also hören Sie besser auf, mich zu provozieren.«

Erst dachte Megan, daß er damit meinte, sie übers Knie zu legen, doch dann bemerkte sie den Ausdruck in seinen Augen: Wieder begehrte er sie. Eigentlich hätte sie das beleidigen müssen, doch nein, diesmal fühlte sie ein warmes Kribbeln; eine Art Verwegenheit erfaßte sie, die ihr völlig neu war.

»Vielleicht sollten Sie wieder ein bißchen schwimmen«, erwiderte sie keck, wobei sie an den gestrigen Morgen dachte.

»Ja, vielleicht sollte ich das wirklich.« Nach einer langen Pause fragte er: »Werden Sie mir dabei zuschauen?«

»Werden Sie mich wieder küssen, wenn ich es tue?«

»Wenn Sie so frech sind, werde ich es nicht beim Küssen belassen«, versprach er.

Megan war dabei, auf unbekanntes Terrain vorzustoßen. Ihr Instinkt riet ihr dringend zum Rückzug. Doch als er sich lässig rekelte und sein Hemd über den Kopf zog, schaute sie ihm wie gebannt dabei zu. Würde er sich tatsächlich hier vor ihren Augen ganz nackt ausziehen? Seine Schamlosigkeit war ein Skandal. *Der ganze Mann war ein Skandal* – doch er war schön wie ein Kunstwerk. Wenn er eine Statue gewesen wäre, hätte sie ihn stundenlang anstaunen können. Doch er war aus Fleisch und Blut und auch noch dreist dazu, und Megan wußte instinktiv, daß es immer ein Spiel mit dem Feuer sein würde, wenn sie in seine Nähe kam.

Sie mußte verrückt geworden sein, gerade mit ihm ihre ersten Flirt-Erfahrungen sammeln zu wollten. Einem Gentleman waren seine Schranken bewußt, Devlin Jefferys jedoch wußte gar nicht, was Schranken waren. Warum konnte sie nicht einfach ihre Neugier befriedigen, ohne immer unannehmbare Konsequenzen befürchten zu müssen? Sie hatte echt Lust darauf, Devlin weiter zuzuschauen. Wenn sie ehrlich war, wollte sie auch wissen, was er mit »mehr als ein Kuß« eigentlich meinte. Aber schließlich traute sie sich doch nicht ganz. Als er mit seinen sehnigen langen Fingern ansetzte, die Hose aufzuknöpfen, drehte Megan sich ruckartig um.

»Feigling«, hörte Megan ihn leise sagen.

»Ich bin nur vorsichtig«, gab sie zurück. »Haben Sie denn nicht den leisesten Funken Anstand, Mr. Jefferys? Ziehen Sie sich auf der Stelle wieder an!«

»Ich habe nur Ihren Vorschlag angenommen, mein vorsichtiges Fräulein«, erinnerte er sie.

»Ich meinte doch nicht, daß Sie *nackt* schwimmen sollen.«

»Ich stehe aber nun einmal nicht auf nasse Wäsche«, war seine Antwort.

»Dann schwimmen Sie eben nicht!«

»Heißt das, daß Sie lieber das andere wollen, Megan? Sie haben mich schon wieder mit den Augen verschlungen und mich soweit gebracht, daß entweder das eine oder das andere fällig ist.«

Diese sexuellen Anspielungen waren zwar aufregend, sie gingen jedoch weit über Megans beschränkte Erfahrung auf diesem Gebiet hinaus. Zum Glück konnte er nicht sehen, wie ihr die Röte ins Gesicht stieg. Es ärgerte sie, daß er sie immer so leicht aus der Fassung bringen konnte.

»Dann schwimmen Sie eben, wenn es nicht anders geht, aber beeilen Sie sich«, gab sie schließlich nach.

Sie hörte, wie er ins Wasser stieg und fröstelnd prustete. Sie lächelte. Früh am Morgen war das Wasser immer eiskalt, deshalb schwamm sie gewöhnlich erst nachmittags, wenn es sich deutlich erwärmt hatte.

»Ich hätte Ihnen gleich sagen können, daß das Wasser eisig ist«, sagte sie.

»Da brauchen Sie gar nicht so schadenfroh sein, Sie

Biest. Ich kann mir leider nicht aussuchen, wann ich ins Wasser gehe, denn im Moment *brauche* ich einfach eine kleine Abkühlung, haben Sie das schon wieder vergessen?«

»Muß bei Ihnen *jedes* Wort eine schlüpfrige Anspielung sein?«

»Irgendwann werden Sie in der gleichen Lage sein wie ich jetzt, und ich verspreche Ihnen, Sie werden dann auch keine Lust haben, sich über das Wetter zu unterhalten.«

»Ich glaube nicht, daß ich so dumm bin, mich in eine derartige Lage bringen zu lassen«, erwiderte sie trocken.

Devlin lachte. »Wollten Sie damit sagen, daß ich nicht ganz bei Trost bin?«

»Oh, bin ich so deutlich geworden?«

»Ich will Ihnen mal etwas sagen, mein unschuldiges Fräulein: Sexuelles Verlangen überkommt einen einfach und nimmt dabei keine Rücksicht auf Zeit und Ort. Wenn Sie sich einbilden, daß ich es mag, gerade auf Sie scharf zu sein, dann sind Sie im Irrtum. Wenn Sie einmal in meiner Lage sind, und irgendwann wird es so weit sein, dann werden Sie kein bißchen mehr Beherrschung haben als ich. Dann gibt es nur noch eins: entweder lieben oder leiden.«

Megan war über seine Offenheit schockiert und wollte ihn zur Ordnung rufen, doch ihre Neugier, über dieses Thema mehr zu erfahren, gewann die Oberhand. »Heißt das, daß ich dann auch ein eiskaltes Bad nehmen müßte?«

»Wenn ich ehrlich bin, weiß ich gar nicht genau, ob das bei Frauen ebenfalls funktioniert. Ich habe mich noch nie danach erkundigt. Wollen wir vielleicht ein kleines Experiment machen, um es herauszufinden?«

»Und wie soll das aussehen?«

»Ich mache Sie scharf auf mich, dann können Sie ja ausprobieren, ob Ihnen dieser Tümpel Erleichterung verschafft.«

»Ich nehme nicht an, daß gerade Sie mein Begehren erwecken könnten, doch selbst, wenn es so wäre: Ich bin doch nicht so dumm und schwimme mit Ihnen in diesem Teich herum!«

»Kluges Kind.«

Lautes Plätschern ließ darauf schließen, daß er wieder aus dem Wasser stieg. Es fiel Megan schwer, sich nicht umzudrehen und ihn dabei zu beobachten.

Als das Plätschern vorüber war, fragte sie: »Sie haben sich doch gerade einen Scherz mit mir erlaubt, Mr. Jefferys, oder?«

»Ich fürchte, ich muß Sie enttäuschen.«

Sie glaubte ihm kein Wort. Doch sie hatte keine Lust nachzufragen. Ihr war die Neugier vergangen. Ihr Bedarf an Schlüpfrigkeiten war mehr als gedeckt.

Nach einer Weile fragte sie schließlich ungeduldig: »Sind Sie jetzt endlich angezogen?«

»Tun Sie doch nicht so, als ob Sie es nicht wüßten. Oder wollen Sie mir allen Ernstes erzählen, daß sie kein bißchen nach mir geschielt haben?«

Sie drehte sich um und sah zu ihrer Überraschung, daß er gar nicht bis zum Hals ins Wasser gegangen war. Nur unterhalb der Taille waren seine Kleider naß. Doch es genügte schon ein kurzer Blick auf die tieferen Partien seines eindrucksvollen Körpers, um zu sehen, daß die Schwellung in seiner Hose nur wenig zurückgegangen war.

Wie immer bemerkte er auch diesmal sofort, wo sie hinschaute.

»Es hat nicht geholfen«, gab er zu. »Aber wie sollte es auch anders sein, wenn alles, worüber Sie reden können, Sex ist?«

Megan schnappte nach Luft bei diesem Vorwurf. »Ich? *Sie* haben doch dauernd Schlüpfrigkeiten von sich gegeben!«

»Das zeigt nur, was ich für ein verdammter Idiot bin«, knurrte er, als er sich wieder vor sie aufs Pferd schwang und in ruhigem Schritt losritt, damit sie sich nur nicht zu eng an ihm festhalten müßte.

Megan verstand nicht, weshalb sie überhaupt versucht

hatte, mit diesem Mann ins Gespräch zu kommen. Sie hatten doch wirklich keinerlei Gemeinsamkeiten – abgesehen von Pferden. Vielleicht sollten sie sich besser darüber unterhalten. Pferde waren wirklich ein weit unverfänglicheres Thema.

»Auch wenn Sie wieder in ihrer typischen Art unverschämt waren, möchte ich mich trotzdem bei Ihnen für den Ritt bedanken. Caesar ist wirklich phantastisch, er ist so schön und so schnell ... woher stammt er eigentlich?«

»Sherring Cross.«

Megan staunte. »Wirklich?« Dann fügte sie hinzu: »Eigentlich hätte ich mir das ja denken können. Im ganzen Land gibt es kein besseres Gestüt.«

»Ich bin zufällig auf diesem Gut aufgewachsen, für das Sie solche Lobeshymnen übrig haben.«

»Das glaube ich Ihnen nie im Leben!« fauchte sie.

»Also gut, dann eben nicht.«

Es verstrichen volle fünf Minuten, bis sie es nicht mehr länger aushielt und ihn fragte: «Sie kennen ihn also?«

»Wen denn?«

»Sie wissen ganz genau, wen ich meine«, herrschte sie ihn ungeduldig an. »Den Herzog natürlich!«

»Ja, ich habe ihn mal gekannt, glaube ich.«

»Was zum Teufel soll denn das nun wieder heißen?«

»Daß es diesen Mann nicht mehr gibt, Megan. Er hat sich in einen lüsternen Schurken verwandelt, einen miesen Schuft, der unschuldige kleine Mädchen verführt.«

Sie rückte entrüstet von ihm ab. »Sie lügen, Mr. Jefferys! Und reden Sie gefälligst mit mehr Respekt über den Herzog!«

»Wenn Sie meinen.«

13

Devlin stand gerade vor dem Stall, als ein gutgekleideter junger Herr angeritten kam, abstieg und ihm die Zügel hinhielt.

»Neu hier, hm?« fragter er.

»Leider«, murmelte Devlin, dann sagte er laut: »Wenn Sie hier sind, um den Gutsherrn zu sprechen...«

»Ich will Miss Penworthy sehen, aber was geht *Sie* das eigentlich an«, erwiderte der Herr von oben herab und ging aus dem Stall.

Devlin hielt immer noch die Zügel in der Hand und starrte ihm wütend nach. Daß der Kerl ihn wirklich für einen gemeinen Stallburschen gehalten hatte! »Timmy!« brüllte er.

Sie hatte also Verehrer! Aber das ging ihn ja wirklich nichts an. Doch warum, zum Teufel, ließ sie sich auf Männerbesuche ein, wo sie doch entschlossen war, ihn, den Herzog, zu heiraten? Devlin hätte gute Lust gehabt, zum Haupthaus hinüberzugehen und es dem Burschen zu stecken, daß sie bereits verlobt war ... insgeheim zumindest war sie es doch.

Er stand am Stalltor und blickte zu ihrem offenen Fenster empor, als ein zweiter Mann auf den Hof geritten kam. Er war älter, etwas rundlich, hatte sich in seine besten Sonntagskleider geworfen und sein Haar mit Macassar-Öl nach hinten geklatscht. Wieder wurden Devlin die Zügel in die Hand gedrückt.

»Der Gutsherr ist nicht zu Hause«, platzte er patzig heraus.

»Bin nicht da, um den Gutsherrn zu besuchen«, antwortete der Mann wider Erwarten freundlich.

»Sie müssen wohl trotzdem ein andermal wiederkommen, denn Miss Megan hat bereits einen Verehrer oben.«

»Wundert mich überhaupt nicht«, sagte er. »Das kenn ich schon von ihr. Dann komme ich ja gerade recht. Hatte schon mal dazwischenzugehen, als sich zwei ihrer Freier vor Eifersucht in die Haare gerieten. Mußte auch den kleinen Aldrich rauschmeißen, weil er zu heulen anfing, als sie ihn abblitzen ließ. Machte ein schreckliches Spektakel, der Kerl. Hat das arme Mädchen monatelang mitgenommen.«

»Da Sie noch immer zu ihren Verehrern gehören, nehme ich an, daß Sie selbst noch keinen Antrag gemacht haben?

»Und ob ich den gemacht habe! Bin aber nicht so leicht abzuwimmeln. Jeden Monat schaue ich mal vorbei und frage sie wieder. Wäre ja möglich, daß ihr Nein nur eine Laune war, verstehen Sie? Müßte bei ihr nur mal den richtigen Moment erwischen, und schon könnte es klappen.«

Den Burschen muß man einfach mögen, dachte Devlin. Trotzdem gefiel Devlin die Situation ganz und gar nicht. Was sollte das heißen: »nur eine Laune«? Trieb sie denn mit *allen* ihre Spielchen? Brauchte sie das zu ihrer Bestätigung?

Er dachte zurück an die aufregend erotische Unterhaltung heute morgen am Teich und hatte plötzlich den bösen Verdacht, daß sie mit all ihren Verehrern derart provozierend umsprang. War vielleicht sogar ihre Unschuld nur Getue? *»Ich glaube nicht, daß ich so dumm bin, mich in eine derartige Lage bringen zu lassen«*, hatte sie gesagt. Nein, solch lächerlichen Unsinn konnte nur jemand verzapfen, der wirklich unschuldig war. Und um ehrlich zu sein, ihn hatte heute morgen ja nur deshalb so der Teufel geritten, weil sie nicht genauso auf ihn geflogen war wie er auf sie. Sie hatte sich nur über den Ritt gefreut, während er am Ende nicht mehr wußte, wohin mit seiner Erregung. Womöglich hatte er selbst die ganze delikate Situation heraufbeschworen. Vor welcher anderen jungen Dame wäre es ihm denn sonst eingefallen, sich nackt auszuziehen, in der Hoffnung, sie würde hinüberschielen, damit er einen Vorwand hätte, um noch skandalösere Dinge mit ihr anzustellen?

Mein Gott, wie war es nur möglich, daß es so weit mit ihm gekommen war? Er war nun neunundzwanzig Jahre alt, und in seinem ganzen Leben hatte er sich noch nie so unverantwortlich danebenbenommen. Was hatte dieses Mädchen bloß an sich, daß er seine gute Kinderstube so vergaß? Er hatte sie gewarnt, daß der Herzog ein lüsterner Schurke, ein gemeiner Verführer unschuldiger Mädchen sei, und nun hatte er sich tatsächlich genauso verhalten! Dabei hatte sie ihn sogar noch in Schutz genommen. Naja, das mußte sie ja auch, wenn sie schon vorhatte, ihn zu heiraten, oder etwa nicht? Sie hatte es nur aus Prinzip getan, nicht etwa aus persönlicher Sympathie. Wie sollte sie auch, wo sie ihn doch noch gar nicht kannte!

»Hallo, Sie da!«

Devlin drehte sich um und sah noch einen Mann in den Stall kommen, der sein Pferd am Zügel führte. Er erkannte in ihm den blonden Mann wieder, der am Tag seiner Ankunft neben Megan in der Kutsche gesessen war. Schon wieder ein neuer Verehrer, jetzt reichte es ihm aber wirklich. »Wenn Sie mir jetzt auch noch die Zügel in die Hand drücken wollen, dann schlage ich um mich!« knurrte er.

Tyler fuhr erschrocken zurück, dann sagte er zögernd: »Na, wenn das so ist, dann behalte ich sie lieber. Ich habe Sie wohl gerade bei irgendwelchen Überlegungen gestört, kann das sein?«

»Was meinen Sie?«

»Als ich eben hereinkam, sahen Sie aus, als wären Sie in Gedanken ganz woanders.«

Das stimmte, er hatte die Ankunft dieses Herrn nicht bemerkt, weil er tatsächlich an etwas anderes gedacht hatte. Doch das war kein Grund, dermaßen wütend auf ihn zu sein. Noch immer hätte er diesem Mann am liebsten eine verpaßt, er lauerte geradezu auf einen Anlaß dafür. Bestimmt trieb dieser Kerl nicht nur Konversation mit Megan. Sie ritten ja sogar gemeinsam aus. Nur zu gern hätte er gewußt, was sie sonst noch miteinander trieben.

»Vermutlich sind Sie gekommen, um die Tochter des Hauses zu sehen?«

»Naja, nicht unbedingt. In letzter Zeit hab ich dieses Mädchen wirklich genug am Hals.«

Devlin machte einen Schritt auf ihn zu und ballte unwillkürlich die Fäuste. »Was soll das heißen?«

»Sie ist meine Anstandsdame.« Devlin schaute ihn verständnislos an, woraufhin Tyler erklärte: »Ich werde Tiffany Roberts heiraten, Megans beste Freundin. Deswegen hängt Megan andauernd wie eine Klette an uns dran, was mir nicht eben Spaß macht, glauben Sie mir! Doch Tiffanys Vater war so altmodisch, darauf zu bestehen, also blieb mir nichts anderes übrig. Ich hatte die Wahl zwischen Megan und Tiffanys Mutter als Anstandsdame und meinte, mit Megan besser zu fahren, doch ich hätte mich lieber für die Mutter entscheiden sollen, wirklich! Wenn ich gewußt hätte, was dieses Mädchen für eine Kratzbürste sein kann!«

»Dann bin ich also nicht der einzige, den sie mit ihren Attacken verfolgt?«

Tyler lachte: »Sind Sie auch ein Opfer? Na, nehmen Sie es nicht so schwer. Sie hat mir auch die Hölle heiß gemacht, und ich habe mich die ganze Zeit gefragt, was ich ihr denn bloß getan hätte. Ich habe ihr nicht den geringsten Anlaß gegeben, doch sie hat mich behandelt, als ob sie mich haßte wie die Pest. Und jetzt hat sich herausgestellt, daß alles nur gespielt war.« Tyler schüttelte nachdenklich den Kopf.

Devlin hielt den Atem an, versessen darauf, den Rest der Geschichte zu hören. «Gespielt, sagten Sie?« fragte er ungläubig.

»Jede kleinste Kleinigkeit, jede bissige Bemerkung, jede Beleidigung. Das Mädchen hat es heraus, einen Mann so fertig zu machen, daß er sich vorkommt wie ein Zwerg. Ich verstand einfach nicht, was das sollte, doch Tiffany hat mir schließlich gestanden, daß es eine reine Vorsichtsmaßnahme von Megan war, um zu verhindern, daß ich mich wie die anderen Männer in sie verliebe. Und das tun sie ja in Hülle und Fülle, wie Sie vielleicht wissen. Ich habe es immer wieder miterleben können. In meinem Fall hat sie es für Tiffany getan, obwohl dies gar nicht nötig gewesen wäre. Schließlich hat sie das eingesehen und die Feindseligkeiten eingestellt. Mir ist das Ganze zwar immer noch nicht geheuer, doch ich muß wirklich sagen, daß sie ein ausgesprochen nettes Mädchen ist.«

Devlin war da deutlich anderer Meinung. Aber zumindest hatte er jetzt kein Bedürfnis mehr, diesen Mann zu verprügeln. Er wunderte sich nur, daß er ihm so höchst private Dinge erzählte, wo er ihn doch gar nicht kannte. Tyler ging in diesem Augenblick haargenau das gleiche durch den Kopf; er hatte wohl vergessen, mit wem er da sprach! Es war der Pferdezüchter der Penworthys! Und doch war da irgend etwas, das Tyler das Gefühl gab, es eher mit seinesgleichen als mit einem Angestellten zu tun zu haben. Es war wirklich nicht üblich, daß Bedienstete einen Lord bedrohten, und das hatte sich dieser Kerl ja tatsächlich herausgenommen, als er in den Stall gekommen war. Und Bedienstete trugen auch gewöhnlich keine blütenweißen Batisthemden. Er zeigte darüberhinaus für einen Knecht absolut nicht den gehörigen Respekt, im Gegenteil, er war eher herablassend. Sein Benehmen war insgesamt merkwürdig, doch vielleicht war es auf sein, Tylers, eigenes verworrenes Geschwätz zurückzuführen.

»Der Gutsherr ist nicht zu Hause, wenn er es sein sollte, den Sie sehen wollen«, sagte Devlin.

»Nein, eigentlich bin ich nur vorbeigekommen, um einen Blick auf seinen neuen Hengst zu werfen.«

»Auf Caesar?« Devlin strahlte auf einmal richtig, klopfte Tyler auf die Schulter und führte ihn in den hinteren Teil des Stalls. »Das hätten Sie gleich sagen sollen. Er steht hier hinten.«

»Das ist ein Rennpferd, stimmt's? Oder er war wenigstens eines.«

»Wie kommen Sie darauf?«

»Ich war ein- oder zweimal auf der Rennbahn, und der Hengst schaut verdammt danach aus.«

»St. James hat ihn wohl ein paar Rennen laufen lassen.«

»Der Herzog von Wrothston? Mein Gott, ist das *der* Caesar? Das Pferd ist ja wirklich berühmt! Es ist noch nie geschlagen worden! Wie, um Himmels willen, kommt denn Penworthy zu ihm?«

»Ich glaube, St. James hat ihm einen Gefallen geschuldet.«

»Dann haben Sie also für St. James gearbeitet?«

»So könnte man es ausdrücken.«

Da hatte Tyler also die Erklärung für die Hochnäsigkeit dieses Mannes! Je arroganter der Herr, desto arroganter die Dienerschaft.

»Ich wußte gar nicht, daß der Gutsherr sogar den Herzog kennt.« Devlin zuckte gleichgültig die Schultern, doch Tyler bemerkte es nicht. Er stand an Caesars Box und stieß einen bewundernden Pfiff aus. »Das ist ein Pferdchen, da fehlen einem die Worte. Ich hoffe, daß es gut bewacht wird.«

»Ich passe schon auf die Sachen auf, die mir...« Devlin hatte »mir gehören« sagen wollen, bog es aber gerade noch ab und sagte: »...mir anvertraut sind.«

»Das sollten Sie auch, denn ich habe zufällig gehört, daß sich in der Gegend ein Dieb herumtreibt.«

»Ein Pferdedieb?«

Tyler schüttelte den Kopf: »Ein Straßenräuber. Zwei Kutschen sind schon überfallen worden, gerade in *der* Nacht...« Er stockte und schaute Devlin auf einmal mißtrauisch an. »Gerade in der Nacht, in der Sie hier eingetroffen sind.«

Devlin mußte grinsen. »Wollen Sie damit andeuten...«

»Nein, nein, überhaupt nicht, wirklich nicht!« versicherte Tyler schnell. »Ganz offensichtlich ist es nur ein zufälliges zeitliches Zusammentreffen. Es werden die wildesten Spekulationen angestellt, Sie werden sicherlich noch davon hören.

Es ist schon Jahre her, daß wir in unserem Bezirk einen Straßenräuber hatten. Deshalb können Sie sicher sein, daß er für einige Zeit das Gesprächsthema Nummer eins bei jedem Tee und auf jeder Versammlung sein wird.«

Nachdem Tyler sich verabschiedet hatte, sprach Devlin mit Mortimer über die Gefahr, daß ein Pferdedieb einbrechen könnte. Auf Sherring Cross gab es dieses Problem nicht, da dort fast auf jedes Pferd ein Stallbursche kam. Hier aber waren sie in der Provinz, hier gab es keine Stallburschen, und der Stall des Gutsherrn ließ an Sicherheit einiges zu wünschen übrig. Devlin hatte keine Lust, vor Caesars Box Wache zu halten, deshalb wies er Mortimer an, wenigstens ein Riegelschloß am Stalltor anzubringen. Man durfte kein Risiko eingehen, solange ein Dieb die Gegend unsicher machte.

Ein Glück, daß Tyler Whately – der Kerl hatte sich schließlich dazu durchgerungen, sich vorzustellen – ihm von dem Dieb erzählt hatte, sonst hätte er an so etwas niemals gedacht. Über alles andere, das der Kerl erzählt hatte, zumindest die Geschichte mit Megan, konnte Devlin allerdings nur lachen. Sich vorzustellen, dieses Mädchen sei absichtlich so kratzbürstig, damit ein Mann sich nicht in sie verlieben würde! Sie hatte ihm ja das gleiche Motiv unterstellt – etwa, weil ihr dieser Trick vertraut war? Sie war ihm zwar vom ersten Augenblick an mit Feindseligkeit begegnet, doch er hatte keinen Moment lang das Gefühl gehabt, daß sie ihm dabei etwas vormachte. Er selbst hatte sie ja auch ganz schön geärgert, da mußte ihre Abneigung einfach echt sein.

Aber Devlin hätte zu gerne gewußt, wie sie sich wohl benehmen würde, wenn sie einmal jemanden *nicht* abweisen wollte. Was würde sie zum Beispiel tun, wenn sie sich einen Mann angeln wollte?

14

»Man sagt, er sei ein fürchterlicher Hitzkopf.«

»Woher hast du denn nur den ganzen Klatsch, Tiff?« fragte Megan, während sie zu dem Mann auf der anderen Seite des Ballsaals hinüberschaute, über den sich Tiffany gerade ausgelassen hatte. »Wir sind doch erst heute angekommen!«

»Richtig, aber während du dein Mittagsschläfchen gehalten hast, hat mir Lady Leightons Tochter die Ohren vollgequatscht.«

»Aber woher weißt du bloß, wer die einzelnen Leute sind?«

»Jane hat mich in ihr Schlafzimmer mitgeschleift, und von dort aus kann man den ganzen Eingangsbereich überblicken. Ich schwöre dir, es kam kein einziger durch das Tor, über den sie nichts zu erzählen wußte.«

»Es treffen aber immer noch Leute ein.«

»Ich habe auch nicht behauptet, daß ich über *alle* informiert bin, nur die ersten...«

»War *er* schon dabei?«

»Tut mir leid, Megan, aber man weiß noch nicht einmal, ob er *überhaupt* kommen wird.«

Megan verlor schlagartig ihr Interesse an all den Gästen und wandte sich ganz Tiffany zu. Selbst die Maske, die sie trug, konnte ihre Verzweiflung nicht verbergen.

»Aber er *muß* kommen!« rief sie beschwörend. »Es stand doch in der *Times*, daß er kommt, und worauf soll man sich denn noch verlassen, wenn man selbst der *Times* nicht mehr trauen kann?«

»Ich verstehe dich ja. Er hat schließlich die Einladung angenommen, aber... Anscheinend ist dein Herzog etwas zerstreut, wenn es um Termine für gesellschaftliche Verpflichtungen geht. Kaum hat er versprochen, auf ein Fest zu kommen, schon hat er es wieder vergessen. Dann nimmt er die nächste Einladung für den gleichen Tag an, vergißt auch die, nimmt deshalb noch eine an usw. Kannst du dir das ungefähr vorstellen?«

»Zu viele Hochzeiten, um auf allen zu tanzen?«

»Genau! Und um nicht irgendwelche Eifersüchteleien zwischen den Gastgeberinnen aufkommen zu lassen, schwänzt er schließlich sämtliche Feste und bleibt einfach zu Hause.«

»Und wie will Jane das erfahren haben?«

»Weil ihre Mutter ihn dauernd eingeladen hat, sie wissen schon gar nicht mehr wie oft, und er sich nur zweimal blicken ließ. Sie behauptet, die Leute machen schon den Witz, daß man sich auf St. James' Erscheinen nur dann verlassen kann, wenn zur gleichen Zeit absolut niemand sonst damit rechnet.«

»Ich glaube, ich mag es nicht, wenn man über meinen künftigen Gatten Witze reißt«, schmollte Megan.

Tiffany korrigierte sich schnell: »Habe ich ›Witz‹ gesagt? Das ist wirklich nicht der richtige Ausdruck. Es ist einfach eine bekannte Tatsache, Meg, und selbst St. James hat Humor genug, das anzuerkennen.«

»Dann kommt er also nicht«, jammerte Megan enttäuscht.

»Woher willst du das wissen? Schließlich ist jetzt noch nicht Hauptsaison. So viele Einladungen dürften wohl noch nicht herumschwirren.«

»Du hast schon recht, Tiffany, aber du brauchst nicht weiter zu versuchen, mich aufzumuntern. Ich habe nur noch wenig Hoffnung.«

Tiffany schaute ihre Freundin an, die ein Gesicht wie auf einer Beerdigung machte. »Darf ich es nicht wenigstens ein ganz klein bißchen versuchen?« fragte sie mitfühlend. »Jetzt hast du wahrscheinlich gar keine Lust mehr, dich zu amüsieren, habe ich recht?«

»Aber sicher doch.«

»Das glaube ich nicht, ich kenne dich doch. Ich wette, daß du dir bereits ein paar Entschuldigungen dafür zurechtlegst zu verschwinden, bevor wir uns überhaupt richtig haben sehen lassen.«

Womit sie völlig recht hatte. Sie waren gerade die Treppe heruntergekommen, stiegen aber gleich zur Galerie hinauf, die einen Blick über den ganzen Ballsaal erlaubte. Hier blieben sie einige Zeit stehen und konnten alle Leute im Saal beobachten, ohne selbst gesehen zu werden. Es war noch früh. Das Orchester, das den Abend musikalisch gestalten sollte, hatte seinen Platz in der Mitte der Galerie eingenommen und begann gerade, das zweite Stück zu spielen. Im Saal unten hielt sich erst etwa die Hälfte der erwarteten Gäste auf.

Megan lächelte schuldbewußt. »Du kennst mich zu gut, wirklich! Aber ich kann mir einfach nicht helfen. Tiff, die Enttäuschung macht mich fix und fertig.«

»Aber warum denn?« Tiffany war echt verwundert. »Wenn du ihm hier nicht begegnest, wird sich bestimmt eine andere Gelegenheit finden, wenn du die Saison in London verbringst.«

»Das ist es doch gerade«, gab Megan zurück. »Ich hatte gehofft, mir das ganze Theater zu ersparen.«

»Dir das Theater zu ersparen?« wiederholte Tiffany ungläubig. »Du hast dich doch so darauf gefreut!«

»Ich habe mich darauf gefreut, auch einen Bräutigam zu haben, so wie du deinen Tyler, und wir waren beide der Meinung, daß das nur in London klappen würde, das stimmt. Aber auf London selbst habe ich mich wirklich nicht gefreut, das kannst du mir glauben.«

»Warum denn nicht?«

»Machen wir uns nichts vor, Tiff, wir sind Mädchen vom Lande und auf dem glatten Londoner Parkett kein bißchen zu Hause. Ganz bestimmt würde ich mich dort nur blamieren. Schon beim bloßen Gedanken an London bekomme ich Lampenfieber. Deshalb hatte ich seit meiner Entscheidung für den Herzog gehofft, daß ich alldem entgehen könnte. Ich wollte ihm hier begegnen, dann sollte er mir zu Hause in Devonshire den Hof machen.«

»Das ist doch reine Phantasterei! Wo meinst du denn bitte, daß ein Mann seines Standes in unserer kleinen Gemeinde Quartier nehmen sollte? Vielleicht bei Lady Ophelia?«

»Das sollte er sich unterstehen!« stieß Megan heftig hervor.

»Aber das wäre nun mal die *einzige* angemessene Bleibe für ihn«, antwortete Tiffany seelenruhig.

»Es gibt doch noch das Gasthaus!«

»Du möchtest den Herzog von Wrothston in Teadales winzigem Gasthaus unterbringen?«

»Er wird verliebt sein!« versetzte Megan stur. »Und deshalb wird es ihm ganz egal sein, wo er wohnt.«

»Darauf würde ich mich nicht verlassen, Megan. Er ist an schrecklichen Luxus gewöhnt. Vergiß nicht, daß er in einem verdammten Mausoleum wohnt. Wahrscheinlich ist allein sein Schlafzimmer schon so groß wie der ganze Ballsaal da unten.«

»Übertreib doch nicht so!«

»Ich übertreibe überhaupt nicht.«

»Doch, Tiff. Wahrscheinlich ist sein Schlafzimmer nur halb so groß wie dieser Ballsaal.«

»Du weißt genau, was ich meine, Meg. Wenn er dir schon nach Hause nachreist, wird er keine Lust haben, sich lange im Gasthaus oder überhaupt in Devonshire aufzuhalten. Du kannst von ihm nicht erwarten, daß er seine täglichen Pflichten vernachlässigt, nur um dir wochenlang den Hof zu machen. Er hat sich schließlich um ein Herzogtum zu kümmern, vergiß das nicht! Eine Woche ginge vielleicht, wenn er *überhaupt* kommt, aber das ist zu kurz...»

»Das ist lang genug!«

»Megan, du kannst von einem Mann, den du erst eine Woche lang kennst, unmöglich einen Heiratsantrag annehmen.«

»Und ob ich das kann«, sagte Megan verstockt.

»Du weißt, daß das ein Riesenskandal wäre. Außerdem wird *er* nicht so stürmisch sein. Vielleicht verliebt er sich ja tatsächlich Hals über Kopf in dich ... ja, das kann sehr leicht sein. Womöglich passiert es sogar schon heute abend. Aber deshalb wird er dich noch lange nicht auf der Stelle heiraten. Es bedeutet lediglich, daß er dich alle paar Wochen besuchen und dir den Hof machen wird. Das kann sich ewig hinziehen, glaub mir. Die andere Möglichkeit ist: Du gehst wie geplant nach London. Dort kann er dich viel öfter sehen und wird sich deshalb schneller entscheiden. Es ist also auf jeden Fall besser, wenn du nach London gehst.«

»Verdammt!« Megan war verärgert. »Und ich hatte schon geglaubt, ich könnte mir das alles ersparen.«

Tiffany fragte zögernd: »Was ist es denn eigentlich genau, wovor du Angst hast in London?«

Megan seufzte. »Daß mir da das gleiche passiert wie mit den Thackerays.«

Tiffany runzelte die Stirn. «Ja, das hätte ich mir eigentlich denken können. Du hast diese Sorgen ja erst, seitdem die alte Schachtel dich so gedemütigt hat. Vorher dagegen konntest du es gar nicht erwarten, endlich nach London zu kommen! Aber das ist doch eine ganz spezielle Geschichte, Meg, das muß doch in London nicht wieder passieren.«

Megan lächelte traurig. »In London gibt es auch Mütter, die mich auf ihren Parties nicht brauchen können, weil sie erst mal ihre eigenen heiratsfähigen Töchter unter die Haube bringen wollen.«

»Das wird sich schlagartig ändern, wenn sich herumgesprochen hat, wer dir den Hof macht«, sagte Tiffany voller Zuversicht.

»Ich weiß nicht, was das damit zu tun haben soll.« Megans Stimme klang resigniert.

»Verstehst du denn nicht? *Er* wird es sein, der dafür sorgt, daß man dich überall einlädt, wo er hingeht, denn er hat die Macht und den Einfluß, dir jede Tür in London zu öffnen. Du wirst Einladungen bekommen, von denen du vorher nie geträumt hättest.«

»Ich versteh' nicht, wieso.«

»Weil deine Liaison mit dem Herzog die Sensation der ganzen Saison sein wird, das ist doch klar! Jeder, der etwas auf sich hält, wird sich darum reißen, eure Romanze zu einem glücklichen Ende zu bringen.«

»Das ist doch lächerlich.«

»Genauso wird es laufen. Du wirst der Star der Londoner Gesellschaft sein, weil du es geschafft hast, dir ihren begehrtesten Junggesellen zu angeln.«

»Vorher muß ich ihn aber erst einmal kennenlernen.«

Tiffany mußte lächeln. »Sei doch nicht so ungeduldig! Wenn er heute abend aufkreuzt, dann beginnt eine Liebesromanze, oder auch nicht, je nachdem, was er für einen Eindruck auf dich macht... Und vergiß nicht, was du mir versprochen hast!«

»Ich weiß: Nur wenn ich glaube, daß ich ihn auch wirklich lieben könnte.«

»Also gut. Sollte er nicht auftauchen, dann betrachte diesen Abend einfach als Übung für die vielen Bälle, auf die du später gehen wirst. Dies ist schließlich unser erster Ball, oder hast du das ganz vergessen, weil du immer an deinen ›Ambrose‹ denken mußt?«

Megan lachte. Tiffany hatte den Vornamen ihres Angebeteten wirklich *zu* komisch ausgesprochen. »Ich weiß, es ist ein furchtbarer Name für einen Mann, besonders weil ich dabei immer an mein Pferd denken muß. Aber damit werde ich einfach leben müssen.«

»*Er* muß damit leben! Du kannst ihn doch nennen, wie du willst. Am Anfang noch ›Euer Gnaden‹, wenn es dann soweit ist, nur noch ›Liebling‹. Geht's dir jetzt besser?«

»Absolut. Übrigens, was hast du über den Mann gesagt, der angeblich so ein Hitzkopf ist?«

15

»Er heißt Frederick Soundso.«

»*Wie* heißt er?«

Tiffany rollte die Augen. »Wie stellst du dir das denn vor? Meinst du, ich habe mir die Unmenge Namen merken können, die ich heute gehört habe? Jedenfalls ist er ein Marquis. Ich erinnere mich nur deshalb so genau daran, weil Jane erwähnt hat, daß er ein guter Freund ist von ... rat mal, von wem?«

Megan spitzte die Ohren. »Ehrlich? Aber dann stehen die Chancen ja gar nicht so schlecht, daß Ambrose doch noch auftaucht, oder?«

»Nicht unbedingt, denn der Marquis hat zufällig ein Landgut hier ganz in der Nähe und kommt gerade von dort. Kent und London liegen schließlich viel weiter weg.«

»Ambrose könnte doch auch einen Landsitz in der Nähe haben!«

»Das ist nicht ausgeschlossen, aber ich würde mich nicht darauf verlassen«, sagte Tiffany. Sie wären doch bestimmt zusammen gekommen, wenn sie beide in der Gegend gewesen wären, meinst du nicht?«

»Das stimmt ... aber vielleicht ist Ambrose irgendwie aufgehalten worden? Ich könnte ja dem ganzen Rätselraten ein Ende machen, indem ich einfach hinuntergehe und Lord Frederick direkt frage, ob der Herzog auch kommen wird. Wenn die Gastgeberin es schon nicht weiß, dann sollte er es doch eigentlich wissen.«

»Ich halte das für keine besonders gute Idee.«

»Warum nicht?«

»Also, du mußt das einfach mal aus der Sicht des Herzogs sehen. Nehmen wir einmal an, daß *er* sich in dich verliebt.«

Megan nickte selbstbewußt. »Ja, davon können wir ausgehen.«

»Dann wird sich doch Frederick ganz bestimmt genauso in dich verlieben!«

»Aber warum sollte er denn?«

»Na, aus dem gleichen Grund, aus dem sich dein Herzog in dich verknallen wird. Und vergiß nicht, daß sie dicke Freunde sind. Wenn der Marquis dich zuerst kennenlernt und ihm erzählt, daß er sich in dich verliebt hat, wird sich da nicht der Herzog seine eigenen Gefühle versagen, um seine Freundschaft zu ihm nicht zu gefährden?«

Megan lachte. »Jetzt wird's aber langsam kompliziert. Ich würde dem Marquis natürlich nicht die geringsten Hoffnungen machen. Und ein wenig Konversation kann doch wirklich nicht so gefährlich sein, oder? Außerdem würde er an der Frage nach seinem Freund doch klar merken, an wem ich eigentlich interessiert bin.«

»Eben, und genau da ist der Haken. Meinst du wirklich, es wäre gut, wenn St. James erfährt, daß du bereits hinter ihm her bist, bevor du ihn überhaupt kennengelernt hast? Wahre Freunde haben keine Geheimnisse voreinander, deshalb kannst du sicher sein, daß Lord Frederick ihm alles erzählen wird. Und Männer mögen es nun einmal nicht, wenn Frauen ihnen regelrecht nachstellen. Das halten sie schließlich für ihre eigene Domäne.«

»Das sehe ich ein. Es macht vielleicht einen schlechten Eindruck, wenn ich mein Interesse an Ambrose so offen zeige. Man muß ja nicht gleich mit der Tür ins Haus fallen, das stimmt. Aber irgendwann werde ich es ihm natürlich gestehen.«

»Aber erst *nach* der Hochzeit, klar?«

»Natürlich.« Megan runzelte besorgt die Stirn. »Aber wird er mich dann nicht für zu berechnend halten?«

Tiffany mußte lächeln. »Jetzt auf einmal hältst du dich für berechnend?«

»Bin ich das etwa nicht? Dieses ganze Getue, einer Frau den Hof zu machen, das ist doch reine Zeitverschwendung. Davon haben doch nur die Männer etwas! Wenn es nach mir ginge, dann würde ich ihm gleich offen ins Gesicht sagen, daß ich ihn heiraten will.«

»Aber das geht doch nicht!«

»Ich weiß. Aber ist es nicht irgendwie verlogen, immer um den heißen Brei herumzureden?«

»Es wäre ja schön, wenn wir Frauen so ehrlich sein könnten. Doch dann würden wir mit Sicherheit genau *die* Männer verschrecken, die noch wirklich an die Ehe glauben. Im übrigen hat die Zeit der Werbung ja auch ihre guten Seiten. Es ist die einzige Gelegenheit, einen Mann wirklich kennenzulernen und sich zu prüfen, ob man ihn wahrhaft wird lieben können. Ich hoffe doch, du rechnest nicht damit, daß das für dich genauso schnell klar ist wie für ihn.«

»Und warum sollte das nicht gehen?«

»Weil es einfach unmöglich ist, Meg! Es wird so ablaufen, daß er sich in erster Linie in dein faszinierendes Gesicht verlieben wird und erst in zweiter Linie in dein gewinnendes Wesen. Schließlich bist du das hübscheste Mädchen in ganz England. Und es kann gut sein, daß *er* womöglich nicht besonders gut aussieht, hm?« Dann schnaubte Tiffany verächtlich. »Es schaut ja nicht jeder Herzog wie dein Pferdezüchter aus.«

Kaum hatte Tiffany ihn erwähnt, da stand er schon vor Megans Augen. Wenn Devlin sie jetzt sehen könnte in ihrem wunderbaren neuen Ballkleid! Die grüne Seide umschmeichelte ihre Figur, die enganliegenden langen Ärmel kontrastierten reizvoll mit dem großzügig geschnitteten Dekolleté, und der weißen Tüllunterrock gab dem Ganzen eine äußerst extravagante Note. Sie hatte die Haare kunstvoll hochgesteckt und trug um den Hals eine kostbare Perlenkette, ein Erbstück ihrer Mutter. Und die Maske auf ihrem hübschen Gesicht verlieh ihr so einen geheimnisvollen Zauber! Wie geblendet würde Devlin vor ihrer Schönheit stehen, kein Wort mehr würde er herausbringen, vor allem keine seiner unverschämten Beleidigungen!

»Mein Herzog *wird* aber gut aussehen, Tiff«, beharrte Megan.

»Aber natürlich«, pflichtete Tiffany ihr bei, »nur vielleicht nicht gerade *sagenhaft* gut, verstehst du? Davon mußt du einfach ausgehen, sonst kannst du nur noch enttäuscht werden!«

»Ja, mag sein«, seufzte Megan. »Nachdem wir uns jetzt geeinigt haben, daß ich Frederick Soundso die kalte Schulter zeigen soll, müssen wir uns als nächstes überlegen, woran ich Ambrose eigentlich erkennen soll, falls er denn überhaupt auftaucht. Hat Jane dir irgendwie beschrieben, wie er aussieht, als sie dir den ganzen Klatsch erzählt hat?«

»Sie meinte, er wäre sehr groß. Da *sie* allerdings ziemlich klein ist, ist ›groß‹ natürlich relativ.«

»Na gut. Was noch?«

»Er hat schwarze Haare – oder dunkelbraune, das wußte sie nicht mehr genau. Und seine Augen sollen so blaugrün, auf jeden Fall ganz eigenartig sein. Übrigens meinte sie, daß er wirklich sagenhaft gut aussähe. Doch sie findet Lord Fred da unten auch sagenhaft attraktiv, also ist ihre Einschätzung vielleicht ein wenig mit Vorsicht zu genießen.«

Megan schaute zu ihm hinunter. Er war wirklich ziemlich groß und hatte ebenfalls schwarze Haare. Viel mehr konnte sie aus der Entfernung nicht sagen, vor allem über sein Gesicht, da er ja auch eine Maske trug, aber er hatte durchaus eine stattliche Figur. Auch seine Abendgarderobe war tadellos, und daß so viele junge Frauen ihn umschwärmten, war ja wohl sicher kein Zufall.

»Ich weiß nicht«, grinste Megan. »Ich finde, er schaut wirklich nicht schlecht aus.«

Tiffany erriet ihre Gedanken. »Er ist übrigens der höchstrangige Lord hier in der Gegend, und außerdem Junggeselle!«

»Armer Mann«, entgegnete Megan trocken. »Dann muß er sich wohl überall mit diesem Heer von Verehrerinnen herumschlagen.«

»Genauso wie dein Herzog, liebe Freundin«, gab Tiffany zurück. »Meinst du eigentlich, daß du das auf die Dauer aushalten kannst?«

»Aber nach unserer Hochzeit wird ihn doch keine Frau mehr anschauen, oder?«

»Er ist ein Herzog, Meg. Es wird immer Frauen geben, die das eine oder andere von ihm wollen – und womöglich auch Dinge, die nur seiner Ehefrau zustehen.«

»Das finde ich überhaupt nicht komisch.«

Tiffany grinste. »Ehrlich nicht? Schade. Ach komm Megan, nimm's nicht so tragisch, ich hab mir doch bloß einen Witz erlaubt – naja, vielleicht auch nicht. Megan, du mußt einfach der Tatsache ins Auge blicken, *daß* es Frauen geben wird, die versuchen werden, ihn dir abspenstig zu machen, nur weil er eben ein Herzog ist.«

»Aber wenn er mich wirklich liebt, dann kann ich ihm doch vertrauen, oder was meinst du? Gib mir eine ehrliche Antwort, anstatt nur wieder meinen Herzog mieszumachen.«

Tiffany kicherte. »Also gut. Wenn er dich tatsächlich liebt, brauchst du dir wirklich keine Sorgen zu machen. Außerdem wird *er* ja wohl derjenige sein, der die Qualen der Eifersucht erleiden wird, nicht du!« Nach einer Weile fragte sie ein wenig schüchtern: »Hab ich wirklich deinen Herzog so miesgemacht?«

»Andauernd.«

»Tut mir leid, Megan. Aber ich finde es sehr schwer, über jemanden lobend zu sprechen, den man noch gar nicht kennt. Ich kann einfach nicht sagen, daß der Herzog von Wrothston ein wunderbarer Mensch und der ideale Ehemann für dich ist, wenn wir noch gar nicht wissen, ob er wirklich so ist. Das einzige, was er im Moment vorzuweisen hat, ist sein Titel, und das ist für dich natürlich das wichtigste, für mich aber noch lange kein Grund, ihn dir zu empfehlen. Ich möchte einfach, daß du einen Mann findest, der wirklich zu dir paßt, und ich habe Angst, daß du, bloß weil du Lady O übertrumpfen willst, gar nicht genau hinschaust, ob er wirklich der Richtige für dich ist. Und die Chance, daß er es *nicht* ist ist, halte ich für ziemlich groß.«

Megan ging auf Tiffany zu und umarmte sie. »Ich finde es

wirklich sehr lieb von dir, daß du so besorgt um mich bist. Und wenn es dich glücklich macht, dann spiel eben weiter die Skeptikerin. Vielleicht ist es ja wirklich so, daß ich mich überhaupt nicht zu ihm hingezogen fühle.« *Genauso wie es dir mit Devlin ergeht?* Verdammt, wieso spukte ihr der schon wieder im Kopf herum! »Und das wird sich schon bei unserer ersten Begegnung herausstellen.«

»Und dann ist auch wirklich sofort Schluß?«

Megan nickte. »Sofort, das schwöre ich dir. Andererseits...«

»Und *ich* schwöre dir, daß ich die erste sein werde, die sich lobend über ihn ausläßt, sobald wir die Möglichkeit hatten, uns von seinen Qualitäten zu überzeugen!«

»Das lasse ich mir gefallen!«

16

»Würden Sie es erlauben, daß ich bei Ihrem Vater um Ihre Hand anhalte?«

Megan kam für einen Moment aus dem Takt, doch ihr Tanzpartner schien es nicht gemerkt zu haben.

Er war ein exzellenter Tänzer, was man von dem halben Dutzend anderer, mit denen sie vorher getanzt hatte, nicht unbedingt sagen konnte. Er hatte ein gutgeschnittenes Gesicht und schaute sie jetzt, in Erwartung der Antwort, mit ernsten Augen an. Sie vermutete, daß er knapp über dreissig war.

Wäre er jünger gewesen, hätte sie mit einem Lachen oder irgendeiner albernen Bemerkung reagiert. So aber mußte er es wohl wirklich ernst gemeint haben. Doch sie hatte jetzt eigentlich nicht die geringste Lust, über ernste Dinge zu reden, sie wollte einfach nur ihren Spaß haben. Den ganzen Abend schon hatte sie sich so herrlich amüsiert, wie Tiffany es ihr vorhergesagt hatte.

Jeder Tanz war vergeben, bis auf die beiden, die sie sich für den Herzog aufbewahrt hatte. Bis jetzt war er allerdings noch gar nicht erschienen, aber nicht einmal *das* machte ihr jetzt noch großes Kopfzerbrechen. Warum sollte sie die ganze Zeit immer nur auf ihren Herzog warten? Es würden sich ja noch genügend Gelegenheiten ergeben, St. James kennenzulernen. Denn die Leute auf dem Ball – die meisten von ihnen kamen aus London – waren ihr so symphatisch, daß sie auf einmal gar keine Angst mehr vor dem glatten Parkett der Londoner Saison hatte.

»Genauso toll wird es in London sein!« hatte ihr Tiffany noch zugeflüstert, kurz bevor ihr jetziger Tanzpartner den Ring ihrer Bewunderer durchbrochen hatte, um sie um diesen Tanz zu bitten. Dann hatte sie ihr zugezwinkert: »Willst du dir das mit deinem komischen alten Herzog nicht noch mal überlegen?«

Nein, Megan wollte auch weiterhin an ihrem Plan festhalten, zumindest solange, bis sie ihn kennengelernt hatte. Aber in der Zwischenzeit sah sie keinen Grund, ihren »Erfolg« am heutigen Abend nicht in vollen Zügen zu genießen. Und man konnte es wirklich nicht anders bezeichnen, denn sie war vom ersten Augenblick an von unzähligen Verehrern umschwärmt. Und so war ein ernstgemeinter Heiratsantrag eines Fremden in diesem Augenblick alles andere als das, wonach ihr der Sinn stand. Sie wollte Spaß. Und außerdem war es sowieso reichlich absurd, ihr nach einem einzigen Tanz einen Antrag zu machen. Deshalb dachte sie sich, daß sie ihm ruhig eine genauso absurde Antwort geben konnte.

»Natürlich können Sie bei meinem Vater um meine Hand anhalten«, sagte sie mit einem leisen Lächeln, »doch dann könnte es sein, daß mein Vater sie erschießt.«

Jetzt kam *er* aus dem Takt, was Megan sehr wohl bemerkte.

»Bitte?« fragte er zögernd, «sagten Sie ›erschießen‹?«

»Ganz genau.«

»Aber ... aber...«

»Oh, das klingt vielleicht schlimmer, als es gemeint ist. Es ist einfach nur das Wort ›Heirat‹. Mein Vater kann es nicht mehr hören, weil er in letzter Zeit mit Heiratsanträgen nur so überhäuft wurde; die Frauen lassen ihn einfach nicht in Ruhe.«

Wieder stolperte ihr Tanzpartner; Megan konnte ihr Lachen kaum noch unterdrücken.

»Die Frauen? Ja aber, ich meinte...«

»Tut mir leid, aber er hat tatsächlich geschworen, auf jeden zu schießen, von dem er in den nächsten drei Monaten dieses Wort noch einmal hört. Ich weiß zwar nicht, ob er ihn wirklich töten oder nur ein bißchen verletzen will, aber ich glaube, ich sollte sie warnen.«

»Ich weiß es zu schätzen, wirklich!«

Den Eindruck hatte sie auch. Viel wußte er bis zum Ende des Tanzes nicht mehr zu sagen und ließ sie, kaum daß die Musik verklungen war, ziemlich abrupt stehen. Megan atmete auf. Zum ersten Mal an diesem Abend hatte sie eine kleine Verschnaufpause. Doch die sollte nicht lange dauern.

»Na, dann gehört der nächste Tanz wohl mir!« sagte eine Stimme direkt hinter ihr.

Sie zuckte zusammen. Diese Aufforderung kam ihr äußerst ungelegen, hatte sie sich doch gerade auf ein paar Minuten der Ruhe gefreut. Sie überlegte kurz, ob sie die Worte einfach überhören und weggehen sollte. Nein, das wäre zu unhöflich. Aber weggehen mit einer guten Entschuldigung, das könnte sie wohl. Und nach einer Entschuldigung brauchte sie nicht lange zu suchen. Denn die Art, wie er sie aufgefordert hatte, war einfach unverschämt.

Sie wollte sich erst gar nicht in ein Gespräch verwickeln lassen und sagte deshalb nur frostig über die Schulter: »Ich habe zwar keinen Partner für den nächsten Tanz, doch ich möchte es gerne dabei belassen. Und nun entschuldigen Sie mich bitte, ich wollte gerade ein wenig frische Luft schöpfen.«

»Das hatte ich auch gerade vor. Dann darf ich Sie begleiten, wenn Sie nichts dagegen haben?«

»Ich kann Ihnen zwar nicht verbieten, ebenfalls an die frische Luft zu gehen, doch auf Ihre Begleitung würde ich gerne verzichten.«

»Wie unromantisch von Ihnen, Miss Penworthy.«

Jetzt mußte sie sich *doch* umdrehen, schon aus Neugier. Er war groß, sehr groß sogar, und trug eine Maske. »Sind wir einander vorgestellt worden?«

»Nein, dieses Vergnügen hatte ich bisher leider noch nicht.«

»Und woher wissen Sie dann...?«

»Ich habe mich umgehört. Wenn ich mich dann vorstellen darf.« Er machte eine kaum wahrnehmbare Verbeugung. »Ambrose St. James, zu Ihren Diensten. Wollen Sie's sich nicht noch mal überlegen?«

Sie konnte es nicht fassen! Erst hatte sie sich schon damit abgefunden, ihn an diesem Abend nicht mehr kennenzulernen, und jetzt war er einfach da, bat *sie* um einen Tanz! Seine Erscheinung übertraf ihre kühnsten Erwartungen. Soweit sie sein Gesicht hinter der Maske erkennen konnte, war es ausgesprochen markant, und sein kräftiger Körper war genauso stattlich wie Devlins – *geh mir aus dem Kopf, Pferdezüchter!* –, obwohl sie sich *ihn* in einem derart gutsitzenden Abendanzug überhaupt nicht vorstellen konnte. Seine Augen lagen zu sehr im Schatten der Maske, als daß sie ihre Farbe hätte erkennen können, dafür war sie um so mehr von seinem dichten schwarzen Haar beeindruckt, das er sorgfältig nach hinten gekämmt trug. Was für ein Mann, dachte sie hingerissen. Nicht auszudenken, wenn er sich von ihrer frostigen Art hätte abschrecken lassen!

Sie wollte schon herausplatzen: »Ja natürlich, gerne!« Doch dann fiel ihr im letzten Moment ein, daß das nach ihrer anfänglichen Sprödigkeit sehr eigenartig aussehen würde. Sie durfte sich nicht anmerken lassen, wie attraktiv sie ihn fand. Und so schenkte sie ihm ein reserviertes Lächeln und sagte möglichst gelangweilt: »Sie sind ja ganz schön hartnäckig.«

»Wenn's drauf ankommt, immer«, lächelte er.

Sein Lächeln war ungemein sinnlich. Megan stellte sich vor, daß Devlin lächeln würde, wenn – *schon wieder dieser Devlin, Meg!*

»Wie soll ich das versteh…«

Er unterbrach sie ungeduldig. »Hören wir auf mit dem Geplänkel. Sie *haben* es sich längst überlegt, mein Fräulein, also gehen wir.«

Woher wußte er das, fragte sie sich, als er sie ziemlich hastig hinaus auf die Terrasse zog. Und warum hatte er es auf einmal so eilig? Sein charmantes Lächeln war ziemlich abrupt verschwunden, und er hatte sich so eigenartig umgeschaut, als er sie hinausführte, so als hätte er Angst, dabei gesehen zu werden. Doch sie hatte jetzt nicht vor, sich darüber den Kopf zu zerbrechen. Ambrose St. James wollte sie gleich die paar Stufen hinab in den Garten drängen, doch Megan blieb an der Terrassenbrüstung stehen.

»Lassen Sie uns hierbleiben. Die Luft ist herrlich, finden Sie nicht?« sagte sie und zog ihren Arm aus seiner Hand.

»Keine Lust, ein wenig durch den Mondschein zu spazieren? *Sehr* unromantisch, Miss Penworthy.«

»Sachte, sachte«, murmelte sie halblaut.

Er grinste. Sie ärgerte sich ein wenig über seine forsche Art, doch selbst dieses Grinsen hatte einen unwiderstehlichen Charme, war genauso entwaffnend wie sein Lächeln.

»Nicht böse sein, meine Liebe, aber auf diesem Fest sind einige, denen ich im Augenblick nicht so gern begegnen möchte. Und einer von ihnen steuerte vorhin geradewegs auf uns zu. Wir haben also nur wenig Zeit füreinander. Der Gedanke daran läßt mich verzweifeln, ich bin geradezu untröstlich, aber vielleicht erklärt Ihnen das wenigstens mein wirklich unmögliches Benehmen gerade eben.«

Die Erklärung klang plausibel, Megan hatte schon so etwas vermutet. Seine letzte Bemerkung aber entschuldigte alles. Sie errötete verschämt bei dem Gedanken, ihn derartig durcheinanderzubringen. Dieser Mann war *wirklich* an ihr interessiert, und war es nicht genau das, was sie erhofft hatte?

Sie war geradezu berauscht von dieser Entdeckung, und so sagte sie ein wenig verlegen, doch mit deutlichem Bedauern in der Stimme: »Der nächste Tanz ist bereits versprochen, Sie haben also wirklich nicht viel Zeit.«

»Dann will ich die verbleibende Zeit nutzen«, antwortete er keck, zog sie in seine Arme und begann zu den Walzerklängen der Musik zu tanzen.

Megan fühlte sich total überrumpelt. Es dauerte einen kurzen Moment, bis sie überhaupt merkte, wie unanständig eng er sie umschlungen hielt. Sie wehrte sich ein wenig gegen seine Nähe, doch er zeigte sich unbeeindruckt. Sein heißer Atem strich an ihrem Ohr entlang, als er sie noch enger an sich zog. Was für ein prickelndes Gefühl! Wonnige Schauer der Erregung liefen ihr über Nacken und Arme.

»Der Drang, Sie in meine Arme zu nenmen, war zu überwältigend für mich. Und dann diese Begierde, Sie zu küssen! Aber Sie sehen, ich versuche mich zu beherrschen.«

Seine starken Arme, die sie an eine andere, ebenso erregende Umarmung erinnerten, und seine verführerischen Worte ließen ihren Widerstand dahinschmelzen. Sie zitterte vor Erregung. »Dann küssen Sie mich!« wollte sie sagen, doch da fiel ihr voller Schrecken ein, daß sie ja nicht die geringste Ahnung hatte, wie man richtig küßt. Nein, sie wollte es nicht riskieren, sich zu blamieren. Diese erste Begegnung sollte für ihn genauso unvergeßlich bleiben wie für sie. Und so schwieg sie.

Megan mußte an Tiffanys Befürchtungen denken. Sie hatten sich nicht bewahrheitet. In diesen Ambrose St. James würde sie sich leicht verlieben können! Sie seufzte glücklich und schmiegte sich in seine Arme. Alles verlief so, wie sie es geplant hatte.

Er spürte, wie sie sich entspannte, sich ihm sehnsüchtig hingab. In ihm hingegen wuchs die Spannung, denn nichts, rein gar nichts verlief so, wie er es geplant hatte. Aber er hatte auch nicht damit gerechnet, daß sie heute abend derart hinreißend und verführerisch sein würde! Sie ließ ihn vergessen, was er sich vorgenommen hatte. Was er ihr gesagt hatte, war wirklich wahr. Er spürte keinen sehnlicheren Wunsch, als sie zu küssen. Und er wußte, daß sie es ihm nicht verwehren würde. Denn heute abend war sie nicht die Megan, die er kannte, sondern ein kleines, hinterlistiges Fräulein, das einen Herzog in die Falle locken wollte. Aber den Spaß würde er ihr verderben, an den heutigen Abend sollte sie noch lange denken.

Und so ging er zum Angriff über und drehte sich mit ihr zurück zur Terrassenbrüstung, wo er den Tanz abrupt beendete. Doch in dem Moment, in dem ihr träumerischer Blick der Überraschung wich, fühlte er ein schmerzliches Bedauern. Wie gern hätte er sie jetzt wieder einfach nur geküßt! Es fiel ihm schwer, sein Verlangen zu unterdrücken. Aber er brauchte sich keine Schwäche vorzuwerfen. *Kein* anderer Mann hätte dieser Versuchung widerstehen können, und *ihm* gelang es nur deshalb, weil er ihr Spiel durchschaute. Nein, er mußte jetzt hart bleiben. Sie brauchte die Lektion, die er ihr verpassen würde. Eine Lektion, für die er das Risiko einging, Freddy zu begegnen. Vielleicht wäre sie danach vorsichtiger, was die Auswahl ihrer Opfer anging!

Megan fühlte sich unbehaglich, wie er sie so ansah. Sie wünschte, ihm jetzt in die Augen schauen zu können, doch das Dämmerlicht auf der Terrasse ließ es nicht zu.

»Haben Sie keine Lust mehr, zu tanzen, Euer Gnaden?« fragte sie in das gespannte Schweigen hinein. Es fiel ihr beim besten Willen nichts Besseres ein.

»Ach, *das* wissen Sie also«, antwortet er, als er ihr »Euer Gnaden« hörte.

Sie zuckte die Achseln, ärgerte sich aber im stillen, ihr Wissen preisgegeben zu haben. »Das weiß doch jeder.«

»In London, ja, aber hier auf dem Lande?« Er seufzte. »Schade, dann macht alles nur noch halb soviel Spaß.«

»Warum?«

»Die Menschen verhalten sich nach meinen Erfahrungen sofort ganz anders, sobald sie wissen, *wer* ich bin. Sie sehen dann nur noch den Titel, nicht den Menschen, der ihn trägt.«

Der bittere Unterton in seinen Worten war nicht zu überhören. War sie nicht auch gemeint? Hatte sie nicht auch nur den Titel im Kopf? Nein, ganz so war es nicht. Der Titel war ihre erste Überlegung gewesen, ja, aber alles andere hing von dem Charakter des Mannes ab, das wußte sie nun. Was würde ihr der Titel nützen, wenn es zwischen dem Mann und ihr keine Liebe geben konnte.

»Das tut mir leid«, sagte sie aus tiefster Überzeugung. »Es muß nicht leicht sein, mit solchen Erfahrungen zu leben.«

Er zuckte die Achsel. »Was soll's. Einer der kleinen Nachteile, ein Herzog zu sein.«

»Ich hoffe aber doch, daß es auch Vorteile hat.«

Er grinste. »Den einen oder anderen schon!«

Waren es seine Worte, oder war es das Grinsen, das sie Böses ahnen ließ?

»Einer der Vorteile dürfte wohl sein, sich erlauben zu können, ein bißchen selbstherrlicher zu sein, ist es nicht so?«

Sie wollte ihn damit necken, er aber antwortete in ernstem Ton: »Ein bißchen? Ich habe Sie vorhin fast aus dem Tanzsaal *gezerrt*. Das war wirklich ziemlich selbstherrlich von mir.«

»Das stimmt, und jetzt, wo Sie es erwähnen, fällt mir auf, daß Sie sich dafür noch gar nicht entschuldigt haben.«

»Ein weiterer Vorteil. Ich entschuldige mich selten. Wer würde es schließlich wagen, mich für mein Verhalten zur Rechenschaft zu ziehen?«

Der Ton gefiel ihr überhaupt nicht. Wenn Tiffany ihn so hören könnte, würde sie sagen, daß sie bisher kaum gute Seiten an diesem Mann gefunden hätte, und sie, Megan, müßte ihr leider zustimmen. Was zum Teufel war nur plötzlich in diesen so anziehenden Mann gefahren? Vor ein paar Minuten noch hatte er ihr erst gestanden, daß er nichts sehnlicher wünschte, als sie zu küssen.

»Ich glaube, ich hätte da keine Schwierigkeiten, Euer Gnaden.«

Er lehnte mit verschränkten Armen an der Brüstung. Ihre Bemerkung schien ihn zu amüsieren.

»Tatsächlich? Sind Sie so unfehlbar, daß Sie den ersten Stein werfen können?«

Weder das gedämpfte Licht auf der Terrasse noch ihre Halbmaske konnten ihr Erröten verbergen. »Nn ... nein, ich behaupte ja nicht, fehlerfrei zu sein, aber ich trage schließlich auch keinen so hohen Titel.«

»Und würden Sie einen tragen, würde Sie das weniger verzogen oder eigensinnig machen?«

Megan erstarrte. »Was, wenn ich fragen darf, läßt Sie derartiges von mir denken?«

»Ich hab den Nagel auf den Kopf getroffen, stimmt's?«

Eine maßlose Enttäuschung stieg in ihr auf, bitterer als die, die sie vorhin verspürt hatte, als sie befürchtete, der Herzog würde gar nicht auf den Ball kommen. Diese Enttäuschung schnürte ihr die Kehle zu, so daß sie meinte, daran ersticken zu müssen, und das machte sie wütend. Irgend etwas war danebengegangen, wenn sie auch nicht genau wußte, was. Sie mußte jetzt sofort gehen. Wenn sie ihn jetzt nicht stehen ließe, würde sie irgend etwas Unüberlegtes sagen, was jede weitere Begegnung ein für allemal unmöglich machen würde, *falls* sie nach diesem Auftritt überhaupt noch Lust haben sollte, ihn je wiederzusehen.

»Ich glaube, ich habe genug frische Luft geschöpft. Gute Nacht, Euer Gnaden.«

»Nicht so schnell, meine Liebe.«

Nicht nur seine Worte hielten sie zurück. Als sie sich umdrehte, griff er mit seiner Hand blitzschnell zu und zog sie zwischen seine Beine.

»Ich habe Sie erneut verärgert, nicht wahr?« fragte er mit einem hämischen Grinsen.

Megan war fassungslos; nur ein Idiot konnte so etwas noch fragen. »Allerdings, und diesmal um so schlimmer. Lassen Sie m...«

»Das war nicht meine Absicht.«

Es schien ihr wie ein Hoffnungsschimmer. Vielleicht war er heute abend nicht er selbst, vielleicht hielt er sie auch für raffinierter, als sie war, und sie hatte einfach manches falsch verstanden. Ja, vielleicht hatte er sie gar nicht beleidigt, vielleicht war alles nur ein Mißverständnis. »Was *war* dann Ihre Absicht?«

»Ich hätte gern mehr von Ihnen gesehen.«

Das war genau das, was sie von ihm gerne gehört hätte – doch vorhin, *vor* seinem eigenartigen Stimmungswandel. Nun aber war sie sich gar nicht mehr sicher, ob sie ihn *überhaupt* noch einmal sehen sollte.

»Warum?« fragte sie ein wenig keck.

»Meine jetzige Geliebte langweilt mich zunehmend. Hätten Sie nicht Lust, ihren Platz einzunehmen?«

»Ihre *Geliebte*?«

Er fuhr fort, als hätte er ihre Empörung nicht bemerkt: «Ich denke, Sie wären ein guter Ersatz. Kann ich natürlich erst dann genau sagen, wenn ich Sie ausprobiert habe. Vielleicht finden wir hier ein verstecktes Plätzchen, um...«

Mit einem lauten Knall landete ihre Hand auf seiner Wange. Dann riß sie sich von ihm los. Diesmal versuchte er nicht, sie aufzuhalten. Doch dann blieb sie stehen – sie war noch nicht fertig mit ihm. Sie wollte mehr als ihn nur ohrfeigen. Sie wollte ihn als genau das beschimpfen, was Devlin gesagt hatte, daß er wäre: ein Lump, ein mieser Schuft, ein Verführer unschuldiger Mädchen. Doch sie brachte kein Wort heraus. Ihre Wut verschnürte ihr die Kehle.

Sie war drauf und dran, ihm die Maske herunterzureißen. Sie wollte sichergehen, diesen Wüstling wiederzuerkennen, wenn sie ihm jemals wieder begegnen sollte, was sie jedoch nicht hoffte. Unfaßbar! Den ganzen Abend *hatte* sie gehofft, daß sie ihm begegnen würde, noch vor wenigen Minuten hatte sie sich nach seiner Umarmung gesehnt!

»Da sind Sie ja, Miss Penworthy! Ich glaube, der nächste Tanz gehört mir.«

Sie fuhr herum. Sie schämte sich fast, alleine mit diesem so durch und durch verdorbenen Mann angetroffen zu werden. Jetzt wußte sie, *wer* Ambrose St. James wirklich war. Aber Lord Frederick, dem sie den nächsten Tanz versprochen hatte, war doch der Freund des Herzogs. War er womöglich genauso? Das war mehr als wahrscheinlich! Sie mußte sich vor ihm hüten, vor ihm wie vor seinem Freund.

»Sir, Sie haben verabscheuungswürdige Freunde, vor allem der da«, sagte sie in eiskaltem Ton zu dem Marquis und wies mit dem Daumen hinter sich. »Der da?« fragte Lord Frederick verdutzt. Megan runzelte die Stirn. Hatte er sie nicht richtig verstanden? Sie drehte sich um – und erstarrte. Der Platz an der Brüstung war leer.

Der Herzog von Wrothston, dieser widerwärtige Kerl, war nicht mehr da, so, als hätte er sich in Luft aufgelöst. Nicht einmal ein Zweig der Sträucher hinter der Brüstung bewegte sich noch. Es wäre besser gewesen, er wäre schon früher, viel früher, verschwunden, bevor sie ihm jemals begegnet wäre. Doch nein, vielleicht war es so besser. Jetzt *kannte* sie ihn, jetzt wußte sie, wer er wirklich war. Zum Teufel mit dir, Ambrose St. James, samt all deinen Titeln!

17

»Warum, um alles in der Welt, war ich nur so dumm!«

Sie befanden sich auf dem letzten Stück der Rückreise. Die Kutsche der Roberts' schaukelte in einem einlullenden Tempo dahin. Tiffanys Mutter war bereits auf ihrem Sitz eingeschlafen.

Tiffany selbst war auch schon fast eingenickt, aber bei Megans Worten war sie sofort wieder hellwach. »Ich dachte, du hättest endlich aufgehört, darüber nachzugrübeln.«

Doch Megan konnte einfach über nichts anderes nachdenken. Was hatte sie bloß für eine kolossale Dummheit begangen! Sie hatte ihrer Freundin die ganze erniedrigende Szene erzählt, die sie mit Ambrose St. James erlebt hatte.

»Mein Gott, wie konnte ich bloß so dumm sein. Aber vielleicht geschieht es mir ganz recht so. Vielleicht habe ich es genauso verdient.«

»Nein, das hast du nicht«, erwiderte Tiffany treuherzig. »Du brauchst dir wirklich keine Vorwürfe zu machen. Ich habe genauso wie du gehofft, daß alles gutgehen würde, und ich bin jetzt genauso enttäuscht wie du.«

»Ich bin eigentlich gar nicht enttäuscht«, sagte Megan nachdenklich, »zumindest jetzt nicht mehr. Ich bin vielmehr wütend auf mich selbst, daß ich alle meine Hoffnungen auf einen Mann gesetzt habe, den ich überhaupt nicht kannte. *Du* hast mich ja immer schon gewarnt! Ich kann es einfach nicht verstehen, wie ich tatsächlich so idiotisch sein konnte. Aber ich bin auch wütend auf *ihn*. Ich kann mir nicht helfen, aber als Herzog müßte er doch wenigstens ein Mindestmaß an Anstand haben, findest du nicht auch?«

»Allerdings. Aber wahrscheinlich hat ihn der Titel einfach verdorben. Das kommt öfter vor.«

»Man sollte so etwas gesetzlich verbieten«, murmelte Megan.

Tiffany stutzte, sagte aber nichts dazu.

Dannn brach Megan in lautes Lachen aus. »Das letzte war natürlich absoluter Blödsinn«, kicherte sie.

»Das stimmt.« Jetzt mußte auch Tiffany lachen. »Aber im Grunde hast du völlig recht.«

Megan prustete wieder los. »Hör auf, Tiff, sonst wecke ich noch deine Mutter auf.«

Tiffany wurde wieder ernst. »Es ist wirklich wahr. Macht und Reichtum verderben eben den Menschen, und St. James hat beides im Überfluß. Wirklich schade. Wäre er ein verarmter Herzog, hätte er sich zumindest wie ein Ehrenmann verhalten.«

»Und verzweifelt nach einer reichen Erbin Ausschau gehalten, womit ich nicht hätte dienen können.«

Tiffany seufzte. »Mag sein, doch das ist jetzt Schnee von gestern. Aber ich hoffe doch wenigstens, daß du jetzt weißt, wie die Reihenfolge geht?«

»Du meinst, daß man den Mann erst kennenlernen muß?«

»Das auch, aber noch wichtiger ist, daß man ihn lieben muß. *Das* ist heutzutage die Art zu heiraten, verstehst du?«

»Ich weiß«, antwortete Megan, »aber das sichert mir noch nicht den Titel.«

Tiffany stöhnte. Manchmal war Megan wirklich unbelehrbar, einfach stur und eigensinnig. Um ehrlich zu sein, nicht nur manchmal, sondern eigentlich dauernd.

»Du willst also immer noch den Titel?«

Megan zuckte die Achseln. Sie wirkte plötzlich entmutigt. »Ich weiß nicht ... nein, eigentlich nicht. Ich würde natürlich nach wie vor gerne Lady O eins auswischen, und das geht nun einmal nicht ohne Ehemann mit Titel. Ja, ein Mann mit Titel, das wäre schon was! Aber es *muß* nicht unbedingt sein.«

Tiffany schnalzte mit der Zunge. »Hört sich an, als ob du das Spiel aufgeben wolltest, bevor es überhaupt begonnen hat.«

»Nein, ich will nur von jetzt an einfach etwas realistischer sein.«

»Realistischer? Du hast doch eigentlich genau das erreicht, was du wolltest – oder, sagen wir einmal, zumindest die Hälfte?«

Megan runzelte die Stirn. »Das verstehe ich nicht.«

»Der erste Teil deines Plans war doch, das amouröse Interesse des Herzogs von Wrothston zu erregen, stimmt's? Na, und das ist dir doch voll und ganz gelungen! Es ist ja nicht *deine* Schuld, daß er sich als widerwärtiger Wüstling entpuppte, der dich mit unanständigen Anträgen beleidigt. Immerhin, sein Interesse hast du geweckt, Meg.«

»Na gut, aber was heißt das?«

»Daß du jeden Titel haben kannst, den du willst! Du wirst aus Dutzenden auswählen können, wenn du erst einmal in London bist. Doch diesmal wirst du deine Kandidaten *zuerst* einmal kennenlernen, *dann* entscheiden, in wen du dich verlieben willst, und es dann einfach geschehen lassen – es sei denn, es *passiert* einfach: Du verliebst dich, ohne etwas dagegen machen zu können, und damit ist die Wahl dann getroffen. Diese Möglichkeit besteht immer, und um ehrlich zu sein, ich empfehle sie dir wärmstens.«

»Ich weiß, aber es gibt nicht viele Männer, die so wunderbar sind wie dein Tyler.«

»Das ist wahr, aber vergiß nicht, ich habe mich an dem Tag, als wir uns zum ersten Mal sahen, einfach in Tyler verliebt, noch *bevor* ich wußte, wie wunderbar dieser Mann ist. Es ist einfach passiert. Ich hatte Glück, aber ich glaube nicht, daß es viel ausgemacht hätte, wenn ich an ihm auch einige schlechte Seiten entdeckt hätte. Wir müssen das Gute zusammen mit dem Schlechten nehmen, wenn das Herz entscheidet.«

»Das klingt *nicht* sehr ermutigend, Tiff. Es unterstützt eigentlich meine Behauptung, daß ich besser fahre, wenn ich zuerst den Mann aussuche und dann der Liebe ihren Lauf lasse.«

»Mach, was du für richtig hältst, solange du ihn erst einmal kennenlernst und damit sicherstellst, daß du deine Zeit nicht erneut mit einem Lumpen verschwendest. Und vor allem achte darauf, daß du ihn wirklich liebst, bevor du dich entschließt, ihn zu heiraten. Bist du denn wenigstens *darin* meiner Meinung?«

»Ja, sicher, aber ... wie lange, denkst du, wird es denn wohl dauern, bis ich mich *auf meine Weise* verliebe?«

Tiffany rollte verzweifelt die Augen. »Du stellst vielleicht Fragen! *Ich* habe mich *sofort* verliebt! Aber das ist bei jedem anders. Wie soll ich wissen, wie lange es bei *dir* dauert?«

18

Megan fragte sich schon die ganze Rückfahrt über, warum sie so nervös war, wenn sie an zu Hause dachte. Als sie dann endlich ankam, wäre sie am liebsten gleich in den Stall gelaufen. Sie mußte sich wirklich über ich selbst wundern. War es, weil sie ihr Pferd so sehr vermißt hatte? Ja, die morgendlichen Ausritte hatten ihr wirklich gefehlt. Aber das war doch noch keine Erklärung dafür, daß es sie wie magisch in den Stall zog. Sie war doch bloß ganze vier Tage fortgewesen.

Es war auch nicht das erste Mal, daß sie von zu Hause weg war. Da war die Reise nach Kent, um das Geschenk für ihren zwölften Geburtstag abzuholen – warum hatte sie nicht schon damals gemerkt, was der Herzog für ein Lump war? –, und verschiedene Einkaufsfahrten in Städte, die eine größere Auswahl boten als Teadale. Auf all diesen Fahrten hatte sie allerdings immer ihr Vater begleitet, ja, vielleicht war *das* der Grund! Doch ihre innere Stimme belehrte sie eines Besseren.

Warum bist du nicht ehrlich? Du willst doch nur den Pferdezüchter wiedersehen!

So ein Quatsch! Der ist wirklich der letzte, dem ich jetzt begegnen möchte.

Natürlich willst du ihn sehen.

Das ist doch nicht wahr! Schließlich kennt er St. James recht gut. Wahrscheinlich hat er genau gewußt, was auf dem Ball passieren würde, oder hat es zumindest geahnt, während ich arrogant genug war, ihm zu erzählen, daß ich diesen Mann in Kürze heiraten würde. Mein Gott, wenn ich daran denke! Wie kann ich ihm denn nach all dem noch unter die Augen treten?

Mit deinem üblichen Charme – und deiner Arroganz.

Mach keine Witze. Und was ist, wenn er mich fragt, wie alles gelaufen ist? Und ich schwöre, er wird mich danach fragen.

Dann lügst du eben.

Und wenn ich St. James nicht innerhalb eines Jahres heirate, was dann? Dann wird sich Devlin schadenfroh die Hände reiben.

Aber es ist nun einmal nicht zu vermeiden, daß du ihm irgendwann wieder über den Weg läufst. Also bring es jetzt gleich hinter dich. Und wenn du ehrlich bist, weißt du, daß du es sowieso kaum erwarten kannst!

Du meinst also, ich könnte es nicht erwarten, mich endlich wieder von ihm demütigen zu lassen? Glaubst du denn, ich liebe es zu leiden?

Vielleicht ein bißchen, seit du gemerkt hast, wie sehr du dich von ihm angezogen fühlst.

Sehr witzig!

Irgendwie gelang es Megan, an diesem ersten Abend ins Bett zu gehen, ohne vorher den Stall aufzusuchen und nach ... ihrem Pferd zu schauen. Aber schon im ersten Morgengrauen, noch bevor die Sonne über dem Horizont erschien, war sie auf dem Weg zum Stall. Sie bebte vor Erwartung, auch wenn sie es sich nicht eingestand. Deshalb fiel sie aus allen Wolken, als sie an die Stalltür kam und diese verschlossen fand. Verschlossen? Seit wann denn das? Und warum?

Mehrere Minuten lang stand Megan enttäuscht und hilflos vor der zugesperrten Tür. Was sollte sie jetzt machen? Mit der Faust gegen die Tür hämmern? Das würde wohl einen ganz schönen Lärm machen. Zwar waren im vorderen Teil des Stalles nur die Pferde untergebracht, doch womöglich würde sie trotzdem das ganze Haus aufwecken.

Sie entschied sich, wieder in ihr Bett zu gehen und noch ein bißchen zu warten, bis die Stalltüren offen waren. Doch dann auf einmal hielt sie es nicht mehr aus und schlich um den Stall herum. An einem der Fenster war ein Vorhang, da mußte es also sein! Sie klopfte erst leise, und als sie nicht gleich Antwort bekam, etwas lauter an die Scheibe. Zuerst geschah gar nichts, doch dann, als sie sich gerade darüber amüsierte, daß der Vorhang rosa war, wurde plötzlich das Fenster weit aufgerissen.

Sie war froh – *oder auch nicht*, warf ihre innere Stimme ein –, daß es noch nicht hell genug war, um alles in dem abgedunkelten Raum erkennen zu können, denn zumindest in groben Umrissen konnte sie erahnen, daß Devlin Jefferys ziemlich nackt vor dem Fenster stand. Draußen war es jedoch heller, so daß *er* sofort sah, wer seinen Schlaf gestört hatte.

»Was, zum Teufel, treiben Sie sich hier zu dieser nachtschlafenen Zeit herum, freche Göre?« fragte er sie schlaftrunken, bevor sie auch nur den Mund öffnen konnte.

Megan ärgerte sich, daß er sie schon wieder »Göre« genannt hatte, sagte aber nichts. Ihre Augen hatten sich inzwischen an die Dunkelheit im Raum gewöhnt, und so konnte sie seine Gestalt jetzt deutlicher erkennen. Doch sie mußte sofort daran denken, was er ihr angedroht hatte, falls sie ihn noch einmal so anstarren sollte, so daß sie schnell ihren Kopf zur Seite drehte und auf einen der Balken des halbfertigen Stallanbaus schaute. Plötzlich kam ihr der Gedanke, daß es vielleicht noch einen anderen Weg in den Stall gab und sie Devlin gar nicht hätte wecken müssen.

Verlegen entschuldigte sie sich. »Ich fand die Stalltüren verriegelt vor, hatte aber an den rückwärtigen Eingang nicht gedacht. Gehen Sie wieder zu Bett, Mr....«

»Welchen Eingang?«

»Na, den am Anbau. Da ist doch bestimmt eine Tür.«

»Warum schauen Sie sich nicht erst einmal genau um, bevor Sie hier irgendwelche Vermutungen anstellen, Megan? Erst mal muß doch wohl der Anbau fertig sein, bevor man eine Tür einläßt, oder? Was hätte es denn für einen Sinn, vorne die Stalltüren zu verriegeln, wenn man hinten ein Loch offenläßt?«

Sie ärgerte sich über seinen amüsierten Unterton. »Dann ist der Stall also vollständig verschlossen?«

»So ist es, Gnädigste.«

Jetzt platzte Megan der Kragen. »Wie können Sie es wagen, mich aus meinem Stall auszusperren? Wer gibt Ihnen das Recht dazu? Hat Ihnen das mein Vater aufgetragen?«

»Ich brauche für die Sicherung der Pferde nicht die Erlaubnis Ihres Vaters«, sagte er herablassend. »Das geschieht auf meine eigene Verantwortung.«

»Wovor denn sichern?« spottete sie. »Und jetzt machen Sie endlich die Türen auf, Jefferys.«

»Gehen Sie wieder zu Bett, Megan, die Türen öffne ich zu einer vernünftigen Tageszeit.«

»Ich gedenke nicht, auf Ihre *vernünftige Tageszeit* zu warten! Ich möchte jetzt ausreiten, also öffnen Sie gefälligst den Stall.«

»Sie bestehen darauf?«

»So ist es, Gnädigster!« äffte sie ihn nach.

»Also gut! Sie haben es so gewollt!«

Sie warf einen ängstlichen Blick durch das Fenster, als er den Raum verließ, und biß sich auf die Lippe. Was führte er im Schilde? Sein letzter Satz verhieß nichts Gutes.

Er würde es doch wohl nicht wagen... Aber um sicher zu sein, rief sie ihm durch das Fenster nach: »Unterstehen Sie sich, mir halbnackt die Türen zu öffnen, Devlin Jefferys. Sonst schreie ich, und Sie werden sich den Bediensteten *und* meinem Vater gegenüber erklären müssen.«

Nach dieser Warnung stolzierte sie zurück zur Vorderseite des Stalls. Sie war sich sicher, daß er jetzt nicht mehr wagen würde, was er womöglich vorgehabt hatte. Dies schien sich auch zu bestätigen, denn sie mußte geschlagene fünf Minuten warten, bis endlich die Stalltüren aufgingen. Doch ihre Drohung hatte offenbar nur geringen Eindruck auf ihn gemacht, denn er trug lediglich Hose und Stiefel. Es hatte deshalb so lange gedauert, weil er eine Laterne anzünden mußte, um Licht in dem stockfinsteren Stall zu machen.

Die Zornesröte schoß ihr ins Gesicht, als sie sah, daß er sich um ihre Anweisung überhaupt nicht gekümmert hatte, und so stürmte sie wütend an ihm vorbei direkt auf Sir Ambrose' Box zu. Doch wenn sie geglaubt hatte, daß er jetzt wieder ins Bett gehen und sie in Ruhe lassen würde, so hatte sie sich getäuscht.

»Irgend jemand müßte Ihnen wirklich einmal ein bißchen Anstand, Höflichkeit und vor allem *Vernunft* beibringen.«

Das mußte gerade *er* sagen! Unglaublich, was sich der Kerl herausnahm!

»Was hat denn das mit Vernunft zu tun?« fragte sie ihn gereizt, ohne ihn anzuschauen. Es mochte ja sein, daß es ein wenig unhöflich von ihr gewesen war, ihn so früh zu wecken. Aber was war daran unvernünftig? »Ich wollte reiten. Und Sie haben kein Recht, mich davon abzuhalten.«

»Vielleicht sollte ich das wirklich«, knurrte er hinter ihrem Rücken. Doch dann klärte er sie auf: »Erst wecken Sie mich aus dem Schlaf und dann beschimpfen Sie mich auch noch, weil ich meinen Job ordentlich mache. Da müßte Ihnen doch Ihr gesunder Menschenverstand sagen, daß Sie da nicht ungeschoren davon kommen.«

Megan erstarrte. Ihr Herz raste wie wild.

»Bleiben Sie mir vom Leibe, Devlin!« stieß sie hervor. Im gleichen Moment merkten sie beide, daß sie ihn zum ersten Mal bei seinem Vornamen genannt hatte. »Ich meine, Mr. Jefferys«, verbesserte sie sich sofort.

»Förmlichkeiten sind im Augenblick doch wohl fehl am Platze, meinen Sie nicht?« fragte er amüsiert.

Megan widmete sich wieder ihrem Pferd. »Nein, das meine ich nicht«, gab sie patzig zurück.

Für einen Moment schwiegen beide. »Auch wenn man bedenkt«, knüpfte er an seine Frage an, »daß ich eben gerade nackt vor Ihnen gestanden bin?«

Megan stockte der Atem, dann fuhr sie herum, starrte ihn mit wilden Augen an.

»Ich habe aber nicht hingesehen!«

»Sie wollten aber!«

Sie gab ihm keine Antwort, drehte sich wieder um und kümmerte sich noch ausgiebiger um Sir Ambrose. Er lachte leise, als er sah, wie sie errötete.

»Es tut mir leid, daß ich Sie stören mußte, aber Sie können jetzt wieder zu Bett gehen.«

Die förmliche Art ärgerte ihn. »Das sollten Sie selber tun! Ich meine – in ihr eigenes Bett gehen. Es gibt wirklich keinen vernünftigen Grund, derart früh auszureiten.«

»Ich glaube, es geht Sie doch wohl *überhaupt* nichts an, zu welcher Tageszeit ich ausreite, Mr. Jefferys«, zischte sie.

»Es geht mich sehr wohl etwas an, wenn Sie mich deshalb aus dem Schlaf reißen!« Dann seufzte er. »Also gut, wenn es denn sein muß, dann werde ich Sie eben begleiten.«

Sie schaute ihn mit hochgezogenen Brauen an. »Und weshalb, wenn ich fragen darf?«

»Hier treibt ein Räuber sein Unwesen, oder wissen Sie das noch nicht?«

»Ich habe kein Geld dabei!«

Er grinste über ihre Naivität. »Meinen Sie nicht, daß er Ihnen vielleicht etwas anderes rauben könnte? Ich wüßte schon, was.«

Wie sie seine schlüpfrigen Anspielungen haßte!

»Es ist zwar noch etwas früh, aber bis ich losreite, ist die Sonne schon aufgegangen.«

»Gerade eben, vielleicht.«

Sie überhörte seine Antwort und fuhr fort: »Wenn ich wieder einen meiner mitternächtlichen Ausritte machen wollte, könnte ich Ihre Bedenken...«

»Sie reiten um Mitternacht aus?« rief er ungläubig. »Großer Gott, haben Sie denn total den Verstand verloren? Sie riskieren Kopf und Kragen – und Ihre verdammte Unschuld.«

Megan war fest entschlossen, jetzt nicht die Beherrschung zu verlieren, und erwiderte deshalb betont gelassen: »Dies ist eine ausgesprochen friedliche Gegend.«

»Ja, das kann man wohl sagen«, seufzte er gequält.

»Und eine absolut sichere Gegend dazu. Zumindest war sie das, bevor dieser Räuber hier auftauchte. Aber seitdem bin ich auch nicht mehr um diese Zeit ausgeritten, denn ich bin durchaus nicht so dumm, wie Sie annehmen. Aber warum erzähle ich Ihnen das alles eigentlich. Sie sind doch nicht mein Kindermädchen, Mr. Jefferys.«

»Dafür danke ich Gott.«

Sie zog die Augenbrauen zusammen. Bei diesem Kerl mußte man ja einfach die Beherrschung verlieren. »Wenn ich's mir recht überlege«, erwiderte sie argwöhnisch, »könnten *Sie* eigentlich gut der Räuber sein. Er ist zur gleichen Zeit hier aufgetaucht wie Sie.«

»Auf diese Beschuldigung habe ich schon lange gewartet.«

»Ja, und?«

»Und was?« Plötzlich mußte er lachen. »Soll ich es etwa abstreiten?«

»Wenn Sie unschuldig sind, natürlich.«

»Wenn ich schuldig wäre, würde ich es doch genauso abstreiten, also was soll das Ganze. Oder erwarten Sie ein Geständnis?«

Er hatte offenbar Spaß an diesem Wortgeplänkel, und das brachte sie immer mehr in Rage.

»Ich hatte eigentlich gehofft, daß Sie sich wieder zurückziehen würden, Mr. Jefferys, aber da Sie das offensichtlich nicht vorhaben, werde *ich* es tun, und zwar auf meinem Pferd. Und ich habe dabei nicht das geringste Bedürfnis, von Ihnen begleitet zu werden, da ich keine Lust habe, mir weiterhin von Ihnen meine Laune verderben zu lassen. *Ich brauche kein Kindermädchen!*«

»Ist das Ihr letztes Wort?«

»Jawohl!«

»Tja, dann muß ich wohl andere Saiten aufziehen«, sagte er in unerbittlichem Ton. »Ich kann da leider keine Rücksicht auf Sie nehmen. Eine verzogene Göre wie Sie braucht einfach jemanden, der auf sie aufpaßt. Warten Sie also hier, Megan, bis ich mit Caesar zurückkomme. Andernfalls reite ich Ihnen hinterher, und was ich dann mit Ihnen mache, wenn ich Sie eingeholt habe, wird Ihnen mit Sicherheit nicht gefallen. Das verspreche ich Ihnen!«

Bei seinen letzten Worten hatte er einen kurzen, aber unzweideutigen Blick auf ihren Po geworfen, so daß sie sofort wußte, was er meinte. Das letzte Mal, als er ihr das gleiche angedroht hatte, hatte sie Angst bekommen. Doch diesmal ließ sie sich nicht von ihm einschüchtern. Nein, jetzt entbrannte ihr Zorn erst richtig. Sie war derartig wütend, daß sie kein Wort herausbrachte.

Er bluffte, das war klar. Er war schließlich Bediensteter ihres Vaters, selbst wenn er sich ganz und gar nicht so benahm. Er sollte es wagen, Hand an die Tochter seines Dienstherrn zu legen! Er sollte es nur versuchen! Sie würde ihn auf der Stelle einsperren lassen. Eine tolle Idee, schoß es ihr durch den Kopf.

Voller Wut schnallte sie Sir Ambrose schnell den Sattel um und stieg auf, nahm dann die Zügel und ritt aus dem Stall. Vorsichtshalber blieb sie aber mit ihrem Pferd gleich hinter dem rechten Torflügel stehen, so daß sie vom Stallinneren aus nicht zu sehen war. Als wenige Minuten später Devlin auf Caesars Rücken aus dem Stall gerast kam, um die Verfolgung aufzunehmen, mußte sie hell auflachen. Devlin parierte hart, woraufhin Caesar scheute und hochging, so daß Devlin fast aus dem Sattel flog.

Was für ein Erlebnis! Sie grinste schadenfroh und ritt auf Sir Ambrose voraus. Devlin folgte ihr laut fluchend, er wünschte ihr offenbar Tod und Teufel an den Hals. Doch das störte sie nicht im geringsten, ganz im Gegenteil.

19

Megan wäre liebend gerne auf Sir Ambrose in wildem Ritt über die Wiesen galoppiert, doch sie mußte befürchten, daß Devlin dies als Herausforderung ansehen und daraus ein Wettrennen machen würde, und sie würde es nicht ertragen, wenn ihr geliebter Sir Ambrose von Caesar geschlagen würde. Deshalb trabte sie in gemächlichem Tempo dahin. Sie nahm sich vor, falls Devlin sie einholen und neben ihr reiten sollte, entweder ein Stück voraus zu reiten oder demonstrativ zurückzubleiben, um ihm so zu bedeuten, daß sie auf seine Gesellschaft gut verzichten konnte.

Sie hatte keine Chance, ihn loszuwerden, und so versuchte sie es gar nicht erst. Außerdem war sie durchaus in guter Stimmung, denn der kleine Streich, den sie ihm gespielt hatte, war ihr voll gelungen. Sie mußte immer noch lachen, wenn sie daran dachte, wie Caesar gescheut und ausgeschlagen und dabei Devlin fast aus dem Sattel geworfen hätte. Schade, daß er nicht wirklich vom Pferd geflogen war. Aber wahrscheinlich hätte dieser Mann selbst nach so einer demütigenden Erfahrung sich ihr gegenüber kaum weniger arrogant benommen.

Was seine neuerliche Drohung anbetraf, so brauchte sie nichts zu befürchten. Es schien ihm wohl einfach nur Spaß zu machen, ihr Angst einzujagen. Langsam hatte sie wirklich die Nase voll von seinen laufenden Einschüchterungsversuchen. Sie hatte ihm das mit ihrem kleinen Streich indirekt sagen wollen. Megan seufzte leise. Wie kindisch von ihr! Dieser Mann war viel zu sehr von sich selbst eingenommen, als daß er diese dezenten Hinweise überhaupt mitbekommen würde.

Er führt doch aber auch irgend etwas im Schilde, Megan, sonst würde er dir doch nicht so an den Fersen kle-

ben. Inzwischen ist es heller Tag, und somit existiert überhaupt kein Grund mehr, dich wie ein kleines Kind zu beaufsichtigen.

Das habe ich mir auch schon gedacht.

Du weißt doch ganz genau, was er dich fragen wird. Also versuch, ihn loszuwerden, bevor es zu spät ist.

»Aber wie soll ich das denn machen?«

Sie wußte keine Antwort, aber auf einen kleinen Versuch wollte sie es dennoch ankommen lassen. Deshalb steuerte sie auf die Wiese zu, wo sie sich sonst immer mit Tiffany traf. Sie hoffte insgeheim, daß ihre Freundin schon da wäre, dann hätte sie einen guten Grund, Devlin wieder zurückzuschicken. Doch normalerweise ritt Tiffany nicht so früh aus, wahrscheinlich lag sie sogar immer noch in ihrem Bett. Megan glaubte nicht, daß sie Glück haben würde, und als sie an ihren Treffpunkt kam, war weit und breit niemand zu sehen.

Sie drehte enttäuscht um und ritt wieder zurück nach Hause. Sie wollte nur noch heim und gab Sir Ambrose schließlich doch die Sporen. Wenn Timmy schon da wäre, würde sie ihm einfach nur das Pferd übergeben und schnell ins Haus rennen – dann würde Devlin auf seinen schadenfrohen Bemerkungen sitzenbleiben.

Natürlich wußte sie, daß Devlin sie nicht so ohne weiteres davonreiten lassen würde, doch sie ließ es darauf ankommen. Er rief ihr auch prompt irgend etwas zu, was sie jedoch nicht genau verstand, wahrscheinlich, daß sie anhalten sollte. Sie dachte nicht daran, sondern versuchte nun erst recht, das letzte aus ihrer Stute herauszuholen. Da setzte er ihr in rasendem Galopp hinterher und hatte sie im Nu eingeholt. Sie hatte ja gewußt, daß es keinen Zweck hatte, sich auf ein Rennen einzulassen. Womit sie jedoch nicht gerechnet hatte, war, daß er sie trotz des wilden Ritts einfach von ihrem Pferd hob und zu sich herüber auf seine Knie riß.

»Haben Sie mich nicht rufen gehört?« brüllte er sie an,

während er Caesar wieder zu bremsen versuchte. Schließlich brachte er den Hengst zum Stehen.

Megan war sprachlos. Die halsbrecherische Landung auf seinem Pferd hatte ihr wehgetan und sie zu Tode erschreckt. Daß er zu solch gefährlichen Mitteln greifen würde, um ihre Aufmerksamkeit zu erzwingen, hätte sie nie im Leben für möglich gehalten. Was wäre, wenn sie zu Boden gestürzt wäre?

»Ich hätte mir das Genick brechen können, Sie Wahnsinniger!«

»Unsinn!« bellte er genauso wütend zurück. »Und jetzt antworten Sie mir gefälligst!«

Sie warf einen schnellen Blick in sein Gesicht, um abzuschätzen, wie wütend er wirklich war, und entschloß sich dann, zu lügen. »Nein.«

»Bedeutet das Nein, daß Sie nicht antworten wollen oder...«

»Nein, ich habe Sie wirklich nicht rufen gehört.«

»Sie lügen.«

»Beweisen Sie es mir doch«, entgegnete sie schnippisch.

»Jawohl, das werde ich«, explodierte er. »Sie sind nämlich das widerspenstigste, eigensinnigste, verzogenste, dümmste...«

Sie unterbach ihn aufgebracht. »Wenn Sie schon schmutzige Wäsche waschen wollen, dann lassen Sie uns doch auch mal *Ihre* Hemden anschauen: arrogant, anmaßend, unverschämt, grob, rücksichtslos, beleidigend – na, ist das Waschwasser schon schwarz?«

Devlin schaute sie geschlagene fünf Sekunden völlig ungläubig an, dann brach er in schallendes Gelächter aus. Megan gefiel diese Reaktion verständlicherweise ganz und gar nicht.

»Ich habe das nicht gesagt, um Sie zu amüsieren; und jetzt lassen Sie mich endlich gefälligst wieder hinunter«, forderte sie.

»Leider zu spät. Ihr Pferd ist schon ohne Sie nach Hause gelaufen – oder wollen Sie lieber zu Fuß gehen?«

»Ich möchte so ziemlich alles lieber, als Ihre körperliche Nähe hier weiter ertragen zu müssen.«

»Ich glaube, ich habe noch ›dickköpfig‹ vergessen!« gab er kopfschüttelnd zurück.

»Sie sagten bereits ›widerspenstig‹, wenn ich mich recht erinnere«, erwiderte sie gereizt. »Aber *ich* habe, glaube ich, *›unausstehlich‹* vergessen zu erwähnen. Und nun lassen Sie mich endlich hinunter, Jefferys.«

»Ich denke nicht daran.«

»Wie bitte?«

»Geben Sie auf, Megan. Es sind fast zwei Kilometer bis nach Hause. Außerdem lieben Sie es doch, auf Caesar zu reiten.«

»Im Augenblick liebe ich es überhaupt nicht. Wenn Sie nicht sofort tun, was ich sage, dann ... dann...«

Er ließ ihr Zeit, Atem zu holen, doch es fiel ihr offenbar nichts ein, womit sie ihn beeindrucken konnte, deshalb fragte er: »Na was? Dann werden Sie schreien, hm?«

Er schüttelte belustigt den Kopf. »Ich befürchte, Gnädigste, daß das hier draußen wenig bewirken wird. Oder nein! Es wird sehr wohl etwas bewirken, nämlich, daß ich sehr ärgerlich werde und Sie deshalb küssen muß, um Sie zum Schweigen zu bringen oder...«

Er setzte den Satz nicht fort und überließ den Rest ihrer Phantasie. Und Phantasie hatte Megan zur Genüge. Aber es war nicht das Wort »oder«, das sie beunruhigte. Da würde sie ihn schon zur Räson bringen. Es war das »Küssen«, wogegen sie sich wehren mußte.

Feigling.

Wieso?

Es hat dir doch gefallen, als er dich geküßt hat.

Der erste Kuß hat mir überhaupt nicht gefallen!

Ich meine den zweiten Kuß, das weißt du ganz genau. Oder hast du vergessen, wie wunderbar es war?

Das tut hier nichts zur Sache, das weißt du ebensogut wie ich. Er ist schließlich ein verdammter Pferdezüchter.

Ein verdammt gutaussehender Pferdezüchter, der dir immerhin einiges beibringen könnte, wenn du ihn nur ließest. Du solltest seine Erfahrungen nutzen, zumindest, was Küssen anbetrifft. Du darfst dir diese Gelegenheit nicht entgehen lassen. Du brauchst doch nur ein ganz klein bißchen zu schreien.

In Wirklichkeit würde er mir doch am liebsten den Po versohlen. Dazu darf ich ihn auf keinen Fall provozieren. Wo ist denn bloß Tiffany? Wenn ich wirklich einmal ihre Hilfe brauche, ist sie einfach nicht da!

In diesem Moment ärgerte sich Megan regelrecht über Tiffany, und diesen Ärger schlug sie Devlin um die Ohren. »Worauf warten Sie eigentlich noch, Jefferys?« fauchte sie ihn an. »Bringen Sie mich endlich nach Hause – oder wollen Sie hier den ganzen Tag lang stehenbleiben und mich mit ihren unverschämten Reden beleidigen?«

Sie war über ihren zänkischen Ton selbst ein wenig erschrocken. Dabei wußte sie doch genau, daß er sie, wenn sie sich so benahm, niemals gehen lassen würde, ohne sich voher noch durch irgendeine gemeine Bemerkung an ihr zu rächen. Und genau das tat er jetzt.

»Man müßte Ihnen die Hosen strammziehen«, sagte er mit einem unverschämten Grinsen, während er Caesar langsam auf Trab brachte. »Hat das Ihr Herzog vielleicht mit Ihnen gemacht?«

Sein höhnischer Ton brachte sie in Rage, doch bei dem Gedanken an ihr Erlebnis mit dem Herzog stieß sie einen unhörbaren Seufzer aus. Sie wollte den Herzog verteidigen, wie sie es immer getan hatte, doch dann fiel ihr wieder alles ein. Nein, für diesen elenden Halunken brauchte sie wirklich keine Lanze mehr zu brechen.

Sie hatte gewußt, daß diese Frage kommen würde. Es war eigentlich überraschend, daß Devlin nicht schon viel früher auf den Herzog von Wrothston zu sprechen gekommen war.

Einen Augenblick überlegte sie, ob sie das Thema mit einem kurzen und bündigen »Nein, das hat er nicht« vom

Tisch fegen könnte. Sie versuchte es. Doch sie hätte wissen müssen, daß sich Devlin so leicht nicht abspeisen ließ.

»Könnte es sein, daß Sie ihm gegenüber genauso arrogant und anmaßend waren wie zu mir?«

Megan erschrak. Hatte er wirklich diesen Eindruck von ihr? Es stimmte, als Ambrose St. James sie angesprochen hatte, war sie zu ihm erst etwas schnippisch gewesen. Vielleicht war sein unmögliches Benehmen später nur die Rache dafür, daß sie ihm anfänglich die kalte Schulter gezeigt hatte? Diese Reaktion hatte sie ja bei Devlin mehr als einmal erlebt. Aber das konnte ihr nun egal sein; der Herzog hatte sie dermaßen beleidigt, daß sie ihre Träume, Herzogin zu werden, ein für allemal begraben hatte.

»Das geht Sie doch alles überhaupt nichts an!« bemerkte sie giftig.

»Ach, meinen Sie wirklich? Wo Sie mir die ganze Zeit von Ihrem tollen Herzog vorgeschwärmt haben? Sie haben ihn gar nicht getroffen, oder?«

»Doch.«

»Dann hat er sich nicht für Sie interessiert, stimmt's? Kein Wunder bei Ihren grauenhaften Haaren.«

Megan erstarrte. »Was erlauben Sie sich! Ich wüßte nicht, was an meinen Haaren grauenhaft wäre.«

»Die Farbe, mein Fräulein.«

»Ich hatte bisher nicht den Eindruck, daß meine Haarfarbe Sie davon abgehalten hat, mir hinterherzusteigen«, gab sie gehässig zurück.

»Ich bin ja auch nur ein einfacher Pferdezüchter. Sie dürfen nicht von mir auf andere schließen. Haben Sie wirklich angenommen, daß ein Herzog, der ständig im Blickpunkt der Öffentlichkeit steht, eine Frau mit einer so unmöglichen Haarfarbe heiraten würde? Das würden allein seine Freunde gar nicht zulassen, dummes Kind.«

Megan erwiderte nichts darauf. Sie sagte überhaupt nichts mehr. Sie saß vor ihm auf dem Pferd, steif aufgerichtet, und kein Wort kam mehr über ihre Lippen.

Nach fast fünf Minuten brach Devlin schließlich das Schweigen und fragte leise: »Habe ich Ihre Gefühle verletzt?«

»Würde es Ihnen denn überhaupt etwas ausmachen, wenn es so wäre?«

»Vielleicht.« Sie schnaubte nur verächtlich, und so fügte er hinzu: »Ich hatte nicht die Absicht, Sie zum Weinen zu bringen.«

»Den Gefallen hätte ich Ihnen auch nie getan.«

»Kommen Sie, Megan, was ist in Sie gefahren? Sie waren doch eben noch guter Laune. Naja, vielleicht waren Sie auch ein wenig verärgert. Aber Sie werden doch wegen Ihrer dummen Haarfarbe nicht so empfindlich sein! Oder hat auch Ihr Herzog da irgendeine Bemerkung gemacht? Sind Sie deshalb so gekränkt?«

»Ich bin überhaupt nicht gekränkt, und er hat auch kein einziges Wort über meine Haarfarbe verloren. Der einzige, der zu solch einer Taktlosigkeit imstande ist, sind *Sie* mit ihrem ungehobelten Benehmen.«

»Sie sind *offensichtlich* gekränkt. Und was mein Benehmen anbelangt, so wüßte ich nicht, was ich mir vorzuwerfen hätte.«

»Ihr Benehmen ist einfach ungeheuerlich.«

»Mein Benehmen ist tadellos. Ich habe die ganze Zeit meine Finger von Ihnen gelassen, oder?« begehrte er auf.

»Heißt das, daß Sie Ihre Finger *nicht* von mir lassen würden, wenn Sie *kein* tadelloses Benehmen hätten?«

»Genauso ist es.«

»Dann darf ich Sie einmal an all die Gelegenheiten erinnern, wo Ihr Benehmen alles andere als tadellos war.«

»Ich warne Sie. Sonst könnte ich dieses eine Mal wirklich mein tadelloses Benehmen vergessen. Doch ich hätte da noch eine Frage zu Ihrem Herzog...«

»Mein Gott, Sie lassen nicht locker, bis Sie kriegen, was Sie wollen, oder? Also gut, Devlin, wenn Sie es unbedingt wissen wollen: Ambrose St. James war genauso, wie Sie ihn mir beschrieben haben, und ich hoffe, daß ich ihn nie mehr wiedersehe. Sind Sie jetzt zufrieden?«

»Nie mehr wiedersehen?« stotterte er verblüfft. »Nur weil er ein bißchen unhöflich zu Ihnen war? Das kann Ihnen doch egal sein. Sie waren doch nicht auf den Mann, sondern auf den Titel aus, oder? Und vergessen Sie nicht sein Gestüt. Sie waren doch geradezu verrückt nach seinem Gestüt!«

Megan drehte sich abrupt um und musterte ihn irritiert. Wieso klang seine Stimme auf einmal so wütend?

»Der Titel wäre wirklich sehr reizvoll gewesen«, sagte sie betont gelassen. »Aber er war mir nicht ganz so wichtig, wie Sie vielleicht angenommen haben. Nicht um jeden Preis. Ich will den Mann, den ich heirate, auch lieben oder zumindest mögen, und ich möchte die Gewißheit haben, daß die Liebe wachsen wird mit der Zeit.«

»Das sind ja ganz neue Töne«, antwortete er fast vorwurfsvoll.

»Na und?« erwiderte sie und zuckte die Achseln. »Die Töne, die Sie von mir hören, sind sowieso nur die, die Sie provozieren, Jefferys. Aber wie dem auch sei, St. James ist für mich gestorben. Ich habe noch nie einen Menschen getroffen, der dermaßen beleidigend sein kann – abgesehen von Ihnen natürlich.«

Sein mißmutiger Gesichtsausdruck wich einem herausfordernden Grinsen. Megan wandte sich sofort wieder ab, um sich den Anblick zu ersparen. Dieser verdammte Kerl, sie sollte ihn einfach ignorieren. Jetzt fehlte nur noch, daß er hämisch sagte: »Das hab ich Ihnen ja gleich gesagt!«

Statt dessen ließ er nicht locker: »Sie meinen also nicht, daß Sie ihn lieben könnten?«

Warum konnte er dieses unangenehme Thema nicht endlich auf sich beruhen lassen?

»Niemals«, zischte sie.

»Und auf wen haben Sie es als nächstes abgesehen?«

»Auf niemanden.«

Nach einigem Stillschweigen meinte er: »Das ärgerte Sie ganz schön, nicht wahr?«

Megan riß die Augen auf und fuhr herum: »Wie kommen Sie denn bloß *darauf*?«

»Sie hatten doch alle Ihre Hoffnungen auf St. James gesetzt. Sie sahen sich schon als seine Frau, als die Herzogin von Wrothston. Und jetzt haben Sie nicht gekriegt, was Sie wollten. Da müssen Sie doch ganz schön wütend sein.«

»Weil ich eine eigensinnige Göre bin, nicht wahr?«

»Haargenau.«

»Scheren Sie sich doch zum Teufel, Devlin, und kümmern Sie sich gefälligst um Ihren eigenen Dreck!«

»Warum fällt es Ihnen bloß so schwer zuzugeben, daß Sie enttäuscht waren«, konterte er.

»Damit Sie sich darüber lustig machen können, was?«

»Das würde ich niemals wagen.«

»Daß ich nicht lache. Was glauben Sie denn, was Sie *bisher* die ganze Zeit gemacht haben? Außerdem war ich kein bißchen enttäuscht. Vielleicht hätte ich es sein sollen, aber ich war so in Rage, daß ich gar keine Zeit hatte, enttäuscht zu sein.«

»Na, das freut mich aber.«

»Wieso?« fragte sie verwirrt.

Er zuckte mit den Achseln. »Weil ich schwermütige Mädchen nicht ausstehen kann. Sie brechen bei jeder Gelegenheit ohne jeden Grund in Tränen aus. Hat Ihnen denn die Begegnung mit dem Herzog den ganzen Abend verdorben?«

»Überhaupt nicht, im Gegenteil. Es war ein rauschendes Fest. Ich habe mich herrlich amüsiert – abgesehen von der kurzen Episode mit St. James. Ich habe sogar schon wieder zwei neue Heiratsanträge bekommen.«

»Wie viele sind es denn jetzt insgesamt, oder haben Sie den Überblick verloren?« fragte er spöttisch.

»Eine ganze Menge. Aber ich kann Ihnen keine genaue Zahl nennen, weil ich mir niemals die Mühe gemacht habe, sie zu zählen. Auf jeden Fall scheint es doch den einen oder anderen Herrn zu geben, der meine Haarfarbe attraktiv findet, meinen Sie nicht?«

»Es ist Ihr hübscher kleiner Körper, den sie attraktiv finden, nicht Ihr Haar, Kindchen.«

»Werden Sie schon wieder gemein?«

»Warum nicht? Wenn Sie den Mund gar so voll nehmen.«

»Wenn ich nur Ihre verdammte Frage beantworte, bin ich also gleich ein Aufschneider, ja?«

»Ihr Vater hat Ihnen wohl noch nie Ihr loses Mundwerk gestopft, was?«

»Weil er nicht so ein aufgeblasener Heuchler ist wie Sie. Und wenn Sie noch irgendein Wort sagen, dann schreie ich diesmal wirklich!«

Diesmal mußte er ihre Drohung wohl ernst genommen haben, denn er sagt eine ganze Zeitlang nichts mehr. Er gab Caesar die Sporen, und so waren sie im Handumdrehen wieder auf dem Gut. Sir Ambrose war allein zurückgekommen, was Megan auch keinen Augenblick bezweifelt hatte. Die Stute kannte jeden Grashalm in der näheren Umgebung, und am besten kannte sie den Weg nach Hause.

Megan wartete nicht darauf, daß ihr Devlin aus dem Sattel helfen würde, sondern sprang von sich aus vom Pferd. Timmy hatte Sir Ambrose bereits den Sattel abgenommen und sich um alles weitere gekümmert. Megan war heilfroh darüber, denn sie wollte nur noch hinauf in ihr Zimmer und ihre Wunden lecken. Sie hätte es so gerne fertiggebracht, sich gegen Devlins dauernde Beleidigungen besser zur Wehr zu setzen, aber es war aussichtslos.

Doch einen letzten Schlag wollte sie ihm zum Abschied noch versetzen. »Wenn Sie das nächste Mal meinen, Sie müßten mich vor Straßenräubern beschützen, so lassen Sie das besser. Ich ziehe es vor, unter die Räuber zu fallen, statt dauernd Ihren schändlichen Gemeinheiten ausgesetzt zu sein.«

»Ich dachte, Sie beten mich an, Gnädigste!« antwortete Devlin sarkastisch.

»So wie ich Schlangen anbete!« erwiderte sie schlagfertig und wandte sich zur Tür. Doch ihre Neugier ließ sie innehalten. Was hatte er da mit seiner letzten bissigen Bemerkung eigentlich gemeint? Und so fragte sie ihn herausfordernd: »Warum, zum Teufel, haben Sie mich vorhin eigentlich von meinem Pferd gerissen?«

Devlin zuckte die Achseln, während er vom Pferd stieg und Caesar zum Stall führte. »Sie sind auf einmal wie eine Wahnsinnige losgejagt, da dachte ich, daß Ihr Pferd durchgegangen sei.«

»Wollen Sie damit sagen, Sie wollten mich *retten?*«

»Ja, vielleicht so etwas Ähnliches.«

Er schaute so verlegen drein, als er ihr dieses Geständnis machte, daß sie lachen mußte. »Wenn das wahr ist, dann soll mich auf der Stelle der Blitz treffen!« rief sie aus.

Wie wenn der Teufel im Spiel wäre, krachte in genau diesem Moment von ferne ein lauter Donner und kündigte ein Gewitter an, das von Osten heranzog. Megan blieb ihr Lachen im Halse stecken, so erschrocken war sie. Devlin wandte sich um und ging schweigend zur Tür hinaus.

20

Devlin verbrachte den Rest des Tages damit, den neu errichteten Anbau zum Pferdestall zu ruinieren, sehr zum Verdruß des Schreinermeisters, doch ebenso zur unverhohlenen Freude von Mortimer. Devlin hatte zunächst die Post durchschauen wollen, die Mr. Pike ihm geschickt hatte, doch er hatte sich einfach nicht konzentrieren können. Und da er sonst nichts zu tun hatte, hatte er sich daran gemacht, an dem Erweiterungsbau herumzubasteln; dabei war dann eben so einiges schiefgegangen. Doch Devlin machte das nichts aus. Der Zweck dieses Projektes war ja nur gewesen, überhaupt irgend etwas zu unternehmen, anstatt den ganzen Tag untätig herumzusitzen. Und solange dieser Zweck erfüllt war, war es ihm egal, was letztlich dabei herauskam.

Zumindest zu einem gewissen Teil erfüllte dieses Projekt tatsächlich seinen Zweck. Er kam einfach auf andere Gedanken. Monotone Tätigkeiten wie die Arbeit im Heu forderten ihn nicht genug; seine Gedanken hatten dann freien Lauf und liefen meistens natürlich – zu Megan.

Er hatte ein bißchen Schuldgefühle ihr gegenüber. Um ehrlich zu sein, sogar ziemlich große Schuldgefühle.

Vielleicht hatte er ihr Unrecht getan. Vielleicht war sie gar nicht so gierig und herzlos, wie sie ihm im ersten Moment erschienen war. Vielleicht sollte er sich wirklich bei ihr entschuldigen für das gemeine Spiel, das er mit ihr auf dem Ball bei Leightons gespielt hatte. Vielleicht sollte er ihr einfach sagen, wer er wirklich war? Unmöglich, dann würde sie ihn nur noch mehr hassen. Nein, sie brauchte das wirklich nicht zu wissen. Er würde sowieso bald von hier verschwinden. Genauso wie sie, wenn sie nach London ginge. Warum, zum Teufel, nur beschäftigte ihn das alles so?

Was war bloß an diesem Mädchen, daß er dauernd so schroff zu ihr war? Sie hatte ja ganz recht, wenn sie ihm vorwarf, daß er sie beleidigte. Versuchte er durch seine rüde Art unbewußt, sich zu schützen, damit er nicht dem Zauber ihrer ungewöhnlichen Schönheit verfiel?

Es war einfach absurd. Er, der Herzog von Wrothston. Er müßte wirklich ein bißchen mehr Kontrolle über sich haben. Natürlich begehrte er sie, er war schließlich ein Mann. Doch er brauchte sich nur daran zu erinnern, was für unmögliche Eigenschaften sie hatte, um zu wissen, daß er, sobald er an das Ziel seiner Wünsche angekommen war, schleunigst das Weite suchen würde. Denn er war sich sicher, sobald er bekommen hatte, was er wollte, würde sie ihm nur noch auf die Nerven gehen – so wie sie es jetzt schon tat.

Noch war er jedoch nicht soweit. Noch übte sie eine unwiderstehliche Anziehungskraft auf ihn aus. Und so hatte er dafür gesorgt, daß sie keinen Anlaß dazu hätte, ihn mit ihrem strahlenden Lächeln zu verhexen, das sie ihm auf dem Ball bei Leightons geschenkt hatte. Mein Gott, wie hinreißend hatte sie an diesem Abend ausgesehen in ihrem grünen Ballkleid und ihrer faszinierenden Maske, die ihr so einen geheimnisvollen Zauber verlieh. Er hatte sich zwingen müssen, sich daran zu erinnern, daß er ja gekommen war, ihr eine Lektion zu erteilen. Denn am liebsten hätte er sie einfach nur in die Arme genommen und geküßt. Wenn doch bloß nicht dieser verfluchte Freddy aufgetaucht wäre, dann hätte er Zeit gehabt, ihr wenigstens noch *einen* Kuß zu rauben, bevor sie entweder vor Wut explodiert wäre oder ihn geohrfeigt hätte.

Er hatte wirklich Glück gehabt, daß gerade Freddy an diesem Abend ihr nächster Tanzpartner war. Ob sie wohl wirklich miteinander getanzt hatten, nachdem er Hals über Kopf davongestürzt war? Oder war sie viel zu wütend gewesen, um noch tanzen zu wollen? Freddy hatte genügend Charme, um den Groll einer Lady zu vertreiben. Und er war bekannt dafür, daß er nicht die geringsten Skrupel hatte, irgendein unschuldiges Mädchen zu verführen, wenn sie nur hübsch war. Er war ein gemeiner Heuchler, sich so aufzuführen, bloß weil seine kleine Schwester, diese Lügnerin, behauptete, von ihm, Devlin, schwanger zu sein!

Er erinnerte sich noch haargenau an diesen grauenhaften Tag, als ob es gestern gewesen wäre. Er hatte wie immer bei Freddy vorbeigeschaut, um ihn zum Abendessen im Club abzuholen. Natürlich war Freddy wieder einmal noch nicht fertig, und so wartete er im Arbeitszimmer auf ihn. Da kam auf einmal Sabrina Richardson hereinspaziert. Sie war gerade erst achtzehn Jahre geworden und wollte offensichtlich an ihm ihre Wirkung auf Männer testen; zumindest hatte er diesen Eindruck, als sie sogleich anfing, schamlos mit ihm zu flirten.

Erst hatte er nur geschmunzelt. Seit zehn Jahren schon war er mit Freddy befreundet, und er kannte seine Schwester schon, als sie noch ein kleines Mädchen mit Zöpfen war. Sie und ihre Spielkameraden waren ihm damals ganz schön auf die Nerven gegangen, denn mehr als einmal hatten sie ihm üble Streiche gespielt. Er hatte deshalb alles andere als freundliche Gefühle für sie entwickelt, im Gegenteil. Er konnte diese Göre einfach nicht ausstehen.

Aber er war ein Gentleman. Sie war inzwischen erwachsen geworden, hatte sich zu einer jungen Dame gemausert, einer hübschen jungen Dame, ohne Frage. Er hatte ihr einen gewissen Vertrauensvorschuß gegeben, hatte gedacht, daß sich ihre Unarten ausgewachsen hätten, so daß er sich vor ihr nicht mehr zu hüten brauchte. Die ganzen letzten Jahre, in denen sie auf der Schule gewesen war, hatte er sie vollkommen aus den Augen verloren.

Sie hatte sich seit damals ziemlich verändert, sowohl in ihrem Äußeren als auch in ihrem Benehmen. Sie war ruhiger geworden, nicht mehr so polternd laut, sie lächelte ihm kokett zu, anstatt ihm wie früher bei jeder Gelegenheit frech die Zunge herauszustrecken. Nur ihr Kichern hatte sie beibehalten. Es war wohl hoffnungslos zu glauben, daß ein Mädchen, wenn es einmal damit angefangen hatte, diese Unart je aufgeben würde.

Doch an diesem Tage hatte sie nur einmal kurz gekichert, und das hatte er einfach überhört. Er hatte sich nur gewundert, was sie eigentlich mit ihrem heftigen Flirten bezweckte.

Als sie vierzehn Jahre alt war, hatte sie ihm einmal gesagt, daß sie ihn später heiraten würde. Er hatte diese Ankündigung natürlich nicht ernst genommen und nur lachend erwidert, daß er bis dahin wahrscheinlich schon längst verheiratet wäre. Und so wäre es auch gekommen, wenn er nicht seine Verlobte mit ihrem Kutscher erwischt hätte. Sie hatten es sogar in *seiner* Kutsche getrieben! Aber das war eine andere Geschichte.

Wahrscheinlich würde sich Sabrina nicht einmal mehr an ihren kindlichen Heiratsantrag erinnern. Aber an diesem Tag in Freddys Arbeitszimmer kam sie erst ganz harmlos auf ihn zugeschlendert, um ihn dann plötzlich und unerwartet zu umarmen und zu küssen. Es war eine regelrechte Attacke. Später dann, als er über diese Szene nachgedacht hatte, war ihm klargeworden, daß sie das Ganze von langer Hand vorbereitet haben mußte. Sie hatte gewartet, bis sie Freddys Schritte in der Halle hörte, und sich ihm dann an den Hals geworfen.

Als Freddy ins Zimmer kam, konnte er gerade noch sehen, wie sie sich aus seiner Umarmung löste. Sabrina tat verlegen, als wäre es ihr peinlich, von ihrem Bruder bei einem Kuß »erwischt« worden zu sein – doch nur ein paar Sekunden lang. Dann brach sie auf einmal in lautes Schluchzen aus.

Freddy, der auf Tränen genauso allergisch reagierte wie Devlin, versuchte sie zu beruhigen. Was bedeutete schon ein kleiner Kuß? Er war nur etwas irritiert darüber, *wen* seine Schwester gerade geküßt hatte.

Doch in diesem Augenblick eröffnete sie den wahren Grund für ihre Tränen und heulte: »Er will mich nicht heiraten!«

Freddy reagierte genauso verdutzt wie Devlin. »Aber warum sollte er denn auch? Vielleicht bist du ihm einfach noch ein bißchen zu jung, hm?«

»Du hast gut reden«, jammerte sie. »Als er mich geschwängert hat, hat ihn das nicht sonderlich gestört, aber zum Heiraten bin ich ihm auf einmal zu jung, willst du *das* sagen?«

»Geschwängert!« war alles, was Freddy herausbringen konnte.

Devlin fand als erster die Sprache wieder. »Soll das ein Witz sein?! Sabrina, die Zeit der Kinderstreiche ist vorbei! Das ist wirklich geschmacklos, was du dir da leistest!«

Sie schaute ihm geradewegs in die Augen und widersprach ihm mit fester Stimme: »Du weißt ganz genau, daß das kein Witz ist. Du hast mich verführt. Du hast mir versprochen, mich zu heiraten. Und jetzt läßt du mich einfach sitzen. Freddy, tu doch etwas!«

Und Freddy tat etwas. Er hechtete zu Devlin hinüber und schlug ihn mit der Faust zu Boden. Als Devlin mühsam wieder auf die Beine kam, brüllte ihn Freddy an: »Wie konntest du das nur tun? Meine eigene Schwester!«

»Ich habe deine Schwester nie angerührt!«

»Du hast sie doch gerade geküßt!«

»*Sie* hat mich geküßt, du Idiot, nicht ich sie! Ich mag dieses Mädchen doch überhaupt nicht!«

»Du mochtest sie genug, um sie zu verführen. Dann kannst du sie gefälligst auch heiraten!«

»Niemals!«

»Das wirst du sehr wohl, oder ich schicke dir meine Sekundanten! Eigentlich müßte ich dich in jedem Fall zum Duell fordern, schon allein aus Prinzip, um die Ehre meiner Familie wiederherzustellen.«

»Großer Gott!« stöhnte Devlin. »Dieses Mädchen lügt! Wenn sie wirklich schwanger ist, was ich bezweifle, dann auf jeden Fall nicht von mir.«

»Ist das dein letztes Wort?«

»Jawohl, das ist es!« brüllte Devlin wütend.

»Dann mach dich bereit, meine Sekundanten zu empfangen. Du läßt mir keine andere Wahl, als dich zu töten!«

Devlin hätte am liebsten laut aufgelacht, doch er wußte, daß Freddy in diesem Moment viel zu aufgebracht war, um die Ironie dieser Aussage zu begreifen. Sie wußten beide, daß Freddy ein verdammt schlechter Schütze war, im Gegensatz zu ihm. Doch Devlin nahm an, daß sich Freddy schon wieder beruhigen würde, daß er einsehen würde, wie absurd Sabrinas Vorwürfe waren, und daß er sich bei ihm entschuldigen würde. Er verließ das Haus und ging heim.

Doch Freddy beruhigte sich nicht, im Gegenteil. Sabrina hatte sich noch einige andere Details ausgedacht, um die Glaubwürdigkeit ihrer Geschichte zu untermauern, und hitzköpfig, wie Freddy war, schickte er schon am nächsten Tag seine Sekundanten. Devlin ließ sich verleugnen, denn er hatte wirklich keine Lust, sich mit seinem besten Freund zu duellieren. Und so machte er sich auf nach Sherring Cross, um Freddy mehr Zeit zu geben, zur Vernunft zu kommen. Doch diese verdammten Sekundanten verfolgten ihn sogar bis dorthin. Als er sie wieder nicht vorließ, schafften sie es, bis zu seiner Großmutter vorzudringen, und zwangen ihn so, ihr die ganze lächerliche Affäre zu beichten.

Die Herzogin-Witwe von Wrothston fand die Geschichte alles andere als lächerlich. »Du darfst den Jungen wirklich nicht erschießen«, entschied sie in ihrer Art, die keinen Widerspruch duldete. »Ich mag ihn doch selbst so gern.«

»Das weiß ich, Duchy. Aber soll ich tatenlos dabei zusehen, wie herumerzählt wird, daß ich ein verdammter Feigling sei, der sich vor einem Duell drückt? Und dieses Gerücht wird die Runde machen, das schwöre ich dir, wenn diese verfluchten Sekundanten herausbekommen, daß ich tatsächlich hier bin.«

»Dann darfst du eben nicht hierbleiben. Vielleicht erinnerst du dich, daß ich immer schon gemeint habe, es wäre gut für dich nach der Geschichte mit Marianne, wenn du eine Zeitlang ausspanntest, um dich von dem Schock zu erholen. Aber du hast ja immer behauptet, die Trennung hätte dir gar nichts ausgemacht, und du sähest keinen Grund, deine Arbeit aufzugeben, nur weil sie dich hintergangen hat.«

»Der Meinung bin ich immer noch...«

»Das mag ja sein«, unterbrach sie ihn mit einer entschiedenen Handbewegung, »aber ich habe zufällig erfahren, daß sie jetzt überall herumerzählt, du hättest sie sitzengelassen.«

»Ich nehme an, sie ist der Meinung, daß ein Seitensprung eben nur eine Kleinigkeit und kein Grund ist, die Hochzeit abzusagen.«

»Es ist mir egal, was sie meint. Aber es ist einfach nicht korrekt, daß sie über die ganze Angelegenheit nicht geschwiegen hat. Und es ist deinerseits nicht korrekt, daß du die Sache nicht klargestellt hast.«

»Dann hätte ich ja ihren Ruf ruiniert!«

»Das hat sie doch bereits selber gemacht! Und sie wird mit Sicherheit aufhören, *deinen* Ruf zu ruinieren, wenn du einfach nicht mehr da bist und sie somit keine Möglichkeit mehr hat, sich auf diese Weise an dir zu rächen. Und wenn jetzt auch noch der liebe Freddy vorhat, dir ein Loch in den Kopf zu schießen, dann solltest du wirklich endlich auf meinen Rat hören und eine Weile von hier verschwinden. Das Oberhaus kann auch eine Zeitlang ohne dich auskommen. Ohne deinen Kopf kannst *du* aber nicht auskommen. Du verschwindest von hier, mein Junge. Darauf bestehe ich, und da dulde ich keinen Widerspruch.«

»Ich werde England nicht verlassen, Duchy, um keinen Preis der Welt. Ich habe keine Lust, mich wieder mit dieser Seekrankheit herumzuschlagen. Das macht mich so fertig, daß ich nur noch sterben möchte. Dann kann ich auch gleich von Freddys Hand sterben. Und das werde ich vermeiden, indem ich *ihn* erschieße, bevor er...«

»Das wirst du nicht tun, mein Lieber. Und es redet auch keiner davon, daß du England verlassen sollst. Das einzige, was du brauchst, ist ein Platz, wo dich keiner kennt, eine neue Identität und eine Arbeit, die keine Aufmerksamkeit erregt. Gib mir ein Stündchen Zeit, dann denke ich darüber nach.«

Als sie ihm später beim Abendessen erzählte, wohin sie vorhatte, ihn zu schicken, brach er in schallendes Gelächter aus. »Ich hatte gedacht, ich sollte nur verschwinden. Ich wußte nicht, daß ich mich begraben lassen soll.«

»Es wird dir kein Stein aus der Krone brechen, wenn du mal eine Weile aufs Land gehst, im Gegenteil. Es wird dir guttun, du hast ein bißchen Entspannung bitter nötig.«

»Tja, da kann man durchaus geteilter Meinung sein.«

»Dann geht es eben nach *meiner* Meinung, einverstanden?« lächelte sie. »Es ist ja nur für ein paar Monate. Bis dahin wird Marianne hoffentlich ihren Groll gegen dich verwunden haben, und Freddy wird seine kleine Schwester unter die Haube gebracht haben. Oder er wird bis dahin herausgefunden haben, daß sie gelogen hat, nicht nur was dich, sondern was ihre ganze angebliche Schwangerschaft anbetrifft, wenn du *mich* fragst.«

»Aber ein *Stallbursche*, Duchy?!«

»Sei mal ehrlich, wann hast du zum letzten Mal überhaupt einen Stallburschen gesehen? Sie sind unsichtbar, ihre tägliche Arbeit wird einfach für selbstverständlich genommen.«

Devlin konnte sich ja mit allem anfreunden, nur das mit der Arbeit, das paßte ihm nicht. Ställe auszumisten, war einfach unter seiner Würde. Nur um seine Freundschaft zu Freddy zu retten! Das war zuviel verlangt. Schließlich erklärte er sich bereit, eine Arbeit zu übernehmen, bei der er mit Pferden zu tun hatte. Es mußte aber eine Stellung sein, wo er immer noch ein gewisses Maß an Autorität hatte.

Er hätte wirklich nicht im Traum daran gedacht, daß sein Aufenthalt auf dem Lande dermaßen fürchterlich sein würde. Und er hätte auch nicht im Traum daran gedacht, daß er hier einem Mädchen wie Megan begegnen würde.

21

Megan war für den Rest des Tages in gräßlicher Stimmung. Sie hatte sich so auf ihren Morgenritt gefreut, doch die Gegenwart von Devlin hatte ihn ihr total vermiest. In ihrem verbalen Schlagabtausch hatte sie den kürzeren gezogen, sie war einfach nicht so gut im Austeilen. Und nicht einmal geküßt hatte er sie. Es war kein Zweifel, diese Runde hatte Devlin wieder einmal für sich entschieden.

Du hättest es also gerne gehabt, wenn er dich geküßt hätte?

Na was denn sonst?

Warum hast du dann alles daran gesetzt, es zu verhindern? Du hättest doch bloß ein bißchen schreien müssen.

Wenn er mich küßt, dann soll er es von sich aus tun und nicht den Eindruck haben, ich hätte ihn dazu provoziert.

Beim allerersten Mal hast du ihn doch auch provoziert.

Das war etwas anderes. Damals wußte ich das nicht. Aber wenn ich heute morgen geschrien hätte, nachdem er mich vorher gewarnt hatte, daß er mich in diesem Fall küssen würde, dann hätte das doch verdammt so ausgesehen, als ob ich es darauf angelegt hätte, oder? Ich will einfach nicht, daß er weiß, wie gerne ich mich von ihm küssen lasse.

Was wäre denn daran so schlimm? Dann wüßte er, daß du es willst, und dann bekämst du genau das, was du wolltest.

Damit er neue Munition gegen mich bekommt? Der Mann überlegt sich doch wahrscheinlich die ganze Nacht, wie er mich am nächsten Tag wieder fertig machen kann, da wäre ihm dieses Wissen doch ein gefundenes Fressen! Er darf auf keinen Fall wissen, daß ich seine Küsse mag.

Was heißt hier »mag», du bist doch ganz wild darauf!

Na gut, vielleicht sollte ich mir die ganze Sache noch einmal überlegen.

Wie so oft in letzter Zeit brachten Megan ihre Zwiegespräche mit sich selbst nur noch mehr in Rage. Seit Devlin mit seinen ewigen sexuellen Anspielungen ihre Neugier geweckt hatte, war sie nicht mehr Herrin ihrer Gefühle. Ihre innere Stimme, die sie sonst immer vor Gefahren gewarnt hatte, tat jetzt das Gegenteil, und sie war so aufgeregt, daß sie drauf und dran war, sich auf das gefährliche Abenteuer einzulassen – zumindest ein ganz klein bißchen.

Sie wollte einfach wieder dieses kribbelnde Gefühl haben, das sie empfunden hatte, als Devlin sie geküßt hatte. Ja, das wollte sie haben, das und noch viel mehr. Dieses »Mehr« war irgendwie vage, in den geheimnisvollen Schleier des

Unbekannten gehüllt, und Megan verspürte Lust, dieses Geheimnis zu ergründen. Trotz allem mußte sie natürlich ihren kühlen Kopf bewahren. Sie wußte wohl, wohin diese Küsse führen konnten. Sie konnte ihre Unschuld verlieren und ihr Leben ruinieren. Es war so schrecklich, den Anfang und das Ende einer Sache zu kennen, aber die Sache selbst eigentlich überhaupt nicht. Und um ehrlich zu sein, von dem Ende hatte sie eigentlich auch nicht die geringste Ahnung. Sie mußte sich absolut klar darüber sein, was sie von Devlin lernen wollte und was nicht. Dann könnte sie ihn stoppen, wenn er ihr *zuviel* beibringen wollte.

Dieses »Zuviel« hat einen Namen, wenn auch keinen sehr schönen.

Kann sein, ich jedenfalls weiß nicht, wie man das nennt.

Lüg doch nicht. Du bist nur zu feige, dich daran zu erinnern.

Jetzt fang nicht zu später Stunde wieder in diesem Ton an.

Tu ich ja gar nicht. Aber du mußt auch an Devlins Gefühle denken. Laß dich doch einfach einmal von ihm an der Hand nehmen; laß dir all die Dinge zeigen, die er weiß. Statt dessen überlegst du dauernd, wie und wo du ihn bremsen mußt.

Das muß ich aber auch! Ich will mit diesen Dingen bis zur Ehe warten. Dann hab ich immer noch genug Zeit, das alles kennenzulernen. Und das ist mein letztes Wort, verstanden?

Megan war in totalem Zwiespalt, was sie tun sollte. Trotzdem ging sie an diesem Abend hinaus zum Stall. In ihr kämpfte es. Einerseits zweifelte sie daran, ob es wirklich klug wäre, Devlin darum zu bitten, ihr mehr vom Küssen – und womöglich noch mehr – beizubringen. Andererseits konnte sie es kaum erwarten, daß es endlich soweit wäre. Die eine Stimme in ihr lähmte ihre Füße. Sie brauchte ja nur ein bißchen langsamer zu gehen, dann war es vielleicht schon so spät, daß Devlin die Stalltür abgeschlossen hatte und zu Bett gegangen war. Dann war die Sache zumindest für heute gestorben und sie konnte es sich noch einmal überlegen. Die andere Stimme mahnte sie zur Eile. Bloß schnell, damit es ja nicht zu spät ist! Doch dann kam alles ganz anders. In dem Moment, als sie im Dunkeln aus dem Haus trat, sah sie Devlin auf seinem Hengst aus dem Stall reiten.

Sie starrte ihm nach. Wo, zum Teufel, wollte der denn jetzt noch hin? Er schien in Gedanken, war an ihr vorbeigeritten, ohne sie überhaupt bemerkt zu haben. Nachdem sie so mit sich gekämpft hatte, bis sie sich dazu durchgerungen hatte, ihn in seinem Stall zu besuchen, war sie nun maßlos enttäuscht, das Ziel ihrer Wünsche einfach so in die Nacht verschwinden zu sehen. Wo wollte er denn bloß hin?

Gleich mehrere Antworten jagten ihr gleichzeitig durch den Kopf. Er hatte eine Verabredung mit einer Frau! Sie hatte ihn heute so geärgert, daß er seine Sachen gepackt hatte und sie jetzt für immer verließ! Er war der Straßenräuber, der jetzt auf seine Tour ging, um ahnungslose Reisende zu überfallen, die zu später Stunde noch unterwegs waren!

Megan entschied sich für die letzte Antwort, denn die ersten beiden gefielen ihr ganz und gar nicht. Natürlich war er der Straßenräuber! Das mit den Überfällen hatte erst angefangen, als er hier aufgetaucht war! Die Zeit paßte auch genau. Jetzt, im Schutze der Dunkelheit konnte er am besten seinen Opfern auflauern. Und zum ersten Mal hatte er auch keines dieser blütenweißen Hemden an, die er sonst so gerne trug und die er sich bei seinem Gehalt auch unmöglich leisten konnte – es sei denn, er hatte noch andere, illegale Nebeneinkünfte. Ein weißes Hemd würde man jetzt in der Nacht auch sehen; so könnte er leicht gefaßt werden. Kein Wunder, daß er jetzt ganz in Schwarz gekleidet war!

In Sekundenschnelle war ihr klar, daß sie ihm hinterherreiten mußte. Genauso schnell war ihr aber auch klar, daß sie keine Zeit mehr hatte, Sir Ambrose zu satteln, wenn sie ihn noch einholen wollte. Bei dem Gedanken, ohne Sattel zu reiten, bekam sie es mit der Angst zu tun, und einen Moment lang überlegte sie, ob sie statt dessen lieber hierbleiben und Devlin zur Rede stellen sollte, wenn er zurückkam. Doch dann hätte sie keinerlei Beweise für sein verbrecherisches Tun; er würde seine Beute ja mit Sicherheit irgendwo verstecken, bevor er wieder heimkam. Es blieb ihr also nichts übrig, sie mußte ihm hinterherreiten, und sei es ohne Sattel. Das wäre doch ein Triumph, wenn sie ihn auf frischer Tat ertappen würde! Der Gedanke war einfach zu verführerisch. Dann hätte sie ihn in der Hand. Sie könnte alles von ihm verlangen, was sie wollte, und sie könnte ihn in seine Schranken verweisen. Er würde sich winden vor ihr wie ein Wurm. Nie mehr würde er es wagen, sie zu beleidigen!

Sie durfte keine Zeit verlieren. Sie rannte zum Stall und holte ihr Pferd, schnappte sich hastig wenigstens das Zaumzeug. Denn immerhin war Sir Ambrose ein Vollblüter, und auch wenn Megan ohne Sattel ritt, brauchte sie doch irgend etwas, um die Stute unter Kontrolle zu halten. Doch bereits diese kleine Zeitverzögerung war schon zuviel gewesen. Als Megan zur Straße kam, war von Devlin weit und breit nichts mehr zu sehen.

Dunkel und unheilverkündend lag das Land vor ihren Augen, nur spärlich beleuchtet von einer schmalen Mondsichel. Doch sollte sie jetzt wieder umkehren? Niemals! Sie ritt in die Richtung, wo das Landgut der Thackerays lag, denn in dieser Gegend waren die meisten Überfälle passiert. Jetzt fiel es Megan wieder ein. Es hatte sich immer um Gäste der Thackerays gehandelt, die ausgeraubt worden waren. Und es war immer auf der Heimfahrt von einer ihrer Parties passiert.

Sie lachte schadenfroh, als sie daran dachte, was für eine Wut die alte Schachtel wohl auf den Räuber haben mußte. Lady O hatte seinetwegen mit Sicherheit schon so manche

Absagen für ihre Festivitäten bekommen, und das würde auch in Zukunft so bleiben, zumindest solange, bis der Dieb gefaßt war. Megan grinste. Daß sie daran nicht schon viel früher gedacht hatte!

Plötzlich schreckte sie auf. Sie hatte eine Bewegung gesehen, einen Schatten, der vorübergehuscht und hinter der nächsten Wegbiegung wieder verschwunden war. Doch sie beschleunigte nicht ihren Trab, um sich Gewißheit zu verschaffen. Sie kannte die Gegend gut, und deshalb ritt sie von der Straße herunter ins offene Gelände hinein und machte einen großen Bogen, bis sie zu einem kleinen Wäldchen kam, wo sie wieder auf die Straße traf.

Dieses Fleckchen war geradezu ideal für einen Räuber. Es gab viele Verstecke für ihn und sein Pferd, wo er Reisenden auflauern konnte, sowie zahlreiche Waldwege, auf denen er mit seiner Beute entkommen und keine Kutsche ihm folgen konnte – falls die Opfer an Verfolgung überhaupt noch dachten.

Megan hatte sich diesem Wäldchen von hinten genähert und war von der Straße noch weit genug entfernt, um von Devlin und seinen Opfern nicht gesehen zu werden, jedoch nah genug, um zu hören, wenn eine Kutsche herannahte. Sie hatte nicht die Illusion, daß genau hier vor ihrer Nase der nächste Überfall stattfinden würde, wenn sie sich auch ziemlich genau in der Mitte des Wäldchens versteckt hielt, um einen möglichst guten Überblick zu haben. Sie hatte vor, falls eine Kutsche auftauchte, ihr in sicherem Abstand zu folgen, um im Ernstfall Zeugin des Geschehens zu werden.

Heute war ein ganz normaler Wochentag, und Lady O gab ihre großen Gesellschaften in der Regel immer nur am Wochenende, es sei denn, sie hatte Gäste von auswärts, die für längere Zeit bei ihr logierten. Dann gab es auch unter der Woche immer wieder größere Parties. Sie liebte nun einmal nichts so sehr wie rauschende Feste, und so konnte es auch durchaus vorkommen, daß sie, auch wenn sie gerade keinen Logierbesuch hatte, an einem ganz gewöhnlichen Wochentag einen Grund zum Feiern fand, wenn auch dann eher im kleineren Kreise. Doch dem Räuber konnte es ja egal sein, wie viele Gäste auf ihrem Fest waren. Um einen guten Fang zu machen, reichte es ja völlig, wenn ihm pro Nacht nur ein oder zwei Opfer ins Netz gingen.

Sie band Sir Ambrose an einen Baum und pirschte sich etwas näher an die Straße heran, die im schwachen Mondlicht glänzte, ganz im Gegensatz zu dem stockfinsteren Wald, der Megan umgab.

Es verging eine geraume Zeit, bestimmt mehr als eine Stunde, in der überhaupt nichts passierte. Doch Megan langweilte sich nicht im geringsten. Sie malte sich in buntesten Farben aus, wie sie Devlin erwischen würde, und wie herrlich es für sie wäre, wenn sie dann endlich etwas gegen ihn in der Hand hätte.

Doch dann hörte sie plötzlich ein Geräusch. Sie schlich sich noch näher an die Straße heran, um mehr sehen zu können, und erblickte von ferne das flackernde Licht einer Kutsche, die langsam herangezuckelt kam. Der Kutscher wirkte alles andere als aufmerksam, wahrscheinlich hatte auch er einiges getrunken, während sein Herr sich auf dem Fest amüsiert hatte. Es erschien Megan wie eine Ewigkeit, bis die Kutsche herangekommen und langsam an ihr vorbeigerollt war. Doch das langsame Tempo hatte auch den Vorteil, daß Megan der Kutsche nun bequem zu Fuß im Schutze des Waldes folgen konnte.

Sie merkte sich genau den Weg, um hinterher ihr Pferd wieder zu finden. Doch früher, als sie erwartet hatte, lichtete sich der Wald, und die Straße führte ins offene Gelände hinaus. Verdammt! Jetzt war die letzte Chance für Devlin zuzuschlagen, denn ohne die Sicherheit des schützenden Waldes wäre es viel zu gefährlich, einen Überfall zu riskieren. Wenn er sich diese Gelegenheit entgehen ließe, dann...

»Geld oder Leben!«

Megan erschrak zu Tode. Er war auf ihrer Straßenseite aus dem Wald getreten und hatte sich der Kutsche in den

Weg gestellt. Noch ein paar Schritte weiter, und sie wäre ihm direkt in die Arme gelaufen! Und wenn ihre Augen sie nicht täuschten, dann hielt er tatsächlich eine Pistole auf seine Opfer gerichtet, um seiner Forderung mehr Nachdruck zu verleihen.

Die Leute in der Kutsche brauchten einige Zeit, ihr Geld zusammenzupacken, um es ihm ins Dunkel der Nacht hinauszuwerfen. Doch noch mehr Zeit brauchte Megan, sich wieder von ihrem Schock zu erholen. Der schrille Schrei war ihr allzusehr in die Glieder gefahren. Schrill?

Also verstellte er seine Stimme, der Schurke! Doch selbst, wenn sie ihn an der Stimme erkannt hätte, wäre das noch kein hinreichender Beweis. Sie mußte ihn direkt nach dem Überfall stellen. Aber wie? Sie konnte ihn doch nicht direkt vor seinen Opfern demaskieren. Dann wäre es ja nicht mehr ihr kleines Geheimnis, mit dem sie ihn erpressen konnte. Es würde nur dazu führen, daß er verhaftet würde. Und die Vorstellung, daß er ins Gefängnis käme, war ihr seltsamerweise alles andere als angenehm. Sie mußte sich über sich selbst wundern

Natürlich, sie wollte ja, daß er ihr noch einiges beibrächte, und das konnte er ja nicht, wenn er hinter Gittern saß. Aber war das der einzige Grund, warum sie ihm die Freiheit bewahren wollte? Doch jetzt war keine Zeit, sich über solche Fragen Gedanken zu machen. Sie mußte sich vielmehr darum kümmern, daß sie ihn noch rechtzeitig erwischte, bevor er sich mitsamt seiner Beute auf Caesar geschwungen und im Dunkel der Nacht verschwunden war. Also schlich sie noch näher heran, um für den richtigen Moment gewappnet zu sein.

Das hatte auch den Vorteil, daß sie jetzt genauer hören konnte, was da vorne vor sich ging. Doch es war eher ein leises Gemurmel, das aus der Kutsche drang. Devlin lachte teuflisch, es schien ihm ein besonderes Vergnügen zu bereiten, so viel Macht über unschuldige Menschen zu besitzen.

Doch nach einer Weile wurde er ungeduldig. »Werfen Sie Ihr Geld und Ihre Wertsachen heraus, dann können Sie weiterfahren. Aber beeilen Sie sich gefälligst, oder soll ich mit der Knarre ein bißchen nachhelfen?!«

»Sie werden nicht weit kommen mit ihrer Beute!«

»Ha! Meinen Sie vielleicht, Sie könnten mich aufhalten?«

Megan war empört. Wie er sie noch verhöhnte, dieser Kerl! Es war ja schon schlimm genug, sie auszurauben, aber sich auch noch über sie lustig zu machen!

Sie würde ihn deshalb sofort zur Rede stellen, sobald sie beide allein waren. Und da er seinen Opfern befohlen hatte, das Geld auf die Straße zu werfen, mußte Devlin ja hinterher von seinem Pferd steigen, um es aufzusammeln. So schnell konnte er ihr also nicht entkommen. Sie würde also genug Zeit haben, um ihn zu stellen, nachdem die Kutsche weitergefahren war.

Die Reisenden hatten inzwischen ihr Geld und ihre Wertsachen auf die Straße geworfen, und die Kutsche setzte sich wieder in Bewegung. Megan wollte gerade den ersten Schritt tun und aus dem Wald heraustreten, als sie sah, daß auf der anderen Straßenseite ebenfalls jemand hinter den Bäumen hervorkam.

Sie sprang sofort ins schützende Dunkel der Büsche zurück. Ihr klopfte das Herz bis zum Halse. Waren es also zwei? Hatte Devlin den netten Mr. Browne auch noch in seine kriminellen Machenschaften mit hineingezogen? Doch der Mann konnte nicht Mr. Browne sein, dazu war er viel zu groß. Der Räuber war genauso erschrocken wie Megan, als er diesen offensichtlich ungebetenen Gast erblickte.

»Großer Gott, haben *Sie* mich vielleicht erschreckt!«

»Ich werde noch einiges mehr tun, als Sie nur zu erschrecken, Sanderson, wenn Sie mir nicht auf der Stelle erklären, was Sie hier treiben!«

Megan glaubte ihren Ohren nicht zu trauen. Das war ja *Devlins* Stimme! Daran gab es überhaupt keinen Zweifel. Dann war Devlin also gar nicht der Räuber! Sie schaute nun dessen Pferd genauer an. Natürlich, das war ja gar nicht Caesar! Zu dumm, daß sie das nicht schon viel früher bemerkt hatte. Andererseits hätte sie dann aber sofort wieder den Rückzug angetreten, und dann wäre ihr auf diese Weise entgangen, daß Devlin den Räuber offensichtlich kannte, wenn er auch nicht selber der Übeltäter war.

Die beiden schienen sich wirklich zu kennen. »Devlin, sind Sie es?« fragte Sanderson. »Was, um Himmels willen, machen *Sie* denn hier?«

»Ich mache hier überhaupt nichts, denn ich bin überhaupt nicht hier«, erwiderte Devlin scharf. »Ich war hier noch nie, und Sie haben mich hier noch nie gesehen. Ist das klar?!«

»Aber natürlich, aber natürlich!« stammelte Sanderson hastig, während er sich das Taschentuch vom Gesicht zog, mit dem er sich maskiert hatte. »Dann kann ich ja nur hoffen, daß Sie mich auch nicht gesehen haben.«

»Oh nein, mein lieber Freund. Das gilt nicht für Sie. So leicht kommen Sie mir nicht davon. Erklären Sie mir jetzt gefälligst, was Sie hier machen.«

Sanderson wand sich verlegen. Er versuchte, das Ganze herunterzuspielen. »Nun ja, wissen Sie, es ist so eine Art Sport von mir, Euer Eh...«

»Straßenraub ist kein Sport«, unterbrach ihn Devlin mit schneidender Stimme. »Also, was machen Sie hier?«

»Em, ja, also ich hatte in der letzten Zeit eine gemeine Pechsträhne. Ich brauchte einfach dringend Zaster.«

»Warum haben Sie dann nicht Ihren Vater um Geld gebeten? Ich wußte gar nicht, daß der Earl knauserig wäre.«

»Das hab ich ja. Aber es ist eben ein weiter Weg von hier bis nach Hause. Und ich hänge hier fest, weil ich einer der Thackeray-Töchter den Hof mache. Mein Vater war es ja selbst, der mich hierhergeschickt hat. Er meinte, es wäre langsam Zeit, daß ich heirate und eine Familie gründe. Was sollte ich denn machen? Ich habe ihm einen Brief geschrieben, aber er hat bis heute nicht geantwortet. Ich bin bei den Thackerays zu Gast, und meine Gastgeberin meint, sie müßte mich jeden Abend mit ›Londoner Amüsement‹ unterhalten, und Sie wissen ja, was das heißt. Das bißchen Geld, das ich hatte, habe ich schon am ersten Wochenende verloren. Und ich kann ihr doch jetzt nicht erzählen, daß ich völlig abgebrannt bin, wenn ich um ihre Tochter werbe.«

Sie sollten sich auf andere Arten von ›Amüsement‹ spezialisieren, als Ihr Geld beim Spielen auf den Kopf zu hauen. Das lege ich Ihnen wärmstens ans Herz, denn Ihre Karriere als Straßenräuber hat heute nacht ihr Ende gefunden.«

»Och! Wo ich gerade begonnen hatte, daran Gefallen zu finden!«

»Wollen Sie mit mir hier jetzt zu diskutieren anfangen, mein Freund?«

In Devlins Stimme lag eine eiskalte Drohung. Megan konnte gut verstehen, daß Sanderson sofort versicherte: »Aber nicht doch, aber nicht doch!«

»Sie werden diesen ehrbaren Leuten alles zurückgeben, was Sie ihnen gestohlen haben.«

Sanderson zuckte zusammen. »Aber das kann ich nicht. Unmöglich!«

»Sie werden es sehr wohl können!«

»Aber ich habe doch nichts mehr von all dem Geld. Nur noch die Schmuckstücke. Gestern nacht haben sie schon wieder um Geld gespielt, und ich hatte verdammt noch mal wieder kein Glück.«

»Wieviel?«

»Achtzig Pfund.«

Devlin schnaubte verächtlich und langte in seine Hosentasche. Er zog ein Bündel Geldscheine heraus, das er Sanderson vor die Füße warf. Der verbeugte sich unterwürfig und hob es hastig auf, während Megan vor Verblüffung den Mund nicht mehr zubekam. Wieso hatte ein Pferdezüchter soviel Geld zu verschenken?

»Sie bringen das Geld und die Schmuckstücke noch heute nacht zur Polizei. Sie werfen das Ganze in einem Bündel vor die Tür mit einer schriftlichen Nachricht, daß Sie die Überfälle bedauern und eingesehen haben, daß Sie Unrecht getan haben. Ist das klar?«

»Jawohl! Noch heute nacht!«

»Das würde ich Ihnen auch raten. Denn wenn ich nicht höre, daß alles zurückgegeben wurde – und ich betone: alles! –, dann sähe ich mich gezwungen, Ihrem Vater einen kleinen Besuch abzustatten. Ich wäre nicht sehr erbaut darüber, zu diesem Mittel greifen zu müssen. Ihr Vater wäre wohl auch nicht sehr erbaut, über seinen Sohn solche Sachen zu erfahren. Und *Sie* wären, nehme ich an, nicht sehr erbaut über die Konsequenzen, die sich daraus ergäben. Haben wir uns also verstanden?«

»Hundertprozentig. Es tut mir leid, Ihnen Ärger gemacht zu haben. Ich werde es garantiert nicht wieder tun, das schwöre ich Ihnen...«

Seine letzten Worte verhallten ungehört, denn Devlin war genauso schnell wieder im Wald verschwunden, wie er aufgetaucht war. Auch Megan hatte keine Zeit mehr zu verlieren. Sie eilte zurück zu ihrem Pferd. Doch das, was sie gesehen und gehört hatte, ließ ihr keine Ruhe. Wie konnte der Sohn eines Earl einem Pferdezüchter gegenüber nur so unterwürfig sein?

22

Die Begegnung zwischen Devlin und dem jungen Lord, der sich als Gelegenheitsstraßenräuber betätigte, beschäftigte Megan den ganzen Heimweg über. Woher kannten sich die beiden bloß? Es gab verschiedene Möglichkeiten; die naheliegendste war die, daß sie sich auf dem Gestüt von Sherring Cross kennengelernt hatten, denn da war Devlin ja aufgewachsen. Aber die simple Tatsache, daß Devlin für den Herzog von Wrothston gearbeitet hatte, war keine Erklärung dafür, daß der Sohn eines Earl einem Pferdezüchter mit so viel Ehrerbietung begegnete. Sanderson hätte *Devlin* in seine Schranken weisen müssen, nicht umgekehrt.

Natürlich hatte Devlins Drohung, zum Vater des jungen Mannes zu gehen, seine Wirkung nicht verfehlt. Aber das war ja erst am Schluß des Gesprächs gewesen. Vielleicht hatte Sanderson angenommen, daß Devlin immer noch auf Sherring Cross arbeiten würde und dem Herzog die Geschichte erzählen könnte.

Für diese Vermutung sprach die Tatsache, daß er ja so überrascht gewesen war, ihn hier in Devonshire anzutreffen. Zu guter Letzt mußte Megan zugeben, daß Devlin, obwohl er nur ein einfacher Pferdezüchter war, tatsächlich eine imposante und irgendwie furchteinflößende Ausstrahlung hatte und diese auch entsprechend zum Einsatz bringen konnte, wenn er es darauf anlegte. Damit hatte sie ja auch schon ihre Erfahrungen gemacht.

Trotzdem, irgend etwas blieb übrig, was einfach nicht ins Bild paßte. Sanderson war von Anfang an so eigenartig unterwürfig gewesen, und Devlin war genauso von Anfang an der Überlegene gewesen, als ob *er* der Lord und Sanderson der Bedienstete wäre. Das machte einfach keinen Sinn. Sie konnte verstehen, daß man, wenn man eine Zeitlang für einen Herzog gearbeitet hatte, vielleicht die Nase ein wenig hoch trug, aber das gab einem noch kein Recht, sich wie der Herzog selbst aufzuführen. Ein Knecht war ein Knecht und hatte sich entsprechend zu benehmen, zumindest wenn er einem Angehörigen des Adels gegenüberstand.

Du bist ja wieder einmal ganz schön anmaßend.

Aber es stimmt doch, was ich sage, oder?

Mag sein. Aber was dich wirklich ärgert, ist doch etwas ganz anderes: Du bist einfach enttäuscht, daß Devlin doch nicht der Straßenräuber war.

Nun gut, da war etwas dran. Sie hatte sich wirklich sehr darauf gefreut, jetzt endlich etwas gegen ihn in der Hand zu haben. Statt dessen mußte sie nun damit rechnen, daß er sie zur Rede stellen würde, was sie sich zu dieser nachtschlafenen Zeit draußen herumtrieb. Dieser verfluchte Kerl, warum konnte er sich nicht wie die anderen Dienstboten unterordnen, anstatt sich zum Richter über seine Herrin aufzuschwingen?

Kannst du nicht endlich mit deinem Dünkel aufhören?

Ich versuche doch bloß, mich seelisch darauf einzustellen, jetzt gleich wieder gegen einen Tyrannen kämpfen zu müssen.

Er ist kein Tyrann, das weißt du ganz genau. Vielleicht nimmt er dich deshalb so in die Pflicht, weil er ganz einfach um dich besorgt ist und möchte, daß es dir gutgeht.

Daß ich nicht lache!

Wie dem auch sei. Du solltest dir auf jeden Fall eine gute Entschuldigung ausdenken, warum du dich nachts draußen herumtreibst. Oder hast du vor, ihm die Wahrheit zu sagen?

Natürlich nicht! Aber vielleicht ist er ja noch gar nicht zurück. Dann bringe ich Sir Ambrose in den Stall und laufe schnell ins Haus, bevor er mich erwischt.

Na, dann viel Glück!

Sie hatte *kein* Glück. Er war schon zurück. Er stand breitbeinig im Stall, hatte die Hände in die Hüften gestemmt und schaute sie so finster an, wie er es noch nie getan hatte. Megan mußte ihm schnell zuvorkommen, sie mußte in die Offensive gehen.

»Na, sind Sie schon zurück?« fragte sie forsch. »Ich hatte etwas zu erledigen und wollte Sie bitten, mich zu begleiten, aber Sie waren ja spurlos verschwunden.«

»Begleiten wohin?«

»Einer der Pächter meines Vaters ist krank geworden. Ich wollte heute nachmittag schon bei seiner Familie vorbeischauen, ob er irgend etwas braucht, aber ich hatte so viel zu tun und habe es schlicht vergessen. Heute abend fiel es mir dann wieder ein, und ich dachte, besser spät als überhaupt nicht...«

»Erzählen Sie mir doch keine Geschichten!« unterbrach er sie unwirsch, als er sie vom Pferd herunterzog. »Und dann noch ohne Sattel!« fügte er hinzu, als er den nackten Pferderücken sah. Er schaute sie durchdringend an. »Sie haben dieses Pferd also wahrhaftig ohne Sattel geritten?«

Megan stöhnte leise. Verdammt, das hatte sie ja ganz und gar vergessen. Doch sie war schnell mit einer Erklärung bei der Hand. Sie mußte vorpreschen, nur so konnte sie die Situation retten. Und es schien zu funktionieren, immerhin schaute er schon um einiges weniger finster drein.

»Meinen Sie, daß ich zum ersten Mal ohne Sattel geritten bin?« schoß sie zurück. »Das ist doch ein Kinderspiel. Ich verstehe gar nicht, warum Sie sich so aufregen. Warum mischen Sie sich überhaupt dauernd in meine Angelegenheiten? Außerdem habe ich Ihre Begleitung überhaupt nicht benötigt, da ich mich sowieso nur innerhalb der Grenzen unseres Landguts bewegt habe. Aber wenn dies hier schon die Stunde der Wahrheit ist, darf ich *Sie* vielleicht fragen, wo *Sie* gesteckt sind?«

»Ich war unterwegs, um einen Dieb zu fangen.«

Sie hatte nicht erwartet, daß er ihr die Wahrheit sagen würde. »Und, hatten Sie Glück?«

»Nein«, log er.

Sie wußte natürlich, daß das eine Lüge war. Doch sie konnte sie ihm nicht vorhalten, denn sonst hätte sie zugeben müssen, daß sie ihm gefolgt war. »Wie schade für Sie. Wenn er endlich gefaßt ist, werden Sie ja hoffentlich aufhören, mir laufend hinterherzuspionieren.«

»Da muß ich Sie enttäuschen, zumindest was ihre nächtlichen Unternehmungen anbetrifft. Irgend jemand muß Sie zur Vernunft bringen, und ich glaube, da ist der Zeitpunkt jetzt gerade richtig.«

Er packte ihre Hand und zog sie mit Gewalt zu sich herüber. Megan riß die Augen auf und starrte ihn fassungslos an. Sie war vor Schreck wie gelähmt, denn sie wußte genau, was er mit ihr vorhatte.

»Moment mal, Devlin«, stieß sie hervor. »Das können Sie nicht machen. Ich lasse Sie einsperren, ich lasse Sie...«

Sie landete hart auf seinen Schenkeln, als er sie übers Knie legte. Sie wollte schreien, doch er sagte nur: »Du kannst schreien, soviel du willst, verzogene Göre. Das einzige, was du damit erreichst, ist, daß du eine Menge Zuschauer bekommst.«

Er hatte recht. Sie durfte auf keinen Fall schreien. Also biß sie die Zähne zusammen. Kein Laut sollte über ihre Lippen kommen, und wenn sie sterben müßte. Aber bei Gott, das würde er noch bereuen; sie würde schon Wege finden, sich zu rächen...

Der erste Schlag war ein Witz. Es klatschte zwar ziemlich laut, als seine Hand auf ihr Hinterteil niederging, doch es tat überhaupt nicht weh. Fast mußte sie lachen. Sie hatte ganz vergessen, daß sie ja einen ihrer dicksten Reitröcke angezogen hatte. Da hatte er sich aber ganz schön verrechnet, der gute Mann. Sie würde sich natürlich hüten, es ihm zu sagen.

Doch das war nur der allererste Schlag gewesen. Als er aufhörte, und das war leider erst nach einer ganzen Weile, glaubte sie, keinen dicken Wollrock mehr, sondern einen hauchdünnen Seidenrock anzuhaben, und ihr war gar nicht mehr nach Lachen zumute. Sie tobte vor Wut und fragte sich, wie er es überhaupt nur wagen konnte, ihr das anzutun.

Als er sie wieder auf die Füße stellte, wartete sie nicht lange. Sie fuhr herum und wollte ihm einen Fausthieb ins Gesicht versetzen – doch sie schlug daneben. Das war schon demütigend genug, doch zu allem Überfluß grinste er sie daraufhin noch schadenfroh an. Dieser Kerl weidete sich offenbar an ihrer hilflosen Wut.

»Sie sind der verabscheuungswürdigste Bastard, dem ich je begegnet bin!« schrie sie ihn an.

»Wie vielen sind Sie denn schon begegnet?«

Seine kaltschnäuzige Antwort verschlug ihr die Sprache.

Dann fragte sie ihn mit leiser, vibrierender Stimme: »Gibt es eigentlich irgendeine Beleidigung auf dieser Welt, die Sie *nicht* an sich abprallen lassen?«

»Wer hat mich denn beleidigt?« entgegnete er ruhig. »Sie sind doch nur eine kleine Kratzbürste, die lauter heiße Luft pustet – außer in meinen Armen. Da sind Sie dann nur noch heiß.«

Sie traute ihren Ohren nicht. »Sie sind entlassen! Gefeuert! Raus!«

Er zog nur leicht eine Augenbraue hoch. »Das hätten Sie wohl gerne, was?«

»Sie haben mich genau verstanden!«

»Natürlich, Gnädigste. Wollen *Sie* es Ihrem Vater sagen, oder soll ich es ihm selbst beibringen?«

Einen Moment lang überlegte sie, was sie jetzt noch sagen sollte, und dann wußte sie – er hatte wieder gewonnen. Sie würde weder ihrem Vater noch sonst jemandem von dieser demütigenden Szene je erzählen.

»Warum verschwinden Sie nicht endlich aus meinem Leben?« flüsterte sie tonlos.

»Was? Die Waffen strecken? Desertieren? Niemals, mein Mädchen.«

Sie schaute sich suchend um, wollte irgend etwas ergreifen und ihm an den Kopf schleudern.

Doch er sah rechtzeitig, was sie vorhatte und sprang auf, um ihr die Hände festzuhalten.

»Ich habe Sie heute morgen gewarnt, auf Ihr loses Mundwerk zu achten. Aber Sie wollten ja nicht hören«, sagte er eindringlich und schaute sie dabei ernst an. »Nach dieser Züchtigung hoffe ich, daß Sie sich diese Warnung in Zukunft etwas mehr zu Herzen nehmen. Aber ich glaube, Sie sollten auch noch etwas anderes erfahren. Sie sollten erfahren, was mit sorglosen kleinen Mädchen passiert, die sich zu solch unmöglichen Zeiten nachts herumtreiben.«

Sie wußte sofort, was er meinte, und wich zurück. Daß er sie jetzt, nach allem, was er ihr angetan hatte, küssen wollte, verschlug ihr schier den Atem. Doch er hielt sie an den Händen gepackt, so daß sie ihm nicht entkam. Bevor sie etwas sagen konnte, zog er sie an sich, beugte sich über sie und senkte seine Lippen auf ihren zusammengebissenen Mund.

Jetzt meinte er wohl, ihr eine weitere Lektion zu erteilen. Dabei war es doch genau die Lektion, auf die sie schon so lange gewartet hatte! Der Zeitpunkt war vielleicht etwas ungünstig gewählt, aber was machte das schon. Und so ließ sie sich entspannt in seine Arme sinken und überließ sich ganz den wilden, aufregenden Gefühlen, die sein Kuß in ihr hervorrief. Er zog sie noch dichter heran und preßte sie an seinen Körper. Ihre Erregung wuchs, ihr Puls raste, sie rang nach Atem. Sie hätte nie geglaubt, daß es so wunderbar sein würde, seinen starken Körper so nah zu spüren. Wenn doch diese Lektion niemals aufhören würde!

Als er sich von ihren Lippen löste, dachte sie enttäuscht, jetzt wäre schon alles wieder vorbei. Doch nein, er hielt nur kurz inne, dann fuhr er mit seinen Lippen ihre Wange entlang hinauf zu ihrem Ohrläppchen. Was für ein neues Gefühl! Heiße Schauer liefen ihr über den Rücken.

»Bring es mir bei«, flüsterte sie, als sein Mund ihren Nacken liebkoste.

»Was denn?«

»Wie man richtig küßt.«

Devlin seufzte und lehnte seinen Kopf gegen ihre Schulter. »Ich glaube nicht, daß das gut für dich wäre.«

Oh, wie gemein von ihm, dachte sie enttäuscht. »Warum denn nicht?«

»Ich kann mich ja schon jetzt kaum mehr beherrschen.«

»Dann laß mich gehen.«

Er hob den Kopf und schaute sie so durchbohrend an, daß sie erzitterte. »Noch nicht! Die Lektion ist noch nicht zu Ende. Du sollst wissen, was vorwitzigen kleinen Mädchen passiert, wenn sie nachts alleine ausreiten.«

»Ich habe verstanden.«

»Nein, das hast du, glaube ich, noch nicht.« Und er griff ihr mit seiner Hand an ihre Brust.

Megan stöhnte auf. Sie hätte nie gedacht, daß so eine einfache Berührung eine solche Welle von Gefühlen in ihr auslösen würde. Sie wußte natürlich, daß es eine unmögliche Dreistigkeit war, ihr einfach an die Brust zu greifen, aber vielleicht war das eben Teil der Lektion. Und vielleicht war es auch ein Teil von dem »Mehr«, was sie unbedingt lernen wollte.

Wahrscheinlich dachte er jetzt, daß sie schockiert wäre, oder erwartete es sogar, und sie hatte auch vor, ihn in diesem Glauben zu belassen. Denn sonst wäre er womöglich seinerseits über ihre Schamlosigkeit so empört gewesen, daß er die Lektion abgebrochen hätte. Deshalb schloß sie schnell die Augen, damit er ihr nicht ansehen konnte, wie sehr sie seine Berührungen genoß. Sie war alles andere als schockiert. Seine Hand knetete sanft ihre Brust, und jede dieser Bewegungen jagte ihr wilde Schauer der Erregung durch den Körper. Sie zitterte, spürte wie sich ihre Brustwarze unter seiner Hand aufrichtete.

Sie verspürte ein Verlangen, das sie sich nicht erklären konnte. Sie sehnte sich nach seinen Lippen, fieberte danach, ihn genauso zu streicheln, wie er es tat. Wenn er dies alles doch bloß tun würde, weil er sie wirklich begehrte, und nicht bloß, weil er meinte, ihr irgendeine verdammte Lektion erteilen zu müssen!

Und dann endlich senkten sich seine Lippen wieder auf ihren Mund, doch diesmal noch leidenschaftlicher als zuvor. Er packte sie an den Hüften und preßte sie wild gegen sein Becken. Sie wimmerte vor Lust, als sie die heiße Woge spürte, die durch ihren Unterleib schoß, und sie wimmerte vor Schmerz, denn sein harter Griff tat ihr weh. Als er hörte, wie sie leise aufschrie, ließ er sie abrupt los, doch sie war wie benommen und brauchte einen Augenblick, bis sie es merkte. Die Lektion war vorbei.

»Megan, ich halt' es nicht mehr aus, ich verbrenne!« stieß

er keuchend hervor. Sein Gesicht war schmerzverzerrt. »Lauf weg, schnell, bevor es zu spät ist!«

Sie wollte nicht. Sie war wie in Trance, wollte wieder seine Arme um sich fühlen, seine Lippen..., doch das »bevor es zu spät ist« brachte sie wieder mit einem Schlag in die Realität zurück. Sie warf ihm noch einen tiefen Blick zu, einen Blick voll solcher Sehnsucht, daß er aufstöhnte und wieder nach ihr greifen wollte. Doch Megan riß sich los und rannte um ihr Leben.

23

Megan kämpfte einen ganzen langen Tag mit sich, bis sie sich endlich eingestehen konnte, daß sie gestern abend vielleicht doch etwas unvorsichtig gewesen war. Eine Standpauke hatte sie tatsächlich verdient – aber keine Tracht Prügel! Sie war aus einem spontanen Entschluß heraus Devlin gefolgt, weil sie um alles in der Welt wissen wollte, wohin er zu dieser nächtlichen Stunde gehen mochte. Wenn er nicht zufällig auch hinter dem Räuber hergewesen wäre, dann wäre er ihr nicht zuvorgekommen, als sie gerade aus dem Wald treten und den Räuber zur Rede stellen wollte, wäre vielleicht überhaupt nicht am Ort des Überfalls gewesen. Dann wäre sie plötzlich vor einem Fremden gestanden, der sich von ihr mit Sicherheit nicht so hätte einschüchtern lassen wie von Devlin. Sie wäre ganz allein mit ihm gewesen, an einer dunklen Straße, in einem noch dunkleren Wald.

Es hätte gut passieren können, daß das, wovor Devlin sie gewarnt hatte, tatsächlich eingetreten wäre. Daß der Räuber der Sohn eines Earl, d. h. ein Gentleman war, hätte ihr dann auch nicht viel genützt. Wenn ein Lord sich dazu hinreißen ließ, unschuldige Reisende zu überfallen, dann konnte es mit seinem Anstand ja nicht weit her sein, oder? Auch wenn sie ihm gesagt hätte, wer sie ist, hätte ihr das wenig geholfen. Eine Gutsbesitzertochter trieb sich nicht in stockfinsterer Nacht mutterseelenallein herum. Warum also hätte er ihr glauben sollen?

Es fiel ihr schwer, aber sie mußte Devlin Recht geben. Sie war unvorsichtig, unvorstellbar leichtsinnig gewesen, hatte sich gar nicht klargemacht, in was für eine Gefahr sie sich begeben hatte! Wenn der Fremde das gleiche mit ihr gemacht hätte wie Devlin! Ein kalter Schauer jagte ihr über den Rücken. Großer Gott, er hätte ihr ja auch noch viel mehr antun können...

Vielleicht solltest du zu ihm hingehen, dich entschuldigen und ihm sagen, daß es nicht wieder vorkommen wird.

Damit er endgültig größenwahnsinnig wird? Außerdem hat er kein Recht gehabt, mir eine Tracht Prügel zu verpassen. Er hätte das Ganze meinem Vater erzählen und sich nicht einfach selber zu meinem Erzieher aufschwingen sollen. Das hätte mir natürlich auch nicht sonderlich gefallen, aber es wäre das einzige, wozu er berechtigt gewesen wäre.

Dann sag ihm das.

Ja, das werde ich.

Als sie heute morgen ausgeritten war – zu einer absolut korrekten Tageszeit –, war von Devlin keine Spur zu sehen gewesen. Als sie zurückkam, hatte sie sich sogar absichtlich viel Zeit beim Striegeln von Sir Ambrose gelassen, aber er war immer noch nicht aufgetaucht. Der einzige, dem sie begegnet war, als sie den Stall verließ, war Mortimer gewesen. Sie hatte ihn gefragt, wo Devlin steckte, und er hatte ihr geantwortet, daß Devlin »fürchterliche Kopfschmerzen« hätte und deshalb noch im Bett wäre. Vielleicht war das nur alles halb so schlimm, doch sie ertappte sich dabei, daß sie sich große Sorgen um ihn machte.

Sie konnte ihn ja immer noch nach seinen Kopfschmerzen fragen, nachdem sie ihm wegen seines gestrigen Benehmens die Leviten gelesen hatte. Doch als sie sich ein Herz gefaßt hatte und zum zweiten Mal an diesem Tage den Stall betrat, war wieder außer Mortimer niemand da. Er wollte gerade eine der neuen Stuten aus dem Stall führen, um sie zu bewegen.

Megan blieb stehen, um das neue Pferd gebührend zu bewundern, und fragte dann in möglichst beiläufigem Ton: »Ach, übrigens, wie geht es denn Mr. Jefferys' Kopfschmerzen?« Sie wollte vermeiden, daß Mortimer merkte, daß sie sich um Devlin sorgte.

Der kleine Mann kicherte. »Er macht sich gerade neue«.

Megan runzelte die Stirn. »Wie kann man sich denn Kopfschmerzen ›machen‹?«

»Indem man eine neue Flasche entkorkt, Miss. Zwei oder drei hat er schon intus.«

Sie wußte nicht recht, was sie von dieser Enthüllung halten sollte. Devlin *betrank* sich? Und er mußte schon gestern nacht damit begonnen haben, sonst hätte er ja heute morgen keine Kopfschmerzen gehabt. Dazu meinte sie Mortimers amüsiertem Grinsen entnehmen zu können, daß das Ganze vielleicht mit *ihr* zu tun hatte. Mit ihr? Es war eine aufregende Vorstellung, daß *sie* Devlin dazu bringen konnte, sich haltlos zu betrinken! Hatte sie wirklich eine solche faszinierende Wirkung auf ihn?

Sei nicht so eingebildet! Vielleicht betrinkt er sich aus einem ganz anderen Grund.

Kann ja sein, aber die Vorstellung hat mir so gut gefallen, zumindest einen Augenblick lang.

Na gut. Aber du hast doch nicht allen Ernstes vor, diesen Mann aufzusuchen, wenn er betrunken ist, oder?

Um Gottes willen. Er ist ja schon in nüchternem Zustand ekelhaft genug.

Das auch. Aber darüber hinaus: Betrunkene haben keine Kontrolle mehr über sich und ihre Gefühle. Und seine Gefühle gehen gewöhnlich in eine ziemlich eindeutige Richtung, wenn du in seiner Nähe bist.

»Ja, ich weiß schon«, murmelte Megan.

»Haben Sie etwas gesagt, Miss?«

»Nichts, Mr. Browne«. Megan seufzte. »Ich habe mir nur gerade gedacht, daß ich Lust hätte, meine Freundin Tiffany zu besuchen. Ich nehme die Stute gleich, wenn es Ihnen nichts ausmacht.«

»Aber gerne. Das trifft sich gut, dann brauche *ich* sie nicht zu bewegen. Und ich versichere Ihnen, sie ist sanft wie ein Lamm. Ich hole nur noch den richtigen Sattel für Sie.«

Megan nickte. Doch während sie auf Mortimer wartete, wurden ihre Augen wie magisch zum hinteren Teil des Stalles gezogen.

Untersteh dich!

Megan senkte schuldbewußt die Augen. *Interessiert es dich denn nicht, wie er aussieht, wenn er betrunken ist?*

Wahrscheinlich sieht er so aus, wie alle Betrunkenen aussehen.

Vielleicht sieht er aber auch ganz besonders lächerlich aus, und den Anblick möchte ich mir auf keinen Fall entgehen lassen.

Du wirst nur Schwierigkeiten mit ihm bekommen.

Ach, jetzt bist du auf einmal ganz schön ängstlich. Wahrscheinlich, weil ich jetzt zu Tiffany gehe. Sie hat einen mäßigenden Einfluß auf dich.

Und auf dich! Sie wird dir ebenfalls raten, um betrunkene Männer einen großen Bogen zu machen.

Du lieber Gott, meinst du denn, daß ich Tiffany von alledem auch nur ein Wörtchen erzählen werde?

Das wirst du mit Sicherheit.

Megan hatte eigentlich nicht vor, Tiffany in ihre Abenteuer einzuweihen, zumindest solange nicht, wie sie noch so verwirrt und voller Schuldgefühle war. Doch sie war noch keine zehn Minuten mit Tiffany zusammen, da platzte es schon aus ihr heraus: »Was würdest du sagen, Tiffany, wenn ich unter meinem Stande heiraten würde?«

Tiffany stutzte, dann ging sie pragmatisch vor. »Wie weit unter deinem Stande hast du denn vor zu heiraten?«

Megan überlegt, was sie antworten sollte. »Ich meine das nur so ganz allgemein; du glaubst doch nicht, daß ich im Ernst vorhabe, so etwas Lächerliches wirklich zu machen.«

»Wie weit?«

»Naja, also sagen wir einmal, wenn er ein ganz einfacher Mann wäre. Würde dich das schockieren? Meinst du, daß das einen großen Skandal verursachen würde?«

Tiffany starrte sie lange an. Dann brach es aus ihr heraus: »Megan Penworthy! Du hast dich doch nicht etwa in deinen Pferdezüchter verliebt?«

»Ach Quatsch!« widersprach Megan energisch. Doch sie spürte, wie ihre Wangen rot wurden. »Das einzige, was mich mit *dem* verbindet, sind unsere laufenden Streitereien. Wir können uns nämlich einfach nicht ausstehen.«

»Na, da bin ich ja erleichtert.«

Megan überhörte diese Bemerkung, als sie sich in einen der Sessel in Tiffanys neu eingerichtetem Zimmer fallen ließ. Dann stieß sie einen tiefen Seufzer aus. »Aber ich muß dir etwas gestehen – ich finde ihn einfach wahnsinnig aufregend, Tiff. Wenn ich in seiner Nähe bin, dann fühle ich mich so ... so ..., ach, ich weiß nicht, es ist wie Ameisen im Bauch. Ich glaube, das kommt, weil mich unsere Streitereien immer so aufregen, und das tun sie wirklich. Manchmal schreie ich ihn richtig an.«

Tiffany fing an zu grinsen. »Das darf doch nicht wahr sein.«

»Doch, wirklich«, versicherte Megan. »Und er regt sich über mich genauso auf.«

»Hat er denn einen Grund dafür?«

»Naja, hin und wieder schon. Manchmal frage ich mich, ob es mir regelrecht Spaß macht, mit ihm zu streiten. Auch wenn es von außen überhaupt nicht so aussieht.«

»Wahrscheinlich langweilst du dich nur und brauchst etwas Abwechslung. Und er ist ja wirklich ein gutaussehender Mann, ein unglaublich gutaussehender Mann. Ich kann das total verstehen. Hat er denn auch irgendwelche guten Seiten?«

»Nicht eine einzige – na ja, doch, also er ist sehr besorgt um mich, daß mir nichts passiert. Er wird fuchsteufelswild, wenn ich irgend etwas mache, was auch nur ein bißchen gefährlich sein könnte.«

Tiffany riß die Augen auf. »Megan, *was* hast du gemacht, seit wir uns das letzte Mal gesehen haben?!«

Megan zuckte die Achseln und bemerkte betont beiläufig: »Ich hab zwischendurch einmal den Verdacht gehabt, Devlin könnte der Straßenräuber sein.«

»Aber hast du denn noch nicht gehört, daß sich alles aufgeklärt hat? Der Räuber hat anonym bei der Polizei alle gestohlenen Sachen zurückgegeben mit einem Zettel, auf dem stand, daß er sein Tun bereuen und nie wieder so etwas machen würde.«

»Dann hat er es also tatsächlich getan.«

Tiffany kniff die Augen zusammen. »Was meinst du damit? Das hört sich ja an, als ob du...«

»So ist es.«

»Megan!«

»Ich war ganz zufällig dabei, als er erwischt wurde und man ihm befahl, alle Sachen wieder zurückzugeben. Ich sagte dir doch, ich dachte, daß Devlin der Räuber wäre.«

»Meinst du wirklich, daß er es war?« fragte Tiffany ungläubig.

»Nein, es war alles ganz anders«, brummte Megan. »Devlin ist nachts ausgeritten, um dem Dieb aufzulauern, und hat ihn auch erwischt. Und ich bin ihm heimlich hinterhergeritten.«

»Um ihn auf frischer Tat zu ertappen?«

»Ja, so ähnlich.« Megan erzählte ihrer Freundin ihr nächtliches Abenteuer und endete mit den Worten: »Er war total in Rage, als ich zurückkam. Ich hab ihm natürlich nicht gesagt, wo ich wirklich war. Stell dir vor, wie er dann erst reagiert hätte!«

»Megan, du mußt auf der Stelle aufhören, dich zu solch waghalsigen Abenteuern hinreißen zu lassen! Mein Gott, was hätte da alles passieren können!«

Sie wußte es wohl, und obwohl Tiffany ihre beste Freundin war, brachte sie es nicht über die Lippen, ihr den ganzen Rest der Geschichte zu erzählen. »Ich weiß, Tiff. Ich habe mir vorgenommen, ein neues Leben anzufangen. Ich werde heute abend, wenn ich zurückreite, mich von einem eurer Leute begleiten lassen, schon allein, um mir Scherereien mit Devlin zu ersparen. Das bringt ihn nämlich besonders auf die Palme, wenn ich mich ohne Begleitung draußen herumtreibe.«

»Du solltest dich auch aus einem anderen Grunde langsam daran gewöhnen. In London gehen wir *nirgendwo* hin ohne korrekte Begleitung. Ach, übrigens. Tylers Mutter hat gesagt, daß sie bereit wäre, uns in London einzuführen. Wir können auch bei ihr wohnen.«

»Oh, das ist ja wunderbar!« rief Megan aus. »Der Major und seine Frau sind zwar fürchterlich nett, und sie kennen meinen Vater auch schon seit ewigen Zeiten, sonst hätten sie uns ja auch nicht angeboten, bei ihnen zu wohnen. Aber um ehrlich zu sein, sie haben überhaupt keine gesellschaftlichen Kontakte, ganz im Gegensatz zu Lady Whately. Die kennt doch Gott und die Welt, nicht wahr?«

»So ungefähr. Megan, ich glaube, du wirst noch vor Jahresende vor dem Traualtar stehen!«

»Das will ich doch schwer hoffen. Ich bin in letzter Zeit ganz verrückt danach, endlich zu erfahren, wie das ist mit der Liebe. Ich kann gar nicht erwarten, bis es soweit ist.«

»Na, dann paß aber auf, daß du alles schön der Reihe nach machst. Erst die Hochzeit, dann die Liebe.«

»Natürlich. Ich denke nur in letzter Zeit sehr viel daran.« Das war eine sanfte Untertreibung. »Sonst tu' ich ja gar nichts.«

»Vielleicht solltest du dich von deinem Pferdezüchter ein wenig fernhalten«, warnte Tiffany argwöhnisch.

Megan lachte. »Vielen Dank für den Rat. Aber da brauchst du dir wirklich keine Sorgen zu machen. Ich werde doch meine exzellenten Chancen nicht verspielen, indem ich mich auf so einen heruntergekommenen Kerl von niederem Stande einlasse, auch wenn er noch so attraktiv ist.«

»Und aufregend.«

»Auch wenn er noch so aufregend ist.«

»Und erotisch.«

»Du sagst es, Tiffany. Aber keine Angst, ich verspreche dir, ich werde einen riesengroßen Bogen um ihn machen.«

24

Megan hatte etwas versprochen, was sie nie und nimmer halten konnte. Es war ihr einfach unmöglich, sich von Devlin fernzuhalten. Natürlich wäre es ein leichtes gewesen, ihm aus dem Weg zu gehen, sie brauchte ja nur den Stall zu meiden. Wenn sie reiten wollte, könnte sie sich ihr Pferd von jemandem bringen und es hinterher von ihm auch wieder in den Stall führen lassen. Daß sie sich Sir Ambrose immer selbst holte und es sich nicht nehmen ließ, die Stute hinterher eigenhändig zu striegeln, war sowieso eine Marotte von ihr, die sie jederzeit ablegen konnte.

Aber sie *wollte* sich einfach nicht von Devlin fernhalten.

Hat ja ganz schön lange gedauert, bis du es gemerkt hast.

Aber warum?

Vielleicht bist du gerade dabei, dich in ihn zu verlieben.

Red keinen Unsinn. Es gibt doch nichts an ihm, was überhaupt liebenswert wäre.

Und daß er sich so um dich kümmert?

Das reicht nicht.

Und seine Küsse? Du mußt doch zugeben, daß du ganz verrückt danach bist.

Es wird ja wohl noch andere Männer geben, die genausogut küssen können.

Aber er hat doch einen ganz besonderen Charme, findest du nicht?

Charme, sagst du? Er hat keinen Funken von Charme, er ist ein verdammter Klotz, sonst gar nichts.

Mag ja sein. Aber vielleicht ist er einfach nur unglücklich. Vielleicht braucht er eine Frau, die ihn tröstet.

Ich bin nicht der Engel der Barmherzigkeit.

Und wenn du an all die Gefühle denkst, die er dir schon gemacht hat?

Vergiß es. Ich habe nicht vor, mich in diesen Mann zu verlieben. Ich habe doch keine Lust, den Rest meines Lebens in einem Stall zu verbringen!

Auch nicht, wenn du ihn mit jemandem wie ihm teilen kannst? Pferde sind doch sowieso deine einzige Leidenschaft – abgesehen von seinen Küssen.

Das heißt noch lange nicht, daß ich deshalb in einem Pferdestall leben will. Großer Gott, bist du dir eigentlich klar darüber, was du mir da gerade vorschlägst?

Absolut.

Megan schaute sich verlegen um. Hatte sie laut mit sich selbst gesprochen? Doch ihr Begleiter war selbst ganz in Gedanken versunken. Er achtete gar nicht auf sie und schien nicht die geringste Ahnung zu haben, daß sie mit sich selbst einen heftigen Disput ausfocht.

Ich weiß wirklich nicht, warum ich mich überhaupt noch mit dir unterhalte. Tiffany hat mich so aufgeheitert, und du ziehst mich jetzt wieder in diese trübsinnige Stimmung hinunter. Bloß weil ich mir von Devlin das Küssen beibringen lasse…

Ist dir eigentlich klar, daß ganz allein du auf diese Idee gekommen bist?

Deshalb muß ich ihn doch noch lange nicht heiraten. Ich denke gar nicht daran. Ich werde mindestens einen Earl heiraten.

Aha, du wirst also schon genügsamer.

Einfach nur ein wenig realistischer. So viele heiratsfähige Herzöge gibt es nun auch wieder nicht, zumindest keine jungen.

Ist dir der große Palast, mit dem du Lady O übertrumpfen wolltest, auf einmal nicht mehr so wichtig?

Doch.

Alter Sturkopf. Er hat es dir auf den Kopf zugesagt. Du bist so stur, daß du lieber gegen eine Wand rennst, als einmal nachzugeben.

Ach so, jetzt bist du auch schon auf seiner Seite? Denn bist du ja sicher auch der Meinung, daß ich verzogen bin, oder?

Bist du das nicht?

Als sie das Gut erreichte, bedankte sie sich bei ihrem Begleiter und winkte ihm zum Abschied hinterher, bevor sie vom Pferd stieg und es zum Stall führte. Sie war noch so in Gedanken bei dem Gespräch, das sie gerade mit sich selbst geführt hatte, daß sie in dem Moment, als sie den Stall betrat, gar nicht an Devlin dachte.

Aber diesmal war er da. Und er war nicht allein.

»...meine Mammi hat sich Sorgen gemacht, daß Sie gar nicht zum Essen gekommen sind«, sagte Cora gerade. »Deshalb bringe ich Ihnen hier einen Korb mit dem Abendessen. Ein starker Mann wie Sie braucht doch was in den Magen, oder?«

»Wirklich sehr nett von Ihnen, aber eigentlich brauche ich im Moment etwas ganz anderes.« Cora kicherte bei diesen Worten. Prompt stöhnte Devlin: »Oh, Mann, das hat mir noch gefehlt!«

»Was denn?«

»Ist egal. Komm her!«

Megan blieb wie angewurzelt stehen. Sie konnte die beiden nicht sehen, aber sie kannte ihre beiden Stimmen gut genug. Wenn sie vorher schon leicht verärgert war, so gab ihr jetzt die Vorstellung, daß Devlin gerade dabei war, das Küchenmädchen zu küssen, endgültig den Rest.

»Cora Lamb!« rief sie mit schneidender Strenge. »Darf ich höflich fragen, was Sie hier machen?!«

Sie hörte einen erstickten Schrei, dann kam Cora hinter dem Heuhaufen hervorgestolpert, hastig dabei, ihre Kleidung und ihr Haar zu richten.

»Oh, Sie sind es, Miss«, keuchte sie atemlos. »Ich dachte, es wäre meine Mammi.«

»Vielleicht sollte ich Ihrer Mammi mal erzählen, was Sie hier so treiben.«

»Nein, bitte, das brauchen Sie wirklich nicht, Miss. Ich habe nur Mr. Jefferys was zu essen gebracht. Ich wollte gerade wieder ins Haus gehen.«

»Das ist auch gut so. Und das nächste Mal erinnern Sie sich bitte daran, daß Ihr Tätigkeitsfeld sich auf die Küche beschränkt, ist das klar? Wenn Mr. Jefferys Hunger hat, wird er schon allein den Weg dorthin finden. Wehe, wenn ich Sie hier noch einmal erwische, Cora.«

»Jawohl, Miss«, stammelte Cora, verbeugte sich hastig und rannte, so schnell sie konnte, aus dem Stall.

»Sie hatten kein Recht, das zu tun«, hörte sie Devlin hinter sich sagen.

Sie fuhr herum und starrte ihn an. »Ach, wirklich? Ich soll also beide Augen zudrücken, während Sie hier die Dienstmädchen verführen? Ich denke nicht daran!«

»Wenn sie gerne verführt werden wollen, geht Sie das doch überhaupt nichts an!«

Sie merkte, daß er ein wenig lallte. Er sah verheerend aus. Überall in seinen Kleidern und in seinem Haar hing Heu. Sein weißes Hemd war bis zur Taille aufgeknöpft und hing lose aus dem Hosenbund heraus. Barfuß und schwankend stand er vor ihr.

»Mein Gott, Sie sehen erbärmlich aus«, warf sie ihm voller Verachtung entgegen.

»Ich habe geschlafen, als mich das Mädchen mit einem lauten ›Juu-huu!‹ geweckt hat. Ich dachte, es wären Sie.«

»Ich mache nicht ›Juu-huu!‹, Sie Witzbold.«

»Ja, das stimmt. Und Sie kichern auch nicht, zum Glück. Sie machen nur eins. Sie bringen einen Mann dazu, sich haltlos zu betrinken.«

Dann bemerkte er die Stute, die Megan hereingeführt hatte. »Was machen Sie denn mit diesem Pferd?«

Sie hob eigensinnig das Kinn. »Ich habe es bewegt – und zwar mit der ausdrücklichen Erlaubnis von Mr. Browne.«

Er schaute zur offenen Tür, hinter der die dunkle Nacht stand. Megan wußte sofort, was er dachte, besonders als sie sah, wie seine blaugrünen Augen schmal wurden und er sie zornig anschaute.

Sie kam ihm zuvor. Mit eisiger Stimme sagte sie: »Ich war fast den ganzen Tag bei Tiffany, und einer ihrer Leute hat mich nach Hause begleitet, also fangen Sie jetzt nicht schon wieder an. *Sie* sind hier auf der Anklagebank. Was zum Teufel tummeln Sie sich hier mit der falschen Frau im Heu herum?«

Es war wohl ihr verächtlicher Ton, der ihn auf einmal in Rage brachte. »Was heißt hier ›falsche Frau‹? Ich will Ihnen mal was sagen. Ich bin Ihretwegen inzwischen in einem Zustand, wo mir *jede* Frau recht ist!«

»Sie wollen also *mir* die Schuld für ihr unmögliches Benehmen zuschieben?« rief sie empört.

»Genauso ist es!«

Als er dies gesagt – oder besser: geknurrt – hatte, wandte er sich plötzlich von Megan ab. Die Drehung war wohl etwas zu abrupt gewesen, denn er schwankte einen Moment, bis er sich wieder gefangen hatte. Dann taumelte er in Schlangenlinien zur Stalltür.

Er ist immer noch stockbetrunken, dachte Megan voller Verachtung. Sie mußte amüsiert grinsen, als sie ihn durch den Stall torkeln sah. Sollte sie ihn diskret darauf aufmerksam machen, daß er in die falsche Richtung lief? Doch plötzlich blieb er stehen, und ihre Augen weiteten sich vor Entsetzen, als sie sah, daß er die Stalltür schloß und den Riegel vorschob.

Jetzt war ihr auf einmal alles andere als nach Grinsen zumute. Voller Angst erinnerte sie sich an den gestrigen Abend, als er genauso wütend gewesen war wie jetzt. Heute morgen beim Aufstehen hatte sie zwar nichts mehr gespürt, doch als sie gestern abend ins Bett gegangen war, hatte ihr Po ganz schön weh getan. Und in seinem jetzigen Zustand war Devlin unberechenbar. Er hatte fast den ganzen Tag lang Brandy getrunken, wenn es stimmte, was Mortimer gesagt hatte, und er war offensichtlich ganz schön benebelt, wenn er sie und Cora nicht auseinanderhalten konnte. Großer Gott, wenn Devlin wirklich vorhatte, sie dafür, daß sie ihn bei seinem Schäferstündchen gestört hatte, zu züchtigen, dann – würde sie ihn erschießen.

»Was machen Sie da?« fragte sie ihn streng, als er wieder zurück auf sie zu torkelte.

»Sie hätten sich da raushalten und wieder zurück ins Haus gehen sollen; Sie hätten sich besser heute ganz und gar von mir fernhalten sollen. Andererseits ist es vielleicht ganz gut, daß Sie hereingeplatzt sind, denn eigentlich hab ich das Mädchen ja gar nicht gewollt. Aber wenn Sie sie schon weggeschickt haben, dann können Sie jetzt gefälligst auch für sie einspringen.«

Megan wich zurück und drückte sich gegen die aufgeschichteten Heuballen. Doch dadurch verlor sie ein wenig das Gleichgewicht, und schon hatte sich Devlin über sie gebeugt und in seine Arme geschlossen. Sie schüttelte nur heftig den Kopf, ohne ein einziges Wort zu sagen. Er lächelte.

»Was, du willst keinen Unterricht mehr im Küssen?« fragte er mit schwerer Zunge. »Hab ich das nur geträumt, daß du mich gebeten hast, dir das Küssen beizubringen?«

War das alles, was er mit ihr vorhatte? Megan atmete auf. Mit einem Mal sah die Lage ganz anders aus, und der bloße Gedanke an eine neue Lektion im Küssen jagte ihr wohlige Schauer durch den Körper.

«Wollen Sie mir wieder Unterricht geben?«

»Wenn du mir sagst, weshalb du es lernen willst.«

»Ich möchte nicht, daß mein künftiger Ehemann von mir enttäuscht ist«, sagte sie wahrheitsgemäß.

Einen Augenblick lang befürchtete sie, daß er sie auslachen würde. Doch nichts dergleichen geschah. Statt dessen beugte er sein Gesicht noch tiefer über sie, bis seine Lippen fast die ihren berührten. Sie nahm den starken Geruch von Brandy wahr, doch er duftete auch nach Heu und nach Moschus, alles andere als unangenehm.

»Mach deinen Mund auf, freche Göre.«

Diesmal machte es ihr nichts aus, daß er sie wieder »Göre« nannte, wie er es immer tat. Es klang zärtlich, fast wie ein Kosewort.

»Soll ich sanft anfangen, oder willst du wissen, wie sich ein richtiger Kuß anfühlt?«

Er erlaubte sich wohl einen Scherz mit ihr. Waren das etwa keine richtigen Küsse gewesen, die er ihr die beiden anderen Male gegeben hatte?

»Ich möchte einfach alles wissen, was es da zu lernen gibt«, versicherte sie.

»Du hast es also gewollt. Nicht, daß du hinterher schockiert bist«, warnte er sie, bevor er seine Zunge in ihren Mund versenkte.

Megan hielt den Atem an. Aber nicht, weil sie schockiert war, sondern weil eine Welle nie geahnter Gefühle sie überrollte und in ihr zu explodieren schien. Ihr Blut rauschte, ihre Beine gaben nach, und sie glaubte zu zerspringen. Da war es wieder, dieses atemberaubende Gefühl wie beim letzten Mal, nur noch hundertmal aufregender. Es war fast zuviel für sie. Aber da war noch etwas.

Als er sein Becken zwischen ihre Schenkel preßte, schoß eine heiße, feuchte Woge in ihre Scham. Devlin stieß ein dumpfes Stöhnen aus, und ihre Brustwarzen stellten sich steif auf. Schon kam seine Hand auf ihre Brust, um die brennende Lust an ihren Nippeln zu stillen. Rasend schlug ihr Herz.

»Versteck dich nicht, Megan«, murmelte er zwischen den Lippen, »gib mir deine Zunge, gib sie mir!«

Willenlos gehorchte sie ihm. Sie würde jetzt alles tun, was er sagte. Auf einmal war sie so begierig darauf, seine Zunge zu fühlen, ihn zu schmecken. Erst jetzt, wo er es ihr befohlen hatte, traute sie sich. Durfte sie nun, da sie mit ihrer Zunge das gleiche machte wie er, ihn auch genauso anfassen? Sie sehnte sich so unbeschreiblich danach, daß sie diesmal nicht darauf wartete, bis er sie dazu aufforderte.

Als sie ihre Hand zwischen ihre Körper schob, so, wie er es getan hatte, bog er sich leicht zur Seite, um ihr Platz zu machen. Doch auch er nutzte die Gelegenheit. Plötzlich war seine Hand auf ihrer nackten Brust. Irgendwie hatte er ihre Bluse aufgeknöpft und war unter ihr Hemdchen gefahren. Seine Berührung brannte wie Feuer. Wie heiß seine Hand war! Und seine Brust unter *ihrer* Hand erst! Gestern nacht hatte er davon gesprochen, daß er verbrennen würde. Oh Gott, jetzt erst verstand sie seine Worte.

Wenn sie jetzt verbrennen würde, was bedeutete das schon? Sie hatte das Gefühl, daß sie fallen würde, tief, tief fallen... Großer Gott, sie waren ja tatsächlich drauf und dran umzufallen! Devlin löste sich von ihren Lippen und rief: »Verdammt noch mal, wir...« Sie landeten beide im Heu, Megan auf ihm. »...fallen!« vollendete er den Satz, als das Unvermeidliche geschehen war.

Er mußte lachen. Es war ein tiefes, glucksendes Lachen, das sie noch nie von ihm gehört hatte. Es wirkte unheimlich ansteckend, vor allem, weil die Situation wirklich sehr komisch war. Zum Glück waren sie ja weich gefallen, in ein Bett aus Heu. Sie hätte allerdings nicht geglaubt, daß ihre Unterrichtsstunde auf diese Weise enden würde.

Sie mußte genauso lachen wie er, dann sogar noch mehr, als sie durch das Schütteln seines Brustkorbs regelrecht abgeworfen wurde. Sie rollte auf den Rücken und hielt sich den Bauch vor Lachen, konnte sich kaum beruhigen. Sie suchte vergeblich nach einem Taschentuch, um sich die

Lachtränen zu trocknen, als sie bemerkte, daß eines genau vor ihrer Nase baumelte. Wie aufmerksam von ihm!

Devlin hatte sich auf die Seite gerollt, auf seinen Ellbogen gestützt und grinste sie an.

»Das letzte Ereignis war kein offizieller Teil des Kußunterrichts.«

Sie grinste zurück. »Gut, daß du es mir sagst. Ich war mir nicht sicher.«

Er lachte, doch dann fiel sein Blick auf ihre offene Bluse, und sofort sah sie wieder die Erregung in seinen Augen. »Um ehrlich zu sein«, sagte er mit einem genüßlichen Lächeln, »ist diese Lage ja für das Küssen wesentlich geeigneter. Willst du noch mehr lernen?«

»Gibt es da denn noch mehr?« fragte sie verwundert.

»Aber sicher doch.«

»Dann zeig es mir.«

Er beugte sich zu ihr hinüber – doch plötzlich hielt er inne und schüttelte den Kopf, wie wenn er zur Besinnung kommen wollte. Er runzelte die Stirn. »Nein, ich ... großer Gott, ich muß verrückt sein! Geh nach Haus, Megan, und zwar sofort. Die Unterrichtsstunde ist vorbei.«

Sie konnte ihre Enttäuschung nicht verbergen. »Warum denn?« flüsterte sie leise.

»Weil ich bei unserem letzten Kuß die Beherrschung verloren habe. Ich hab für einen Augenblick vergessen, daß du ein unschuldiges Mädchen bist, das einfach viel zu neugierig ist.«

»Willst du damit sagen, du hättest beinah mit mir geschlafen?« fragte sie zögernd.

»Ja, zum Teufel.«

Wenn das seine einzige Sorge war! »Aber ich hätte dich doch gar nicht gelassen! Ich hätte dich doch gebremst. Du *würdest* doch aufhören, wenn ich es sagen würde, oder?«

»Aber sicher doch«, beteuerte er.

»Dann gibt es doch überhaupt kein Problem.«

»Meinst du? Nun, ich bin immerhin nicht ganz nüchtern«, bemerkte er. Als ob sie das noch nicht gemerkt hätte!

»Das macht doch nichts.« Sie kuschelte sich an ihn und sagte flehentlich: »Zeig mir noch mehr. Bitte!«

Er stöhnte und zog sie an sich. »Gib mir deine Zunge wieder!« Sie tat es, doch diesmal ließ er ihre Zunge keine eigenen Wege gehen, sondern hielt sie mit seinen Lippen fest und saugte sanft an ihr.« Dann hielt er inne und sagte: »Es gibt noch andere Stellen, wo man das auch machen kann!«

»Wo denn?«

Er nahm ihr Ohrläppchen zwischen seine Lippen und knabberte zärtlich daran. Sie zitterte, atemlos vor Erregung. »Wo noch?«

Sie folgte der Spur, die seine Lippen über ihren Körper zogen, versuchte zu ahnen, wohin sie als nächstes gehen würden. Wie sie genoß, was er mit ihr machte! Dann war er an ihrer Brust angelangt, sog einen ihrer Nippel tief in die heiße Höhle seines Mundes. Sie wollte es nicht glauben. Hatte das noch mit Küssen zu tun? Doch sie ließ ihn gewähren. Nein, noch wollte sie ihn nicht bremsen. Noch nicht!

Dann fühlte sie einen kühlen Lufthauch an ihren Beinen, merkte nicht, daß er ihren Rock hochhob. Er nestelte an ihrer Unterwäsche, und sie fragte sich, was das sollte. »Was machst du denn da?«

Sein Mund kam wieder auf ihre Lippen. Er küßte sie leidenschaftlich. Dann sagte er: »Ich zeige dir jetzt alles! Das wolltest du doch. Oder hast du Angst?«

„Ein bißchen.«

»Das solltest du auch.«

Vielleicht hätte er das nicht sagen sollen, vielleicht war es aber auch gerade gut so. Er forderte ihren Eigensinn und ihre Neugier gleichzeitig heraus. »Hör noch nicht auf, Devlin, noch nicht.«

Er küßte sie noch einmal so wild, daß sie gar nicht merkte, wie er ihr den Schlüpfer auszog. Doch dann spürte sie seine warmen Finger zwischen ihren Schenkeln. Sie stieß einen leisen Schrei aus, den er mit seinen weichen Lippen erstickte. Dann stöhnte sie nur noch, krallte ihre Finger in seinen Rücken. Eine neue Welle von unbekannten, erregenden Gefühlen brach in ihr auf. Wie von selbst spreizte sie ihre Beine, ihr Körper öffnete sich ihm, sie wußte nicht mehr, was sie tat, doch es war ihr egal...

»Ist das ... gehört das noch zum Küssen?« stieß sie keuchend hervor, als er sich von ihren Lippen löste, um ihren Nacken, dann ihre Brüste zu liebkosen.

»Ja«, log er.

»Soll ich das dann auch bei dir machen?«

»Nein«, ächzte er. Er wußte, es würde ihn zerreißen.

»Ich möchte es aber so gerne.«

»Ich würde sterben, wenn du es tätest.«

Sie dachte *auch*, sie müßte sterben, als er sich auf sie wälzte, sein Becken zwischen ihre Schenkel zwängte. Und dann preßte er sein hartes Glied an die Stelle, die er vorher mit seinen Fingern so erregt hatte. Wieder zitterte sie vor Wollust.

Doch dann durchfuhr sie ein stechender Schmerz, der alles andere als Wollust war. Sie riß entsetzt die Augen auf. Was war das? War das... Oder waren das seine Finger, die sie da in sich fühlte und die ihr diesen Schmerz bereiteten? Aber sie fühlte seine Hände, beide Hände, doch auf ihrem Rücken? Sie erstarrte vor Schreck. Das hätte nicht passieren dürfen.

»Wehe, du schläfst jetzt mit mir!« rief sie, atemlos vor Angst.

Er hielt abrupt inne. Auch er schien erschrocken. »Ich glaube, es ist schon zu spät.«

»Das ist nicht wahr!«

»Es tut mir wirklich leid, Megan, aber es ist schon passiert.«

Panik und Wut machten sich in ihr breit. Wie ein Trommelfeuer schossen tausend Gedanken durch ihren Kopf. »Ich werde dich auf keinen Fall heiraten!« schrie sie.

Das war vielleicht nicht die Frage, die einen Mann am

meisten beschäftigte, der gerade merkte, daß er die Kontrolle über sich verloren hatte. »Ich kann mich, verdammt nochmal, auch nicht erinnern, daß ich dich darum gebeten hätte...«

»Gut so!«

»...aber jetzt werde ich es ja wohl müssen.«

»Dann hast du das große Glück, schon jetzt meine Antwort zu wissen!« gab sie beißend zurück. »Und jetzt geh endlich weg von mir!«

Seufzend lehnte er seinen Kopf an ihre Schulter. »Ich kann nicht, Megan.«

Sie verstand ihn nicht. »Natürlich kannst du. Du hast es doch gesagt.«

»Das war vorhin, da konnte ich noch zurück. Jetzt ... oh Gott!« Er bewegte sich noch ein-, zweimal in ihr, dann blieb er entspannt auf ihr liegen.

Es hatte ihr kaum wehgetan, aber das war jetzt egal, sie war nur noch in Rage. »Devlin, ich werde wahnsinnig. Wenn du nicht willst, daß ich gleich schreie, heule, tobe, dann...«

»Aber Megan. Ich schulde dir einen Höhepunkt. Du bist bis hierher gekommen, und jetzt solltest du doch auch...«

»Ich hatte aber nicht die geringste Absicht, bis hierher zu kommen, und das wußtest du auch ganz genau!« zischte sie.

Er richtete sich auf, so daß sie ihm ins Gesicht sehen konnte. Er sah schuldbewußt drein. Die Vorwürfe, die er sich machte, waren schlimmer als ihre wilden Beschimpfungen, und so betrunken wie er war, wußte er überhaupt nicht mehr, was er jetzt machen sollte.

»Du hättest eben weggehen sollen, als ich dich vorhin gewarnt habe!«

»Ja, das paßt wieder!« bellte sie. »Wasch dich nur von jeglicher Schuld rein!«

»Wenn ich das täte, dann hätte ich dir ja wohl nicht angeboten, dich zu heiraten, oder?«

»Du weiß ganz genau, daß ich keinen Pferdezüchter heiraten kann. Das würde schon mein Vater gar nicht erlauben!«

»Ganz im Gegenteil«, widersprach er im Brustton der Überzeugung, »wenn ich deinem Vater erst einmal die ganzen Umstände erklärt habe, dann wird er voll und ganz damit einverstanden sein, das schwöre ich dir. Das ist also überhaupt kein Grund, meinen Antrag abzulehnen.«

»Untersteh dich, meinem Vater zu sagen, was du mir angetan hast. Untersteh dich, überhaupt irgend jemandem davon zu erzählen. Das, was heute abend hier passiert ist, ist niemals geschehen, klar?«

»Megan, du kannst doch nicht...«

»Ich kann machen, was ich will. Und ich will mein Leben weiterleben, als ob dies hier niemals geschehen wäre, und das werde ich auch!«

»Wunderbar! Dann tu das!«

Er stand auf, ohne zu schwanken. Megan krabbelte ebenfalls auf die Füße, so schnell sie konnte. Einen Augenblick lang schaute sie atemlos auf ihren Körper, versuchte die Spuren dessen, was er ihr angetan hatte, zu suchen – und zu erfühlen. Er hatte tatsächlich mit ihr geschlafen, und sie war vollständig bekleidet – zumindest *fast* vollständig! Sie griff nach ihrem Schlüpfer, stürmte wütend zur Stalltür und riß den Riegel zurück, ohne Devlin noch eines weiteren Blickes zu würdigen. Der verfolgte sie mit traurigen Augen.

»Wenn du wieder zur Vernunft gekommen bist, dann weißt du ja, wo du mich finden kannst,« sagte er leise.

»Du wirst mich niemals wiedersehen. Fahr zur Hölle!« zischte sie zurück, bevor sie, ohne ihn anzuschauen, endgültig die Tür hinter sich zuknallte.

Devlin drehte sich um und schlug mit einem wütenden Brüllen seine Faust gegen die nächste Wand. Dann ging er in seinen Schlafraum und zertrümmerte alle Brandy-Flaschen, die noch übrig waren.

25

Volle drei Tage blieb Megan auf ihrem Zimmer, doch niemand wunderte sich groß darüber. Man nahm an, daß sie lediglich ein wenig unter dem Wetterumschwung zu leiden hatte. Aber dann raffte Megan sich wieder auf. So leicht war sie nicht unterzukriegen! Gut, sie hatte also einen Fehltritt begangen. Doch deshalb würde die Welt nicht untergehen, zumindest nicht sofort. Und das Schicksal konnte doch nicht so grausam sein, sie gleich mit Fruchtbarkeit zu segnen, nur weil sie ein einziges Mal vom rechten Weg abgekommen war! Megan hoffte es zumindest inbrünstig, aber zunächst einmal mußte sie warten, bis sie absolut sicher sein konnte.

Inzwischen verbrachte sie ihre Tage wieder wie gewohnt, allerdings mit einer großen Ausnahme: Sie ritt bis auf weiteres morgens nicht aus und machte auch sonst nichts, was sie irgendwie in die Nähe des Pferdezüchters geführt hätte. Dadurch war sie zwar ans Haus gefesselt, aber sie wurde auch nicht dauernd daran erinnert, was dort im Stall geschehen war.

Schließlich packte Megan ihre Koffer und brach zu einem längeren Besuch bei Tiffany auf. Ihrem Vater erklärte sie, daß sie noch so viele Dinge für ihren bevorstehenden Londonaufenthalt vorzubereiten hätten und daß es besser wäre, wenn sie gleich bei Tiffany bliebe. Das war durchaus nichts Ungewöhnliches, denn die beiden Freundinnen hatten einander im Laufe der Jahre schon häufig über mehrere Wochen besucht. Es deutete also nichts darauf hin, daß Megan womöglich vor irgend etwas auf der Flucht sein könnte. Höchstens ein eingebildeter Pferdezüchter käme vielleicht auf diese Idee, doch was in dessen Kopf vorging, war Megan im Moment ziemlich egal.

Zumindest eine Zeitlang. Doch dann kreuzte er plötzlich zwei Tage später bei Tiffany auf und wollte mit Megan reden. Eigenartig, die ganze Zeit hatte es ihm offenbar nichts ausgemacht, daß sie ihn nicht mehr im Stall besuchte. Jetzt aber, da sie abgereist war, hatte er es plötzlich eilig, mit ihr zu sprechen.

Natürlich weigerte sie sich, ihn zu empfangen. Und er ritt weg ... was hätte er auch sonst machen sollen? Er hinterließ auch keine Nachricht. Dann konnte es ja wohl nichts Wichtiges gewesen sein. Doch Megan hatte sich getäuscht. Er kam wieder, am nächsten Tag und auch am übernächsten. Dieser Mann *dachte* gar nicht daran aufzugeben, wenn er sich einmal etwas in den Kopf gesetzt hatte. Doch Megan war mindestens genauso stur. Nie und nimmer würde sie ihn anhören!

Die Schwierigkeit bei diesem »Krieg ohne Worte« war nur, daß er nicht heimlich zu führen war. Erst begann das Personal zu tuscheln, dann wurde Tiffany immer neugieriger, und schließlich fing sogar der Butler an, für Devlin Partei zu ergreifen und Megan mit vorwurfsvollen Blicken zu traktieren.

Doch das alles konnte Megan nicht aus der Ruhe bringen; Sturheit war nun einmal eine ihrer hervorstechendsten Eigenschaften. Was ihr wirklich zu schaffen machte, war – ihre Sehnsucht nach Devlin! Nach allem, was geschehen war, kam es ihr geradezu lächerlich vor, aber es war nun einmal so. Sie sehnte sich nach den Streitereien mit ihm. Und ganz besonders sehnte sie sich danach, ihn einfach nur zu sehen, denn so erbost sie auch über ihn war, der schlichte Anblick seines aufregenden Körpers war für sie jedesmal die reine Augenweide.

Doch hier bei Tiffany würde sie ihn auf keinen Fall empfangen. Sie hatte auch noch nicht die Absicht, wieder nach Hause zu fahren, wo er sie jederzeit aufsuchen konnte. Das kam gar nicht in Frage. Sie wollte erst dann wieder mit ihm reden, wenn sie ihm mit absoluter Sicherheit sagen konnte, daß ihr gemeinsamer Fehltritt keine unerwünschten Folgen gehabt hatte.

Megan hatte ihm inzwischen sogar fast verziehen. Nicht *er* war schuld daran, was im Stall passiert war, sondern ihre Neugier. Ihr eigener Körper, sie selbst hatte sich so sehr nach dem gesehnt, was Devlin dann schließlich mit ihr gemacht hatte. Schuld war ihre innere Stimme, die sie dazu verführt hatte, sich von ihm das Küssen beizubringen zu lassen, obwohl ihre Vernunft sie von Anfang an davor gewarnt hatte.

»Willst du mir nicht endlich erzählen, warum du so zornig auf ihn bist?« fragte Tiffany sie schließlich eines Tages beim Mittagessen. Megan hatte gerade wieder einmal ausrichten lassen, daß sie für Devlin nicht zu sprechen sei.

»Sehe ich denn so aus, als ob ich zornig wäre?«

»Nicht direkt ... aber das muß es doch sein. Warum sonst weigerst du dich denn, mit ihm zu reden?«

Megan versuchte das Thema mit einem Schulterzucken abzutun. »Erinnerst du dich nicht? Du hast mir doch selbst gesagt, ich sollte mich von ihm fernhalten.«

»Als ob du dich jemals um meinen Rat gekümmert hättest!« versetzte Tiffany. »Also sag schon, weshalb verkriechst du dich hier bei mir?«

»Ich verkrieche mich doch gar nicht!«

»Megan, du sprichst mit deiner besten Freundin!«

Megan seufzte. Sie hatte sich ohnehin schon gewundert, wie lange Tiffany ihre Neugier im Zaum gehalten hatte. Jetzt war also ein Geständnis fällig. Allerdings hatte sie die bittere Wahl zwischen *zwei* peinlichen Vorfällen, von denen der erste bei weitem weniger schockierend war als der zweite.

»Dieser Mann bildet sich ein, er müsse meinen Vater spielen.«

»Ach, erzähl mir doch keinen Quatsch!« lächelte Tiffany spöttisch. »Sein Interesse an dir ist doch nie und nimmer väterlicher Natur!«

»In einer Beziehung aber schon«, beharrte Megan. »Er

besteht einfach darauf, daß ich einen Aufpasser brauche. Er maßt sich diese Rolle einfach an, bis hin zu disziplinarischen Maßnahmen. Er hat ... er hat...«

»Ja, was hat er denn?« fragte Tiffany gespannt. Megan schlug die Augen zu Boden und wurde rot. Dann sagte sie leise: »Er hat mich verhauen.«

»Er hat *was?!*«

»Er hat mich übers Knie gelegt und...«

»Du brauchst mir nicht zu erklären, wie das geht«, unterbrach sie Tiffany. »Aber er ist ein ... er ist doch nur ein verdammter... Wie konnte der Kerl so etwas wagen?!«

»Das macht der ohne mit der Wimper zu zucken. Devlin benimmt sich nun einmal nicht so, wie es sich für einen Bediensteten gehört. Er hat sich noch nie so benommen. Ergebenheit und Respekt sind für ihn Fremdwörter. Wahrscheinlich ist das einer der Gründe für die Faszination, die von ihm ausgeht. Er paßt einfach nicht in das übliche Muster. Hast du jemals einen Bediensteten erlebt, der sich weigert, Befehle entgegenzunehmen, den man nicht entlassen kann und der darüberhinaus auch noch arroganter ist als zehn aufgeblasene Lords zusammen?«

»Merkst du eigentlich, daß du ihn auch noch entschuldigst?«

Tiffany war völlig entsetzt. Megan versuchte sie zu beruhigen: »Überhaupt nicht! Aber du wolltest doch wissen, wie er so etwas wagen konnte!«

»Dann wird er ganz schön geschaut haben, als er gefeuert wurde, trotz dieser lächerlichen Klausel in dem Kaufvertrag«, sagte Tiffany voller Genugtuung. »Will er *deshalb* dauernd mit dir reden? Will er, daß du ihm verzeihst, damit er wieder eingestellt wird?«

Die Vorstellung war für Megan so absurd, daß sie laut losprustete. »Devlin und um etwas bitten? Der weiß doch gar nicht, wie das geht!«

»Versucht er, dich richtig unter Druck zu setzen, damit er seine Stellung wiederbekommt?«

Megan wand sich verlegen. Es blieb ihr offenbar nichts anderes übrig, als mit der Wahrheit herauszurücken: »Er ist gar nicht entlas...«

In diesem Moment klopfte es zum Glück an der Tür, und der Butler meldete mit leisem Vorwurf in der Stimme: »Er ist wieder da, Miss Megan. Er sagt, daß er diesmal nicht eher weggehen wird, bis er Sie gesehen hat.«

Mit einem Satz sprang Tiffany auf. »Das darf doch wohl nicht wahr sein! Ich werde mich persönlich darum kümmern!«

Megan wollte sie zurückhalten: »Nein, Tiff...«

Doch schon war ihre Freundin aus der Tür, und Megan hörte, wie sie Devlin draußen in der Halle anfuhr: »Ihre Frechheit kennt ja wirklich keine Grenzen, Mr. Jefferys! Wie können Sie es überhaupt wagen, nach dem, was Sie sich geleistet haben, sich hier noch blicken zu lassen? Selbst wenn Megan bereit wäre, Sie zu empfangen, würde allein *ich* es schon nicht zulassen. Verlassen Sie auf der Stelle dieses Haus und kommen Sie nie wied... Moment mal... Sie können doch nicht einfach...«

Megan wappnete sich innerlich. Jetzt war es also passiert, gleich würde Devlin hereingestürmt kommen und sich vor ihr aufbauen. Und genauso war es. Es war genau die Situation, die sie um jeden Preis hatte vermeiden wollen. Trotzdem, wie er da so vor ihr stand, zitternd vor Wut – sie konnte nicht anders, sie schmolz einfach dahin.

»Hast du es ihr gesagt?«

Sie wußte, was er meinte. »Nein, *das* nicht«, zischte sie leise. »Das andere!«

»*Was* denn?«

»Daß du mich übers Knie gelegt hast.«

»Oh!« entfuhr es Devlin, und mit einem Schlag wich sein ganzer Zorn aus dem Gesicht, und er fragte richtig besorgt: »Tut dir irgend etwas weh, Megan?«

»Überhaupt nichts«, erwiderte sie frostig.

»Wir müssen miteinander reden.«

»Nein!«

»Auf die Dauer kannst du mir nicht entkommen!«

Die Selbstsicherheit, mit der er das sagte, weckte in Megan ihren alten Widerspruchsgeist. »Das kann ich sehr wohl! Zumindest bis ich verheiratet bin ... und zwar mit jemand anderem!«

Diese Idee gefiel ihm offensichtlich überhaupt nicht. Er geriet darüber in solche Wut, daß Megan richtig Angst vor ihm bekam. Doch er drehte sich nur wortlos um und verließ den Raum. Als er an Tiffany vorüberging, die wie erstarrt in der Tür stand, knurrte er: »Sie hat es verdient gehabt.«

Tiffany knallte die Tür hinter ihm zu. »Ist der Kerl immer so unverschämt?« fragte sie Megan entrüstet.

»Immer.«

»Dann hätte man ihn schon viel früher feuern sollen, und zwar ohne Rücksicht auf irgendwelche Vertragsklauseln!«

Megan fiel in ihren Sessel. Eine totale Verzweiflung kam über sie; sie war den Tränen nahe. Tonlos sagte sie: »Er ist ja gar nicht entlassen.«

»*Wie bitte?* Das kann doch nicht dein Ernst sein! Und was sagt dein Vater dazu?«

»Mein Vater hat keine Ahnung von allem. Ich habe ihm nichts davon erzählt.«

»Aber Megan! Warum denn bloß? Also, wenn *das* kein Grund für eine Entlassung ist...«

»Aber wenn ich es vielleicht verdient hatte?«

»Selbst dann! Er hat doch nicht das mindeste Recht, dich in irgendeiner Form zurechtzuweisen... Aber *hattest* du es denn verdient?«

»Irgendwie schon. Ich habe dir doch schon erzählt, daß er sich übertriebene Sorgen um mich macht. Deshalb war er ja auch so in Rage, weil ich mich in dieser besagten Nacht in Gefahr begeben hatte.«

»In welcher Nacht? Meinst du die, in der du ihn verfolgt hast?«

»Ja, genau.«

»Aber als du mir das damals erzählt hast, hast du mir von *dieser* Geschichte gar nichts gesagt!« Tiffanys Stimme klang vorwurfsvoll.

Megan fühlte sich immer elender und konnte schließlich ihre Tränen nicht mehr zurückhalten. »Ich wollte einfach nicht mehr daran denken müssen, glaub mir«, stieß sie schluchzend hervor. »Ich bin wirklich nicht sehr stolz darauf, daß er mich wie ein kleines Kind behandelt hat!«

»Oh Meg, wein doch nicht«, sagte Tiffany zerknirscht. »Es tut mir wirklich leid. Ich hätte da nicht meine Nase reinstecken sollen!«

»So ein Quatsch«, entgegnete Megan. »Wozu sind denn schließlich Freundinnen da, wenn nicht, um ihre Nase reinzustecken!«

Sie hielten beide einen Augenblick inne, dann mußten sie über diese etwas ulkige Formulierung lachen. Megan wischte sich die Tränen aus den Augen und meinte dann entschuldigend: »Devlin hat doch nur versucht, mir klarzumachen, wie gefährlich es ist, so leichtsinnig und sorglos durch die Welt zu marschieren!«

Warum habe ich dann bloß nicht auf ihn gehört? Megan machte sich bittere Vorwürfe.

Eine Woche später war es dann soweit. Megan mußte der Wahrheit ins Auge blicken: Das Schicksal *war* grausam gewesen. Sie trug ein Kind unter ihrem Herzen.

26

Devlin schwamm unter Wasser bis ans andere Ufer des Teiches und wieder zurück, ehe er wieder auftauchte, um Luft zu holen. Er hatte es sich angewöhnt, jeden Tag in der Frühe hierherzukommen und zu schwimmen. Denn seit Megan nicht mehr zu ihrem Morgenritt in den Stall kam, hielt er es zu dieser Tageszeit dort einfach nicht mehr aus. Ihm war nicht wohl bei dem Gedanken, daß *er* es letztlich war, der sie nicht nur aus dem Stall, sondern schließlich auch vom Hof vertrieben hatte. Auch die Schuldgefühle, die sie ihm machte, gefielen ihm ganz und gar nicht. Denn *so* schuldig fühlte er sich nun auch wieder nicht für das, was passiert war. Am meisten ärgerte es ihn jedoch, daß er sich kaum noch richtig erinnern konnte, wie es überhaupt zu diesem Vorfall gekommen war. Wenn sie letzte Woche, als er es endlich geschafft hatte, bis zu ihr vorzudringen, nicht wieder davon geredet hätte, hätte er womöglich gedacht, daß alles nur ein Traum gewesen war.

Doch er hatte nicht geträumt. Er hatte mit Megan Penworthy geschlafen. Und es war unbeschreiblich schön gewesen ... bis zu dem Augenblick, wo er in sie eingedrungen war und ihm plötzlich – genauso wie ihr – bewußt wurde, was er da eigentlich tat. Der Schock darüber hatte für sie beide alles zunichte gemacht. Sogar sein Höhepunkt, der einfach über ihn gekommen war, obwohl er dies eigentlich gar nicht gewollt hatte, war ziemlich enttäuschend gewesen. Und trotz allem sagte ihm sein Instinkt, daß er mit Megan Penworthy unvergeßliche Stunden der Liebe erleben könnte...

Aber es hätte eben überhaupt nicht passieren dürfen! Hatte er nicht, seit er sie zum ersten Mal gesehen hatte, mit bewundernswertem Erfolg gegen seine Gefühle angekämpft? Wenn er an diesem bewußten Tag doch nicht so fürchterlich betrunken gewesen wäre! Dann hätte er einfach darauf bestanden, daß sie aus dem Stall verschwindet, und hätte ihr nicht diesen verrückten Vorschlag gemacht. Allerdings hätte er sich auch nicht so sinnlos betrunken, wenn *sie* ihn in der Nacht zuvor nicht so wahnsinnig erregt hätte.

Und nun wollte sie ihm nicht einmal erlauben, sich als Ehrenmann zu erweisen. Er riß sich weiß Gott nicht darum, einen launischen und verzogenen Rotschopf zu heiraten, wirklich nicht. Aber warum machte es ihn dann so wütend, daß sie ihn abwies? War es nur verletzte Eitelkeit, weil sie lieber einen anderen heiraten wollte? Schon möglich.

Devlin tauchte wieder. Er wollte die Strecke diesmal unbedingt dreimal durchschwimmen, ohne Luft zu holen, schaffte es aber nicht ganz. Mitten im Teich mußte er hochkommen und nach Luft schnappen. Mit einer heftigen Kopfbewegung warf er sein Haar zurück und wischte sich das Wasser aus den Augen. Trotzdem traute er seinen Augen kaum bei dem Anblick, der sich ihm bot: Megan stieg gerade von Sir Ambrose' Rücken und ging auf das Ufer zu ... ging weiter und stieg nun in voller Kleidung in den Teich. Wie mechanisch watete sie, ohne stehenzubleiben, auf ihn zu, und als sie schließlich vor ihm stand, schlug sie ihn zuerst mit der flachen Hand ins Gesicht und trommelte dann mit beiden Fäusten gegen seinen entblößten Brustkorb.

Devlin ließ sie eine Weile auf ihn einschlagen, bevor er sie in einem angesichts der Umstände recht ruhigen Ton fragte: »Was, zum Teufel, soll das bedeuten?«

Megan schrie ihre Antwort geradezu heraus: »Du verdammter elender Bastard, wenn du nicht so groß wärst, würde ich dich ertränken!«

»Aber warum denn?«

»Weil ich dich umbringen will!« Zur Bekräftigung schlug sie nochmals auf ihn ein, dann sagte sie: »Warum konntest du mich nicht einfach nur küssen, wie ich dich gebeten hatte?«

»Wovon sprichst du?«

»Das weißt du ganz genau! Warum nur hast du mit mir geschlafen und damit alles kaputt gemacht?«

Beinahe mußte Devlin lachen bei dieser absurden Frage. All die anderen Frauen, die er genauso wie Megan geküßt hatte, wären ziemlich enttäuscht gewesen, wenn er das Spiel gerade dann abgebrochen und *nicht* mit ihnen geschlafen hätte! Allerdings war auch keine einzige von ihnen noch Jungfrau.

»Solche Küsse, wie wir sie in dieser Nacht getauscht haben, führen nun mal in der Regel dazu, daß man miteinander schläft, du Dummchen«, erklärte er ihr. »Aber woher jetzt plötzlich die ganze Aufregung? *So* furchtbar böse warst du doch gar nicht, als es passiert ist!«

»Doch, das war ich schon! Aber ich stand damals noch unter Schock.«

»Und du hast volle drei Wochen gebraucht, um dich von diesem Schock zu erholen?« fragte er ungläubig.

Megan schlug wieder auf ihn ein. »Nein, aber es hat drei Wochen gedauert, bis ich sicher war, daß du mein Leben verpfuscht hast! Was für eine Schande!« heulte sie. »Es wird einen riesigen Skandal geben!«

Jetzt begriff Devlin plötzlich, warum sie so ein Theater machte. Er hatte ja – ganz im Gegenteil zu ihr offenbar – durchaus mit dieser Möglichkeit gerechnet.

»Ist das also deine Art, mir freundlich mitzuteilen, daß du schwanger bist?«

»Ja, du Idiot.«

»Und woher soll ich wissen, daß du mich nicht anlügst?«

Megan erstarrte. Einen Augenblick lang schaute sie ihn fassungslos an, dann drehte sie sich wortlos um und ging hoch erhobenen Hauptes zurück zum Ufer. Doch im Wasser ging das nicht so schnell, und Devlin brauchte nur den Arm auszustrecken, um sie wieder zurückzuholen.

»Tut mir leid, Megan, aber es ist mir nun einmal schon öfter passiert, daß Frauen einfach behauptet haben, daß ich der Vater ihres Babys wäre, obwohl es überhaupt nicht stimmte.«

Sie schaute ihn mit schmalen Augen an. »Willst du allen Ernstes behaupten, daß ich *von dir* unmöglich schwanger sein könnte?«

»Nein, aber nicht doch! Wenn du wirklich ein Kind bekommst, dann ist es ganz bestimmt von mir, und ich übernehme auch die volle Verantwortung dafür. Aber bist du denn ganz sicher, daß du schwanger bist?«

»Nein, das bin ich natürlich nicht!« Megan begann wieder, ihn anzuschreien: »Wie sollte ich es denn auch nach so kurzer Zeit schon genau wissen? Aber schon seit einer Woche warte ich auf... Ich bin überfällig, und sonst kommt es immer pünktlich!«

»Aber deshalb mußt du doch nicht gleich hysterisch werden! Ich habe dir doch angeboten, dich zu heiraten, egal ob du nun ein Baby kriegst oder nicht, erinnerst du dich nicht?« Devlin schaute sie fragend an: »Das habe ich doch, oder?«

Megan starrte ihn aus großen Augen an: »Kannst du dich etwa nicht mehr daran erinnern?«

»Bevor ich dich bei den Roberts' traf, war ich nicht einmal ganz sicher, ob ich die Geschichte vielleicht nur geträumt hatte. Aber es war offenbar kein Traum, obwohl mir bis heute nicht klar ist, wie das alles passieren konnte.«

»Erwarte bitte nicht, daß *ich* es dir noch mal erzähle. Ich würde es nämlich selbst am liebsten aus meinem Gedächtnis streichen.«

Devlin faßte sie mit beiden Händen an den Schultern und schüttelte sie leicht: »Eins weiß ich noch ganz genau: Nämlich daß du dich geweigert hast zu verschwinden, als ich dich wegschicken wollte. Es hat dir nämlich selber viel zuviel Spaß gemacht, verdammt nochmal! Das einzige, was ich am liebsten genauso wie du aus meinem Gedächtnis streichen würde, ist das, was am Schluß geschah. Aber es ist nun einmal passiert, und deshalb sollten wir nicht weiter darüber jammern.«

»Ich *werde* aber weiter darüber jammern, wenn...«

Devlin schüttelte sie wieder. »Megan, bring mich nicht zur Weißglut! Meinst du wirklich, ich reiße mich darum, eine verwöhnte Göre zu heiraten, der ich verdammt egal bin? Aber ich habe nun einmal keine andere Wahl, und du auch nicht!«

»Aber das ist einfach ungerecht!« schrie ihn Megan an. »Du kannst mir niemals den gesellschaftlichen Rahmen bieten, den ich brauche, um Eindruck auf Lady O zu machen. Alles, was du zu bieten hast, ist mein eigener Stall. Und lieben tust du mich auch nicht! Wahrscheinlich willst du mich nur deshalb heiraten, weil du dir Hoffnungen machst, dadurch gesellschaftlich aufzusteigen. Aber das wird dir nicht gelingen! Du wirst niemals ein Gentleman. Dazu müßtest du...«

»Jetzt reicht's aber langsam, du kleines Biest!« Seine Stimme klang eisig. »Mir wird ja ganz schlecht von deinem wehleidigen Gewäsch! Ist dir eigentlich nie der Gedanke gekommen, daß ich vielleicht *auch* Pläne für mein weiteres Leben gehabt habe, in denen *du keine* Rolle spieltest? Denkst du eigentlich jemals an etwas anderes als nur an *dich* und *deine* Wünsche?«

Das letzte, was er gesagt hatte, war ungerecht, und Devlin wußte das auch. Denn nach dem, was Tyler ihm von ihr erzählt hatte, dachte Megan sehr wohl gelegentlich auch an die Gefühle der anderen. Doch es hatte seine Eitelkeit zu sehr verletzt, daß schon der bloße Gedanke, ihn zu heiraten, sie fast zum Wahnsinn trieb. Dabei war er, von ihrem Standpunkt aus gesehen, ja wirklich ein Mann ohne Zukunft; er war nicht einmal von niederem Adel und kam schon deshalb als Ehemann überhaupt nicht in Frage. Wenn er wirklich der Mann gewesen wäre, für den sie ihn halten mußte, war ihre Verzweiflung durchaus verständlich.

Eigentlich sollte er ihr jetzt reinen Wein einschenken. Dann würden sich mit einem Schlag all ihre Sorgen in Luft auflösen, und sie könnte sich endlich wieder ihres Lebens freuen. Aber verdammt, er dachte ja gar nicht daran! Sie sollte ruhig weiterschmoren! Schließlich war sie mit ihrer ganzen sexuellen Neugier zu ihm als dem Pferdezüchter gekommen. Dann sollte sie eben auch den Pferdezüchter heiraten, verdammt noch mal!

Auf seine letzte Frage hin hatte sie ihn giftig angeschaut. Sie war vor Zorn ganz rot geworden, denn er hatte es schon wieder gewagt, sie zu kritisieren! Eiskalt erwiderte sie deshalb: »Wer sagt denn eigentlich, daß ich dich überhaupt heiraten werde? Du hast ja gar keine Ahnung, wie viele *wirkli-*

che Gentlemen in diesem Bezirk schon um meine Hand angehalten haben!«

»Und du hast dir alles vermasselt, weil du sie hast abblitzen lassen.«

»Das bedeutet doch noch lange nicht, daß ich meine Meinung nicht mehr ändern könnte, oder? Und dann kannst *du* endlich deine großartigen Lebenspläne verwirklichen. *Ich* jedenfalls habe nicht vor, dir dabei im Wege zu stehen.«

Sie machte den Eindruck, als ob es ihr ernst wäre mit dem, was sie sagte. Wieder schüttelte Devlin sie, so sehr ärgerte er sich über sie. »Selbstlosigkeit paßt kein bißchen zu dir, du kleines Biest. Und es kommt auch überhaupt nicht in Frage, daß du einen anderen heiratest, weil es nämlich *mein* Kind ist, das du austrägst. Wir fahren einfach nach Gretna Green!«

»Was?«

»Dein Vater wird seine Einwilligung geben, wenn ich erst mit ihm gesprochen habe.«

»Das wird er niemals! Du mußt ja völlig verrückt geworden sein!«

»Wir fahren nach Gretna Green! Es wird unserer Heirat etwas Romantisches verleihen. Andernfalls werden die Tratschweiber die Tage bis zu deiner Niederkunft zählen und dich dann in Stücke reißen.«

»Sie werden mich ohnehin in Stücke reißen, weil ich einen Pferdezüchter geheiratet habe.«

»Dann bist du also einverstanden?«

»Das habe ich überhaupt nicht gesagt!« knurrte sie. »Ich habe nämlich keine Lust, mein Leben lang in einem Stall zu hausen.«

»Dein Platz wird an meiner Seite sein.«

»Vielleicht könnten wir uns mein Zimmer teilen.«

»Ich werde auf keinen Fall in das Haus deines Vaters ziehen!« sagte Devlin entschieden.

Sie fuhr fort, als hätte sie kein einziges seiner Worte gehört. »Es wird zwar eine Menge Geld verschlingen, aber wir müßten dir erst einmal eine anständige Garderobe verpassen. Dann könnten wir ... aber was soll das Ganze? Aus dir wird sowieso nie ein Gentleman. Du bist eben nun mal ein verdammter Rüpel. Hast du eigentlich *jemals* darauf geachtet, wie du redest?«

»Hast du eigentlich *gerade eben* darauf geachtet, *was* ich rede?« versetzte er trocken.

»Ich bemühe mich hier, einen Kompromiß zu finden, und du versuchst mich dauernd zu stören.«

»Oh nein! Was du hier machst, ist überhaupt kein Kompromiß. Du meinst nur wieder einmal, daß alles so laufen muß, wie du es dir in den Kopf gesetzt hast. Es tut mir wirklich leid, Megan, aber ich muß dir wohl erst mal anständiges Benehmen beibringen.« Seine Stimme klang eigentlich alles andere als gequält. »Die Frau hat zu tun, was der *Mann* ihr sagt, und nicht umgekehrt.«

»Ein weiterer Grund, dich auf keinen Fall zu heiraten! Wenn du mich nämlich lieben würdest, dann würdest du versuchen, mich glücklich zu machen. Aber du liebst mich eben nicht, und deshalb wirst du mich unglücklich machen!«

»Ich will dich nicht unglücklich machen«, stieß er zwischen den Zähnen hervor. »Ich will dich zu meiner Frau machen, und das sind zwei ganz verschiedene Sachen.«

»In deinem Fall kommt es auf das gleiche heraus«, erwiderte Megan mit nervtötender Sturheit.

Devlin ließ sie los, um sie nicht *wirklich* durchrütteln zu müssen. »Reit nach Hause, Megan, und pack deine Sachen. Wir brechen sofort auf, nachdem ich mit deinem Vater gesprochen habe.«

»Ist das wirklich dein Ernst?« fragte Megan fassungslos. »Meinst du tatsächlich, daß mein Vater dir die Erlaubnis geben wird, mich zu heiraten? Mein Gott, was bist du nur für ein Träumer, Devlin! Mein Vater würde nur dann zustimmen, wenn ich ihm sagen würde, daß es *mein* ehrlicher Wunsch ist, dich zu heiraten. Und dann würde das Baby dabei überhaupt keine Rolle spielen, wenn es *das* sein sollte, worauf du spekulierst. Du kannst deine Hoffnungen aufgeben, Devlin. Er wird einen anderen als Ehemann für mich finden.«

»Dann schlage ich vor, daß wir *ihm* die Entscheidung überlassen. Wenn er einwilligt, wirst du dann damit aufhören, dich zu zieren?«

Sie schaute ihm mißtrauisch in die Augen. »Du hast doch nicht etwa vor, ihn genauso unter Druck zu setzen wie mich, oder?«

»Ich *setze* dich nicht unter Druck, verdammt noch mal! Und deshalb werde ich auch deinen Vater nicht unter Druck setzen. Gilt unsere Abmachung?«

»Na gut«, sagte sie verdrießlich. Dann bemerkte sie von oben herab: »Doch es gibt für mich noch lange keinen Grund, schon gleich zu packen. Ohne meine Hilfe wirst du seine Einwilligung nämlich nicht bekommen, und ich denke gar nicht daran, dich zu heiraten!«

»Aber wenn er zustimmt, wirst du es tun?« Devlin bestand auf einer klaren Antwort.

»Das habe ich doch schon gesagt.«

»Gut. Dann betrachte dich hiermit als verlobt.« Er hob sie hoch und gab ihr einen kurzen, energischen Kuß. Dann ließ er sie wieder ins Wasser gleiten, drehte sie um und schickte sie mit einem kleinen Klaps zurück zum Ufer.

Megan stapfte los, drehte sich auf halbem Wege jedoch noch einmal um, um irgend etwas zu sagen – doch in diesem Moment fiel ihr erst auf, daß er gar nichts an hatte. »Mein Gott, Devlin, du bist ja ganz nackt!«

Ihr verblüffter Ausdruck war umwerfend komisch. Sonst hatte sie seinen nackten Körper doch immer so faszinierend gefunden, doch jetzt hatte sie sich offenbar dermaßen über ihn geärgert, daß sie gar nichts davon gemerkt hatte... Devlin begann zu lachen und konnte sich gar nicht mehr beruhigen. »Und *du* watest mit all deinen Kleidern einfach so in den Teich hinein!«

Doch ihr war in diesem Moment alles andere als nach Lachen zumute.

27

Es war kaum zu glauben. Aber sie waren tatsächlich unterwegs nach Schottland, um zu heiraten! Sie konnte es noch immer kaum fassen. Die Reise führte sie durch eine reizvolle Landschaft. Kilometer um Kilometer legten sie zurück auf ihrem Weg nach Norden, nach Schottland ... um sich trauen zu lassen!

Sie hatten einen Bediensteten mitgenommen, der Megans Kutsche zurückbringen sollte, denn Devlin wollte für sie beide eine eigene mieten, sobald er etwas Anständiges gefunden hätte. In Somerset wurde er schließlich fündig. Er hatte Megan in einer Gastwirtschaft warten lassen und kam dann mit der luxuriösen Privatkutsche des Grafen von Sedgemeer zurück, einem Wagen mit allem Drum und Dran, mit dem Familienwappen an den Türen, und sogar der Leibkutscher des Grafen saß auf dem Bock.

Megan warf einen derartig mißtrauischen Blick auf das Gefährt, daß Devlin sich zu einer Erklärung veranlaßt sah. »Ich habe dem Grafen erzählt, daß wir unter die Räuber gefallen wären und man uns unser Geld, unsere Kleider und sogar die Kutsche gestohlen hätte.«

»Und aus reiner Menschenfreundlichkeit hat er dir seine eigene Kutsche überlassen?« fragte sie ironisch.

»Ich habe ihm auch noch erzählt, daß ich der Herzog von Wrothston wäre. Daraufhin hat er sich vor Unterwürfigkeit fast überschlagen, sogar seinen Kutscher hat er mir aufgedrängt. Weißt du, ich sehe nämlich St. James ein wenig ähnlich.«

»Du siehst ihm kein bißchen ähnlich! Ich habe ihn doch selbst getroffen, erinnerst du dich nicht?« Devlin seufzte. Selbst wenn er sagen würde, daß der Himmel blau sei, würde sie behaupten, er sei grün.

Die komfortable Kutsche machte die Fahrt zumindest erträglicher, wenn auch Devlin selbst alles andere als ein angenehmer Reisegefährte war. Zum Glück hatte er jedoch Caesar dabei; auf diese Weise verbrachte er viel Zeit außerhalb der Kutsche, und sie war dann endlich allein und konnte ein bißchen ihren Gedanken nachhängen.

Megan hatte ihren Sir Ambrose auch mitnehmen wollen, doch Devlin hatte ihre Bitte schlichtweg abgelehnt. Nun kommandierte er sie schon herum, bevor sie überhaupt verheiratet waren! Es zeigte sich immer deutlicher, daß sie mit diesem Mann nicht leben konnte. Mit ihm zu reisen, war schon schlimm genug. Und es war eine sehr weite Reise: fast fünfhundert Kilometer bis nach Schottland, bis nach Gretna Green, diesem berühmten Ort, wohin schon seit Jahrzehnten Paare durchbrannten, die unbedingt heiraten wollten. Paare, die zu ungeduldig waren, um die drei Wochen des öffentlichen Aufgebotes abzuwarten, oder solche, die den Segen ihrer Eltern zur Heirat nicht bekommen hatten... Megan *hatte* immerhin den Segen ihres Vaters.

Wie es dazu gekommen war, war ihr allerdings noch immer ein absolutes Rätsel. Megan wunderte sich dabei weniger darüber, *daß* ihr Vater zugestimmt hatte, als darüber, daß er so eigenartig *glücklich* schien, als er zusammen mit Devlin aus dem Arbeitszimmer trat. Er hatte ihr gratuliert und sich unheimlich gefreut, daß sie sich so einen *»feinen Mann«* ausgesucht hätte. Er hatte noch viel mehr gesagt, lauter dem Anlaß angemessene schöne Worte, doch Megan spukte immer noch dieser Ausdruck »feiner Mann« im Kopfe herum. Sie schaute Devlin an. Er war wirklich ein Teufel, der die Menschen mit einem geheimnisvollen Zauberspruch verhexte und damit schlagartig ihre Sympathie gewann. Wenn er doch bloß auch *sie* ein wenig verhext hätte...

Megan konnte sich über diese einschneidende Veränderung in ihrem Leben nicht recht freuen. Es kam alles so plötzlich, es war einfach zuviel für sie. Sie hatte sich oft ausgemalt, wie ihre Hochzeit sein würde, doch sie hatte nie daran gedacht, daß sie einmal heiraten *müßte*, und ausgerechnet auch noch Devlin. Nein, das hätte sie sich wirklich nicht träumen lassen. Doch sie entschloß sich, ihre Enttäuschung für sich zu behalten. Die Stimmung war schon schlecht genug, und außerdem war ja nun einmal sowieso nichts daran zu ändern.

Das Problem bei diesem Entschluß war nur, daß sie ihn nicht länger als zwei Tage durchhielt; am dritten Tag konnte sie es schließlich nicht mehr aushalten. Devlin wollte gerade sein Mittagschläfchen halten, da platzte sie heraus: »Ich kann es einfach nicht verstehen. Was hast du meinem Vater bloß erzählt, daß er sich über unsere Heirat so gefreut hat?«

Devlin murmelte mit geschlossenen Augen: »Ich habe ihm natürlich gesagt, daß ich dich liebe, und daß es mein einziger Wunsch ist, dich wahnsinnig glücklich zu machen.«

Sie spürte einen Stich im Herzen, denn sie wußte, daß er nicht die Wahrheit sagte. »Ich finde es überhaupt nicht komisch, daß du darüber auch noch Witze reißt!«

»Eine weitere Schwäche von dir, meine Liebe. Du hast einfach keinen Sinn für Humor.«

»Na gut, du hast also deinen kleinen Spaß gehabt... Nebenbei gesagt, er war ganz schön geschmacklos. Aber jetzt möchte ich eine Antwort auf meine Frage!«

»Ich habe ihm einfach die Wahrheit gesagt, Megan.«

»Daß du mich verführt hast?«

»Ich dich verführt? Ich glaube, es war doch eher umgekehrt.«

»Das ist nicht wahr!« begehrte sie auf.

Devlin öffnete ein Auge und sagte: »Also habe *ich* dich um Unterricht im Küssen gebeten, ja?«

»Genau das ist es, was ich meine«, fauchte sie. »Unterricht im Küssen wollte ich, sonst gar nichts. Und nicht das, was du dann mit mir gemacht hast.«

Er seufzte: »Ich habe ja auch die Verantwortung für meinen Beitrag an der Geschichte übernommen. Offensichtlich bist *du* aber nicht dazu bereit.«

»Weshalb sollte ich auch? Du bist ja ganz allein schuld daran!«

»Na, wie du meinst, Liebling«, sagte er schläfrig und schloß wieder die Augen.

Megan brütete schweigend einige Minuten vor sich hin, ehe sie sagte: »Du hast mir immer noch keine Antwort auf meine Frage gegeben.«

»Das liegt vielleicht daran, daß man sich mit dir eben nicht eine einzige Minute unterhalten kann, ohne daß du einen zur Weißglut bringst!«

Als sie nichts mehr sagte, schaute er zu ihr hinüber. Sie starrte voller Verzweiflung aus dem Fenster. »Verdammt noch mal«, beschwor er sie. »Was, zum Teufel, meinst du denn, daß ich ihm gesagt habe? Ich habe ihm gestanden, daß ich dich geschwängert habe. Und er gehört nun einmal zufällig zu den Menschen, die der festen Überzeugung sind, daß ein Kind beide Eltern braucht – und zwar seine *leiblichen* Eltern –, also hat er mein Angebot, dich zu heiraten, bereitwillig akzeptiert. Natürlich wäre es ihm lieber gewesen, wenn wir zuerst geheiratet hätten, wie es sich gehört, aber er hat eben Verständnis dafür, daß so etwas mal passieren kann.«

»Mußtest du ihm wirklich das mit dem Kind erzählen?«

»Du selbst hast doch gesagt, daß es keinen Einfluß auf seine Entscheidung haben würde, und daß er ganz unabhängig davon für dich in jedem Fall einen anderen Mann suchen würde. Na, und da hast du dich eben offenbar ein bißchen getäuscht, Megan. Er will lieber, daß du den Vater deines Kindes heiratest. Ach ja, und dann mußte ich das Baby natürlich auch noch erwähnen, um unseren eiligen Aufbruch zu begründen.«

»Aber das ist doch immer noch keine Erklärung dafür, daß er derartig *glücklich* über diese Ehe war«, murrte sie.

Devlin zuckte die Achseln. »Im Gegensatz zu gewissen Leuten, deren Namen ich jetzt nicht nennen möchte, *mag* mich dein Vater ganz einfach! Und deshalb hat er gegen deine Wahl überhaupt nichts einzuwenden.«

»*Ich* habe dich nicht gewählt!«

»Ich glaube, daß er das in Anbetracht der Umstände, in denen du dich befindest, etwas anders sieht.«

Megan sagte nichts mehr. Sie schaute ihn nur finster an, was Devlin aber nicht weiter störte, so daß er kurz darauf wieder eingenickt war. Megan jedoch fing wieder an, dumpf vor sich hin zu brüten.

So hatte sie sich ihre Hochzeit wirklich nicht vorgestellt! Zugegeben, es war ein Traummann, der ihr da gegenübersaß, der bestaussehende Mann, der ihr je begegnet war. Soweit wäre alles in bester Ordnung, besser sogar, als sie es sich jemals vorgestellt hatte, ohne Zweifel. Und er war fest entschlossen, sie zu heiraten. Auch das stimmte also. Warum fühlte sie sich dann aber so hundeelend, anstatt vor Freude zu tanzen?

Weil er mich nicht liebt.

Fandest du dich denn in letzter Zeit besonders liebenswert?

Ergreifst du schon wieder seine Partei?

Du willst doch nicht etwa abstreiten, daß du dich vom ersten Moment an, als ihr euch begegnet seid, wie ein echtes Miststück benommen hast?

Schon möglich, aber doch nur, weil er mich immer dazu provoziert hat. Hast du vergessen, wie oft er mich beleidigt, verletzt oder sonstwie gereizt hat, bis ich dann schließlich die Beherrschung verlor? Doch abgesehen davon, das Ganze ist schließlich eine Muß-Heirat! Soll ich darüber jetzt auch noch begeistert sein?

Es ist mir nicht aufgefallen, daß er sich darüber beklagt hätte, bevor du angefangen hast, ihm die Schuld an allem in die Schuhe zu schieben. Das war wirklich zuviel des Guten.

Das hätte ich ja nicht getan, wenn es nur um mein *Leben ginge, das ruiniert wird. Aber ich will nicht auch noch die ganze Verantwortung dafür übernehmen müssen, daß* sein *Leben verpfuscht wird.*

Meinst du wirklich, er hat das Gefühl, daß du ihm sein Leben verpfuschst? Dann müßte er doch eigentlich viel wütender sein.

Stimmt eigentlich. Der Mann ist eben unberechenbar.

Du warst in letzter Zeit auch nicht gerade sehr berechenbar. Du willst dir ja noch nicht einmal eingestehen, daß du eigentlich genau das bekommst, was du dir wünschst... ihn *nämlich!*

Ohne es zu merken, hatte Megan wütend geschnaubt. Devlin öffnete die Augen und schaute mit hochgezogenen Brauen zu ihr hinüber. »Ist irgend etwas?« fragte sie streitsüchtig. »Hast du nichts Besseres zu tun, als mich anzustarren?«

Irgendwie schien ihn ihre Streitlust zu amüsieren. »Eigentlich wollte ich ja schlafen, aber du scheinst fest entschlossen, dafür zu sorgen, daß nichts daraus wird. Langweilst du dich vielleicht ein bißchen, Megan?«

»Keine Spur! Ich hatte gerade eine unheimlich anregende Unterhaltung mit mir selbst.«

»Sehr witzig.«

»Das ist kein Witz. Ja, vielleicht sollte ich es dir wirklich sagen. Du bist drauf und dran, eine Frau zu heiraten, die immer wieder Selbstgespräche führt. Doch noch ist es nicht zu spät, deine Meinung zu ändern und mich wieder nach Hause zu bringen.«

»Dann würde ich ja meine einmalige Chance verspielen, gesellschaftlich aufzusteigen!«

Megan runzelte die Stirn. Sie fühlte seinen aufwallenden Zorn beinahe körperlich, obwohl sich sein Gesichtsausdruck kaum veränderte. Er schloß wieder die Augen, doch diesmal wagte sie es nicht, dagegen zu protestieren, denn sein Ärger hatte sie diesmal ein wenig eingeschüchtert.

Doch schon war sie wieder beleidigt. *Der Kerl ist einfach wirklich unberechenbar! Da eröffne ich ihm den idealen Fluchtweg, indem ich so tue, als ob ich ein bißchen verrückt wäre, und was tut er? Er wird einfach nur wütend!*

Erwarte diesmal bloß keine Erklärung von mir. Ich stehe genauso vor einem Rätsel.

28

In ihrer letzten Nacht vor der Hochzeit, der letzten im seligen Zustand der Ungebundenheit, logierten sie in der Stadt Carlisle auf der englischen Seite der Grenze. Am nächsten Morgen sagte Devlin, daß sie schon in wenigen Stunden verheiratet sein würden, denn Gretna Green läge direkt hinter der Grenze. Megan hatte zwar leise Zweifel, ob Devlins Rechnung aufgehen würde, denn der Kutscher des Grafen Somerset hatte es schon zweimal geschafft, sich zu verfahren, doch sie erwiderte nichts.

Sie fühlte sich im Moment keinem Streit gewachsen. Jetzt, wo das schreckliche Ereignis so zum Greifen nahe war, hatte sie einfach keine Kraft mehr; sie fühlte sich hundeelend. Megan hoffte, daß sich diese Stimmung wieder legen würde, doch statt dessen wurde es immer schlimmer. Es war nicht nur die Nervosität am Vorabend der Trauung, obwohl auch das sicher eine Rolle spielte. Etwas anderes machte ihr viel mehr zu schaffen: In den letzten Tagen ging ihr dauernd der Gedanke im Kopf herum, daß von morgen an Devlin über ihr Leben bestimmen würde. Bei irgend einem anderen Mann wäre das nicht so schlimm gewesen, aber bei Devlin… Er liebte sie ja nicht einmal! Er wollte sie ja gar nicht heiraten, und deshalb würde er ihr das Leben zur Hölle machen.

»Du wirst doch nicht etwa gleich weinen, oder?«

Sie schaute zu ihm hinüber und bemerkte, daß er sie mit

seinen türkisblauen Augen prüfend ansah. Wie lange er sie wohl schon so beobachtet hatte? »Ganz bestimmt nicht, wieso sollte ich denn?« widersprach sie ihm.

»Ich hatte den Eindruck, als ginge es gleich los.«

»Wirklich nicht, wenn ich es doch sage!« Megans Unterlippe zitterte.

»Ist dir der bloße Gedanke, mit mir verheiratet zu sein, ein solches Greuel, Megan?« fragte er leise.

»Ja!« rief sie und brach in Tränen aus. Sie verbarg ihr Gesicht in den Händen und konnte so nicht sehen, wie gequält er dreinschaute. Doch dann wurde sein Blick finster und entschlossen, und er sagte mit schneidender Stimme in ihr Schluchzen hinein: »Ich versteh' gar nicht, wieso du hier herumheulst. Unsere Ehe wird nur auf dem Papier stehen.«

Verwundert hob sie den Kopf und fragte: »Was willst du damit sagen?«

»Ich will damit sagen, daß ich unser sexuelles Erlebnis genauso unbefriedigend gefunden habe wie du und daß wir diesen Fehler deshalb nicht wiederholen sollten.«

Megan richtete sich steif auf, die Schamröte schoß ihr ins Gesicht. Er begehrte sie also nicht einmal mehr! Was für eine Demütigung!

»Das ist ganz in meinem Sinne!«

»Das dachte ich mir.«

Doch in diesem Moment rollte die Kutsche plötzlich über ein Hindernis, so daß sie beinahe von den Sitzbänken geschleudert wurden. Als nächstes hörten sie den Kutscher fluchen, und dann geriet die Kutsche ins Schlingern.

»Was zum Teu...?« wollte Devlin sagen, doch dann unterbrach er sich und rief Megan zu: »Geh in Deckung!«

»Wo soll ich denn in Deckung gehen?«

»Auf dem Boden!«

»So ein Blöd...«

Er ließ sie gar nicht ausreden, sondern zog sie einfach auf den Boden, um sich schützend über sie zu werfen. Megan war so verblüfft, daß es ihr schier die Sprache verschlug. Doch Devlin konnte sich nicht in dieser Position halten. Die Kutsche schlingerte wie verrückt und wurde dabei immer schneller. Plötzlich neigte sie sich in einem unglaublichen Winkel, Devlin wurde zur Seite geworfen und knallte hart gegen die hölzerne Verkleidung der Sitzbank. Gleich darauf flog Megan zunächst gegen Devlin, dann gegen die Sitzbank, ehe sie kopfüber gegen die Seitenverkleidung rutschte. Nun erst kam die Kutsche zum Stehen. Einen Moment lang herrschte atemlose Stille.

»Bist du verletzt, Megan?«

Sie war sich nicht ganz sicher. Es dauerte eine Weile, bis sie ihren Rock geordnet hatte und sich aufrichten konnte. Dann erst stellte sie erleichtert fest, daß sie lediglich ihren Hut verloren hatte.

»Ich glaube nicht«, antwortete sie. »Und du? War das dein Kopf, der da so geknackt hat?«

»Sehr lustig!« knurrte Devlin, während er sich hochrappelte. »Ich glaube, daß ein Rad gebrochen ist. Bleib hier, ich schau mal nach, was los ist.« Die Kutsche lag fast ganz auf der Seite. Als Devlin die untere Türe aufmachte, stieß sie sofort gegen den Boden. Nur ein fußbreiter Spalt öffnete sich, durch den sich ein großer Mann wie er unmöglich hindurchzwängen konnte. Er mußte die obere Türe aufwuchten und sich hinaufziehen, um hinauszuklettern, was ihm jedoch nicht die geringsten Probleme machte. Megan hatte da schon mehr Schwierigkeiten, allein nur den Kopf aus der oberen Türe zu strecken, um zu sehen, was los war. Sie war nicht groß genug, um im Stehen hinausschauen zu können, und mußte sich deshalb zur Türöffnung hochziehen.

Die Kutsche lag im Straßengraben. Die Straße war an dieser Stelle ziemlich abschüssig, und vielleicht war das Gefälle der Grund dafür, daß die Kutsche ins Schleudern gekommen war. Doch *so* steil war der Berg nun auch wieder nicht. Als Megan zur Kuppe hochschaute, bemerkte sie, daß die Straßenoberfläche irgendwie naß glänzte. Devlin und der Kutscher waren gerade dabei, die Stelle zu untersuchen.

Megan sah sich weiter um. Den Pferden fehlte nichts, sogar Caesar stand unversehrt auf der Straße. Zum Glück war seine Führungsleine so lang gewesen, daß sie ihn nicht zusammen mit der Kutsche in den Graben gerissen hatte. Und es kam ihnen auch schon jemand zu Hilfe, denn von weitem sah sie drei Männer den Berg herunter auf sie zureiten.

Die Arme versagten ihr den Dienst, sie rutschte ab und saß nun wieder eingezwängt in der unteren Wagenecke. Ihre Helfer waren inzwischen herangekommen, und sie hörte sie reden. Sie hatten einen starken Akzent, es mußten wohl Schotten sein. Eigenartig. Megan war gar nicht aufgefallen, daß sie die Grenze bereits passiert hatten.

Langsam wurde sie ungeduldig. Devlin war immer noch nicht zurückgekommen, um sie aus ihrer Lage zu befreien. So öffnete sie die untere Kutschentüre und stellte fest, daß der Spalt zwar für ihn zu eng war, nicht jedoch für sie. So quetschte sie sich hinaus und landete im Straßengraben unter der Kutsche. Das nächste Problem war nun, die Böschung zur Straße hinaufzukriechen, obwohl ihre Röcke sie behinderten.

»Was, Schweinefett?« hörte Megan jemanden lachend sagen. »Kannst du dir so was vorstellen, Gilleonan?«

»Da hat bestimmt irgendein Bauer nicht aufgepaßt, als er sein Fett zum Markt gefahren hat! Was meinst du, Lachlan?«

»Klar, so was muß es gewesen sein. Allerdings soll's hier in der Gegend auch Strolche geben, die so frech sind, daß sie ahnungslosen Leuten am hellichten Tag Fallen stellen.«

»Strolche?« Das war die Stimme des Kutschers.

Der andere erwiderte amüsiert: »Räuber, Mann! Wo kommst denn du her, daß du noch nie was von schottischen Räubern gehört hast? Das ist hierzulande Volkssport, beliebt bei Herr und Knecht. Allerdings frönt man diesem Vergnügen in der Regel erst spät nachts.«

Die Männer konnten sich jetzt vor Lachen kaum mehr halten. Megan runzelte verwundert die Stirn. Schottischer Humor war wirklich nicht ihre Sache, doch sie blieb ja nicht lange in diesem Land, so daß es gar nicht nötig war, das seltsame Völkchen zu verstehen.

»Riechst du etwa eine Falle, Lachlan?«

»Immer mit der Ruhe, Ranald, verdammt noch mal! Ich sag dir schon, wenn ich eine Falle rieche. Hilf den Herren lieber erst mal!«

»Das ist nicht nötig«, hörte Megan Devlin antworten, als sie sich gerade zur Straße hochgekämpft hatte und sich die Hände an ihrem Rock abwischte.

Sie stand nun hinter den Schotten, die immer noch auf ihren Pferden saßen und ihr ihre breiten Rücken zuwandten, so daß sie sie gar nicht bemerkten. Devlin, der ihnen gegenüberstand und von dem sie hinter den Pferden nur sein Gesicht sehen konnte, schaute eigenartig ernst drein... Megan konnte sich nicht erklären, weshalb er die Hilfe der Schotten ablehnte.

»Und warum soll das nicht nötig sein?« Auf Megans Frage hin schaute nicht nur Devlin zu ihr herüber, sondern auch die drei Männer rissen fast gleichzeitig ihre Pferde herum.

»Verdammt, Megan, kannst du nicht *einmal* das tun, was man dir sagt?« fluchte Devlin, während er sich zwischen den Pferden durchzwängte und sich vor ihr aufbaute.

Sie kniff die Augen zusammen, als sie merkte, wie wütend er war. »Anscheinend nicht«, gab sie schnippisch zurück.

»Dann versuch es wenigstens jetzt einmal und verschwinde wieder in der Kutsche!« zischte er nur für Megan hörbar.

»Nachdem ich mich gerade mit Ach und Krach herausgequält habe? Nein, danke!«

»Megan...«

»Nein«, fiel sie ihm ins Wort. »Das ist doch wieder einmal völliger Unsinn! Die Kutsche muß doch wieder flott gemacht werden, oder? Meinst du, ich setze mich da rein und lasse mich herumstoßen, während ihr sie aus dem Graben zieht?«

»Megan! Tu, was ich dir sage!«

»Von wegen! Noch sind wir nicht verheiratet, Devlin Jeferys. Spar dir deine Befehle!«

»Oh, das klingt nicht schlecht! Du bist also noch ledig, Liebling?«

Der Mann, der die Frage gestellt hatte, trieb überraschend sein Pferd zwischen Megan und Devlin, wodurch Devlin sanft, aber energisch zur Seite gedrängt wurde. Megan blickte auf und sah, wie sich ein wahrer Riese von Mann aus dem Sattel schwang und direkt vor ihr auf die Beine kam. Noch im gleichen Augenblick griff er nach ihrer Hand, beugte sich ergeben über sie und berührte sie mit seinen Lippen. Sie wollte empört aufbegehren und ihre Hand zurückreißen, doch er hielt sie einfach fest. Er war wirklich imponierend groß, und das schüchterte sie ein wenig ein. Und er sah überraschend gut aus.

Er hatte helle, grüne Augen und dunkelbraune Haare, die im Sonnenlicht rötlich schimmerten. Sein marineblaues Jacket mußte von einem guten Schneider gefertigt sein, denn es saß wie angegossen um seine Schultern, die bestimmt mehr als doppelt so breit waren wie die ihren. Sein Brustkorb war breit und ausladend, doch er war nicht fett, sondern strotzte nur so vor Muskeln. Auch die Beine glichen eher zwei Baumstämmen und steckten in Lederhosen und kniehohen Reitstiefeln. Unter seinem Kinn bauschte sich eine altmodische, rüschenbesetzte Halskrause. Mit Sicherheit war er von den Männern, denen Megan jemals begegnet war, der am *zweitbesten* aussehende, und dieser Mann stand nun einfach da und schien von ihrem Anblick geradezu überwältigt.

»Großer Gott, das gibt's doch nicht! So eine herrliche, rotglühende Pracht ... und ein Gesicht wie ein Engel dazu!« rief er und verschlang erst ihr Haar und dann jeden Zoll ihres Gesichts mit den Augen.

Megan fuhr automatisch mit den Händen hoch, um ihren Hut zurechtzurücken, doch sie fand ihn nicht, sie hatte ihn ja in der Kutsche verloren. Sie war verlegen, doch auf eine durchaus angenehme Art. Dieser Mann war wirklich unverschämt frech, aber er fand sie offensichtlich attraktiv ...

und auch ihr rotes Haar! Megan verspürte große Lust, triumphierend zu Devlin hinüberzuschauen und zu rufen: »Na, hast du das gehört? *Herrliche rotglühende Pracht ... ha!!«* Doch sie beherrschte sich mit Mühe.

»Gestatten, Lachlan MacDuell, ich stehe zu Diensten«, sagte der Schotte. »Darf ich dir einen Ritt anbieten – vielleicht nach Gretna Green, würde dir das passen?«

»Wieso, ja ... ich meine, da genau wollten wir hin.«

Er lächelte. Es war ein breites, gewinnendes Lächeln. »Ich will dir mal was erzählen, Kleine: Viele Paare, die nach Gretna Green durchbrennen wollen, kommen da nie an. Denn die haben noch nie soviel Zeit miteinander verbracht wie auf der Reise dorthin, und noch bevor sie angekommen sind, haben sie sich so zerstritten, daß aus der Hochzeit nichts mehr wird. Darf ich hoffen, daß das auch bei dir der Fall ist, Liebling?«

Er schien einen guten Blick für Menschen zu haben, doch Megan dachte nicht daran, einem Fremden ihr Herz auszuschütten. »Da täuschen Sie sich! Außerdem wäre ich Ihnen dankbar...«

»Riechst du noch immer nichts von einer Falle, Lachlan?« rief einer seiner Begleiter dazwischen.

»*Noch* nicht, Gilleonan«, antwortete Lachlan sichtlich ungehalten. »Merkst du denn nicht, daß ich gerade dabei bin, der jungen Lady den Hof zu machen?«

Megan blinzelte verwirrt. »Nee«, erwiderte Gilleonan gereizt. »Schaut für mich nicht sehr überzeugend aus!«

Lachlan ging daraufhin vor Megan auf die Knie. »Und *jetzt?* Bist du jetzt zufrieden?«

»Ja, schaut schon besser aus. Aber dauert's denn noch lange?«

»So lange, bis...«

»Keinen Moment länger!« fuhr Devlin dazwischen und kam um die Pferde der Schotten herum.

Lachlan seufzte, doch er tat einfach so, als ob Devlin Luft wäre, und blickte weiter wie gebannt nur auf Megan. Die wiederum war zwar einerseits verlegen, doch irgendwie fühlte sie auch eine merkwürdige Erregung.

»Stehen sie auf, Mr. MacDuell«, flehte sie.

»Das geht nicht, jedenfalls nicht, bevor du mich erhört hast, Liebling!«

»Ach, hören Sie doch endlich auf!«

Er lächelte sie an: »Klar, ich weiß, du kannst nichts dafür. Aber so ist es nun mal, mein Herz liegt dir zu Füßen. Ich mach dir hiermit einen ganz offiziellen Antrag, und ich bin sicher, du bist davon so beeindruckt, daß du mir auch die Antwort gibst, die ich hören will.«

Megan konnte nicht anders, sie mußte lachen über den unverschämten Kerl. »So, werde ich das?«

»Das ist doch ganz klar! Schau doch mal, was hast du denn für eine Wahl, Liebling: Auf der einen Seite einen steifen, humorlosen Engländer, auf der anderen einen Prachtkerl von Schotten, mit dem du garantiert eine ganze Menge Spaß haben wirst und keinen einzigen langweiligen Augenblick.«

Wieder lachte Megan: »Es kann doch nicht Ihr Ernst sein, daß Sie mich heiraten wollen!«

»Und ob es mir ernst ist«, versicherte Lachlan. »Bist du denn nicht hierhergekommen, um zu heiraten?«

»Das stimmt, aber...«

»Heirate mich, ich schwöre dir, du wirst es nicht bereuen!«

Es tat Megan irgendwie leid, den charmanten Burschen zu enttäuschen, doch es ließ sich nicht vermeiden. »Ich...«

»Jetzt reicht's aber mit diesem absurden Spiel!« fuhr Devlin schroff dazwischen: »Diese Dame wird *mich* heiraten, Mr. MacDuell, und zwar mit der Zustimmung ihres Vaters. Haben Sie verstanden?«

Langsam kam Lachlan wieder auf die Beine. Devlin war schon groß, doch der Schotte überragte ihn noch um gut einen halben Kopf und war auch viel muskulöser. Offensichtlich setzte er darauf, daß schon seine gewaltige Größe Devlin zu einem Rückzieher veranlassen würde. Doch Devlin dachte gar nicht daran, sich einschüchtern zu lassen.

»Gestatten, Lord MacDuell! Und was sagt das Mädchen selbst dazu?«

Noch ehe Devlin für sie antworten konnte, sagte Megan schnell: »Er hat recht, Lord MacDuell. Ich habe mit ihm eine Art Vertrag, und den muß ich einhalten.«

»Aber liebst du ihn denn?«

»Das, mein Herr, geht Sie doch wohl überhaupt nichts an«, erwiderte Megan ungehalten.

Lachlan lachte herzlich: »Nun, ich glaube doch, daß mich das sehr wohl was angeht, Liebling, und deshalb lege ich deine Antwort so aus, wie ich meine, daß es für uns zwei am besten ist: Ich glaube, du brauchst einfach noch ein bißchen Zeit, um dir die ganze Geschichte noch mal durch den Kopf gehen zu lassen. Und ich kann dir diese Zeit verschaffen.«

Megan hob fragend die Brauen: »Entschuldigen Sie?«

»Oh nein, zweifellos muß *ich* mich entschuldigen. Ich muß dich nämlich leider entführen. *Jetzt*, Gilleonan!«

29

Megan sprühte Gift und Galle vor Wut. Diese Kerle waren also Diebe, Wegelagerer – schottische Strolche, wie sie sich selbst genannt hatten! Es hatte sich zwar nach und nach angekündigt, doch erst nach Lachlan MacDuells überraschendem Zuruf an Gilleonan gab es keinen Zweifel mehr: Plötzlich hatten sie Pistolen in den Händen und forderten Devlin auf, seine Geldtasche herauszurücken.

Doch dann hatte Lachlan seine Spießgesellen verblüfft. »Laßt alles übrige stehen und liegen«, befahl er, während er Megan, die sich verzweifelt wehrte, zu sich auf's Pferd zog. »Dieses Schmuckstück reicht mir für heute.«

»Und was ist mit dem Pferd?« protestierte Gilleonan.

»Für so ein Tier kriegt man ein Vermögen, wenn man es verkauft!«

Lachlan schaute Caesar eine Weile prüfend an, dann lachte er kurz auf und sagte: »Laß ihn hier. Ich habe heute meinen großzügigen Tag. Aber vergiß nicht, Sand über das Fett auf der Straße zu streuen, Ranald! Ich möchte doch keine Kutsche in Schwierigkeiten bringen, solange ich nicht da bin und sie ausplündern kann.«

Devlin hatte von Anfang an gewußt, was kommen würde. Lange bevor die Räuber damit herausrückten, was sie wirklich vorhatten, hatte er versucht, Megan vor den Männern zu verstecken. Doch dann stand sie plötzlich auf der Straße und stritt solange mit ihm herum, bis sie endlich die Aufmerksamkeit des Anführers erregte, der sich daraufhin natürlich prompt in sie verknallen mußte.

Sie hatten sie also schließlich entführt! Devlin und den Kutscher hatten sie an Händen und Füßen gefesselt im Straßengraben zurückgelassen.

Devlin hatte etwas Widerstand geleistet und dem jungen Gilleonan seine Faust ins Gesicht geschlagen, wofür er sich zwar Gott sei Dank keine Kugel einfing, sondern nur ein gewaltiges Schädelbrummen, denn Ranald hatte ihm dafür sofort den Knauf seiner Pistole über den Kopf gezogen. Sein Schädel mußte ziemlich hart sein, denn der Schlag hatte ihn nicht ohnmächtig, sondern nur etwas benommen gemacht. Als die Räuber sich entfernten, hörten sie, wie er hinter ihnen herfluchte und drohte, es ihnen heimzuzahlen. Aber das war leicht gesagt, denn er war genausowenig in der Lage, die Verfolgung aufzunehmen, wie Megan sich aus dem Griff von Lachlans mächtigen Armen befreien konnte, die sich wie eine Zange um ihre Taille schlossen.

Sie tobte vor Wut. Eine Entführung! Darauf hätte sie wirklich verzichten können! Sie konnte daran weiß Gott nichts Romantisches oder Aufregendes finden. Der wilde Querfeldeinritt durch unwegsames Gelände wurde schnell zur Qual, um so mehr als Megan sich eisern dagegen sträubte, sich an ihren Entführer zu lehnen und deshalb völlig verkrampft abgewinkelt vor ihm im Sattel saß. Jedesmal, wenn sie eine enge Kehre ritten, glaubte sie, er würde sie zerquetschen – der verdammte Schotte merkte gar nicht, wie brutal er sie gepackt hatte. Doch keine Klage kam über ihre Lippen, sie wollte sich ihre Beschwerden aufheben, bis sich diese beiden schrecklichen Zangenarme gelöst hätten – wenn sie das überhaupt noch erleben würde.

Als die Sonne untergegangen war, wurde es Megan ziemlich kalt. Die Pferde trabten inzwischen gemütlich dahin, kein Wunder nach dem Tempo, das sie den ganzen Nachmittag über gehalten hatten. Megan fragte sich schon, ob die Schotten ihre Tiere zu Tode reiten wollten, als sie endlich am Ufer eines kleinen Flusses anhielten und aus den Sätteln stiegen. Im Nu hatten die Männer ein Feuer angezündet, etwas zu Essen aus den Satteltaschen geholt und ihre Decken auf dem Boden ausgebreitet: *Das* sollte ein Quartier sein! Sie hatten doch tatsächlich vor, hier zu schlafen ... *unter freiem Himmel!*

Megan ächzte, als MacDuell sie vom Pferd hob. Ihre Gelenke waren ganz steif geworden und knackten vernehmlich. Doch obwohl sie sich kaum mehr auf den Beinen halten konnte, schlug sie ihm auf die Finger, als er ihr helfen wollte. Lachlan fand das nur lustig und kicherte ein wenig. Megan wich einen Schritt zurück, um besser zu ihm hochschauen zu können, und sagte dann finster:

»Sie sind ein Verbrecher! Und Sie werden nicht weit kommen!«

»Bin ich doch schon«, gab er vergnügt zurück.

»Wohin wollen Sie mich eigentlich verschleppen?«

»Nach Hause!«

Diese kurze Bemerkung ließ bei Megan die Alarmglocken läuten, und deshalb versuchte sie es schnell mit einer anderen Taktik, indem sie ihn warnte: »Ich werde nicht dort bleiben, wo immer das auch sein mag!«

»Du verstehst anscheinend gar nicht, worum es mir

geht«, meinte er beleidigt. »Ich tu dir doch nur einen Gefallen. Du hast jetzt die einmalige Chance, dir noch einmal zu überlegen, wen du eigentlich heiraten willst.«

»Sie erreichen damit nur das Gegenteil von dem, was Sie wahrscheinlich wollen: Mir wird nämlich klar, daß ich einen Engländer, der im übrigen kein bißchen langweilig ist, einem ruppigen Schotten deutlich vorziehe.«

Er schnalzte mit der Zunge: »Bist ein bißchen sauer auf mich, hm?«

»Und ob!«

»Das solltest du aber nicht, Liebling. Wie solltest du denn die richtige Wahl treffen, wenn du mich noch gar nicht richtig kennengelernt hast?« Megan starrte ihn nur ängstlich an. Doch er beruhigte sie: »Keine Angst, Mädchen, dir wird kein Haar gekrümmt, ich schwör's dir!«

»Ich fühle mich doch jetzt schon wie durch die Mangel gedreht! Reitet ihr Schotten eure Pferde *immer* so zuschanden?«

Er lächelte. »Das sind kräftige Tiere, die auf Ausdauer gezüchtet sind, ganz anders als eure fetten englischen Viecher. Es tut mir leid, daß dir jetzt ein bißchen die Knochen weh tun, aber das Tempo mußte sein.«

»Sie glauben doch sowieso nicht, daß irgend jemand sie verfolgen könnte, oder?« fragte sie spöttisch.

»Oh doch, Liebling, es geht schließlich um dich. Er *wird* kommen oder es wenigstens versuchen, dich wiederzufinden. Kein Mann, der noch ganz richtig ist im Kopf, würde dich kampflos aufgeben. Aber er wird kein Glück dabei haben, das verspreche ich dir. Wenn ich nicht will, dann findet mich kein Schotte und erst recht kein Engländer.«

Seine Worte hatten zur Folge, daß Megan sich am liebsten auf den Boden gesetzt und geweint hätte. Sie könnten jetzt schon verheiratet sein! Zugegeben, dadurch hätte sich wahrscheinlich zwischen ihr und Devlin nicht viel geändert – er bestand ja darauf, daß sie nur pro forma heiraten würden –, aber das Baby war unterwegs, und da durfte es einfach nicht sein, daß sie jetzt plötzlich doch nicht heirateten!

Lachlan breitete auf dem Boden eine Decke für sie aus. Seine beiden Kumpane – keiner von beiden war so groß und so gut gekleidet wie er – schimpften vor sich hin, weil sie Caesar nicht mitgenommen hatten. Doch Lachlan ignorierte sie einfach. Er wollte Megan die Hand reichen, um ihr beim Hinsetzen behilflich zu sein. Doch sie lehnte seine Hilfe ab und sank mit steifen Gliedern auf die Decke.

»Sie sind doch nur ein ganz gewöhnlicher Dieb!« beschimpfte sie ihn, als er sich neben sie setzen wollte.

Einen Moment lang schwieg er, dann brach er in ein solches Gelächter aus, daß er vor ihr auf die Knie ging. »Ein *ganz gewöhnlicher* Dieb? Aber nicht doch, meine Liebe! Meine Vorfahren sind schon seit Generationen berühmte Räuber! Und da muß ich doch dieses ehrwürdige Familienunternehmen weiterführen!«

Bei dieser Antwort prusteten Lachlans Kumpane dermassen los, daß sie vor Lachen fast keine Luft mehr bekamen. Ihr Chef schaute nur kurz mit finsterem Blick hinüber, dann wandte er sich gleich wieder Megan zu und setzte erneut sein gewinnendes Lächeln auf.

»Schämen Sie sich denn gar nicht, ahnungslose Menschen auszuplündern?« fragte Megan vorwurfsvoll.

»Nein, eigentlich überhaupt nicht. Es ist doch so, daß sich Schotten und Engländer schon seit Jahrhunderten einen Spaß daraus machen, einander zu überfallen. Ich habe nur einen uralten Brauch wieder zum Leben erweckt.

»Sie behaupten also, daß Sie nur Engländer ausrauben?« Megan war entrüstet, denn immerhin ging es um ihre Landsleute.

Er zuckte mit den Schultern und meinte: »Wir werden nicht vor morgen nachmittag bei mir zu Hause sein. Daran siehst du, daß ich jedesmal eine ganz schöne Entfernung zurücklegen muß, um ganz sicherzugehen, daß es ausschließlich Engländer sind, denen ich die Taschen leere.«

»Wie patriotisch von Ihnen«, höhnte Megan. »Und dort, wo Sie zu Hause sind, gibt es keine Engländer in greifbarer Nähe?«

»Ein paar schon. Aber stell dir einmal vor, was ich da für Probleme bei der Arbeit hätte. Ich müßte jede Kutsche erst mal stoppen und aus den Leuten herausquetschen, ob sie Engländer oder Schotten sind. Und Schotten können es nun mal nicht leiden, wenn man sie aufhält und ihnen so dumme Fragen stellt, verstehst du? Deshalb ist es viel einfacher, gleich dorthin zu reiten, wo sich garantiert eine ganze Menge Engländer herumtreiben, und das ist eben in der Nähe der Grenze.«

»Wie ich zu meinem Unglück am eigenen Leib erfahren habe.«

»Ach, sag doch nicht so was, Liebling! Ich verstehe ja, daß du ein bißchen sauer bist. Ich bin ja selbst noch ganz verwirrt über die Gefühle, die du bei mir ausgelöst hast. Du brauchst nämlich nicht zu glauben, daß ich immer so mir nichts, dir nichts hübsche Mädchen entführe. Du bist die erste.«

»Hab ich ein Glück!«

Er mußte über ihren Sarkasmus lachen. »Nein, *ich* bin der Glückspilz! Du kannst dir gar nicht vorstellen, wie lange ich schon nach einer Frau wie dir gesucht habe!«

Recht lange konnte das wohl nicht gewesen sein, denn er sah noch gar nicht so alt aus, nicht älter als etwa Mitte Zwanzig, doch Megan erwiderte nur: »Sie haben aber leider auch diesmal kein Glück, MacDuell, denn ich bin bereits verlobt.«

Er ließ sich durch ihren Einwand nicht im geringsten entmutigen. »Das gibt's doch gar nicht, daß du diesen englischen Sauertopf wirklich heiraten willst!« beharrte er im Brustton der Überzeugung.

»Ganz bestimmt will ich das!«

»Aber du liebst ihn doch gar nicht«, hielt er voll Zuversicht dagegen. »Das war doch ganz offensichtlich, als...«

»Ich liebe ihn wirklich. Ich liebe ihn so sehr, daß ich sogar ein Kind von ihm bekommen werde!«

Er lächelte. »Klar, es ist eine schöne Aufgabe für eine Frau, ihrem Mann ein Kind zu schenken.«

»Sie mißverstehen mich«, sagte Megan. »Es geht dabei nicht um irgendwelche Zukunftspläne – das natürlich auch –, sondern es handelt sich bereits um eine vollendete Tatsache.«

Sie wunderte sich, daß sie gar nicht verlegen wurde, als es endlich heraus war. Der Ausdruck maßloser Verblüffung, der auf sein Gesicht trat, wog alle Strapazen auf, die sie bei dem Gewaltritt durch die wilde schottische Landschaft erlitten hatte. Seine erstaunte Miene hielt sich jedoch nur kurz, dann brach urplötzlich ein dröhnendes Gelächter aus ihm heraus. Es dauerte einen Moment, bis Megan begriff, daß er ihr nicht glaubte.

Was soll ich jetzt tun?

Woher zum Teufel soll ich das wissen? Nebenbei bemerkt: Ich *habe dich sehr überzeugend gefunden!*

Und wieso hat er *mir dann nicht geglaubt?*

Vielleicht, weil er es einfach nicht wahrhaben will.

Eine schöne Bescherung, was meinst du? Er hat mir aber auch kein Wort geglaubt, als ich gelogen habe.

Wann hast du denn gelogen?

Daß ich nicht lache! Das weißt du doch ganz genau.

Lachlan sah, daß Megan die Stirn gerunzelt hatte und bezog diese Unmutsäußerung auf sich. »Tut mir leid, Liebling, aber findest du denn nicht auch, daß es für eine feine junge Dame wie dich absolut unmöglich ist, ein uneheliches Kind zu kriegen, noch dazu von einem Mann, den du nicht einmal liebst?« Doch plötzlich verflog sein amüsierter Unterton, und seine Miene wurde finster, als ein böser Verdacht in ihm erwachte. »Hat er dich etwa...«

Megan begriff blitzschnell, in welche Richtung sein Verdacht ging und unterbrach ihn, noch ehe er diesen Gedanken zu Ende denken konnte. »Das hat er nicht, und ich verbiete Ihnen, an so etwas auch nur zu denken!«

»Ach, da brauchst du nicht gleich so zornig werden«, erwiderte er ein wenig verlegen.

»Zornig? Heute früh war ich zornig, Sie Blödmann. Sie hatten kein Recht, mich meinem Verlobten zu entreißen, denn eigentlich hätte ich heute heiraten sollen!«

Lachlan wand sich etwas betreten, denn er befürchtete, sie würde gleich weinen, und schon die bloße Vorstellung war ihm unangenehm. »Beruhige dich! Du kannst ja immer noch heiraten. Ich bin sicher, daß wir hier irgendwo eine Kirche finden werden.«

»*Sie* werde ich auf keinen Fall heiraten! Bringen Sie mich gefälligst auf der Stelle zurück!«

»Es läuft wohl nicht besonders mit deinem Flirt, Lachlan?« Gilleonan hatte die Frage mit unbewegter Miene gestellt, doch man merkte deutlich, daß er sich das Lachen nur mühsam verkneifen konnte.

»Ich hätte dir gleich sagen können, daß entführte Bräute nichts als Ärger machen«, setzte Ranald noch einen drauf.

Megan wie Lachlan warfen seinen Freunden finstere Blicke zu. Als die jedoch ihre Gesichter wieder dem Feuer zuwandten, versuchte Lachlan es bei ihr wieder mit einem Lächeln, doch sie konnte es einfach nicht mehr ertragen.

»Es gibt sicher Gelegenheiten, zu denen Ihre charmanten Spielereien passen, aber hier sind sie völlig fehl am Platz«, sagte sie kurz angebunden. »Sie sind ja für einen Räuber bestimmt ein ganz netter Kerl. Wenn Sie mit der Räuberei Schluß machen würden, könnten Sie womöglich sogar für so manches Mädchen noch einen brauchbaren Ehemann abgeben, aber ganz gewiß nicht für mich!«

»Warum schlafen wir jetzt nicht einfach ein wenig?« fragte er.

»Warum bringen Sie mich statt dessen nicht lieber sofort zurück?«

»Sei nicht so herzlos, Mädchen! Die Pferde würden es nicht schaffen, selbst wenn *ich* Lust hätte, dich schon so bald wieder laufen zu lassen.«

»So bald? Wie lange wird es denn *noch* dauern, bis Sie begreifen, daß ich wirklich meine, was ich sage?«

Diesmal grinste er: »Bis du mir endlich zugibst, daß ich einen flotten Ehemann abgebe, Räuberei hin, Räuberei her.«

»Ich habe Ihnen gerade gesagt, was ich davon halte, und das war mein letztes Wort, das gilt absolut unwiderruflich.« Ihre Stimme klang ganz verzweifelt. Und leise für sich murmelte sie: »Und ich habe immer gemeint, daß Devlin stur ist.«

»Was hast du da gesagt?«

»Mit Ihnen rede ich nicht mehr. Lassen Sie mich also in Ruhe!«

»Dann laß mich dir wenigstens etwas zu essen anbieten und...«

»Von Ihnen will ich keinen einzigen Bissen haben!«

»Jetzt reicht es aber, Liebling, ich kann doch nicht zusehen, wie du mir unter den Händen wegstirbst«, sagte er ziemlich energisch.

Megan schaute ihn mit zusammengekniffenen Augen an. Er sollte es bloß nicht wagen, sie zum Essen zu zwingen, auch wenn er es noch so gut meinte. »Lord MacDuell, ich warne Sie!«

»Guter Gott, für ein Mädchen bist du ganz schön stur!« Nun war er seinerseits der Verzweiflung nahe und fügte seufzend hinzu: »Also gut, aber wenn du Hunger kriegst, brauchst du's nur zu sagen.«

Megan schnaubte verächtlich und wandte ihm den Rücken zu, als sie sich hinlegte. Wütend schlug sie auf die Decke ein, als ob diese eine gefederte Matratze wäre, und bereute diesen Temperamentsausbruch sofort, denn nun schmerzte ihre Hand. Verdammt noch mal! Wahrscheinlich war auch an dieser ganzen Misere allein *Devlin* schuld. Sie brauchte nur länger darüber nachzudenken, dann würde ihr ganz bestimmt etwas einfallen, um *ihm* ihre traurige Lage anlasten zu können. Anderenfalls würde sie ihm wenigstens vorwerfen, daß er sie nicht gerettet hatte. Dabei spielte es auch überhaupt keine Rolle, daß er an Händen und Füßen gefesselt war. Er hätte ja bloß einen Weg finden müssen, sich zu befreien und ihr hinterherzujagen.

Wieso denkst du eigentlich gar nicht daran, dich selbst aus dieser Lage zu befreien?

Aber wie denn bloß?

Du bist doch nicht an Händen und Füßen gefesselt. Irgendwann werden sie einschlafen, und dann kannst du einfach verschwinden.

Aber ich habe doch nicht die geringste Ahnung, wo, zum Teufel, ich hier überhaupt bin! Das weißt du doch ganz genau. Wenn ich einfach weglaufe, könnte ich mich heillos verirren und auf diese Weise wirklich *sterben.*

Oder du könntest vielleicht an der nächsten Ecke Hilfe finden.

An welcher nächsten Ecke, bitte? Ich befinde mich hier draußen mitten in einem Niemandsland, wenn du das noch nicht bemerkt haben solltest.

Willst du es dir nicht wenigstens einmal durch den Kopf gehen lassen?

Na gut. Wenn ich warte, bis Devlin mich hier rausholt, werde ich wahrscheinlich sowieso für immer hier in Schottland festsitzen. Aber wenn die Sache schief geht, ich mich verirre und sterbe, dann wirst du schuld daran sein.

In Ordnung. Dann würde ich als erstes einmal aufhören, das Essen zurückzuweisen, wenn mir der Magen knurrt.

Nein, da geht es schließlich ums Prinzip.

Wenn du eine Flucht planst, dann solltest du vielleicht auf das eine oder andere Prinzip einmal verzichten.

»MacDuell, ich habe Hunger!«

30

»Schläfst du, Mädchen?«

»Was geht Sie das an?« knurrte Megan. Sie hatte Lachlan noch immer den Rücken zugekehrt und war jetzt etwas beunruhigt, weil seine Stimme so nahe klang.

Eigentlich hätte er längst schlafen sollen, seine beiden Kumpane nebenan schnarchten bereits. Lachlan hingegen war die ganze Zeit so verdächtig ruhig gewesen, daß Megan sich nicht getraut hatte, leise aufzustehen und zu entwischen. Und jetzt fing er auch noch an, mit ihr zu reden!

»Ich hab gerade überlegt...«

»Das ist eine Ihrer schlechten Angewohnheiten, MacDuell«, unterbrach sie ihn trocken. »Sie sollten es endlich aufgeben!«

»Und eine *deiner* schlechten Angewohnheiten ist es, einen Mann dauernd zur Weißglut zu bringen.«

»Wirklich?«

Er schwieg einen Augenblick. Megan war versucht, sich umzudrehen und nach ihm zu sehen, beherrschte sich jedoch. Dann merkte sie, daß er leise lachte. Gab es denn überhaupt nichts, worüber sich dieser Mann nicht lustig machte? Er war genauso schlimm wie Devlin, nichts nahm er ernst, und was noch schlimmer war, er machte einen rasend mit seiner dauernden guten Laune. Es war fast unmöglich, nicht wahnsinnig zu werden an der Seite dieses Kerls, der dauernd grinste und lachte.

»Mir ist eingefallen, du könntest vielleicht meinen, daß ich dich gar nicht *wirklich* heiraten will.«

»Ganz im Gegenteil! Sie haben mich auf Ihr Pferd gerissen, das ließ an Deutlichkeit nichts zu wünschen übrig.«

»Gerissen hab ich dich doch gar nicht!« protestierte er.

»Mein Po beweist mir das Gegenteil.«

Nach einer längeren Pause sagte er: »Es wäre mir eine Freude, wenn ich die Stelle ein wenig massieren...«

»Unterstehen Sie sich! Wie können Sie es nur wagen, mir derartige Angebote zu machen?«

Wieder kicherte er, und Megan mußte die Zähne zusammenbeißen, um nicht laut loszuschreien.

Er gab einfach nicht auf: »Also gut, aber du kannst sicher sein, daß ich dieses Angebot bestimmt keiner anderen gemacht hätte.«

»Oh, das ist also *Ihre* Art, mich Ihrer besonderen Zuneigung zu versichern?« fauchte sie. »Wir kennen uns erst ein paar Stunden, und schon empfinden Sie eine besondere Zuneigung für mich?«

»Schon nach ein paar Sekunden! Ich hab dich doch gewarnt. Du hast mir den Kopf verdreht.«

Du solltest ihn möglichst schnell auf andere Gedanken bringen! Wenn er so weiterredet, verdreht er *dir noch den Kopf!*

Mir verdreht keiner den Kopf, halt du dich da bloß raus!

»Ich glaube zufällig nicht an die Liebe auf den ersten Blick, MacDuell.« Das war gelogen, denn Tiffany war der Beweis dafür, daß es so etwas gab. »Das kann dann ja nur eine rein körperliche Leidenschaft sein, also...«

»Du tust mir weh, Liebling.«

»Das war aber auch höchste Zeit!«

Er lachte laut auf: »Ach, ich glaube, daß wir wirklich herrlich zueinander passen. Wenn du das doch bloß endlich einsehen würdest! Aber da muß, glaube ich, erst einmal deine Wut verraucht sein.«

»Wie kommen Sie darauf, daß ich wütend bin? Sie täuschen sich, wirklich! Ich bin immer so unerträglich widerspenstig. Das kommt daher, daß ich so verzogen und verwöhnt bin, jawohl! Sie brauchen nur Devlin zu fragen – gut, dafür ist es nun zu spät, aber er hätte es Ihnen mit Sicherheit bestätigt. Er nennt mich immer ›freche Göre‹.«

»Kein Wunder also, daß du den Mann nicht ausstehen kannst«, erwiderte Lachlan triumphierend, als wollte er sagen: Ich hab's doch gleich gewußt!

»Ach Quatsch! Ich hab das alles *nur so gesagt«*, zischte Megan und drehte sich verärgert zu ihm um, »ich liebe nämlich...«

In dem Moment, als sie auf dem Rücken lag, kam er über sie und preßte seinen Mund auf ihre Lippen. Sie hatte gar nicht mehr darauf geachtet, wie nahe seine Stimme klang. Er hingegen hatte nur auf den Augenblick gelauert, daß sie sich vor Ärger umdrehen würde. Sobald sie ihm das Gesicht zuwandte, war sie in der idealen Position, geküßt zu werden.

Megan war schockiert. Es war nicht so sehr deshalb, weil er sie küßte – dieser verdammte Räuber war ihr ziemlich gleichgültig –, es war viel eher, weil es ihr so gefiel. Es war fast so, wie wenn ... ach Unsinn, *so toll* war es lange nicht. Sie fühlte sich jetzt nicht von dieser Woge der Erregung hinweggetragen, wie wenn Devlin sie geküßt hatte. Das hieß aber auch wieder nicht, daß es sie kalt ließ, nein, es war nur nicht so überwältigend.

»Das dürfte reichen, MacDuell«, sagte sie und stieß den Schotten zurück.

Er grinste noch immer auf sie herunter. Ihre Abwehr war ja reichlich spät gekommen. »Es hat dir gefallen, stimmt's?«

»Das könnte Ihnen so passen!« zischte Megan. »Aber das ist im Augenblick auch völlig belanglos. Oder haben Sie etwa vergessen, daß ich das Kind eines anderen Mannes erwarte?«

»Daß du es behauptet hast, hab ich nicht vergessen, aber vielleicht hast *du* vergessen, daß ich es dir nicht ganz abgenommen habe? Gib's doch zu, Kindchen, du bist doch noch so unschuldig wie ein Neugeborenes!«

»Unschuldig ja, aber nicht mehr unberührt«, beharrte Megan standhaft. »Natürlich gibt es Männer, die darüber hinwegsehen und mich heiraten würden, trotz des Kindes, aber ich habe nicht das Gefühl, daß Sie zu dieser Sorte Männer gehören. Geben Sie es also auf, MacDuell! Mein Zustand geht nicht einfach vorbei, sondern er wird langsam zum Skandal ... und zwar immer deutlicher.«

»Deutlicher wird er schon werden, aber nicht zum Skandal, du kleines Biest!«

Megan hielt die Luft an, als sie die vertraute Stimme vernahm. Lachlan reagierte mit ziemlich derben Flüchen. Es war verblüffend, wie schnell dieser Riese auf den Füßen stand. Aber er konnte Devlins Position genauso wenig ausmachen, wie Megan, die etwas langsamer hochgekommen war. Es war einfach zu finster, um außerhalb des Feuerscheins mehr als dunkle Schatten erkennen zu können.

Lachlan sagte in die Dunkelheit hinein: »Wenn Sie damit rechnen, daß wir Sie zu uns ans Feuer einladen, Mann, haben Sie sich getäuscht! Ich kann nämlich nicht behaupten, daß ich mich vor Freude über Ihre Ankunft überschlage!«

»Wie schade«, gab Devlin zurück. »Und ich hatte so fest damit gerechnet, daß Sie mich erwarten.«

Sie fuhren herum und sahen, wie er langsam aus der Dunkelheit trat. Megan konnte sich gar nicht satt an ihm sehen. Sie war so glücklich, daß er endlich gekommen war, um sie zu retten! Sie wollte zu ihm laufen, ihre Arme um ihn schlingen und ihn abküssen, doch der kurze, warnende Blick, mit dem er sie streifte, riet ihr, besser zu bleiben, wo sie war.

Lachlans Interesse galt in erster Linie der Pistole, die Devlin auf ihn gerichtet hielt, als er meinte: »Sie haben also nicht die Absicht, das Ganze lediglich als einen bedauerlichen Irrtum abzutun? Hab ich recht?«

»Würden Sie das an meiner Stelle tun?«

Lachlan besaß die Frechheit zu grinsen: »Nee, ich wär nicht so blöd!«

»Na sehen Sie, und das bin ich eben auch nicht.« Bei diesen Worten blieb Devlin kurz bei Ranald stehen und stieß mit dem Fuß das Gewehr weg, das der Schotte griffbereit neben sich liegen hatte. Anschließend stieß er auch Gilleonans Waffe außer Reichweite.

»Sind Sie da ganz sicher, Mann?« Lachlan war frech genug, sogar in dieser heiklen Lage noch zu sticheln. »Ich seh nämlich, daß Sie allein gekommen sind.«

Devlin zuckte die Schultern: »Es ließ sich nicht vermeiden, da mit Caesar keiner mithalten konnte.«

»Ah, der Hengst! Hab ich also doch einen Fehler gemacht, als ich ihn nicht mitnahm.«

»Ja, Ihre Großzügigkeit scheint sich zu rächen!«

»Sieht so aus.«

Nun hatte Megan aber genug: »Könnt ihr zwei nicht endlich aufhören mit diesem überflüssigen Gequatsche? Ich bin hungrig und friere, und ich hätte gerne ein richtiges Bett, damit ich endlich schlafen kann.«

»Und ich war der Meinung, daß ich dir den Rücken so schön gewärmt hätte, Liebling.«

»Ach, *so* nennt man das also, was Sie gemacht haben?« zischte sie ironisch. »Darauf wäre ich nie gekommen!«

Dieser Kerl hatte wirklich nicht den leisesten Funken von Anstand. Zu Devlin gewandt sagte er: »Sie behauptet, Sie würden sie immer ›freche Göre‹ nennen. Langsam verstehe ich, weshalb. Aber wenn ein Mann sie erst mal gesehen hat, spielt das überhaupt keine Rolle mehr«, schloß Lachlan mit einem sehnsüchtigen Seufzer.

Megan wollte gerade wieder in Wut geraten, als ihr Devlin einen warnenden Blick zuwarf. Sie bemerkte, daß Gilleonan und Ranald von dem Gerede aufgewacht waren und nun beide Devlin anstarrten. In ihren Blicken lag allerdings nicht eine Spur von Lachlans Unbekümmertheit. Es war wirklich dumm von ihr, aber sie hatte ganz vergessen, wie brenzlig die Situation noch immer war und daß sie und Devlin noch lange nicht außer Gefahr waren.

»Ich habe keine Lust, einen Mann nur deshalb zu töten, weil er dumm genug war, auf ein hübsches Gesicht hereinzufallen«, sagte Devlin.

»Das hört man gern!«

»Aber wenn einer sich untersteht, etwas mitzunehmen,

was mir gehört, bekommt er dafür gehörig eins auf die Nase.«

Megan glaubte, wohl nicht richtig gehört zu haben. Das war doch einfach nicht möglich! Doch Lachlan hatte sehr wohl verstanden; er warf den Kopf zurück und lachte dröhnend. Auch Gilleonan und Ranald konnten auf einmal wieder grinsen. War sie hier eigentlich die einzige, die nicht verrückt war?

»Devlin, auf so etwas wirst du dich doch nicht einlassen«, sagte sie in nachdrücklichem Ton und hoffte, ihn damit zur Räson zu bringen.

»Ganz im Gegenteil, meine Liebe! Im Moment kann ich mir *nichts* vorstellen, worauf ich größere Lust hätte.«

»Aber...«

»Kannst du mit einer Pistole umgehen?«

Erstaunt über den unerwarteten Themenwechsel kniff sie die Augen zusammen und wollte gerade »Aber selbstverständlich!« antworten. Doch dann gestand sie schnell: »Nein!« Alles andere wäre reine Angabe gewesen, und dafür war das dies hier wohl eine denkbar schlechte Gelegenheit.

»Gut«, sagte er daraufhin zu ihrer Überraschung und drückte ihr seine Pistole in die Hand. Er legte ihren Finger an den Abzug und richtete den Lauf auf die beiden Kumpane Lachlans. »Du schießt sofort, wenn sie auch nur mit den Wimpern zucken, verstanden? Und paß auf *sie* auf, Megan, kümmere dich nicht um den Kampf. Traust du dir das zu?«

Sie war in diesem Moment so aufgeregt, daß sie nur nicken konnte. Es war das erste Mal, daß sie eine Waffe in der Hand hielt; noch nie hatte sie auf einen Menschen geschossen. Aber es war auch das erste Mal, daß sie erleben müßte, wie ein wahrer Gigant von Kerl ihren Verlobten in Grund und Boden dreschen würde. Er hatte ihr eingeschärft, die Zuschauer im Auge zu behalten und nicht den Kampf anzuschauen. Das würde ihr wirklich nicht schwerfallen, sie würde wahrscheinlich ohnmächtig werden, wenn sie mitansehen müßte, wie man Devlin weh tat. Was konnte sie nur unternehmen, um die beiden von dieser kindischen Idee abzubringen?

Als der erste Schlag krachte, zuckte Megan zusammen. Trotz Devlins Ermahnung und gegen ihren eigenen Vorsatz warf sie einen raschen Blick zu den Kämpfenden hinüber, wandte sich aber sofort wieder den beiden Männern zu, die sie daran hindern sollte, sich einzumischen. Die machten allerdings nicht den Eindruck, als ob sie auch nur die geringste Lust dazu verspürten; sie hatten es gerade der Mühe wert gefunden, sich aufzusetzen. Megan hatte bei ihrem schnellen Blick nicht feststellen können, wer den Schlag abbekommen hatte, aber vermutlich hatte es Devlin erwischt.

Erneut ein harter Schlag, wieder fuhr Megan zusammen und schaute schnell hinüber. Aber auch diesmal hätte sie nicht sagen können, wer von den beiden zugeschlagen hatte und wer getroffen wurde. Alles, was sie erkennen konnte, waren die zwei Männer, die einander lauernd umkreisten und eine Lücke in der Deckung des anderen suchten. Es wunderte sie nicht, daß Lachlan auch jetzt noch grinste. Devlins Gesicht hingegen war ernst. Doch was Megan überraschte, war Devlins Körperhaltung; er tänzelte mit erhobenen Fäusten, einen Arm leicht vorgereckt, und wirkte dabei gespannt wie ein Bogen.

Megan hatte in ihrem Leben erst zweimal Männer kämpfen gesehen, bei denen allerdings keiner den anderen wirklich verletzen wollte. Das erste Mal war auf einem Jahrmarkt gewesen; es war ein Schaukampf zwischen dem Hufschmied aus dem Ort und einem umherziehenden Schläger, der öffentlich auftrat und zur Belustigung des Publikums jeden Gegner annahm, der genug Mut aufbrachte, sich mit ihm einzulassen. Das andere Mal war es eine Auseinandersetzung zwischen zweien ihrer Verehrer, die als Angehörige des niederen Landadels auf dem College ein paar Anfangsgründe der Boxkunst gelernt hatten, wie ein Gentleman sie zu beherrschen hatte. Megan war überrascht, daß nicht Devlin wie der Hufschmied kämpfte, sondern Lachlan. Devlins Kampfstil war der eines Gentleman. Wo, zum Teufel, hatte er das nur gelernt?

Wieder krachten drei Schläge, daß es ihr durch Mark und Bein ging. Megan widerstand der Versuchung hinüberzuschauen, doch die Gesichter der beiden Männer, die sie bewachte, sprachen Bände: Gilleonan saß da und zuckte dauernd zusammen, während Ranald vor Staunen den Mund offenstehen ließ.

Nun hielt es Megan nicht mehr aus. Sie drehte sich um und wollte den Kampf richtig beobachten. Sie hatte sich nicht getäuscht. Devlin schlug sich wirklich wie ein Gentleman; er landete wuchtige Haken und blitzschnelle Gerade. Sie konnte es kaum fassen, aber es waren Devlins Schläge, die trafen. Dabei duckte er so schnell ab und pendelte so geschickt hin und her, daß Lachlan einfach nicht mitkam. Ein einziger Schlag von diesem Riesen würde Devlin wahrscheinlich von den Beinen holen, doch der Schotte bekam keine Chance, dies zu demonstrieren.

Andererseits schien Devlins überraschende Überlegenheit diesem auch nicht den entscheidenden Vorteil zu bringen. Lachlan grinste noch immer und schien die fürchterlichen Prügel gar nicht zu spüren, die Devlin ihm verpaßte. Dabei war er inzwischen unübersehbar gezeichnet: An einem Auge würde er bis morgen ein gewaltiges Veilchen haben, es war ganz rot und schloß sich bereits. Auch die Unterlippe war schon dick, und sein Kinn begann bereits anzuschwellen.

Megan schaute zwischendurch schnell prüfend auf Gilleonan und Ranald hinab, dann verfolgte sie wieder mit einer Mischung aus Besorgnis und Faszination den Kampf. Eigentlich müßte sie jetzt dem Ganzen ein Ende setzen. Devlin hatte doch längst erreicht, was er gewollt hatte, warum hörten sie also nicht auf? Und da passierte es plötzlich, was sie die ganze Zeit befürchtet hatte: Lachlan täuschte einen linken Schwinger an, schlug aber rechts und erwischte Devlin voll am Kinn. Megan erstarrte. Aber Devlin taumelte nur kurz zwei Schritte zurück und hatte sich gleich wieder gefangen. Sofort nahm er wieder seine Fäuste hoch und ging in Angriffsstellung. Zweifellos war er bereit, noch mehr Unheil anzurichten. Megan konnte das alles nicht mehr mitansehen.

»Jetzt reicht's aber!«

Lachlan hielt inne und schaute enttäuscht zu ihr herüber. »Sei nicht gemein, Liebling! Ich hab ihn doch erst einmal getroffen!«

Megan starrte den Schotten ungläubig an: Er stand da wie ein kleiner Junge, dem man gerade sein liebstes Spielzeug weggenommen hat. Auch Devlin schien alles andere als begeistert. Die beiden wollten mit ihrer schönen Schlägerei einfach noch nicht aufhören.

»Auch wenn euch das offensichtlich einen Mordsspaß macht, *mir* jedenfalls macht es überhaupt keinen. Und ich verspreche euch, ich werde langsam hysterisch. Ich kann wirklich nicht mehr dafür garantieren, daß ich hier nicht aus Versehen jemanden erschieße.«

Devlin erwiderte nur erbost: »Kannst du denn niemals das tun, was man dir sagt?«

Das war nun schon das zweite Mal an diesem Tag, daß sie sich nicht an seine Anordnungen gehalten hatte. Dem ersten Mal hatte sie das Schlamassel zu verdanken, in dem sie nun saß. Deshalb wand sie sich etwas verlegen. »Wenn du einmal mein Ehemann bist, Devlin Jefferys, kannst du mir befehlen, soviel dein Herz begehrt. Doch solange das nur Zukunftsmusik ist, erwarte bitte nicht, daß ich dir gehorche, außer du hast einen verdammt guten Grund dafür.

»Ich *hatte* einen guten Grund, du freches Biest, und die Lage, in die du uns beide gebracht hast, ist der beste Beweis dafür. Aber habe ich da eigentlich recht gehört? Hast du mir gerade versprochen, daß du mir immer gehorchen wirst, wenn wir erst einmal verheiratet sind?«

»Das habe ich gerade eben gesagt, als ich einen hysterischen Anfall hatte«, rief sie empört. »Dafür war ich also nicht verantwortlich, und deshalb kannst du mich jetzt auch nicht darauf festnageln.«

Devlin schnaubte verächtlich. »Das seh ich aber ganz anders!«

Lachlan hatte sich schon die ganze Zeit köstlich amüsiert: »Ich glaube langsam, daß du wirklich nicht zu beneiden bist, Jefferys. Ein oder zwei Wochen könnte ich ihr Geplapper vielleicht aushalten, aber viel länger nicht. Hast du Lust, dein Pferd gegen sie einzutauschen?«

»Wie schnell Ihre Liebesschwüre verflogen sind, MacDuell«, höhnte Megan. »Außerdem gehört ihm Caesar gar nicht, sondern er hat ihn nur von meinem Vater geliehen.«

»Das ist mir doch so egal, wem er gehört, Lieb...«

»Nennen Sie mich noch *einmal* Liebling, und ich erschieße Sie!«

Da sie bei diesen Worten die Pistole auf ihn richtete, hielt sich Lachlan mit weiteren Bemerkungen lieber zurück, und sogar das Grinsen gefror auf seinem Gesicht. Doch Devlin kam ruhig zu ihr herüber und nahm ihr die Waffe aus der Hand.

Er sagte: »Ganz ruhig, Megan, laß dich nicht provozieren! Und wenn du ihn wirklich erschießen willst, meine Liebe, dann mußt du die Pistole erst entsichern.« Er tat dies und gab ihr die Waffe lächelnd zurück. »Nun kannst du ihn niederstrecken.«

Megan schaute den Mann an, den sie vermutlich heiraten würde und dachte einen Augenblick lang sogar daran, jetzt auf der Stelle *ihn* statt Lachlan zu erschießen. Doch sie ließ es sein, schaute ihn nur voller Verachtung an und warf ihm die Pistole vor die Füße. Dann drehte sie sich um und ging einfach weg.

»Ach, komm, Megan«, rief er ihr nach, »du hättest es doch sowieso nicht übers Herz gebracht, auf einen Menschen zu schießen!«

»Darum geht es nicht«, schrie sie zurück. »Und das war das letzte Mal, daß ich dich beschützt habe!«

Alle drei Schotten kugelten sich vor Lachen, sie konnten sich gar nicht mehr beruhigen. Doch das ließ Megan kalt. Sie war in der Dunkelheit hinter dem Lagerplatz verschwunden und suchte Caesar. Sobald sie ihn gefunden hätte, wollte sie allein wegreiten, dazu war sie fest entschlossen.

31

Als Devlin Megan auf Caesars Rücken setzte und sich hinter ihr in den Sattel schwang, war sie so aufgebracht, daß sie kein einziges Wort mit ihm sprach und jede Berührung mit ihm zu vermeiden suchte. Aber sie hielt diesen Vorsatz nur ganze zwei Minuten durch, dann sank sie erschöpft gegen seine Brust und schlief sofort ein. Devlin trug es mit Fassung. Sie war also mal wieder beleidigt, doch an diese Stimmungsschwankungen war er ja inzwischen schon gewöhnt; das war nichts Neues für ihn.

Wahrscheinlich hatte sich Megan deshalb so geärgert, weil ihre Befreiung nicht ganz so romantisch verlaufen war, wie sie es sich es vielleicht gewünscht hätte. Dabei hätte sie eigentlich froh sein müssen, daß er sie *überhaupt* noch gefunden hatte, denn nach Sonnenuntergang war es ihm schwergefallen, die Spur der Schotten zu verfolgen. Es war reiner Zufall, daß er am Schluß noch auf sie gestoßen war. Die Gegend war hier zum Glück so offen, daß das Lagerfeuer kilometerweit zu sehen war.

Devlin rieb sich sein schmerzendes Kinn. Eigentlich hatte *er* ja allen Grund, Megan dankbar zu sein, denn sie hatte den Kampf schließlich beendet. Es war der reine Wahnsinn gewesen, daß er sich überhaupt darauf eingelassen hatte. Er hätte sie einfach nur auf sein Pferd setzen und so schnell wie möglich mit ihr davonreiten sollen. Statt dessen hatte er sich um jeden Preis revanchieren wollen, nur weil es seinen Stolz verletzt hatte, daß Megan ihm bereits bei der ersten

Gelegenheit abhanden gekommen war. Er hatte sich eingebildet, er würde diesen Kerl trotz seiner Größe schaffen, doch von diesem Irrtum hatte MacDuell ihn schnell genug kuriert. Der verdammt Schotte hatte wirklich ein Kinn wie aus Eisen.

Und dann hatte dieser Bursche auch noch die Frechheit besessen, einfach so dazustehen und ihn anzugrinsen, während Devlin ihn mit der Pistole bedrohte. Er mußte diesen Kerl fast bewundern.

Als er sich schließlich mit Megan davonmachte, hatte MacDuell ihn noch gefragt: »Kommen Sie und das Mädchen eigentlich jemals miteinander klar, oder streitet ihr den ganzen Tag herum?«

Devlin hatte nur die Schultern gezuckt: »Es gibt doch nichts, was ihr mehr Spaß macht, als zu streiten. Haben Sie das nicht gemerkt?«

»Klar hab ich das gemerkt. Aber macht es *Ihnen* denn Spaß?

»Nicht besonders.«

»Und wieso wollen Sie das Mädchen denn heiraten?«

Eine gute Frage. Devlin hatte keine Antwort gegeben, sondern nur gelächelt, denn das ging den Kerl nun wirklich nichts an. Er trieb die Pferde der Schotten zusammen, um sie mitzunehmen, damit die Räuber keine Chance hätten, sie zu verfolgen. Er hatte wirklich keine Lust, diesen Herren noch einmal zu begegnen. Dann machte er sich auf die Suche nach Megan. Aber diese letzte Frage, die ihm MacDuell gestellt hatte, ließ ihn nicht mehr los; sie ging ihm noch im Kopfe herum, als er das Mädchen schließlich gefunden hatte. Nach ein paar Kilometern ließ er die Pferde wieder laufen, doch da war Megan schon lange eingeschlafen.

Lachlans Frage ließ ihm keine Ruhe. Weshalb wollte er sie eigentlich heiraten – wenn er einmal davon absah, daß es bei ihrem Zustand für ihn einfach Ehrensache war? Und er wollte sie wirklich heiraten! Das konnte er nicht mehr länger leugnen. Was hatte er für eine Angst um sie gehabt und was für eine Wut, als sie ihm entrissen wurde! Ja, er wünschte sich sehnlichst, daß sie seine Frau würde. Er wollte sie um sich haben. Sie sollte in seinem Haus leben und immer in seiner Nähe sein. Er wollte in jeder Minute des Tages wissen, wo sie war. Er wollte sie natürlich auch in seinem Bett haben, doch was das betraf, würde er sie nicht bedrängen, sondern Geduld haben, bis sie selbst es auch wollte.

Er sehnte sich nach ihrer Liebe.

Mein Gott, er hatte sich tatsächlich in Megan Penworthy verliebt!

Wie, zum Teufel, war das nur passiert? Kein Wunder, daß er so verdammt niedergeschlagen war, denn ein Mädchen wie Megan zu lieben, bedeutete, durch die Hölle gehen zu müssen. Vielleicht würde er eines Tages sogar noch den Verstand verlieren. Gewiß, sie war schön, das stand außer Frage. Aber ihr unberechenbares Temperament war einfach zuviel für einen Mann. Das einzig Gute an ihr war vielleicht, daß sie nicht nachtragend war. Auch wenn sie oft fast vor Wut platzte, so waren diese Ausbrüche doch immer gleich wieder vorbei. Aber wie sollte sie auch nachtragend sein, wenn sie im nächsten Moment ja sowieso schon wieder etwas Neues gefunden hatte, über das sie sich aufregen konnte?

Er mußte einfach verrückt sein, dieses Mädchen zu lieben! Aber es war eben passiert. Er hatte keine andere Wahl mehr, er mußte einfach versuchen, seine Leidenschaft für Megan mit Fassung zu tragen, nur darum ging es. Und er begehrte sie wirklich mit beinahe unerträglicher Leidenschaft. Dann kam ihm plötzlich eine Idee. Vielleicht sollte er seiner Geliebten einen kleinen Besuch abstatten? Dann könnte er hinterher mit Megan ein wenig entspannter umgehen. Zumindest könnte er dann besser seinen kühlen Kopf bewahren, würde sich von ihren Launen nicht mehr so mitreißen lassen, würde aufhören, ständig an sie zu denken ... würde sich nicht mehr so gräßlich nach ihr sehnen!

Ja! Er würde nach London fahren und seine Geliebte aufsuchen, warum eigentlich nicht? Schließlich versauerte er schon seit fast zwei Monaten hier auf dem Land. Freddys Schwester mußte mittlerweile schon unter der Haube sein; zumindest dürfte das kleine Luder sich inzwischen als Lügnerin entpuppt haben. Doch dieses Problem würde sich ja wohl in Luft auflösen, wenn er selbst mit einer Ehefrau am Arm zurückkam. Vielleicht würde ihm Freddy zwar auch dann noch eine Kugel durch den Kopf jagen wollen, aber irgendwie würde er seinen Freund schon zur Räson bringen, wenn es denn überhaupt noch nötig sein sollte.

Der Morgen dämmerte bereits, als Devlin endlich das Dorf fand, das er auf seiner Verfolgungsjagd Richtung Norden schon einmal gesehen hatte. Es war zwar nicht Gretna Green, hatte aber eine schottische Kirche, und die würde es auch tun.

Eigentlich wäre es nun vernünftiger gewesen, erst einmal ein Zimmer in einem Gasthaus zu nehmen und anständig auszuschlafen, um dann am nächsten Tag, zu einer vernünftigen Tageszeit, zu heiraten. Doch Devlin hatte jetzt überhaupt keine Lust zu überlegen, was vernünftig war. Er wollte die Angelegenheit nur so schnell wie möglich hinter sich bringen, bevor noch mal etwas dazwischenkommen konnte.

Dem schottischen Pfarrer war diese Eile natürlich gar nicht recht. Auch Megan war nicht eben begeistert. Doch beim Pfarrer half er mit einer großzügigen Spende, bei Megan mit einigen guten Worten nach, und schon hatte Ambrose Devlin St. James, vierter Herzog von Wrothston, eine Gemahlin und Herzogin.

Megan erwachte vom vergnügten Geschrei spielender Kinder. Es dauerte eine Weile, bis sie bemerkte, daß der Lärm unten von der Straße kam und durch das offene Fenster in ihr Zimmer drang.

Sie hätte gerne noch weitergeschlafen. Einen Augenblick lang dachte sie sogar daran, ans Fenster zu gehen und ärgerlich um Ruhe zu bitten. Manche Menschen waren ja wirklich rücksichtslos. Doch als sie sah, daß es heller Tag war, wußte sie, daß sie solche Rücksichtnahme wohl nicht mehr erwarten konnte.

Wie lang hatte sie wohl geschlafen? Sie hatte keine Ahnung, jedenfalls fühlte sie sich immer noch hundemüde. Sie war zu oft aufgewacht ... immer, wenn Caesar vom Trab in den Schritt zurückfiel, dann als Devlin sie in diese Kirche geschleppt hatte...

Um Gottes willen, sie war ja jetzt verheiratet! Und ihr Mann hatte die Hochzeitsnacht nicht mit ihr verbracht!

Megan schaute neben sich – tatsächlich. Der Platz war leer, das Laken unbenutzt! Und dann fiel ihr alles siedendheiß wieder ein: der Zweikampf, der miese Trick mit der Pistole und der noch gemeinere Trick, als er sie, während sie im Halbschlaf vor sich hin dämmerte, in diese Kirche gezerrt und einfach geheiratet hatte.

Heute früh hatte er in dem Gasthaus zwei Zimmer verlangt, hatte sie bis zu ihrer Tür begleitet und ihr höflich eine gute Nacht gewünscht. Dann hatte er sie noch daran erinnert, ja die Tür gut zu verschließen, aber sie war zu erschöpft gewesen, um daran irgend etwas merkwürdig zu finden. Jetzt wurde es ihr klar. Es war überhaupt nichts merkwürdig daran, im Gegenteil. Er meinte es also tatsächlich ernst – es war wirklich nur eine Ehe auf dem Papier.

Hast du denn gemeint, daß er nur Spaß macht?

Ja.

Also ich *kann es ihm nicht einmal übelnehmen. Du läßt ihn ja wirklich niemals in Ruhe.*

Der Mann verdient es einfach nicht, daß man ihn in Ruhe läßt.

Und warum bist du dann so gekränkt, daß er dich abweist?

Das bin ich doch gar nicht!

Bist du schon!

Miststück!

Sprichst du von dir?

Megan drehte sich um und schlug wütend auf ihr Kopfkissen ein.

32

Megan war so übermüdet gewesen, daß sie es nicht einmal mehr geschafft hatte, sich ganz auszuziehen, bevor sie auf dem Bett eingeschlafen war. Aber nicht nur deshalb waren ihre Kleider zerknittert; nach dem langen Ritt von gestern war ihre gesamte Garderobe in einem wirklich beklagenswerten Zustand. Sie hatte keine Ahnung, wann sie endlich dazu kommen würde, die Wäsche zu wechseln. Es war nicht einmal sicher, ob die Kutsche, in der sich ihr Koffer befand, noch immer im Straßengraben lag, oder ob es der Kutscher inzwischen geschafft hatte, das Gefährt wieder flottzumachen. Zumindest hoffte sie, daß er im Verlauf des Tages irgendwann aufkreuzen würde.

Erst jetzt, wo sie ganz wach war, fiel ihr auf, wie elegant ihr Zimmer ausgestattet war. Schottlands Gasthäuser schienen wirklich um einige Kategorien besser zu sein als die englischen, von denen sie in der letzten Woche ja genug kennengelernt hatte. Oder hatte Devlin extra so eine teure Unterkunft gewählt, weil es schließlich ihre Hochzeitsnacht war? Aber er hatte sie ja nicht einmal mit ihr verbracht! Oder gab es in dieser Stadt keine andere Übernachtungsmöglichkeit? Wahrscheinlich war das die Erklärung. Aber es war ihr schon öfter aufgefallen, daß er auch bei anderen Gelegenheiten das Geld mit vollen Händen ausgab. Woher hatte er bloß so viel Geld? Merkwürdig.

Auf dem Frisiertisch standen jede Menge Parfümfläschchen und Kosmetika bereit, dazu auch alles Nötige, um ihr Haar wieder in Ordnung zu bringen. Doch Megan war überhaupt nicht in der Stimmung, jetzt große Toilette zu machen, denn ihre Kleider sahen wirklich verheerend aus. Überhaupt fühlte sie sich in diesem luxuriösen Zimmer ein bißchen fehl am Platze, denn sie wußte, daß nur sehr reiche Leute sich so eine elegante Unterkunft leisten konnten.

Ihre Stimmung wurde auch keine Spur besser, als sie auf dem Flur stand und keine Ahnung hatte, hinter welcher der vielen Türen in dem langen Korridor Devlin untergebracht sein mochte. Sie konnte doch jetzt nicht einfach der Reihe nach an jeder Tür klopfen, bis sie ihn zufällig erwischen würde. Die übrigen Gäste wären davon sicher nicht eben begeistert.

Sie mußte also jemanden auftreiben, der ihr Devlins Zimmer zeigen konnte. Als sie in dem ausladenden Treppenhaus nach unten ging, blieb sie, von Bewunderung überwältigt, auf halbem Wege stehen: Was für ein Prunk! Das konnte doch kein einfaches Gasthaus sein, das war ganz sicher ein Hotel! Bei ihrer Ankunft im frühen Morgengrauen hatte sie gar nicht bemerkt, wie riesengroß es war, sicher deshalb, weil der untere Teil des Foyers noch im Dunkeln lag und oben auch nur eine einzige Lampe gebrannt hatte.

Megan wurde immer unsicherer, als sie ihre Umgebung genauer betrachtete. Es sah eigentlich nicht einmal aus wie in einem Hotel, sondern eher wie in einem Privathaus. Tatsächlich, der Portier, der sie hereingebeten hatte, hätte auch gut ein Butler sein können. Eigenartig.

»Guten Tag, Euer Gnaden. Darf ich Ihnen das Eßzimmer zeigen?«

Es war der gleiche Mann, der sie heute früh hereingelassen hatte. Jetzt aber war er korrekt gekleidet und benahm sich eindeutig wie ein Butler. Euer Gnaden? Megan unterdrückte ein Stöhnen. Bestimmt hatte Devlin wieder gelogen, als er sich vorstellte.

»Seien Sie so nett und bringen Sie mich zu meinem Gatten«, antwortete sie.

»Sehr gern. Wenn Sie mir bitte folgen würden?«

Sie rechnete damit, daß er sie wieder die Treppe hochführen würde; statt dessen geleitete er sie zu einer großen Flügeltür am Ende des Foyers. Als sie aufging, schaute Megan in einen riesigen Saal, offenbar das Eßzimmer, und hier fand sie Devlin. Er saß an der Stirnseite einer langen Tafel und nahm sein Mittagessen ein. Gleich drei Mädchen auf einmal in Häubchen und Schürze schwirrten kichernd um ihn herum und bedienten ihn. Sie konnten kein Auge von ihm lassen, sie rissen sich geradezu darum, ihm seine Wünsche zu erfüllen.

Der Anblick versetzte Megan einen Stich, wie damals, als sie Devlin dabei ertappt hatte, wie er mit Cora im Heu herumpoussiert hatte. Sie wartete eine Weile, und als er noch immer keine Notiz von ihr nahm, geriet sie in Wut.

»Raus hier! Alle raus!« rief sie und schaute die Mädchen böse an. »Es steht wirklich genug zu essen auf dem Tisch, und außerdem ist dieser Mann daran gewöhnt, sich selbst zu bedienen!«

Die Mädchen schauten überrascht auf. Sie wußten nicht, wer diese Fremde war, und sehr hochherrschaftlich sah sie in ihren ramponierten Kleidern weiß Gott auch nicht aus. Doch ein Blick vom Butler genügte, und schon waren sie verschwunden.«

»Was steht zu Diensten, Euer Gnaden?« fragte er Megan.

Wieder diese verdammte Anrede, die sie zusammenzucken ließ. »Ich möchte nur, daß sie uns ein wenig alleine lassen, vielen Dank.« Als er zwar nickte, aber weiter dienstbereit stehen blieb, fügte sie hinzu: »Ich kann mich schon alleine hinsetzen.«

Die Bemerkung schien den armen Mann völlig aus der Fassung zu bringen, so daß sich Devlin genötigt sah aufzustehen: »Ich werde ihr behilflich sein, Mr. Mears. Sie können inzwischen eine Tasse für sie bringen.«

»Sehr wohl, Euer Gnaden.«

Megan wartete ab, bis der Butler draußen war, dann ging sie ans andere Ende der Tafel, setzte sich und sagte: »Wie du siehst, kann ich mich auch ohne Hilfe setzen!«

Auch Devlin nahm wieder Platz. »Na, du bist heute wohl mit dem linken Fuß zuerst aufgestanden.«

Sie lächelte ihn mürrisch an. »Oh, meinst du dieses Luxus-Bett, das eigentlich in einem verdammten Palast stehen müßte?«

Devlin seufzte: »Ganz recht, Kleines, aber vergiß es! Und jetzt sag schon, welche Laus ist dir denn über die Leber gelaufen?«

»Du hast wieder dieses Lügenmärchen erzählt, stimmt's?«

Er wollte etwas sagen, doch dann hielt er inne, zuckte nur mit den Schultern und meinte beiläufig: »Ach, es hat sich so ergeben.«

Sie runzelte die Stirn, während sie nach dem Körbchen mit Teegebäck griff. Sie hätte schwören können, daß er eigentlich etwas anderes hatte sagen wollen.

Wie nebenbei, doch mit einem unverkennbar boshaften Unterton, fragte sie: »Kann man nicht auch ins Gefängnis kommen, wenn man sich einfach für einen Herzog ausgibt?«

»Das will ich doch sehr hoffen!«

Nun war sie völlig verwirrt. Aus dem verflixten Kerl konnte sie heute morgen überhaupt nicht schlau werden.

»Und weshalb gehst du dann dieses Risiko laufend ein?«

Er hob ein wenig die Augenbrauen: »Haben Euer Gnaden etwa vor, mich anzuzeigen?«

»Hör auf, mich so zu nennen! Sonst zeige ich dich *wirklich* noch an!«

Er schob ihr eine Platte mit Schinken und heißen Würstchen hinüber und meinte dann: »Vergiß nicht, daß du in der Sache selbst mit drinhängst! Du bist schließlich meine Frau, und die Leute halten dich ebenfalls für eine Herzogin!«

Megan war so überrascht, daß sie ihn einen Moment lang mit offenem Mund anstarrte, ehe sie entrüstet erwiderte: »So eine Gemeinheit! Daran hättest du ja wirklich denken können, bevor du mich in deine krummen Touren mit hineinziehst!«

»Du hast recht, daran hätte ich denken sollen, aber ich

war so hundemüde, daß ich mir keine langen Gedanken mehr gemacht habe auf der Suche nach einer Unterkunft. Das einzige Gasthaus in diesem Kuhdorf ist nämlich letzte Woche abgebrannt.«

»Oh, wenn das so ist, dann danke ich dir jedenfalls für das bequeme Bett.«

Devlin legte die Gabel hin und schaute sie verblüfft an. Hatte er richtig gehört? Hatte sie ihm eben ausnahmsweise einmal *nicht* widersprochen? Hatte sie sich bei ihm sogar für etwas *bedankt?*

»Hast du lang genug geschlafen?«

»Ja.«

»Und du hast auch kein Fieber?«

Sie blickte verwirrt auf. »Wie kommst du denn *darauf?* Sag mal, was soll der ganze Unsinn? Für wen hältst du mich eigentlich?«

»Also, ich würde sagen, für eine streitsüchtige kleine Meckerliese und nicht zu vergessen für – eine freche Göre!«

Sie warf ihm einen wütenden Blick zu: »Du bist wirklich der...« Sie unterbrach sich, da der Butler mit einer Tasse für sie zurückkam. Ungeduldig trommelte sie mit den Fingern auf dem Tisch, während der Mann umständlich Kaffee eingoß und ihr Zucker und Sahne anbot. Aber sobald er wieder draußen war, fuhr sie fort: »Ich habe langsam den Verdacht, daß du noch ein schlimmerer Lump bist, Devlin Jefferys, als der Halunke, dessen Rolle du spielst.«

»Oh Gott, dann gibt's also überhaupt keine Hoffnung mehr für mich«, rief er.

Er lächelte sie an. Megan hingegen wurde von Minute zu Minute zorniger.

»Kannst du nicht wenigstens zwei Sekunden lang ernst sein?« forderte sie.

»Wenn auch du ernst bist, ja.«

Der Mann war heute morgen einfach unmöglich. Es fehlte nicht viel, und sie wäre aufgestanden und einfach hinausgelaufen, doch ihre Neugier hielt sie zurück. »Wem gehört eigentlich dieses Haus?«

»Einer gewissen Margaret MacGregor. Sie ist Engländerin und eine geborene Gräfin.«

»Und sie lebt in Schottland?«

»Sie hat in ihrer Jugend einen Schotten geheiratet. Als er starb, entschied sie sich zu bleiben.«

Ihre dunkelblauen Augen verengten sich: »Du hast mit der Dienerschaft getratscht, stimmt's?«

»Diener tratschen nicht mit Herzögen«, erwiderte er von oben herab, wobei er gekonnt die blasierte Art eines Lords imitierte, dann fügte er grinsend hinzu: »Pfaffen allerdings lassen sich mit jedem auf ein Schwätzchen ein. Der Pfarrer, der uns getraut hat, hat uns doch erzählt, daß Lady MacGregor solange, bis das Gasthaus wieder aufgebaut ist, Reisende beherbergt.«

Aber nicht in ihren besten Zimmern und nicht mit einem ganzen Schwarm von Bediensteten, dachte Megan argwöhnisch. Andererseits wiegte er ja die Gräfin in dem Glauben, sie seien der Herzog und die Herzogin von Wrothston.

»Erinnerst du dich denn gar nicht mehr an gestern nacht?« fragte Devlin. Vielleicht sollte sie besser nicht auf dieses heikle Thema einsteigen, dachte Megan, aber sie konnte ihre Enttäuschung nicht für sich behalten.

»Nein, ich kann mich weiß Gott nicht mehr erinnern«, klagte sie. »Alles, was mir von meiner ersten und letzten Hochzeit in Erinnerung bleibt, ist das verschwommene Bild von einer kurzen Zeremonie in einer düsteren Kirche. Wenn ich darüber nicht so wütend wäre, würde ich wahrscheinlich losheulen.«

»Deine erste und letzte Hochzeit, Megan?«

Sie war zu erregt, um zu bemerken, wie sanft seine Stimme klang. »Adelige lassen sich nicht scheiden, Devlin Jefferys«, zischte sie. »Wenn es das war, worauf du gehofft hast, so kannst du es dir gleich aus dem Kopf schlagen. Du hast mich am Hals, *bis daß der Tod uns scheidet*, und ich habe keineswegs die Absicht, das Zeitliche zu segnen und dich munter deiner Wege ziehen zu lassen.«

Devlin mußte über diese Bemerkung lachen. »Mein Gott, was du manchmal für Ideen hast! Aber nur zu deiner Information: Scheidung kommt auch für meine Familie nicht in Frage. Aber warum sollte sich eine Frau, die frisch verheiratet ist, auch gerade darüber den Kopf...«

»Ich fühle mich überhaupt nicht verheiratet«, unterbrach sie ihn bitter.

Devlin wurde plötzlich sehr still und wagte nicht einmal, sie anzuschauen. Er blickte auf seinen Teller, dann fragte er leise: »Möchtest du dich denn wie verheiratet fühlen?«

Ihr Kopf fuhr hoch, doch er schaute wieder so gleichgültig drein wie eh und je. Was hatte sie auch erwartet? Er hatte ja gesagt, daß es ihm genausowenig gefallen hatte, mit ihr zu schlafen, wie ihr. So redete kein Mann, der sich danach sehnte, sie zu lieben, obwohl er doch jetzt sogar das Recht dazu hatte. Aber wenn er sich einbildete, daß sie ihn darum bitten würde, nachdem er sie so demütigend abgewiesen hatte, dann hatte er sich wirklich getäuscht!

»Nein«, erwiderte sie. »Wie kommst du denn *darauf?«*

Er ließ mit lautem Klirren seine Gabel auf den Teller fallen und stand abrupt auf. »War wirklich eine außergewöhnlich dumme Frage von mir!« stieß er zwischen den Zähnen hervor, als er mit schnellen Schritten zur Tür ging.

»Warte doch!« rief sie. »Reisen wir schon ab?«

»Ja, das auch«, antwortete er lakonisch, ohne sich noch einmal nach ihr umzudrehen.

33

Megan stand auf und wickelte den Rest des Frühstücks noch schnell in eine Serviette, falls sie unterwegs Hunger bekämen. Dieser verdammte Kerl. Warum war er so plötzlich aufgesprungen? Hatte er etwa gehofft, daß sie seine Frage bejahen würde? Und das, nachdem er sie so gedemütigt hatte? Aber wirklich nicht! Sie hatte, weiß Gott, keine Lust, von ihm nochmals so verletzt zu werden. Wenn er sie wirklich begehrte, war es seine Sache, das deutlich zu sagen.

Als der Butler mit einem Picknickkorb hereinkam, der randvoll mit Proviant gefüllt war, wurde sie furchtbar rot. Doch wie jeder gute Diener sah er geflissentlich darüber hinweg. »Ich wünsche Ihnen eine angenehme Reise, Euer Gnaden!« sagte er höflich und verbeugte sich.

Sie errötete noch mehr. Langsam fing sie wirklich an, diesen Titel zu hassen, den sie früher so heiß begehrt hatte.

Megan steckte die Serviette mit dem eingepackten Frühstück zu den anderen Sachen im Korb, als ob dies das Natürlichste der Welt wäre, und ging ins Foyer hinaus, wo Devlin bereits auf sie wartete. Wie üblich kam er ihr gerade recht, um ihren Ärger über die peinliche Situation von soeben an ihm auszulassen.

»Du willst mich offenbar von hier wegschleppen, bevor ich mich bei unserer Gastgeberin bedanken konnte?« fragte sie gereizt.

»Lady Margaret ist in Edinburgh und wird nicht vor morgen zurückerwartet«, sagte er kurz angebunden. »Hattest du vor, auf sie zu warten?«

»Und dabei zu riskieren, daß sie vielleicht den echten Herzog kennt?« zischte sie ihm leise zu, damit der Butler es nicht hören konnte. »Ganz bestimmt nicht! Du kannst also getrost nach Caesar schicken lassen.«

»Das habe ich schon. Und auch nach einer Kutsche für dich, wenn es dir recht ist.«

»Du hast eine Mietkutsche aufgetrieben?«

»Ich habe mir eine von Lady Margaret geborgt.«

Megan stöhnte auf. »Auch das noch!« Dann wurde sie ernst: »Devlin, jetzt reicht's aber langsam! Wie du diese Lady ausnützt, geht wirklich zu weit!«

Devlin schaute sie dermaßen herablassend an, daß sie ihm in diesem Moment den Herzog gut und gerne abgenommen hätte. »Darf ich fragen, inwiefern ich die Lady ausnutze?«

Megan kam noch näher heran und flüsterte: »Dir ist doch wohl klar, daß sie glauben wird, daß sich der ... – na, du weißt schon wer – ihre Kutsche ausgeliehen hat. Und du rechnest doch damit, daß sie darüber nicht im mindesten verärgert ist, sondern daß sie sich im Gegenteil geschmeichelt fühlen wird, einer so hochgestellten Persönlichkeit einen Gefallen tun zu können. Dabei stimmt die ganze Geschichte gar nicht!«

»Aber warum soll ich ihr diese Freude dann nicht machen, noch dazu, wo sie gar nicht hier ist und ihre Kutsche demnach nicht braucht?«

Dem Argument konnte sie nichts entgegenhalten. »Trotzdem, es bleibt Unrecht!« beharrte Megan.

»Die Verantwortung nehme ich voll und ganz auf meine schwachen Schultern. Und du hast dafür den Vorteil, daß du nicht mit mir auf Caesar sitzen und auch noch die ganze Zeit diesen sperrigen Korb auf dem Schoß halten mußt.«

Noch ein guter Grund, an den sie nicht gedacht hatte. Megan schwieg also, versuchte aber trotzdem, ihm ein schlechtes Gewissen zu machen, indem sie möglichst mißbilligend dreinschaute.

Nachdem ihre Kutsche immer noch nicht vorgefahren war, stellte Megan den Korb am Boden ab. »Das ist das erste Mal, daß du von deiner Familie gesprochen hast«, sagte sie plötzlich.

Sie schaute gedankenverloren zum Butler hinüber, so daß sie seinen mißtrauischen Blick von der Seite nicht bemerkte. »Wann soll ich denn von meiner Familie gesprochen haben?«

»Vorhin beim Frühstück, als wir über Scheidung geredet haben, erinnerst du dich nicht?«

Devlin war erleichtert. »Ach so«, sagte er in möglichst harmlosem Ton.

»Hast du also auch eine Familie, Brüder, Schwestern und so weiter?«

Ihre Frage klang eher beiläufig, als hätte sie im Grunde kein großes Interesse an diesem Thema. Doch er kannte sie besser. Ihre Neugier war wesentlich stärker entwickelt als bei allen anderen Menschen, die er kannte. Unter anderem hatte er dieser Eigenschaft ja auch die Ehe mit ihr zu verdanken. Und Devlin wußte: Wenn ihre Neugier einmal geweckt war, ruhte sie nicht eher, bis sie die Antwort wußte, so daß es keinen Zweck hatte, ihrer Frage auszuweichen.

Er hätte sich das schon viel früher klarmachen müssen. Vielleicht hätte er dann sogar Wege gefunden, aus ihrer Neugier den einen oder anderen Vorteil zu ziehen. Darüber müßte er wirklich einmal in Ruhe nachdenken. Jetzt aber bemerkte er lediglich: »Eine Großmutter, eine Großtante und zahlreiche entferntere Cousins.«

»Keine näheren Verwandten?«

»Bis jetzt noch nicht.«

»Woher stammt denn deine Familie?« fragte sie als nächstes.

»Aus Kent.«

»In der Nähe von Sherring Cross?«

»Ja, sogar ganz in der Nähe«, bemerkte er trocken.

»Wahrscheinlich hast du deshalb auch Arbeit auf dem Gestüt vom Herzog gefunden, stimmt's?«

»Könnte man so sagen. Aber warum bist du denn auf einmal so an meiner Vergangenheit interessiert?«

»Darüber muß ich doch Bescheid wissen, jetzt, wo ich mit dir verheiratet bin, oder etwa nicht?«

»Wieso denn? Eine Frau braucht überhaupt nichts über die Vergangenheit ihres Mannes zu wissen; im Gegenteil, es ist sogar äußerst schlecht, wenn sie auch nur irgend etwas davon weiß.«

Megan starrte ihn mit offenem Munde an. »Wer sagt denn so einen Quatsch?« stammelte sie fast. »Etwa die Männer?«

Er zuckte die Achseln. »Ja, sicherlich, die Männer.«

»Und du glaubst diesen Unsinn?«

Er hatte Mühe, sich sein Grinsen zu verkneifen. Es war wirklich süß, wie sie aus der Fassung geriet.

»Ich bin schließlich ein Mann – oder war es zumindest das letzte Mal, als ich nachgeschaut habe.«

Megan kniff die Augen zusammen. »Sag mal, nimmst du mich gerade auf den Arm?«

»Hat ja lange gedauert, bis du es gemerkt hast.«

Jetzt war *er* an der Reihe, die Fassung zu verlieren, denn wider Erwarten fuhr sie nicht im mindesten aus der Haut, sondern schenkte ihm ein strahlendes Lächeln, so daß er sie nur noch an sich ziehen und küssen wollte. »In Ordnung«, meinte sie, »ich hab nichts dagegen, wenn du mich auf den Arm nimmst!« Nachdem er immer noch völlig sprachlos war, setzte sie das Gespräch fort. »Wo waren wir stehengeblieben? Ach ja, bei deiner Vergangenheit.«

»Nein«, unterbrach er sie, »ich denke, jetzt ist einmal *deine* Vergangenheit an der Reihe. Oder glaubst du, unsere Unterhaltung ist eine Einbahnstraße?«

»Aber mein Leben war doch bisher alles andere als sonderlich interessant«, protestierte sie, doch dann seufzte sie ergeben. »Also gut, was willst du denn wissen?«

»Im Moment eigentlich gar nichts.«

Jetzt hatte er sie aber wirklich wieder erwischt, ihre Augen verengten sich zu gefährlich schmalen Schlitzen. »Devlin, ich glaube, ich werde mir jetzt eine neue Angewohnheit zulegen: Schreikrämpfe. Paß also auf, du Ekel, ich habe dich gewarnt.«

Devlin brach in schallendes Gelächter aus, woraufhin Megan ihren Mund aufmachte, um eine erste Probe ihrer »neuen Angewohnheit« zu geben. Doch in diesem Moment öffnete Mr. Mears die Pforte; die Kutsche war vorgefahren. Als sie hinaustraten, stellten sie jedoch fest, daß es nicht die ihre war. Zwei Bedienstete halfen einer älteren Dame aus dem Wagen und verschwanden sofort wieder. In diesem Moment bemerkte die Lady Devlin und riß überrascht ihre türkisblauen Augen auf.

»Das ist doch nicht zu glauben«, rief sie, »nach so vielen Jahren! Was, zum Teufel, hat denn dich hierher verschlagen. Devlin? Ich habe erst letzte Woche einen Brief von deiner Großmutter bekommen, aber sie hat mit keinem einzigen Wort erwähnt, daß du zu Besuch kommen würdest!«

»Weil sie es selbst noch nicht wußte. Und ich bin hier auch nicht auf Besuch gekommen, sondern nur, um zu heiraten. Und wenn du dir meine Braut anschaust, dann kannst du vielleicht auch verstehen, warum ich es so verdammt eilig hatte. Sie hatte nämlich allen Ernstes vor, in London zu debütieren, und ich mußte sie noch vorher vor den Traualtar schleppen, bevor die heiratslustigen Gentlemen in London sie zu Gesicht bekommen würden.«

»Oh, wie romantisch, Dev!« lächelte Margaret. »Obwohl es ja eigentlich gar nicht so richtig zu dir paßt.«

Megan war bei Devlins Phantasiegeschichte über und über rot geworden, so daß eigentlich auch der letzte begreifen mußte, was der wahre Grund für diese hastige Eheschließung war. Die reizende Dame schien ihm dennoch seine Geschichte abzunehmen, zumindest ihrer Antwort nach zu urteilen. Allerdings war die Lady offenbar nahezu blind, denn sie schien ihn wirklich mit einem anderen Mann zu verwechseln, den sie kannte. Allerdings hieß auch dieser andere Mann Devlin, wirklich ein sehr eigenartiger Zufall. Oder war sie vielleicht doch nicht blind und kannte Devlin von irgendwoher?

Als Devlin Megan vorstellte, wurde sie von der alten Dame mit solcher Wärme und Herzlichkeit in die »Familie« aufgenommen, daß Megan vor Verlegenheit fast im Boden versunken wäre, als sie sah, wie schamlos Devlin diese freundliche Lady offenbar an der Nase herumführte. Aber führte er sie denn wirklich an der Nase herum? Die Hälfte von dem, was Margaret McGregor erzählte, machte nicht den geringsten Sinn. Dann wieder sprach sie mit Devlin von

Leuten, von denen sie annahm, daß sie sie beide kannten, und auf alle Fragen, die sie Devlin stellte, hatte er eigenartigerweise eine passende Antwort parat.

Das Ganze konnte wirklich kein Zufall mehr sein. Irgend etwas stimmte hier nicht! Und die nervösen Blicke, die Devlin Megan zuwarf, verstärkten nur noch ihren Verdacht. Doch Lady McGregor war so voller Freude, Devlin zu sehen, daß Megan es einfach nicht übers Herz brachte, ihr ihre »Wiedersehensfreude« zu verderben. Und so wartete sie nur darauf, daß sie endlich wieder alleine wären, dann hätte sie ihrem Ehemann die eine oder andere Frage zu stellen!

»Was ist denn das?« fragte Margaret verwundert, als sie die Kutsche und den gesattelten Caesar erblickte, die beide bereitstanden. »Du willst mir doch nicht erzählen, daß du schon wieder abreist?«

»Doch, ich muß leider.«

»Aber das gibt es doch gar nicht!«

»Wirklich, Tante.«

»Nein, das erlaube ich nicht«, beharrte Margaret stur. »Jahrelang hast du mir versprochen, daß du mich besuchen willst, und jetzt bist du endlich einmal hier und willst schon wieder abreisen. Wo gibt's denn so etwas!«

»Ich bin aber nicht allein, Margaret«, erinnerte er sie dezent. »Und ich habe schließlich Verpflichtungen. Duchy weiß noch nicht einmal etwas davon, daß ich geheiratet habe!«

»Oh!« hauchte sie überrascht, dann überlegte sie einen Moment und lachte laut. »Das heißt also, daß ich zum ersten Mal etwas über dich weiß, was meine Schwester noch *nicht* weiß! Hm, da wird sie ja fuchsteufelswild werden!« Sie mußte wieder lachen, die Vorstellung gefiel ihr wohl besonders gut. Doch dann seufzte sie. »Na gut, es sieht also so aus, als ob wieder einmal *ich* diejenige sein werde, die *dich* besucht. Und das werde ich auch auf der Stelle tun, das schwöre ich dir! Daß du aber auch wirklich nie Zeit hast! Ich frage mich bloß, woher du überhaupt die Zeit genommen hast, deine Braut kennenzulernen, geschweige denn, sie auch noch zu heiraten. Aber das werde ich ja mit Sicherheit in aller Ausführlichkeit erfahren, wenn ich nach Sherring Cross komme!«

»Sherring Cross?« fragte Megan verblüfft, doch die Lady hatte sie nicht gehört.

»Jetzt, wo du so eine reizende junge Frau hast, mein Lieber, kannst du nicht mehr all deine Zeit im Oberhaus verbringen, hörst du? Ich erwarte, daß ich viele, viele kleine Neffen und Nichten bekomme, die die St.-James-Tradition weiterführen...«

Margaret unterbrach sich, denn Devlin stöhnte plötzlich laut auf. Und noch bevor sie ihn nach dem Grund dafür fragen konnte, sah sie voller Überraschung, wie seine hübsche junge Frau ihm ein unartiges Schimpfwort zuflüsterte und ihn anschließend mit einem koketten Augenaufschlag gegen das Schienbein trat.

Er schrie laut auf vor Schmerz, hüpfte auf einem Fuß herum und rieb sich stöhnend sein wehes Schienbein. Einen Moment lang war er so mit sich beschäftigt, daß er gar nicht merkte, wie Megan sich davonmachte.

»Sag mal, Devlin, meinst du wirklich, daß sie dieses Pferd reiten sollte?« fragte Margaret irritiert.

»Welches Pferd?« Er fuhr herum und sah gerade noch, wie Megan auf Caesars Rücken davongaloppierte. »Verdammt noch mal, Megan, komm sofort zurück!«

Sie machte natürlich nicht die geringsten Anstalten, ihm zu gehorchen. Doch das hatte er auch nicht anders erwartet.

34

Megan ritt einfach in die Landschaft hinein, ohne darauf zu achten, wo sie war. Plötzlich erreichte sie ein kleines Städtchen, eigentlich eher ein Dorf; es war kaum größer als Teadale. Als sie das einzige Gasthaus des Ortes sah, fiel ihr ein, daß sie ja ihre Geldbörse nicht dabei hatte und auch sonst nichts besaß, womit sie sich eine Mahlzeit hätte leisten können. Wie ihr Hut war ja auch das bißchen Geld, das sie auf die Reise mitgenommen hatte, gestern in der Kutsche liegengeblieben.

Also kein Geld, weder für Essen, noch für eine Unterkunft. Wie sollte sie da bis nach Hause kommen? Denn an eine Rückkehr zu ihrem Mann war überhaupt nicht zu denken. Lieber würde sie hungern. Immerhin hatte sie ja Caesar. Mit ihm kam sie doppelt so schnell voran und konnte es in drei Tagen bis nach Hause schaffen. Und in drei Tagen würde sie doch nicht verhungern, oder?

Aber was sollte das Ganze? Ein paar Tage später würde er ja dann doch bei ihr zu Hause aufkreuzen, und dann hätte sie völlig umsonst gehungert. Aber dann würde sie eben *wieder* durchbrennen, allerdings diesmal mit genügend Proviant.

Der Haken an der Sache war nur, daß er das Recht hatte, sie wieder zu sich nach Hause zu schleifen, so oft er Lust dazu hatte. Er konnte sie sogar einsperren, wenn er es satt bekam, ihr im ganzen Land hinterherzujagen. Mit ihrem Ja-Wort hatte sie sich ihm ausgeliefert!

Aber sie hatte doch nicht *ihn*, sondern Devlin, den Pferdezüchter geheiratet... Vielleicht hatte er die Heiratspapiere nicht mit seinem richtigen Namen unterschrieben, so daß sie mit ihm gar nicht verheiratet war? Doch das war reines Wunschdenken, darauf durfte sie sich nicht verlassen. Schließlich hatte er sie aus Anstand und Verantwortungsgefühl geheiratet; deshalb hatte er bestimmt dafür gesorgt, daß alles in Ordnung war.

Nur, sie wollte einfach nicht mehr mit ihm verheiratet sein. Sie haßte ihn, und diesmal war es ihr ernst damit. Er hatte sie belogen, hinters Licht geführt, ihr eine falsche Identität vorgespiegelt und weiß Gott was sonst noch alles angetan.

Solltest du ihm das alles nicht selbst sagen?

Bei Gott, ja!

Also wendete Megan und ritt zurück nach Norden. Wieder war sie zu sehr mit ihrem Ärger beschäftigt, um darauf zu achten, wohin sie ritt, doch Caesar folgte der Straße, auf der sie gekommen waren. Es dauerte nicht sehr lange, als ihr die Kutsche entgegenkam. Megan bemerkte sie erst, als sie schon fast auf gleicher Höhe waren.

Sie hielt an. Devlin stoppte ebenfalls. Megan stieg nicht ab, sondern blieb trotzig auf Caesars Rücken sitzen. Er sprang vom Kutschbock und riß sie mit einem einzigen Schwung aus dem Sattel. Sie sollte keine Möglichkeit mehr haben, noch einmal ausgerechnet mit dem Pferd durchzubrennen, das so schnell war, daß man sie nicht mehr einholen konnte. Megan aber war noch immer viel zu sehr in Rage, um seine Vorsichtsmaßnahme überhaupt zu begreifen.

»Ich habe dir eine Menge zu sagen, *Euer Gnaden«*, fauchte sie ihn an; als er sie auf seinen Armen in die Kutsche trug. Dabei sprach sie seinen Titel mit aller Verachtung aus, die sie aufbieten konnte.

»Das kannst du mir gleich alles in der Kutsche erzählen«, entgegnete er ruhig, doch dann brach auch bei ihm sein ganzer Ärger durch, und er schnauzte Megan wütend an: »Untersteh dich, jemals wieder ohne mich auf mein Pferd zu steigen, hast du mich verstanden?«

»Dein Pferd? Das ist doch wohl zufällig…«

»Mein Pferd.«

»Aha!« erwiderte sie brüsk. »Also eine weitere Lüge, und noch dazu eine, in die du meinen Vater mit hineingezogen hast!«

»Dein Vater ist eine so ehrliche Haut, daß es ihm schwergefallen ist, bei meinem kleinen Täuschungsmanöver mitzuspielen. Deshalb haben wir abgemacht, daß er für die Dauer meines Aufenthalts wirklich Eigentümer Caesars werden sollte, sozusagen durch einen befristeten unentgeltlichen Kauf. Bei meiner Abreise sollte der Vertrag seine Gültigkeit verlieren. Und das hat er denn ja auch, da ich, wie du weißt, abgereist bin.«

»Es ist mir egal, wie raffiniert du es ausgeklügelt hast, um meinem Vater, diesem Ehrenmann, seine Skrupel auszureden. Es ist und bleibt eine verdammte Lüge, *Ambrose St. James!*«

»Ambrose *Devlin* St. James«, korrigierte er sie und ließ sie ziemlich unsanft in die Kutsche plumpsen. »Kein Mensch nennt mich Ambrose, freche Göre, also fang du jetzt nicht damit an!«

Er hatte sich umgewandt, um Caesar an der Rückseite der Kutsche anzubinden, deshalb mußte sie ihre Stimme heben. Wütend schrie sie ihm hinterher: »Es ist mir völlig egal, wie die anderen dich nennen! Ich wüßte sogar noch ein paar andere Namen für dich, die viel besser passen. Willst du sie hören?«

»Nein!«

Einen Moment lang wußte sie nichts mehr zu sagen. Als er zurückkam, um sich in die Kutsche zu schwingen, fiel ihr auf, daß er humpelte. Sie schaute auf sein Bein und sagte: »Wenn du humpelst, damit ich mich für den Tritt entschuldige, hast du dich getäuscht. Ich werde dir bei Gelegenheit noch einen verpassen ... auf die gleiche Stelle ... nur noch fester.«

»Vielen Dank für die freundliche Vorwarnung, doch auch ich möchte dich warnen: Tritt mich noch einmal mit deinen spitzen, kleinen Schühchen, und du läufst barfuß quer durch England!«

»Das würdest du nicht wagen!«

Er hob eine Braue, als er sie ansah. »Ich glaube, ich habe doch wohl schon öfter Dinge mit dir gemacht, von denen du nicht gedacht hättest, daß ich es wagen würde, oder?«

Sie schnaubte verächtlich. »Weißt du was? Du bist genau das, was du selbst einmal von dir behauptet hast: nämlich ein mieser Halunke, ein gemeiner Schuft! Vielleicht war das überhaupt das einzige Mal, daß du wirklich die Wahrheit gesagt hast. Und ich werde mit dir in meinem ganzen Leben kein Wort mehr reden.«

»Ist das ein Versprechen?«

Offensichtlich war es das nicht, denn sie war noch nicht fertig mit ihrer Schimpftirade. »Du bist der ekelhafteste Kerl, der je gelebt hat. In ganz England – ach, was sag ich, auf der ganzen Welt – gibt es keinen so widerwärtigen Schurken wie dich! Und wahrscheinlich bist du auch als Herzog ein verabscheuungswürdiges Miststück!«

»Vielleicht solltest du dich mit einem vorschnellen Urteil zurückhalten, bis du ihn kennengelernt hast.«

»Seine Gnaden, den Herzog von Wrothston.«

Megans Augen sprühten: »Willst du etwa behaupten, daß ich mich verhört habe und daß Margaret MacGregor gar nicht deine Großtante ist, und daß sie nicht etwa gesagt hat, sie hofft, viele, viele Neffen und Nichten mit dem Namen St. James von...«

»Ja, ja, du hast alles richtig verstanden«, unterbrach er sie ungeduldig. »Ich *bin* der vierte Herzog von Wrothston. Aber seit dem ersten Tag, wo wir uns begegnet sind, war ich gezwungen, eine Rolle zu spielen, die Rolle eines anderen Menschen. Ich verstehe ja, daß du eine Wut auf mich hast. Aber mein Benehmen mußte eben zu der Rolle passen, und deshalb habe ich mich so benommen, wie ich es für glaubwürdig hielt. Ich will damit folgendes sagen, Megan: Wie ich mit dir umgegangen bin, das ist normalerweise überhaupt nicht meine Art. Ich bin gewöhnlich ausgesprochen zuvorkommend, höflich und durch und durch ein Gentleman. Man sagt mir sogar nach, daß ich ein steifer Langweiler wäre; allerdings kann ich mir überhaupt nicht vorstellen, wie die Leute zu dieser Ansicht kommen.«

Aber das war doch gar nicht der Mann, in den sie sich verliebt hatte...

Was hast du da gesagt?!

Tut mir leid, ist mir so rausgerutscht.

Aber du hast es gesagt!

Ach komm, laß mich in Ruhe.

»Willst du damit sagen, daß du kein bißchen herrisch und arrogant bist?« fragte sie.

Er wurde ein wenig rot. »Man nennt das Führungsfähigkeit, das hat mit Arroganz nichts zu tun. Aber ich gebe zu, daß ein paar von meinen wirklichen Charaktereigenschaften in die Rolle mit eingeflossen sind. Ich will nicht behaupten, daß ich den Pferdezüchter perfekt gespielt hätte.«

»Ja, das kann man wohl sagen. Pferdezüchter sind zum Beispiel normalerweise nicht so streitsüchtig!«

»Weißt du, wenn ich ehrlich bin, haben mir unsere Streitereien richtig Spaß gemacht, zumindest manchmal. Du mußt verstehen, ich kann mir in meiner Position ja so etwas sonst gar nicht leisten. Und dir hat es doch auch ein Mordsvergnügen gemacht, stimmt's?«

Sie würde lügen, wenn sie jetzt nein sagen würde. »Darum geht es doch überhaupt nicht«, wich sie seiner Frage aus. »Tatsache bleibt, daß du dich vom ersten Tag an als einen anderen ausgegeben hast, als der du in Wirklichkeit bist. Mir war *überhaupt* nicht klar daß ich einen Herzog geheiratet habe.«

»Aber das wolltest du doch«, erinnerte er sie mit einem süffisanten Grinsen.

Megan schoß die Schamröte ins Gesicht, und sie wäre am liebsten im Boden versunken, als sie an den Tag zurückdachte, als sie ihm gesagt hatte, daß sie den Herzog von Wrothston heiraten wolle. Wie mußte er sich über sie amüsiert haben, daß sie so eingebildet und so anmaßend war...

»Mein Gott«, sagte sie entsetzt, als sie sich an alles erinnerte. »Du bist den ganzen Weg nach Hampshire geritten, nur um mich mit deinem widerlichen Antrag zu erniedrigen und mich auf diese Weise von der Idee abzubringen, dich heiraten zu wollen. Ich hätte nie gedacht, daß du mich dermaßen verachtest.«

Nun war es nicht mehr Zorn, sondern tiefe Verletzung, die

aus ihr sprach. Devlin erschrak. Das hatte er nicht gewollt! »Verdammt, das war *nicht* der Grund, weshalb ich nach Hampshire gekommen bin. Ich habe mich nur geärgert, wie rücksichtslos du zu dieser Heirat entschlossen warst. Ich habe gedacht, daß du eiskalt und berechnend wärst, weil du dir durch diese Ehe einen Titel verschaffen wolltest, ganz egal, wie widerwärtig der Inhaber dieses Titels auch sein mochte. Es sollte in gewisser Weise eine Lektion sein. Ich habe wirklich nicht damit gerechnet, daß ich dich dadurch ganz von deinem Plan abbringen würde.«

»Was für eine Freude muß es dann für dich gewesen sein, als du gemerkt hast, daß die Lektion so erfolgreich war«, versetzte Megan bitter. »Und dann das Entsetzen, als du begriffen hast, daß du am Ende trotzdem in der Falle sitzt. Vermutlich glaubst du jetzt, daß ich es extra darauf angelegt habe, mich von dir schwängern zu lassen.«

»Mach dich nicht lächerlich«, sagte er schnell. »Zu so etwas gehören immer noch zwei.«

»Aber vielleicht hab ich dich reingelegt damals? Du warst schließlich betrunken, und ich habe natürlich, eiskalt und berechnend, wie ich nun einmal bin, sofort die Gelegenheit beim Schopf ergriffen.«

»Verdammt, hörst du mir eigentlich zu? Ich habe gesagt, daß ich das *damals* von dir gedacht habe. Heute glaube ich das nicht mehr.«

»Und Sie sind ein hervorragender Lügner, Euer Gnaden, wie Sie soeben wieder unter Beweis gestellt haben.«

»Du glaubst mir also nicht?« fragte er verzweifelt.

»Nein, ich glaube dir nicht. Oder willst du etwa behaupten, daß du um meine Hand angehalten hättest, wenn ich *nicht* schwanger gewesen wäre?«

Dieses Mädchen machte ihn rasend! »Woher, zum Teufel, soll ich wissen, was ich getan hätte, wenn alles anders gelaufen wäre? Das spielt doch jetzt überhaupt keine Rolle mehr. Du *bist* schwanger, und wir *sind* verheiratet. Es ist einfach unlogisch, was du sagst.«

»Es überrascht mich überhaupt nicht, daß *du* die Dinge so siehst. Immer, wenn *ich* im Recht bin, bin ich angeblich unlogisch!«

»Du bist aber nicht im Recht, verdammt noch mal!«

Sie reckte ihr Kinn empor und wandte sich von ihm ab. »Ich habe keine Lust mehr, weiter darüber zu diskutieren.«

»Da habe ich ja noch mal verdammtes Glück gehabt!«

35

Megan hatte gar nicht gemerkt, daß ihre Kutsche, die in Schottland repariert worden war, auf der Heimfahrt plötzlich eine andere Richtung eingeschlagen hatte. Sie hatte gedacht, sie würden nach Sutton Manor zurückfahren. Nach einiger Zeit kam ihr die Gegend auch wieder bekannt vor, doch es war nicht dieselbe, die sie vor über einer Woche verlassen, sondern eine andere, die sie vor Jahren einmal besucht hatte. Langsam ahnte sie, wo sie waren, und es dauerte nicht lange, da tauchte fern am Horizont in all seiner Pracht Gut Sherring Cross auf.

Schon beim ersten Mal, als sie das herzögliche Landgut gesehen hatte, war sie wie verzaubert gewesen. Das Hauptgebäude war ein riesiger Palast, majestätisch wie ein königliches Schloß. Und so wäre sie auch diesmal wieder wie berauscht gewesen, wenn es da nicht ein kleines Problem gegeben hätte: Dieses Schloß gehörte ihrem Mann, doch sie war es nicht wert, seine Frau zu sein.

Devlin saß ihr gegenüber, an die Wand der Kutsche gelehnt, und hielt ein Nickerchen. Oder tat er womöglich nur so? In den letzten Tagen saß er oft einfach nur so mit geschlossenen Augen da, wahrscheinlich, um ihren mißmutigen Blicken auszuweichen. Er hatte ihr die ganze Geschichte erzählt, warum er in die Rolle des »Pferdezüchters« geschlüpft war. Doch »Freddy« und »Sabrina« waren nur Namen, die

Megan wenig sagten, so daß sie eigentlich immer noch nicht ganz verstehen konnte, warum er ihr dieses Theater vorgespielt hatte.

Und so hörte sie nicht auf, weiter zu bohren: »Du hast meinem Vater sehr wohl gesagt, daß du ein Herzog bist, stimmt's? Deshalb war er auch so begeistert, daß ich dich heiraten würde, nicht wahr?«

»Ich habe es ihm nur gesagt, um die ganze Angelegenheit zu beschleunigen.«

»Aber warum hast du es dann *mir* nicht gesagt?«

»Du hast dich doch so gefreut, daß du einen Pferdezüchter heiraten würdest. Hätte ich dir da den ganzen Spaß verderben sollen?«

Das war wieder so eine absolut typische Antwort von ihm, und diese Art von Antworten war es auch, warum sie in den letzten Tagen überhaupt keine Lust mehr gehabt hatte, sich mit ihm zu unterhalten. Doch Megan hatte schon so lange ihr Unglück in sich hineingefressen, daß sie jetzt einfach ihrem Herzen Luft machen mußte. Sie lehnte sich vor und wollte Devlin endgültig aufwecken, um mit ihm zu reden.

Das ist jetzt, wo du so niedergeschlagen bist, der denkbar schlechteste Zeitpunkt! Oder willst du jetzt, wo wir gleich da sind, wo dich all seine Bediensteten empfangen werden, noch einen Streit vom Zaun brechen?

Das würde keinen guten Eindruck machen, nicht?

Ganz gewiß nicht. Es ist schon schlimm genug, daß du dich dafür schämen mußt, daß er dich geheiratet hat. Laß doch wenigstens seine Bediensteten sich über seine glückliche Wahl freuen – bis sie dich näher kennengelernt haben.

Sei nicht gemein zu mir! Sollte ich mich etwa nicht schämen, daß er mich geheiratet hat? Ich habe schließlich sein Leben zerstört!

Und was ist mit deinem Leben? Es ist genauso zerstört.

Aber das ist doch meine eigene Schuld...

Aha! Wurde ja langsam Zeit, daß du das einsiehst.

Das habe ich ja nie geleugnet. Aber vorher habe ich nur Devlins *Leben zerstört, und da habe ich nicht so viel Schaden angerichtet. Immerhin wäre die Heirat mit mir für einen Pferdezüchter ja auch ein ganz schöner Aufstieg gewesen. Aber jetzt habe ich das Leben eines Herzogs ruiniert, das ist doch ganz etwas anderes. Ich kann gut verstehen, daß er mich haßt.*

Weißt du, du solltest dir nicht die ganze Zeit die Haare raufen. Schau doch einmal, ob du diesem Schlamassel nicht auch ein paar positive Seiten abgewinnen kannst.

Ich wüßte nicht, welche.

Na, denk doch mal daran, daß du jetzt genau das bekommen hast, was du von Anfang an wolltest – einen Herzog!

Bei meinem ursprünglichen Plan war ich davon ausgegangen, daß er mich auch lieben würde.

Na gut, vergessen wir das. Aber jetzt hast du die Chance, auf Sherring Cross zu leben. Ist das nichts?

Das ist mir jetzt völlig egal.

Lüg doch nicht, du hast dich in dieses Haus schon beim ersten Mal verliebt!

Es ist ein verdammtes Mausoleum, Tiffany hatte ganz recht.

Aber immerhin besser als ein Pferdestall.

Ja, da ist was dran.

»Du bist ja ganz und gar verstummt«, hörte sie Devlin leise sagen. »Lampenfieber?«

Sie sah ihn nur kurz an, bevor sie wieder aus dem Fenster schaute. »Das paßt ja wieder mal hervorragend. Du wachst genau in dem Augenblick auf, wenn wir ankommen.«

»Tja, ich habe eben eine hervorragende innere Uhr.«

Megan schnaubte verächtlich. »Außerdem habe ich kein bißchen Lampenfieber. Und ich bin auch nicht verstummt. Ich habe dir doch gesagt, daß ich mit mir selbst rede.«

»Ja, richtig, das hatte ich ja ganz vergessen. Wenn man mit sich selbst redet, hat man immer Gesellschaft, nicht wahr? Ich würde gerne irgendwann einmal bei deinen Selbstgesprächen zuhören. Die müssen ja wahnsinnig interessant sein.«

Sie merkte, daß er sich einen Witz erlaubte, aber das war immerhin noch besser als die Wut, die er bekommen hatte, als sie ihm das erste Mal von ihren inneren Dialogen erzählt hatte.

»Sie würden für dich sicher sehr interessant sein, denn in der Regel drehen sie sich nur um dich. Aber ich befürchte, daß ich dir deinen Wunsch abschlagen muß. Meine Unterhaltungen sind höchst privat – und außerdem absolut lautlos.«

»Heißt das, daß du niemals laut mit dir sprichst?«

»Natürlich nicht.«

Er runzelte die Stirn. »Hab ich aber die ganze Zeit gedacht, Megan.«

Sie zuckte die Achseln. Sie hatte ihn in der Tat in dem Glauben gelassen, sie würde laut mit sich reden. Sie hatte gedacht, daß er sie deshalb für ein bißchen irre halten und deshalb die Hochzeit absagen würde – was er aber nicht tat, sondern im Gegenteil fuchsteufelswild wurde, als sie es ihm vorschlug. »Ist doch nicht meine Schuld, wenn du mich mißverstanden hast.«

»Wirklich nicht?«

Die Kutsche hielt an, so daß Megan die Frage nicht mehr beantworten mußte. Normalerweise hielt Devlin ihr immer die Tür auf, aber diesmal war er nicht schnell genug, denn eine ganze Schar von Bediensteten war ihm bereits zuvorgekommen und umringte die Kutsche. Kaum hatte sich herumgesprochen, daß es kein Gast, sondern der Herzog persönlich war, der da angekommen war, strömten von allen Seiten Scharen von Dienern und Hausmädchen herbei, um Devlin zu begrüßen. Auf dem Weg von der Kutsche bis zum Eingang des Palastes hörte Megan mehr »Euer Gnaden«, als es ihr recht war. Doch das war noch gar nichts gegen das

Getümmel, das in der riesigen Empfangshalle herrschte. Es schien, als wären sämtliche Dienstboten des gesamten Anwesens herbeigeeilt, um ihren Herrn willkommen zu heißen. Irgendwann in dem allgemeinen Aufruhr kam Devlin dazu, Megan als seine Frau vorzustellen, und schon ging das »Euer Gnaden« von neuem los.

Megan wußte selbst nicht ganz, wie sie mit der Situation fertig werden sollte, aber John, der Butler, und Mrs. Britten, die Haushälterin, stellten ihr jeden der Anwesenden mit Namen vor, und da alle so nett und freundlich zu ihr waren, fiel bald ihre ganze Nervosität von ihr ab.

Devlin fand Gelegenheit, ein paar Schritte zurückzutreten und Megan dabei zu beobachten, wie sie mit dem Personal umging. Er war völlig sprachlos. Er sah eine Megan vor sich, die er noch nie gesehen hatte. Es herrschte helle Aufregung, daß er mit seiner reizenden Braut gekommen war, ohne den Haushalt vorher zu benachrichtigen, denn so war natürlich überhaupt nichts für sie vorbereitet. Doch Megan schaffte es sofort mit ihrem ganzen Charme, die Gemüter zu beruhigen. Sie beteuerte, daß sie sowieso erst einmal das ganze Anwesen besichtigen wollte – was auch der Wahrheit entsprach, denn sie war ganz erpicht darauf, die Ställe zu sehen. Das gab dem Personal genügend Zeit, die für sie vorgesehenen Räume zu richten.

Als sie Margaret besucht hatten, war er viel zu nervös gewesen, um darauf zu achten, wie sich Megan benahm oder was sie zu seiner Tante sagte. Doch diesmal hörte Devlin jedes Wort, das aus Megans Mund kam. Und sie war so charmant und souverän, wie eine perfekte Lady, daß sie sofort alle für sich einnahm. Er war so überrascht, daß er gar nicht merkte, wie es aus ihm herausplatzte: »Ja, du lieber Gott, was ist denn auf einmal mit meiner kleinen Göre los?«

Noch im gleichen Moment wußte er, daß er einen riesengroßen Fehler gemacht hatte. Er sah, wie sich Megans Rücken versteifte, wie sie herumfuhr, und schon fühlte er einen stechenden Schmerz an seinem Schienbein. Megan schaute ihn an, dann erst bemerkte sie fassungslos, wozu sie sich vor den Augen des gesamten Personals hatte hinreißen lassen. Sie brach in Tränen aus und stürzte aus der Halle hinaus. Er hätte am liebsten das gleiche getan.

Er wußte, daß es der erste Eindruck ist, der zählt, und daß er durch seine dumme Bemerkung Megans Einführung in seinen Haushalt verpatzt, womöglich ihre Autorität für immer untergraben hatte. Die einzige Entschuldigung für sein Verhalten, die ihm einfiel, war, daß er genau wie sie die ganze letzte Woche einfach unter einem unerträglichen Druck gestanden hatte – abgesehen davon, daß er seit ihrer ersten Begegnung sowieso manchmal nicht mehr wußte, was er tat.

Die Bediensteten waren genauso fassungslos wie er, viele waren deutlich empört, manche einfach nur peinlich berührt. Das einfachste wäre gewesen, das gesamte Personal auf der Stelle zu entlassen. Doch dann besann er sich und versuchte, die Situation zu retten, indem er erklärte: »Wir sind seit zwei Wochen ununterbrochen auf der Reise gewesen, und meine Frau ist verständlicherweise erschöpft und deshalb ein wenig mit den Nerven am Ende.«

»Sie selbst dürften wohl auch etwas erschöpft sein«, sagte John neben ihm. Und da er schon seit über dreißig Jahren in diesem Hause diente, nahm er es sich heraus hinzuzufügen: »Denn ich habe Sie noch nie etwas dermaßen Dummes sagen hören – Euer Ehren.«

Devlin sah, daß viele bestätigend nickten und offensichtlich ihm die Schuld für die peinliche Situation gaben. Er mußte ihnen recht geben. Er lachte etwas verlegen und meinte dann in ernstem Ton: »John, Sie haben absolut recht. Um die Wahrheit zu sagen, weiß ich manchmal selbst nicht mehr, wer ich bin, seit ich diese junge Dame getroffen habe.«

»Das nennt man eben Liebe, Sir, wenn ich mir diese Bemerkung erlauben darf«, meinte Mrs. Britten lächelnd.

»Wirklich? Tja, da muß ich mich wohl erst daran gewöhnen«, erwiderte Devlin.

Bei diesen Worten machte ein allgemeines Schmunzeln die Runde, und Devlin nutzte die Gelegenheit, sich diskret zurückzuziehen und auf die Suche nach seiner Frau zu machen. Diesmal mußte er sich wirklich aus ehrlichem Herzen bei ihr entschuldigen. Er hoffte nur, daß er dazu noch käme, bevor sie ihm ein weiteres Mal gegen sein wundes Schienbein treten würde. Kein Zweifel, das nächste, was er tun mußte, war, seiner Frau ein paar weichere Schuhe zu kaufen.

36

Megan war spurlos verschwunden. Devlin hatte als erstes in den Pferdeställen nach ihr gesucht, denn er wußte, daß sie nichts mehr liebte als Pferde. Er hatte gehofft, daß der Anblick der prachtvollen Sherring Cross-Vollblüter sie so begeistern würde, daß ihr Ärger verraucht oder zumindest gedämpft wäre.

Einer der Gärtner erzählte ihm schließlich, er hätte die junge Lady zum See hinunterlaufen sehen. Devlin brach für einen Augenblick in Panik aus, denn er befürchtete angesichts ihres Zustands das Schlimmste, und so hatte der Gärtner die seltene Gelegenheit, seinen Herrn, den Herzog von Wrothston, wie von Furien gejagt zum See hinunterstürzen zu sehen.

Devlin sah sie schon von weitem. Sie saß am Ufer, etwas abseits vom Bootssteg. Sie sah wie ein richtiger kleiner Wildfang aus, hatte ihren Hut achtlos weggeworfen und ihr Haar gelöst, so daß es wie eine feuerrote Mähne über ihrem grauen Reisemantel lag. Den Rock hatte sie bis zu den Knien hochgezogen, und einer ihrer Füße baumelte im eisigen Wasser.

Man hätte denken können, daß die Eiseskälte des Wassers

sie womöglich davon abgehalten hatte, sich hineinzustürzen, doch als Devlin sie da sitzen sah, wurde es ihm sofort klar, wie lächerlich es gewesen war, an eine Kurzschlußreaktion zu denken. Dazu war sie einfach nicht der Typ, dazu war sie viel zu verzogen. Denn dann hätte sie ja keine Chance mehr gehabt, sich an dem, auf den sie wütend war, zu rächen. Aber vielleicht tat er ihr da auch Unrecht, vielleicht war das gar kein Ausdruck ihrer Verwöhntheit, sondern eine ganz normale, menschliche Reaktion.

Vorsichtig trat er an sie heran. Sie hörte ihn kommen und richtete sich steif auf, drehte sich jedoch nicht um. Weinte sie noch? Großer Gott, bloß das nicht! Mit ihren Wutausbrüchen konnte er umgehen, vor ihren Tränen stand er, wie die meisten Männer, hilflos wie ein kleines Kind.

Und so sagte er natürlich prompt das Falsche: »Na, hast du dir den Zeh angestoßen?«

Devlin stöhnte innerlich, als sie nur lapidar bemerkte: »Ja!«

Er sank hinter ihr auf die Knie, in den weichen Ufersand. Er hob die Arme, wollte sie an sich ziehen, doch er befürchtete, sie könnte sich ihm in trotziger Abwehr hastig entziehen und dabei ins Wasser fallen.

»Es tut mir leid, Megan.«

»Was denn?«

»Daß mein Schienbein dummerweise genau da war, wo du hingetreten hast.«

Er mußte lange auf eine Antwort warten, so lange, bis sie sich den Strumpf und den Schuh wieder angezogen hatte. Schließlich erwiderte sie: »Nein, *das* verzeihe ich dir nicht.«

»Was? Meine gedankenlosen Worte?«

»Die auch nicht.«

»Dann, daß ich über dein tadelloses Benehmen so überrascht war?«

»Das vielleicht schon.«

Obwohl sie ihn nicht sehen konnte, versuchte er, seinen

Seufzer der Erleichterung zu unterdrücken. »Alle waren von deinem Auftreten ganz begeistert, und niemand nimmt es dir übel, daß du mir gegen das Schienbein getreten hast. Alle haben gemeint, daß *ich* schuld an der ganzen Situation gewesen wäre, was ja auch stimmt. Mein Butler hat sogar gesagt, daß ich mich noch nie so danebenbenommen hätte.«

»Da bin ich aber ganz anderer Ansicht. Ich kann mich da an verschiedene Situationen...«

»Reicht es dir nicht, wenn ich mich für *dieses* Mal entschuldige, kleines Biest?«

Bei diesen Worten stand sie so abrupt auf, daß ihr Rükken ihm einen regelrechten Kinnhaken verpaßte. Sie fuhr mit einem erschrockenen »Oh!« herum, konnte es sich dann aber nicht verkneifen, schadenfroh zu bemerken: »Tja, selber schuld, wenn du mir zu nahe kommst.«

»Da wäre ich an deiner Stelle aber nicht so kess. In kaltem Wasser kann man nämlich nicht nur seine Sinnlichkeit, sondern auch seinen Ärger abkühlen.«

Sie lachte laut. »Du würdest es doch niemals wagen, mich da reinzuwerfen!«

»Richtig. Aber nur deshalb, weil ich dir mit deiner Riesenschleppe ja hinterherspringen müßte, um dich vor dem Ertrinken zu retten. Und dazu hätte ich kaum Lust, denn mein See ist noch um einiges kälter als dein Teich.«

»Ich hab mich gar nicht erinnert, daß es hier auch einen See gibt.«

»Du hast dich bei deinem ersten Besuch wahrscheinlich für nichts anderes interessiert als für das Gestüt, hm?«

»Nein. Ich kenne schon einen großen Teil des Hauses. Eines deiner Hausmädchen hat Tiffany und mich damals herumgeführt und war unheimlich stolz, als sie sah, daß unsere Bewunderung keine Grenzen kannte. Sie zeigte uns sogar deine Privatgemächer, naja, zumindest ein *paar* deiner Räume.«

»Und? Warst du beeindruckt?«

»Und wie! Warum glaubst du wohl, daß ich den Herzog von Wrothston heiraten wollte?«

Der Hieb hatte gesessen. Er hätte wissen müssen, daß sie die peinliche Szene von vorhin nicht auf sich beruhen lassen und sich dafür irgendwie an ihm rächen würde. Und sie hatte genau die richtige Wunde getroffen.

»Ach, ich dachte, du hättest mir einmal gesagt, daß du hauptsächlich von dem *Gestüt* so beeindruckt warst«, entgegnete er, ohne sich anmerken zu lassen, wie sehr ihn ihre letzte Bemerkung verletzt hatte.

»Ja, vielleicht«, sagte sie mit einem kleinen Lächeln, bevor sie davonschlenderte. Sie ahnte nicht, in was für einer trübsinnigen Stimmung sie ihn zurückließ.

Er versuchte erst gar nicht, ihr zu folgen; er war so verletzt, daß er nicht sicher war, ob er seine Zunge im Zaume halten könnte. Eine geschlagene Stunde blieb er noch dort sitzen und grübelte vor sich hin. Er war so unglücklich. Er dachte gar nicht daran, daß Megan womöglich sich nur einen Scherz mit ihm erlaubt hatte. Das Thema ging ihm zu nah, es war für ihn zu schmerzlich, das mußte sie doch wissen!

»Ich hab gehört, daß du dich bei deiner Ankunft ja ganz schön danebenbenommen hast«, platzte die Herzogin-Witwe von Wrothston ohne große Umschweife heraus, als sie ohne anzuklopfen Devlins Arbeitszimmer betrat. »Schade, daß ich es nicht selbst miterlebt habe, aber ... mein Gott, Devlin, wie siehst *du* denn aus?! Das ist ja fürchterlich ... der Kammerdiener muß dir sofort diese langen Haare abschneiden!«

Devlin lehnte sich hinter seinem Schreibtisch zurück und wickelte sich eine seiner langen Locken um den Finger. »Gefällt's dir nicht? So etwas passiert einem eben, wenn man eine Zeit auf dem Lande verbringt. Soll ich dir erzählen, was einem sonst noch so alles passieren kann?«

»Bist du mir böse, mein Junge?«

»Schon möglich.«

»Na gut, dann schieß mal los.« Sie setzte sich ihm gegenüber in einen Sessel und schaute ihn herausfordernd an. »Erzähl mir, was einem sonst noch alles passieren kann.«

»Man kann zum Beispiel wahnsinnig werden.«

»Das ist mir zwar noch nicht passiert, aber ich will nicht ausschließen, daß das möglich ist. Was noch?«

»Man kann heiraten.«

»Dann stimmt es also, was John mir erzählt hat? Du hast tatsächlich eine Braut mitgebracht?«

»Es gibt sicher viele Ausdrücke für sie. Aber ob ›Braut‹ so ganz der passende ist, weiß ich wirklich nicht.«

Lucinda St. James warf ihm einen einfühlsamen Blick zu. »Habt ihr schon euren ersten Krach?«

Devlin schnaubte verächtlich. »Schon? Ich wüßte nicht, wann wir jemals *keinen* Krach miteinander gehabt hätten.«

»Na, ich glaube, ich muß mir da selbst mein Urteil bilden. Du bist ja nicht gerade in bester Laune. Wo ist denn das Mädchen?«

Devlin zuckte die Achseln. »Womöglich im Stall, sie kann aber genausogut überall sonst sein.«

Duchy hob die Brauen. Es war immerhin schon zehn Uhr abends. »*So* spät?«

»Die Tages- oder Nachtzeit spielt für diese junge Dame nicht die geringste Rolle, wenn sie gerade einmal Lust verspürt, in die Ställe zu gehen.«

Sie wollte Devlin etwas entgegnen, besann sich dann jedoch eines Besseren. »Naja, das soll mich nichts angehen.«

»Du könntest sowieso nichts dagegen machen«, erwiderte Devlin trocken.

»Na gut. Aber jetzt hast du mich ja lange genug auf die Folter gespannt. Wer ist denn das Mädchen?«

»Die Tochter des Gutsherrn Penworthy.«

»Ja, zum Teufel mit mir!« entfuhr es Duchy. Sie konnte ein Grinsen nicht verbergen, so daß Devlin einen leisen Verdacht schöpfte.

»Das kannst du wohl laut sagen! Du hast es also von Anfang an gewußt. Und wie bist du darauf gekommen, daß ich an diesem Rotschopf Gefallen finden würde?«

»Wie hätte ich denn *darauf* kommen sollen?« fragte sie mit ihrem unschuldigsten Lächeln.

»Aber du hast es dir gewünscht.«

»Vielleicht.«

»Und warum?«

»Ach, ich habe sie vor etlichen Jahren einmal gesehen...«

»Ja, leider, das hat sie mir schon erzählt«, unterbrach er sie.

Sie schaute ihn vorwurfsvoll an. »Dann weißt du also auch, daß ihr Vater mit ihr hierherkam, um einen unserer Vollblüter für sie zu kaufen.«

»Rate mal, wie sie das Pferd getauft hat.«

»Wahrscheinlich hat sie sich einen blödsinnigen Namen einfallen lassen. Sie war damals noch ein Kind.«

»Es ist ein Name, den ich selbst für außergewöhnlich blödsinnig halte, weshalb ich ihn auch nie benutze.«

Beide Brauen der Herzogin-Witwe schossen in die Höhe. »Du meinst doch nicht etwa – Ambrose?«

»*Sir* Ambrose, um genau zu sein«, antwortete er, woraufhin seine Großmutter in schallendes Gelächter ausbrach.

»Ich weiß wirklich nicht, was daran so lustig ist.«

»Was nur einmal wieder bezeugt, daß du jetzt schon so humorlos bist wie dein Großvater, als er siebzig war. Das kommt davon, daß du einfach zuviel arbeitest und dir keine Zeit für andere Dinge gönnst. Ich hab versucht und versucht, dir diese Unart auszutreiben. Aber du warst eben zu lange unter seinem Einfluß, das ist dein großes Problem. Als ich ihn geheiratet habe, war er *überhaupt* nicht so; er ist erst mit der Zeit so geworden. Und du bist verdammt noch mal viel zu jung, um jetzt schon so zu sein wie er im Alter.«

»Ich glaube ganz und gar nicht, daß ich humorlos bin. Das meint nicht einmal Megan.«

»Das freut mich zu hören. Und das ist auch einer der

Gründe, warum ich mir gewünscht habe, daß ihr ein Paar werden würdet. Das Mädchen hat auf mich damals einen tiefen Eindruck gemacht. Ich habe oft in den letzten Jahren an sie denken müssen.«

»Was hat denn die Rotzgöre damals angestellt? Hat sie mit ihrem feurigen Temperament die Möbel angezündet?«

Duchy kicherte. »Ich hatte nicht den Eindruck, daß sie eine Rotzgöre war. Im Gegenteil, ich fand sie einfach entzückend. Sie hatte so einen hinreißenden jugendlichen Charme und so eine ungeschminkte Offenheit. Einfach ein ganz süßes Ding, die Kleine. Außerdem konnte man ihr damals schon ansehen, daß sie einmal eine richtige Schönheit werden würde. Ist sie das?«

»Eine unvergleichliche Schönheit«, knurrte Devlin.

»Ja, wo ist denn dann bitte das Problem? Ich hatte mir gedacht, daß es doch nicht übel wäre, wenn du in ihrer Nähe wärst und ein bißchen von ihrer Lebensfreude annehmen könntest.«

»Die Rolle des Cupido steht dir schlecht, Duchy«, brummte er unwirsch. »Du hast Megan Penworthy vor sechs Jahren kennengelernt, als sie noch ein Kind war. Und nur weil sie dich bei diesem einen Mal so beeindruckt hat, wirfst du deinen Enkel dieser Wölfin zum Fraß vor.«

»Hm. Ist sie wirklich eine Wölfin, Devlin?«

»Dann eben eine Füchsin, wenn dir das lieber ist.«

»Ich denke, du willst damit sagen, daß sie ganz anders ist, als ich sie damals erlebt habe.«

»Überhaupt nicht. Ich bin sicher, daß sie immer noch dieses Kind von damals ist. Und es gibt auch jede Menge Leute, die von ihr begeistert sind und ihre Nähe suchen. Nur gehöre ich leider nicht zu diesen Leuten.«

Duchy stöhnte verzweifelt. »Ich darf dich freundlich daran erinnern, daß nicht ich schuld daran war, daß du für eine Weile verschwinden mußtest. Ich habe nur versucht, das Beste daraus zu machen. Du hast eben die längste Zeit deines Erwachsenenlebens gedacht, daß du Marianne heiraten würdest, und hast deshalb anständigerweise auch nicht nach anderen Mädchen geschaut. Doch als diese Hochzeit dann ins Wasser fiel, hättest du dich sofort nach einer neuen Braut umsehen müssen. Hast du das getan? Nein! Du warst einfach viel zu sehr mit dir selbst beschäftigt und hast dich viel zu sehr in deine Arbeit gestürzt. Obwohl du wußtest, daß es deine Pflicht ist, zu heiraten und dem Geschlecht der Wrothstons einen Erben zu verschaffen.«

»Als ob ich das nicht wüßte«, versetzte er mürrisch.

»Aber du scheinst dich nicht sonderlich darum zu kümmern. Es ist meine Pflicht, dich daran zu erinnern. Und *ich* weiß zumindest, was meine Pflicht ist.«

»Hab ich mich um *meine* Pflichten etwa *nicht* gekümmert?«

Duchy verlor die Geduld. »Muß ich dir denn alles aus der Nase ziehen? Wenn du das Mädchen nicht magst, warum hast du es dann verdammt nochmal geheiratet?«

»Wer sagt denn, daß ich sie nicht mag? Oder, na gut, im Augenblick mag ich sie wirklich nicht sonderlich. Aber was hat das denn damit zu tun? Ich begehre sie, ja. Jedesmal, wenn sie in meine Nähe kommt, sogar dann, wenn sie nicht in meiner Nähe ist. Verdammt noch mal, es gibt keinen Moment, wo ich sie *nicht* begehre, wenn du es ganz genau wissen willst!«

Seine Großmutter schnappte nach Luft. »Also das letzte möchte ich überhört haben.«

»Dann sollte ich mich wohl entschuldigen.«

»Ja, das solltest du wirklich!« gab sie entrüstet zurück.

»Aber bevor ich hier endgültig aus der Haut fahre, möchte ich wirklich wissen: Was zum Teufel ist eigentlich das Problem, Devlin?«

»Sie liebt mich nicht.«

37

»Er liebt mich nicht.«

Lucinda St. James traute ihren Ohren nicht, als sie von Megan exakt die gleiche Antwort bekam wie gestern abend noch von ihrem Enkel. Sie war gespannt gewesen, was aus Megan geworden war. War sie wirklich der aufbrausende, kleine Trotzkopf, als den Devlin sie ihr beschrieben hatte? Oder war sie arrogant und herablassend, weil ihr ihre Schönheit zu Kopf gestiegen war? Das Mädchen war wirklich über die Maßen schön, viel schöner noch, als sie es sich vorgestellt hatte. Statt dessen saß Lucinda jetzt einem Häufchen Elend gegenüber, und das überraschte sie völlig.

Sie und die neue Herzogin von Wrothston hatten sich heute morgen in dem offiziellen Empfangssalon getroffen, einem großen Raum, in dem Devlin normalerweise seine privaten Geschäfte erledigte und der genau in der Mitte zwischen seiner Suite und der seiner Frau lag.

Megan war am Anfang der Unterhaltung aus verständlichen Gründen etwas zurückhaltend, doch dann kamen sie auf ihre erste Begegnung vor sechs Jahren zu sprechen. Bei diesem Thema taute Megan ein wenig auf und zeigte etwas von der ihr ureigenen Quirligkeit, an die sich die ältere Dame so gut erinnern konnte. Doch sie sah auch sofort die große Traurigkeit, die das Mädchen nur mühsam verbergen konnte. Und so hatte sie ihr die gleiche Frage gestellt wie gestern abend ihrem Enkel. Daß sie haargenau die gleiche Antwort bekäme, hatte sie wirklich nicht erwartet.

Herzensangelegenheiten erforderten äußerste Behutsamkeit, und daher fragte Lucinda so einfühlsam wie möglich: »Und warum glauben Sie das?«

»Wenn ein Mann eine Frau liebt, dann würde er ihr das doch sagen, oder?« antwortete Megan.

»Ja, das müßte er natürlich wirklich tun.«

»Nun ja, und Devlin hat mir lediglich gesagt, daß ich sein Leben ruiniert hätte. Wissen Sie, er wollte mich ja erst gar nicht heiraten. Er hat alles in Bewegung gesetzt, um mich von dieser Idee abzubringen.«

»Welcher Idee?« fragte Lucinda. »Dann hatten Sie sich also schon entschieden, daß sie ihn heiraten wollten?«

»Nicht ihn, sondern den Herzog.«

»Aber er *ist* doch der Herzog, mein Kind!«

»Heute weiß ich das natürlich, aber damals, als ich ihn heiratete, wußte ich das noch nicht.«

»Wen dachten Sie denn sonst, daß Sie heiraten würden?«

»Einen Pferdezüchter. Wußten Sie nicht, daß er sich als Pferdezüchter ausgegeben hat?«

»Ursprünglich sollte er ein Stalljunge sein, aber das tut ja jetzt nichts mehr zur Sache. Aber hat es Ihnen denn nicht auch ein ganz klein bißchen gefallen, daß Sie am Schluß nicht einen Pferdezüchter, sondern einen Herzog geheiratet hatten?«

»Gefallen?« rief Megan aus. »Er hat mich hintergangen, verdammt noch mal. Ich habe getobt... Oh, entschuldigen Sie vielmals, Euer Gnaden.«

»Ach, das macht doch nichts, Kleine, wir sind doch jetzt eine Familie. Nennen Sie mich einfach ›Duchy‹ und sprechen Sie frei von der Leber weg!« Dann beugte sie sich ein wenig vor und flüsterte: »Es passiert mir auch immer wieder mal, daß ich fluche. Natürlich nicht in der Öffentlichkeit. Sie verstehen, da könnte mich ja mein penibler Enkel hören. Er denkt, daß ich unfehlbar bin, und das ist auch gut so. Ich kann ihn ja schlecht für seine Flüche rügen, wenn er weiß, daß ich das gleiche tue, oder?«

Megan schüttelte den Kopf und grinste. Und in diesem Moment wurden sie Freundinnen. »Wenn ich das nur vorher gewußt hätte! Aber andererseits tut Devlin nichts lieber, als sich über mein schlechtes Benehmen zu beschweren, und da würde ich ihm ja den ganzen Spaß verderben, wenn ich mich wirklich bessern würde.«

Lucinda lachte schallend. »Sie sind genau die Richtige für diesen Jungen«, sagte sie im Brustton der Überzeugung. »Irgend jemand muß diesen Langeweiler ja mal ein bißchen aus der Reserve locken.«

»Da ist er aber, glaube ich, ganz anderer Meinung«, entgegnete Megan, und mit einem Mal kam wieder diese verlorene Traurigkeit in ihre Augen.

»Sind Sie ihm immer noch böse, daß er ein Herzog und kein Pferdezüchter ist?«

»Ja ... nein ... ach, ich weiß nicht«, seufzte Megan.

»Er meint, daß Ihnen der Titel gefällt – ganz abgesehen von seinen Ställen.«

Megan verzog das Gesicht. »Da sieht man wieder, daß er mich einfach nicht versteht. Ich habe ihm doch nur deshalb gesagt, daß ich Ambrose St. James heiraten würde, weil ich damit bei ihm Eindruck schinden wollte. Ich dachte, daß er dann endlich ein wenig Respekt vor mir hätte und mit diesen verletzenden Beleidigungen aufhören würde, die ich seit dem ersten Tag unserer Begegnung von ihm zu hören bekommen habe. Es hat natürlich nicht den geringsten Eindruck auf ihn gemacht. Als er wissen wollte, warum ich es gerade auf den Herzog von Wrothston abgesehen hatte, habe ich ihm natürlich nicht den wahren Grund gesagt – das ging ihn ja nichts an –, sondern geantwortet, daß mir das Gestüt des Herzogs so gut gefiele, einfach nur so, um ihn von dem Thema abzubringen.« An dieser Stelle weiteten sich Megans Augen mit Erschrecken. »Jetzt sehe ich natürlich, daß ihn das damals unheimlich verletzt haben muß, denn er *war* ja der besagte Herzog.«

»Ach, der Grund ist doch ein ganz anderer, Kindchen«, sagte Lucinda kichernd. »Seit ich mich erinnern kann, haben die Frauen dem Buben schöne Augen gemacht. Genauso erging es seinem Vater und meinem Mann. Die verdammten St. James-Jungs sind nun einmal außergewöhnlich schöne Männer. Es muß für den armen Kerl ja ein ganz schöner Schock gewesen sein, eine Frau zu treffen, die sich nicht auf der Stelle Hals über Kopf in ihn verliebt, sondern mehr auf sein Gestüt scharf ist als auf ihn selbst. Großer Gott, ich hätte doch zu gerne seinen Gesichtsausdruck gesehen, als er das gehört hat! Dabei waren Sie sich ja noch nicht einmal bewußt, daß Sie ihn damit massiv in seiner Eitelkeit verletzt haben.«

»Wirklich zu schade, denn das gehört eigentlich zu den Dingen, die ich am liebsten mache«, gestand Megan offenherzig.

»Das habe ich mir schon gedacht«, grinste Lucinda. »Aber was war dann der wirkliche Grund, warum Sie einen Herzog heiraten wollten, wenn ich fragen darf?«

Megan zuckte die Achseln. »Es war ein guter Grund, ein hervorragender Grund, auch wenn er Ihnen wahrscheinlich ziemlich kindisch vorkommen wird. Ich habe von Lady Ophelia Thackeray eine schwere Kränkung, eine beschämende Zurückweisung einstecken müssen. Sie ist in unserer Gegend für ihre rauschenden Feste bekannt, und jeder reißt sich darum, von ihr eingeladen zu werden. Auch ich habe über zwei Jahre sehnlichst darauf gewartet, doch dann hat sie mir einmal in aller Öffentlichkeit deutlich zu verstehen gegeben, daß ich mir das aus dem Kopf schlagen könnte. Tiffany meint, daß das an meinem verdammt hübschen Gesicht läge – Sie kennen doch Tiffany? Das ist meine beste Freundin, sie war damals mit dabei, als wir Sir Ambrose gekauft haben.«

»Ja, aber...«

»Devlin ist übrigens fürchterlich eingeschnappt, daß ich mein Pferd nach ihm benannt habe. Dabei wollte ich nur dem Herzog auf diese Weise meine Ehrerbietung erweisen, denn ich war der Meinung, daß mein Pferd das schönste von allen sei. Aber Devlin hat das überhaupt nicht so gesehen.«

»Ja, das kann ich mir denken«, bemerkte Lucinda trokken.

»Naja, auf jeden Fall meinte Tiffany, daß Lady O mich nur deshalb nicht auf ihre Feste einladen wollte, weil sie drei

Töchter hat, die sie unter die Haube bringen muß. Das mag ja sein, aber daß sie mich deshalb gleich dermaßen schneidet, wo es doch in der ganzen Gemeinde niemanden gibt, der noch nie auf der Gästeliste gestanden hat, fand ich so gemein. Sie hat mich wie eine Aussätzige behandelt, als ob irgend etwas mit mir nicht in Ordnung wäre. Ja, und da habe ich mich eben entschlossen, jemanden zu heiraten, der einen noch höheren Titel hat als sie – sie ist Gräfin von Wedgewood –, um sie auf diese Weise auszustechen. Das hört sich kleinlich und rachsüchtig an, nicht wahr? Ist es ja auch. Aber ich war nun einmal so wütend und so gekränkt damals.«

»Aber warum denn gerade Devlin?«

»Er war der bedeutendste Lord, den ich kannte, und ich mag auch wirklich sein Gestüt. Aber das war natürlich nur so ein Vorsatz. Ich mußte ihn ja erst einmal kennenlernen und mich in ihn verlieben – das war für Tiffany und mich absolute Notwendigkeit. Denn ich hatte ja nicht vor, mein Leben zu ruinieren, nur um Lady O eins auszuwischen. Ich würde niemals einen Mann heiraten, den ich nicht liebe oder von dem ich nicht wenigstens annehmen könnte, daß ich mich mit der Zeit in ihn verlieben könnte, ganz egal, was für einen tollen Titel er hat. Es bestand für mich natürlich nicht der geringste Anlaß, das alles Devlin zu erzählen. Und da hat er eben alles drangesetzt, mich von dieser Idee abzubringen.«

»Wie hat er denn das angestellt, ohne vor Ihnen seine wahre Identität zu lüften?«

»Er hat mir gesagt, daß der Herzog ein gemeiner Schurke, ein Ganove, ein Verführer unschuldiger Mädchen sei.«

»Was natürlich überhaupt nicht stimmt«, entgegnete Lucinda mit unüberhörbarer Empörung.

»Das hab ich ja auch gesagt. Obwohl ich den Herzog ja noch gar nicht kennengelernt hatte. Ich mußte also die Ehre eines Mannes verteidigen, den ich gar nicht kannte. Aber Devlin hat einen Trick gefunden, es mir zu beweisen. Er ist auf einem Maskenball aufgetaucht, hat sich mir als der Herzog vorgestellt und sich eine unverschämte Dreistigkeit erlaubt. Er hat mich aufgefordert, seine Geliebte zu werden.«

»Das darf doch nicht wahr sein!«

»Ist es aber.«

»Aber das paßt doch gar nicht zu ihm!«

»Es tut mir leid, wenn ich da anderer Meinung bin. Das war nur eine von vielen Beleidigungen, die ich mir von diesem Mann habe anhören müssen. Er besaß sogar noch die Frechheit, höchst überrascht zu tun, als ich ihm – dem ›Pferdezüchter‹ – nach meiner Rückkehr eröffnete, daß ich den Herzog nie wiedersehen wollte.«

Lucinda lehnte sich zurück. Sie war sprachlos. »Wie habt ihr zwei das eigentlich bloß geschafft, nach all diesem Tohuwabohu noch glücklich vor dem Traualtar zu enden?«

»Da bin einzig und allein *ich* daran schuld. Die Wahrheit ist, daß ich, allerdings völlig unbewußt und ohne Absicht, ihn dazu verleitet habe, mich zu verführen. Ich war einfach so verdammt neugierig. Und es war so wunderbar, zumindest das Küssen, doch das, was danach kam, hat mir überhaupt nichts bedeutet. Er hat das von sich selbst auch behauptet. Er meinte, es hätte ihm so wenig gefallen, daß er nicht die Absicht hätte, je wieder mit mir ... die Ehe zu vollziehen. Es wäre für ihn nur eine Ehe auf dem Papier.«

Lucinda war bei diesem Thema zunächst etwas verlegen geworden, bei Megans letzter Bemerkung fand sie jedoch schnell ihre Sprache wieder. »Das kommt gar nicht in Frage!« platzte sie ärgerlich heraus. »Er hat die verdammte Pflicht, den nächsten Herzog zu zeugen! Und er kann dieser Pflicht nicht nachkommen, wenn er nicht ... äh, wenn er nicht...«

»Doch, das kann er wohl, wenn sich herausstellen sollte, daß das Kind, das ich erwarte, ein Junge ist. Hat er Ihnen denn nicht gesagt, daß wir nur deshalb geheiratet haben, weil ein Baby unterwegs ist?«

Lucinda war sprachlos. »Nein, dieses kleine Detail muß der Junge wohl ganz vergessen haben.«

38

Als Megan zwei Tage zuvor in den Stall gegangen war, hatte sie zu ihrer großen Freude entdeckt, daß Devlin ihr Pferd, Sir Ambrose, nach Sherring Cross hatte bringen lassen. Sie war überglücklich, ihre Stute wiederzusehen, doch noch glücklicher war sie, daß sie jetzt einen guten Grund hatte, Devlin aufzusuchen und sich bei ihm für seine Aufmerksamkeit zu bedanken. Eigentlich hätte sie natürlich zu jeder Zeit mit ihm sprechen können, er war ja schließlich ihr Ehemann, aber irgendwie hatte sie das Gefühl, daß sie dazu einen Vorwand brauchte, und den hatte sie jetzt.

Seit ihrer Ankunft hatte sie ihn nur selten gesehen, geschweige denn mit ihm gesprochen. Gestern abend hatte sie mit ihm im offiziellen Speisesalon zu Abend gegessen. Duchy war merkwürdigerweise verschwunden, so daß sie ganz allein waren. Sie hatten sich an beiden Enden des sechs Meter langen Eßtisches gegenübergesessen – aber es war einfach kein Gespräch aufgekommen.

Devlin war wie verwandelt. Er saß elegant gekleidet mit exzellenten Tischmanieren beim Abendessen und benahm sich überkorrekt, jeder Zentimeter ein Herzog. Das einzige, was nicht ins Bild paßte, waren seine langen Haare, die er immer noch nicht abgeschnitten hatte. Duchy hatte sich heute morgen beim Frühstück beschwert, daß er sie nicht abschnitt, nur um sie zu ärgern. Megan gefielen seine langen Locken, denn sie waren das einzige, was sie an den Mann erinnerte, den sie geheiratet hatte.

Nur eine einzige Bemerkung hatte sie sich nach dem Essen nicht verkneifen können. Zwei Stunden bleiernen Schweigens an einem endlos langen Tisch waren ihr einfach zuviel geworden, und irgendeinen Kommentar über seine neue Rolle mußte sie einfach noch loswerden.

Als sie aufstanden und jeder in sein eigenes Schlafzimmer davonging, meinte sie: »Jetzt wird mir erst klar, warum du die Rolle des Pferdezüchters so verdammt schlecht gespielt hast. Das nächste Mal, wenn du meinst, in die Haut eines Arbeiters schlüpfen zu müssen, solltest du deine weißen Batisthemden genauso zu Hause lassen wie deine Arroganz.«

Kurz danach, als sie zu Bett ging, bereute sie ihre bissige Bemerkung. Devlin hatte sowieso nicht die geringste Reaktion gezeigt, außer daß er seine Brauen leicht indigniert gehoben hatte. Er wollte sie einfach auflaufen lassen, fand es wohl unter seiner Würde, mit ihr zu streiten. Dann hatte Duchy also doch recht! Sie hatte ihn als absoluten Gentleman gepriesen und war aus allen Wolken gefallen, als Megan ihr geschildert hatte, wie Devlin zu *ihr* gewesen war, nämlich streitsüchtig, unverschämt und respektlos. Dann *war* er in Wirklichkeit also gar nicht so, sondern es war nur die Rolle, die er gespielt hatte!

Megan ertappte sich dabei, daß sie darüber richtig enttäuscht war, denn diesen untadeligen, überkorrekten Devlin, mit dem sie gestern abend gespeist hatte, fand sie einfach zum Gähnen langweilig. Doch jetzt wollte sie einen neuen Versuch wagen; es mußte einen Weg geben, der sie zueinanderführte. Deshalb war sie so froh, daß sie jetzt einen Grund hatte, ihn anzusprechen. Sie würde so freundlich wie möglich zu ihm sein. Es sollte ein Friedensangebot werden. Er war schließlich ihr Mann, in guten wie in schlechten Tagen. Und von den schlechten hatte sie langsam die Nase voll.

Megan betrat das Haus durch einen Seiteneingang und ging durch das Labyrinth von Korridoren, die schließlich alle in den Haupttrakt mündeten, wo auch Devlins Arbeitszimmer lag. Da hörte sie plötzlich von weitem eine erregte Stimme, die ihr irgendwie bekannt vorkam.

»...Sie wollen mir doch nicht allen Ernstes erzählen, er wäre nicht da, wenn ich verdammt noch mal ganz genau weiß, daß er hier ist. Meine Informanten haben dieses Haus Tag und Nacht beobachtet und mir sofort Bescheid gegeben, als er wieder zurückgekommen ist. Also bitte, gehen Sie mir aus dem Weg, John!«

Megan kam gerade um die Ecke, als die Tür von Devlins Arbeitszimmer aufging und er persönlich herauskam, um freundlich zu fragen: »Suchst du *mich*, Freddy?«

»Aha, kommst du endlich heraus aus deinem Loch!« bellte Frederick wütend zurück. »Wo, zum Teufel, hast du bloß gesteckt, verflucht noch mal, daß dich eine ganze Hundertschaft meiner Leute nicht ausfindig machen konnte. Hast du dich nach Amerika eingeschifft?«

»Du solltest mich wirklich besser kennen, Freddy. Ich würde mich um nichts auf dieser Welt noch einmal mit dieser Seekrankheit herumschlagen – auch nicht aus Freundschaft zu dir, um deine verdammte Haut zu retten.«

»*Meine* Haut?« rief der Marquis von Hampden empört. »Ich glaube, du hast wohl vergessen, wer hier wen erschießen will.«

»Ach, dann hast du wohl deine Pistole gleich mitgebracht?«

Devlin war immer noch die Ruhe selbst und nahm Freddys Drohung offensichtlich nicht im mindesten ernst, was Megan in helle Panik versetzte.

»Allerdings, bei Gott! Ich hab sie hier irgendwo!« erwiderte Freddy wütend und suchte hektisch in seinen Taschen, doch Devlin kam ihm zuvor, hechtete zu ihm hinüber und schlug den absolut arglosen Marquis mit der Faust zu Boden. »Ich glaube, das hab ich dir noch geschuldet!« keuchte Devlin und zeigte zum ersten Male wieder eine Andeutung von Gefühlsbewegung. Dieser Schlag schien ihm eine echte Genugtuung gewesen zu sein.

»Von wegen, verflucht!«

»Doch, mein lieber Freund! Und ich meine nicht den unüberlegten Faustschlag, den du mir damals verpaßt hast. Ich meine etwas anderes. Du hast nämlich offenbar nicht die geringste Ahnung, wie die infame Verleumdung deiner Schwester und deine verdammte Verbohrtheit mir in der letzten Zeit das Leben zur Hölle gemacht haben! Ich hätte mich niemals in dieser verfluchten Provinz vergraben, wenn du nicht so ein elender Hitzkopf wärest, der ewig braucht, bis er wieder zur Besinnung kommt. Es ist einzig und allein deine Schuld, daß es mir jetzt so dreckig geht. Dafür wollte ich mich bei dir bedanken!« Und mit wutentbrannter Miene stürmte Devlin in sein Arbeitszimmer zurück, nicht ohne lautstark die Tür hinter sich zuzuknallen.

»Was, zum Teufel, will er denn bloß *damit* sagen?« knurrte Freddy, während er langsam wieder auf die Füße kam.

»Ich weiß nicht, Sir«, antwortete John höflich, wohl nur, um die peinliche Situation zu überspielen. »Vielleicht meint er damit die Schwierigkeiten, die er im Augenblick hat, sich an das Leben im Ehestand zu gewöhnen.«

»Ehestand?« rief Freddy fassungslos. »Hat er geheiratet? Das darf doch nicht wahr sein!«

»Doch, ich versichere Ihnen, daß...«

Freddy wartete gar nicht, bis der Butler zu Ende gesprochen hatte, und stürmte an ihm vorbei in Devlins Zimmer. Megan zog sich leise zurück, ohne daß sie jemand überhaupt bemerkt hätte. Sie war am Boden zerstört. Jetzt hatte sie also nicht nur Devlins Leben ruiniert, sondern war auch noch schuld daran, daß es ihm elend ging und daß er unglücklich war!

»Wie konntest du es nur wagen, eine andere Frau zu heiraten, wenn meine Schwester...«

»...gelogen hat, Freddy!« vollendete Devlin den Satz, während er sich ein großes Glas Brandy einschenkte. »Wann begreifst du das endlich, du verdammter Dickkopf! Großer Gott, jetzt ist es immerhin schon zwei Monate her!«

Dann stellte er das Glas auf seinem Schreibtisch ab und holte die Flasche erneut aus dem Regal. »Hat es Sabrina denn immer noch nicht zugegeben?«

»Zugegeben?« empörte sich Freddy. »Sie behauptet immer noch steif und fest, du hättest sie verführt!«

»Warum hat dieses kleine... Duchy hat gesagt, sie wäre immer noch nicht verheiratet. Aber ich warne dich. Wenn du mir jetzt noch einmal sagst, ich sollte meine Pflicht als Ehrenmann antreten, Freddy, dann hau ich dir gleich wieder eine rein!«

Freddy rieb sich mit einem leisen Stöhnen sein schmerzendes Kinn und ließ sich dann gegenüber von Devlins Schreibtisch in einen Sessel fallen. »Nein, komm, das ist wirklich nicht nötig! Und ich hatte auch nicht vor, dich in die Pflicht zu nehmen. Ich habe ihr nämlich schon einen Bräutigam besorgt. Carlton steckt knietief in Schulden und war deshalb sehr angetan von meinem Vorschlag. Nächste Woche wollten sie heiraten.«

»*Wollten*?«

»Sie hat ihr Baby letzte Woche verloren und deshalb die Hochzeit abgesagt.«

»Verloren?« Devlin runzelte die Stirn. »Dann war sie ja wirklich – Moment mal!« Ihm kam ein Verdacht. »Warst du dabei, wie sie es verloren hat, oder hast du es erst hinterher erfahren, als alles schon vorbei war?«

»Naja, sie hat es mir erst hinterher gesagt, aber sie war völlig aufgelöst.«

»Sie haben es doch alle raus, auf Knopfdruck loszuheulen. Hast du das immer noch nicht gemerkt?«

»Du bist ein verdammter Zyniker«, prostestierte Freddy. »Ich hatte wirklich keinen Grund, ihr nicht zu glauben.«

»Auch nicht, wenn dein bester Freund dir versichert, daß er deine Schwester nicht angerührt hat?!«

»Sie ist schließlich meine Schwester, verdammt. Was hättest *du* an meiner Stelle getan?«

»Ich wäre nicht so voreilig gewesen, Sabrina sofort zu

glauben. Sie ist eine gewiefte Schauspielerin, die mit allen Tricks arbeitet, das weißt du ganz genau. Und ich hätte ein bißchen mehr Vertrauen in meinen besten Freund, der sich normalerweise nicht herumtreibt und unschuldige Mädchen verführt…«, antwortete Devlin, »…zumindest früher nicht«, fügte er leise murmelnd hinzu.

Freddy spitzte die Ohren. »Ich hab davon läuten hören. Wen hast du denn noch verführt?«

»Auf jeden Fall nicht deine verfluchte Schwester, der ich, wenn ich sie erwische, den Hals umdrehen werde. Und was *dich* betrifft, so überlege ich mir langsam, ob ich nicht *dir* meine Sekundanten vorbeischicken sollte.«

»Das ist jetzt schon das zweite Mal, daß du mich wegen einer Sache anklagst, von der ich nicht die geringste Ahnung habe.«

»Dann muß ich dir wohl etwas auf die Sprünge helfen«, entgegnete Devlin. »*Deinetwegen* war ich gezwungen, mich auf dem Land zu vergraben. Und dort habe ich das schönste Mädchen getroffen, das ich je gesehen habe, und seitdem ist mein Leben die reinste Hölle!«

»Da muß ich dir aber in einem Punkt widersprechen«, schmunzelte Freddy. »*Ich* habe nämlich kürzlich das schönste Mädchen getroffen, das ich je gesehen habe. Sie geht mir seitdem laufend im Kopf herum. Ich kann dir sagen, ich trage mich echt mit dem Gedanken, ob ich nicht nach Hampshire zurückkehren und ihr den Hof machen soll.«

»Hampshire? Sie hat nicht zufällig rote Haare und nachtblaue Augen, hä?«

»Woher, zum Teufel, weißt du das?«

»Vergiß es«, brummte Devlin, »und schlag dir dieses Mädchen aus dem Kopf. Ich hab sie nämlich schon geheiratet.«

»Soll das ein Witz sein?«

»Hast du den Eindruck?«

»Sprichst du von Miss Penworthy?«

»So ist es.«

»Na, das ist ja eine schöne Bescherung!« maulte Freddy enttäuscht. »Aber wieso *beklagst* du dich dann bei mir? Du solltest mir statt dessen auf Knien danken!«

»Wenn sie von mir gar nichts will – außer meinem Titel und meinen Pferden?«

»Na, zumindest hat sie einen guten Geschmack. Mir gefallen deine Pferde nämlich auch ausnehmend gut.« Devlin starrte ihn wütend an.

»Tut mir leid, aber so schlimm kann es doch gar nicht sein, oder?«

»Hast du eine Ahnung!« Und dann schüttete Devlin seinem Freund das Herz aus.

39

Die Situation war unerträglich geworden. Devlin ging Megan bewußt aus dem Weg. Wenn sie ihn überhaupt einmal sah, dann nur im Vorübergehen.

Er erschien auch nie wieder zu einem gemeinsamen Abendessen seit dem besagten ersten Mal. Und wenn er es doch nicht vermeiden konnte, ihr zu begegnen, war er jedesmal dermaßen übertrieben höflich, daß sie ihn am liebsten ins Gesicht geschlagen hätte, um herauszufinden, ob es wirklich der alte Devlin war, der da vor ihr stand. Hatte sie das denn alles nur geträumt, war er vielleicht doch jemand ganz anderer, der ihr nur ein lächerliches Theater vorgespielt hatte? Doch sie tat es nicht. Dieser neue Devlin war so furchteinflößend und gebieterisch, daß sie nicht einmal wagte, einen Streit mit ihm vom Zaun zu brechen, weil sie sich ihm gegenüber nur noch wie ein kleines, dummes Kind vorkam.

Die Situation war wirklich unerträglich. Jede Nacht weinte sie sich in den Schlaf. Und Devlin hatte keine Ahnung davon! Aber ihm ging es ja keineswegs besser als ihr. Sie hatte doch gehört, was er gesagt hatte. Er strengte sich genauso an wie sie, sein ganzes Elend zu verbergen.

Die Situation war in der Tat *absolut* unerträglich. Doch dann kam Megan eine Idee. Sie hatte gehört, wie Devlin Duchy erzählt hatte, daß Sabrina behauptete, ihr Baby verloren zu haben. Das war die Lösung! Sie würde Devlin genau das gleiche erzählen! Diese Lüge würde ihr nicht leichtfallen; bei dem bloßen Gedanken daran stiegen ihr die Tränen in die Augen. Aber es wäre für beide das beste, denn dann könnte er die Ehe schnell annullieren lassen.

Sie hatte zwar Gewissensbisse, doch ihr Entschluß stand fest. Und sie durfte auch keine Zeit verlieren, denn Devlins Großmutter plante einen großen Ball, auf dem sie die Eheschließung offiziell bekanntgeben wollte. Duchy hatte sich schon bei ihnen beschwert, daß sie wegen ihrer heimlichen Trauung ja gar keine Gelegenheit gehabt hatte, die Hochzeit zu arrangieren, und deshalb wollte sie wenigstens diesen Ball in aller Pracht feiern. Megan mußte sich also sputen, bevor die Einladungen verschickt wurden. Je weniger Menschen von ihrer Existenz überhaupt erfuhren, desto schneller war Devlin wieder frei und konnte sein normales Leben weiterführen. Und *sie* konnte endlich vergessen, daß sie so dumm gewesen war, sich in einen Mann zu verlieben, den es gar nicht gab.

Megan saß an diesem Abend nervös im Salon und wartete auf Devlin, als sie hörte, wie er draußen vom Korridor aus seine Suite betrat. Sie war so aufgeregt, daß es sie nicht mehr in ihrem Sessel hielt, sie aufstand und unruhig im Zimmer auf und ab ging. Dann hörte sie die Tür ein zweites Mal klappen; das war der Diener, den Devlin weggeschickt hatte. Jetzt war es soweit! Sie wartete noch, bis der Diener außer Hörweite war, dann brach sie in lautes Schluchzen aus. In Sekundenschnelle flog die Tür auf, die ihre beiden Räume trennte, und Devlin stürzte herein.

»Was ist denn los? Warum weinst du denn?«

»Ich ... ich weine gar nicht«, stammelte Megan. Daß er plötzlich so nah bei ihr stand, brachte sie völlig aus der Fassung. »Ich ... ach, nichts. Laß mich bitte allein.«

»Megan!«

Sie vergrub ihr Gesicht in ihre Hände und wimmerte: »Ich kann es dir nicht sagen. Ich habe versucht, es zu vergessen, aber jedesmal, wenn ich daran denke, muß ich weinen wie jetzt. Aber ... vielleicht solltest du es doch besser wissen.«

»Was denn, um Himmels willen?«

»Ich habe unser Baby verloren.«

Ihm schien es die Sprache verschlagen zu haben, denn er sagte kein einziges Wort. Und so schluchzte Megan noch lauter. Wenn er jetzt auch nur irgendein freundliches Wort zu ihr sagen würde, dann, so glaubte sie, würde sie echte Tränen weinen.

»Kannst du das beweisen?« fragte er statt dessen kalt, alles andere als freundlich. »Blutest du noch?«

Megan erblaßte. Sie hatte mit keinem Gedanken daran gedacht, daß er ihr womöglich nicht glauben würde. Zum Glück konnte er nicht sehen, wie totenbleich sie war, da sie immer noch die Hände vor das Gesicht geschlagen hielt.

Doch sie faßte sich schnell und war sofort mit einer Erklärung bei der Hand. »Es ist schon länger her. Es war auf der Rückfahrt von Schottland. Und ich habe es dir nicht früher gesagt, weil ... weil ich noch ganz unter dem Schock stand. Bist du denn so dickfellig, daß du überhaupt nichts gemerkt hast?«

»Ja, du warst in der letzten Zeit ungewöhnlich ... still.«

Eine nette Art, ihr Elend zu umschreiben! Aber sein Ton war so eigenartig scharf, da stimmte doch irgend etwas nicht! Entweder glaubte er ihr nicht oder... Dachte er etwa, daß sie von Anfang an gelogen hatte, daß sie nie schwanger war und es deshalb auch gar keinen Grund gegeben hatte, sie zu heiraten?

»Warum quälst du mich so? Siehst du denn nicht, wie elend es mir geht?«

»Ich hätte eher gedacht, daß du erleichtert wärst.«

Sie rang nach Luft, sie hob den Kopf und starrte ihn fassungslos an. »Aber ich *wollte* dieses Baby!«

»Nein, das glaube ich dir nicht.«

»Aber es ist so! Ich sage es dir doch! Wie kannst du es bloß wagen, mir nicht zu glauben!!«

Devlin seufzte gequält, als er sah, wie sie fast hysterisch wurde. »Megan, es hat niemals ein Baby gegeben. Das ganze war ein riesengroßer Irrtum.«

»Das war es in der Tat, aber das steht hier nicht zur Debatte.«

»Wir werden *wieder* Kinder haben!«

»Nein, das werden wir nicht.« An dieser Stelle mußte sie zum ersten Mal wirklich weinen.

Mit einem Schlag war sein ganzer Ärger verflogen, und er fühlte auf einmal tiefes Mitleid mit ihr. »Megan...«

»Rühr mich nicht an!« schluchzte sie, als er sie umarmte und ihren willenlosen Körper an sich zog.

»Megan, nicht doch ... bitte!«

»Ich hasse dich!« schrie sie, an seinen Hals gelehnt, und krallte sich in seine Kleider. »Du kennst mich überhaupt nicht, du weißt gar nicht, was ich mir wünsche. Vielleicht habe ich das Baby am Anfang wirklich nicht gewollt, aber *jetzt* will ich es!« Sie merkte gar nicht, daß sie nicht mehr in der Vergangenheitsform sprach.

»Dann tut es mir wirklich aufrichtig leid. Was kann ich denn bloß für dich tun?«

»Nichts. Du kannst gar nichts für mich ... ach, Devlin, halt mich fest!« schluchzte sie. Mit seiner ganzen Kraft zog er sie an sich, klopfte ihr hilflos auf den Rücken, merkte gar nicht, daß er ihr mit seiner Umklammerung fast die Luft abschnürte. Doch Megan sog diese Umarmung auf wie ein ausgedörrter Schwamm. Vielleicht war es unfair von ihr, diese Situation so auszunutzen. Aber vielleicht würde er sie nie mehr so halten! Verzweifelt klammerte sie sich an ihn. Nur dieses eine letzte Mal noch!

Er murmelte irgendwelche unsinnigen Worte in ihr Ohr, nur um sie zu beruhigen. Dann, ganz langsam wurden diese Worte zu Küssen, erst an ihren Schläfen, dann auf der Stirn, ihren tränennassen Wangen. Jetzt nutzte sie ihn wirklich aus, aber es war ihr egal. Nur weiter so gehalten werden! Das war alles, was sie jetzt wollte.

Plötzlich schmeckte sie das Salz ihrer Tränen auf seinen Lippen, als sein Mund den ihren zufällig berührte. Doch er kam wieder, einmal, zweimal, und als sie sich nicht wehrte, preßte er seinen Mund auf ihre Lippen und versenkte seine Zunge in ihr. Sie krallte sich noch wilder in seine Kleider, aus Angst, er könnte zur Besinnung kommen und sie wieder loslassen. Doch er kam nicht zur Besinnung. Ächzend stieß er seine Zunge tief in ihren Mund, und sie antwortete mit einem wilden Stöhnen.

Da war er wieder, dieser reißende Strom von Gefühlen, der jedesmal aus den Tiefen ihres Leibes aufbrach, wenn er sie so küßte! Und diesmal überwältigte er sie mehr denn je, nachdem sie ihn so lange entbehrt hatte. Megan vergaß alles, was sie sich vorgenommen hatte, daß sie am Boden zerstört, verzweifelt hatte sein wollen. Alle ihre Sorgen verschwanden im Nichts, sie war unfähig, noch irgendeinen klaren Gedanken zu fassen. Sie war nur noch im Rausch ihrer Leidenschaft.

Plötzlich lag sie auf etwas Weichem. Er hatte sie ausgezogen und auf das Bett gelegt, doch es war ihr in ihrer Ekstase ganz entgangen. Sie merkte erst, daß sie nackt war, als sie seinen heißen Körper auf sich spürte. Und selbst das nahm sie nur wie in Trance wahr, denn Devlin hatte sie die ganze Zeit mit seinen wilden, betörenden Küssen umnebelt, so daß sie nicht mehr wußte, was um sie herum passierte.

Seine Hände, die sie vorher nur trösten wollten, wollten jetzt mehr. Sie streichelten sie nicht, nein, sie entflammten Feuer auf ihrer Haut. Sie züngelten über ihren Körper, spielten mit ihr, ließen sie erbeben, jagten ihr heiße Schauer über den Rücken, ihre Brüste hinab zu ihrem Bauch, der jetzt der Mittelpunkt ihrer Lust, ihrer Welt war, ein Abgrund, der nur noch nach seiner Berührung lechzte.

Und sie wurde nicht enttäuscht. Seine zärtlichen Finger drangen tief in sie ein, bis sie nur noch ein einziges Wimmern war, ein Stöhnen, Ächzen, ein brennendes Begehren, das immer maßloser wurde und das er mit dem ganzen Reichtum seiner Liebeskunst zu stillen wußte. In dem Moment, wo sie glaubte, die Spannung nicht mehr ertragen zu können, drang er in sie ein; sie spürte sein mächtiges Glied, das sie bis zum Zerreißen ausfüllte, wie es in ihr wühlte, bis in die tiefsten Tiefen ihres Leibes stieß und in ihr eine Explosion auslöste, die sie fast umbrachte. Es war eine Explosion, die nicht enden wollte; mit jedem seiner Stöße wurde sie von neuen elektrisierenden Zuckungen der Wollust geschüttelt, bis auch er schließlich mit einem lauten Stöhnen seinen Höhepunkt erreichte. Doch auch danach lag sie noch wie verzaubert, spürte die Nachwehen ihrer beider Lust, die Erschütterung ihrer Sinne, wollte die verebbenden Wellen ihrer Erregung bis zum letzten auskosten. Ach, wenn doch auch das erste Mal so... Das erste Mal?

Megan riß entsetzt die Augen auf. »Devlin, verdammt nochmal, warum hast du jetzt bloß mit mir geschlafen?«

Ihre Frage war so absurd, daß er nicht anders konnte, als mit sanfter Ironie zu antworten: »Ich habe dich auf eine gute, alte, bewährte Weise getröstet.«

»Aber du hast jetzt alles kaputt gemacht! Du hättest die Ehe annullieren können, jetzt aber ist es zu spät!«

Er stand wortlos auf und stieg mit merkwürdig steifen Bewegungen die nichts Gutes verrieten, in seine Kleider. Doch erst als er wieder vollständig angezogen war, drehte er sich zu ihr um, und sie sah, daß sein Gesicht wutverzerrt war.

Megan suchte nach etwas, womit sie ihre Blöße bedecken konnte, als wollte sie sich damit vor seinem haßerfüllten Blick schützen. Sie hatten sich auf dem Sofa im Salon geliebt, und ihre eigenen Kleider lagen auf einem Haufen am Boden, ein ganzes Stück weg von ihr.

»War es *das*, worauf du aus warst?« fragte er zitternd. »Du wolltest also die Annullierung der Ehe?«

»Aber natürlich«, antwortete sie unsicher, »das war es doch, was *du* wolltest, oder etwa nicht?«

»Hier in diesem Augenblick wäre es in der Tat mein Herzenswunsch. Aber wie du richtig bemerkt hast, ist es dazu nun zu spät.«

»Aber nicht doch! Wir brauchen doch bloß so tun, als ob das alles hier nie passiert wäre. Wir vergessen einfach alles!«

»Oh nein, mein Liebling. Diese Begegnung hier werde ich nie vergessen. Außerdem kann es gut sein, daß du wieder schwanger bist.«

»Aber das ist doch völlig unwahrscheinlich!« widersprach sie ihm, doch im gleichen Moment fiel ihr ein, daß sie ihm ja irgendwie erzählen mußte, daß sie das Kind gar nicht verloren hatte. Aber dazu war jetzt wirklich nicht der richtige Zeitpunkt.

»Dann sage ich es dir eben anders herum. Und vielleicht kapierst du es so besser, verdammte Göre. Du bist an mich gekettet, bis daß der Tod uns scheidet, daß du es weißt. Und den Gefallen zu sterben werde ich dir so schnell nicht tun!«

»Na, großartig!« rief sie ihm hinterher, als er mit langen Schritten aus dem Zimmer stürmte.

Doch an der Tür blieb er noch einmal stehen, um ihr eine letzte Gemeinheit hinzuschmettern: »Wenn du deine verfluchte Annullierung bekommen hättest, dann hättest du den Titel einer Herzogin für immer verloren, das weißt du doch hoffentlich, hä?«

»Natürlich weiß ich das, du Idiot!« schoß sie zurück, doch er hatte bereits mit lautem Knall die Tür hinter sich zugeschlagen.

40

Devlin reiste am nächsten Morgen nach London ab. Megan erfuhr erst durch Duchy davon, als sie beide in ihrem kleinen Salon beim Frühstück zusammensaßen. Der Raum war viel gemütlicher als der offizielle Empfangssalon, nur die lavendelfarbenen Tapeten und Möbelbezüge gefielen Megan nicht so recht. Sie dachte einen Moment daran, daß sie den Raum neu gestalten wollte; jetzt, wo sie allein war, hatte sie ja genügend Zeit dazu. Andererseits mochte sie zum jetzigen Zeitpunkt nicht gerne Devlins Geld ausgeben.

»Du wirst nicht lange unter der Trennung zu leiden haben«, versicherte Duchy, »wir beide fahren nämlich ebenfalls nach London.«

»Ach, wirklich?«

»Ja. Ich habe Devlin gesagt, daß wir ein paar Einkäufe erledigen müssen. Eigentlich hätte er ja warten und uns begleiten können, aber aus irgendeinem Grund wollte er das nicht. Naja, ist ja auch egal. Auf jeden Fall treffen wir uns dann in London in seinem Stadtpalais.«

Erst schlage ich ihn in die Flucht, und dann hat er mich schon wieder am Hals.

Das ist doch reine Spekulation. Vielleicht ist er gar nicht vor dir davongelaufen, sondern mußte einfach dringend geschäftlich nach London. Du weißt doch, wie sehr Männer ihre Arbeit lieben.

Ja. Aber mich *liebt dieser Mann überhaupt nicht.*

Gestern abend hat er dich sehr wohl geliebt.

Er hat mich nur gemocht. Und auch nur solange, wie er mit mir schlafen konnte. Außerdem war ihm nicht wirklich danach. Es ist einfach nur so passiert.

Und warum richtest du es nicht öfter so ein, daß es »einfach nur so passiert«?

Das würde an unserem Problem doch überhaupt nichts ändern.

Aber auch nichts verschlimmern.

»...mindestens für den Anfang einmal dreißig neue Kleider«, sagte Duchy. »Und vor allem ein neues Ballkleid!«

Megan schreckte aus ihren Gedanken auf. Hoffentlich war ihr nicht noch mehr entgangen, denn das war ja der reinste Unsinn, was Duchy da mit ihr vorhatte. »Duchy, ich bitte dich, ich brauche wirklich keine neuen Kleider. Ich habe schon jemanden nach Hause geschickt, um meine ganze Garderobe zu holen, und die ist wirklich riesig!«

Duchy winkte ab. »An Garderobe kann man nie genug haben. Und denk daran, nach der offiziellen Bekanntgabe eurer Eheschließung auf dem Ball werden Hunderte von Leuten kommen, um dir ihre Aufwartung zu machen. Und die Herzogin von Wrothston ist schließlich nicht irgendwer. Hast du gesehen, wie groß dein Ankleidezimmer ist?«

Megan hatte sich schon gewundert, warum dieser Raum so riesig war. »Naja, wenn du meinst«, gab sie schließlich zögernd nach.

»Ja, das meine ich.« Doch dann runzelte die Herzogin-Witwe die Stirn. »Ich setze dich in London in den entsprechenden Konfektionshäusern ab. Selber habe ich keine große Lust, den halben Tag da rumzusitzen. Du bist doch alt genug, daß du weißt, was dir steht, hm? Ich meine, deine Lieblingsfarbe ist doch nicht gerade Rosa, oder?«

Duchy schaute so ängstlich drein, daß Megan sie schnell beruhigte: »Wenn ich Rosa trage, bekomme ich sofort Sommersprossen.«

Die alte Dame riß die Augen auf. »Ehrlich? Hätte ich nie gedacht, daß so etwas möglich ist.«

»Ist es auch nicht.«

Duchy verstand. »Kleine freche Range«, kicherte sie.

Doch dann war es auf einmal Megan, die ängstlich dreinschaute. »Das ist irgendwie ein Problem, nicht wahr – mein Haar, oder? Devlin findet es einfach scheußlich. Er sagte einmal, daß der Herzog – er sprach von sich selbst, aber das wußte ich damals noch nicht – sich niemals in der Öffentlichkeit mit einer Rothaarigen zeigen könnte. Ich glaube, er hat wörtlich gesagt: ›eine Frau mit einer so unmöglichen Haarfarbe‹.«

Duchy seufzte. Ihr Enkel hatte vor lauter Verliebtheit offenbar total den Verstand verloren. »Aber Kindchen, deine Haarfarbe ist doch völlig in Ordnung. Ich finde sie sogar ausgesprochen hübsch, und ich zweifle keinen Moment daran, daß Devlin da anderer Meinung ist. Wenn er damals etwas anderes gesagt hat, dann hatte das irgendeinen anderen Grund. Ich wette, wenn ich ihm sage, daß du dir deine Haare färben willst, wird er es dir verbieten.«

»Keine schlechte Idee.«

»Gut, dann sage ich es ihm.«

»Nein, daß ich mir ja die Haare färben könnte, ist eine gute Idee.«

»Untersteh dich!« schimpfte Duchy. »Es besteht überhaupt kein Grund dazu, und das weißt du auch!«

Megan widersprach ihr nicht, doch dann meinte sie: »Aber *er* wäre glücklich darüber, glaubst du nicht?«

»Das einzige, was diesen Jungen glücklich machen würde, ist, wenn du ihm endlich einmal sagen würdest, daß du ihn liebst.«

»Daß ich ihn *was*?«

Duchy hatte sich vorgenommen, sich in die Beziehung ihres Enkels nicht einzumischen, und so seufzte sie nur leise und meinte beiläufig: »Ach, es war nur so ein Gedanke von mir.«

Doch es war genau der gleiche Gedanke, der Megan auch schon gekommen war.

Warum sagst du es ihm dann nicht endlich?

Das weißt du sehr gut. Weil er mich nur auslachen würde, und das würde ich ihm nie verzeihen.

Der alte Devlin hätte dich vielleicht ausgelacht, aber der neue würde...

Ja, was würde der?

Weiß ich auch nicht genau.

Eben, ich auch nicht. Und ich habe keine Lust, es darauf ankommen zu lassen.

Aber irgend etwas mußt du doch tun! Du könntest ja wenigstens im Bett einen Waffenstillstand mit ihm schließen und dann weitersehen.

Hm. Na gut, ich überleg's mir.

Vielleicht könntest du ausnahmsweise einmal nicht überlegen, sondern es einfach tun?

Du hast gut reden. Und wenn er mich zurückweist?

Du mußt eben mal was riskieren. Oder willst du, daß diese Quälerei ewig so weitergeht?

Megan seufzte. Ihre innere Stimme hatte mal wieder recht, verflixt noch mal.

Zwei Tage später, als Megan im Londoner Herrenhaus der Familie in ihrem neuen Ankleidezimmer stand und sich für das Abendessen fertig machte, kam Devlin, ohne anzuklopfen, hereingestürmt. Ihre Zofe war so erschrocken, daß sie mit einem leisen Schrei aus dem Raum stürzte, bevor Megan sie überhaupt hinausschicken konnte.

Megan war genauso erschrocken, vor allem als ihr Ehemann ohne Umschweife, in einem Ton, der keinen Widerspruch duldete, herausplatzte: »Ich *verbiete* dir, deine Haare zu färben!!«

Sie hatte ganz vergessen, daß Duchy es ihm ja hatte sagen wollen. Und es war offenbar gut, daß Megan die Wette nicht angenommen hatte. Doch es war das erste Mal seit ihrer Ankunft in London, daß sie Devlin überhaupt zu Gesicht bekam – er war die ganze Zeit mit herzöglichen Verpflichtungen beschäftigt gewesen –, und ihre innere Stimme erinnerte sie an ihren letzten Entschluß. So nahm sie den Fehdehandschuh nicht auf, sondern ließ im Gegenteil ihren ganzen Charme spielen, um ihn für sich zu gewinnen.

Sie schenkte ihm ihr strahlendstes Lächeln und sagte,

mehr zur Entschuldigung: »Aber du hast doch gesagt, du magst meine Haarfarbe nicht.«

Ihr Lächeln warf ihn einfach um. Es kam so völlig unerwartet, daß es ihm fast verdächtig vorkam. »Ich hab mich inzwischen daran gewöhnt«, knurrte er.

»Aber es ist doch eine ganz und gar unmodische Farbe.«

Es ärgerte ihn, daß sie genau die Worte wiederholte, die er ihr gesagt hatte. »Die Herzogin von Wrothston braucht nicht mit der Mode zu gehen. Sie schafft ihre eigene Mode.«

»Aber ich möchte nicht, daß du in der Öffentlichkeit deshalb irgendwelchen peinlichen Situationen ausgesetzt bist. Und außerdem schlägt sich meine Haarfarbe mit meinem neuen rosa Ballkleid.«

»Oh Gott«, stöhnte er.

Sie überhörte diese Bemerkung. »Schwarz fände ich gut, ja, schwarz. Blond ist so gewöhnlich, alle wollen Blondinen.«

»Wenn du auch nur eine einzige Locke von deinem wunderschönen Köpfchen färbst, dann lege ich dich wieder übers Knie, und du weißt, das ist keine leere Drohung!«

»Na gut, Devlin, wenn du das sagst.«

»Und das meine ich auch so, Megan«, warnte er. Ihre plötzliche Willfährigkeit kam ihm verdächtig vor.

»Ja, Devlin, ich habe verstanden.«

Sie verwirrte ihn mit einem weiteren Lächeln. Er hatte gedacht, daß es wieder einmal einen fürchterlichen Streit geben würde, und nach ihrer letzten Begegnung hätte er auch gar nichts dagegen gehabt. Doch sie war auf einmal so liebenswürdig, so ganz anders als er sie kannte.

Irgend etwas wollte sie von ihm. Hatte sie sich einen neuen Trick ausgedacht, wie sie aus dieser Ehe herauskommen könnte?

Zum Teufel, jedesmal wenn er an ihre verdammte Idee mit der Annullierung dachte, bekam er eine Riesenwut. Er hatte sich so danach gesehnt, mit ihr zu schlafen, und als es dann endlich soweit war, war es so unglaublich schön gewesen;

auch *sie* hatte ihren Höhepunkt genossen, das wußte er. Dann hatte sie plötzlich von dieser Annullierung gesprochen, und das war für ihn der schlagende Beweis, daß er ihr im Grunde so zuwider war, daß sie sogar bereit war, auf den Titel wieder zu verzichten, den sie so heiß ersehnt hatte.

Aber warum hatte sie sich ihm dann hingegeben und damit ihren ganzen Plan vereitelt? Aus schlichter Neugier? Hatte er ihre Neugier, ohne sich dessen bewußt zu sein, *gegen* sie verwendet? Oder hatte sie die Leidenschaft so mitgerissen, daß ihr dann alles andere auf einmal egal war?

Er sollte ihr erzählen, daß er sich auch dann nicht auf eine Annullierung eingelassen hätte, wenn sie *nicht* miteinander geschlafen hätten. Vielleicht würde sie dann endlich den Streit vom Zaun brechen, den er jetzt brauchte.

Er öffnete den Mund, um es ihr zu sagen, doch sie hatte ihm inzwischen den Rücken zugekehrt, und er sah, daß ihr Kleid offen war. Mit kokettem Ton fragte sie ihn über die Schulter: »Da meine Zofe gerade nicht da ist – kannst du mir mein Kleid zumachen?«

Devlin wollte sich auf die Zunge beißen, aber da war es ihm schon herausgerutscht: »Eigentlich würde ich es dir viel lieber aufmachen!«

Sie drehte sich mit einem Schwung herum und fragte unschuldig: »Jetzt?«

»Jederzeit.«

»In Ordnung.«

Devlin glaubte, nicht richtig gehört zu haben. »Hat es dir das letzte Mal so sehr gefallen, daß du nicht einmal etwas dagegen hast, wenn *ich* es mit dir mache?«

»*Nur* du sollst es mit mir machen!« gurrte sie sanft, und eine leise Röte zog über ihre Wangen.

Natürlich. Was hätte sie denn sonst sagen sollen. Schließlich war er ihr Ehemann. Aber er hatte jetzt nicht vor, gegen sein Verlangen zu handeln, bloß weil er nicht genau wußte, was sie vorhatte.

Hier, in ihrem Ankleidezimmer liebte er sie. Das erste Mal

heftig und schnell, weil er befürchtete, sie könnte es sich anders überlegen, doch dann, als sie seine Zweifel zerstreuen konnte, noch einmal, diesmal ganz langsam und ausgiebig.

Das nächste Mal sollten sie es vielleicht wirklich einmal in einem richtigen Bett probieren...

41

Ihre Beziehung hatte sich völlig verändert. Es war ein heimliches, unausgesprochenes Einverständnis, eine Art Waffenstillstand im Bett. Ein ungewöhnliches Konzept, aber es funktionierte hervorragend.

Jede Nacht schlich Devlin in ihr Schlafzimmer, und kaum, daß er in ihr Bett gestiegen war, schmiegte Megan sich wortlos in seine Arme. Es war ihr egal, was er von ihr als Mensch dachte, es reichte ihr, daß er ihren Körper begehrte, denn auch sie verzehrte sich nach seiner Umarmung. Sie liebten sich, ohne dabei je ein Wort miteinander zu reden. Nicht daß sie es so abgesprochen hätten, es hatte sich einfach so ergeben. Alles, was die Dinge beim Namen genannte hätte, war irgendwie tabu, so als fürchteten sie, daß ihr gegenseitiges Verlangen durch ein einziges Wort zerstört werden könnte.

Doch auch außerhalb des Schlafzimmers kamen sie sich langsam näher. Er ging ihr nicht mehr aus dem Weg . Sie regte sich nicht mehr wegen jeder Kleinigkeit über ihn auf. Ihr Verhältnis wurde ungezwungener, sie konnten lockerer miteinander reden. Wenn der eine den anderen etwas fragte, konnte der andere spontan und ohne Scheu darauf antworten.

Er hatte es auch nicht mehr nötig, ständig seine Überlegenheit ihr gegenüber herauszukehren, wenn es ihm auch nicht vollständig gelang, diese Gewohnheit abzulegen. Er war immerhin der Herzog und nicht ihr Pferdezüchter. Doch er hob nie mehr die Stimme, sprach mit ihr stets in freundlichem Ton. Und sie verwöhnte ihn jeden Tag aufs neue mit ihrem bezaubernden Lächeln.

Ganz langsam wurden sie einander vertraut.

Doch es gab immer noch viel zu klären.

Da war die Sache mit dem Baby. Megan mußte es ihm irgendwann sagen, daß sie ihn angelogen hatte, daß sie ihr Baby gar nicht verloren hatte. Und sie mußte es ihm so vermitteln, daß er verstand: Sie hatte es einzig und allein für ihn getan. Und vor allem mußte sie es endlich übers Herz bringen, ihm ihre Liebe zu gestehen. Doch sie mußten auch lernen, mit ihren Fehlern liebevoller umzugehen. Sie wußte, daß sie es nicht durchhalten würde, ewig freundlich zu sein, zumindest nicht *immer*. Sie war nun einmal ein Temperamentsbündel, und sie konnte nicht jeden Moment ihre Zunge im Zaum halten, konnte nicht jedes Wort auf die Goldwaage legen, um auf keinen Fall einen Streit vom Zaun zu brechen. Sie war einfach ein Mensch, der seinen Gefühlen freien Lauf ließ.

Und vor allem wollte sie endlich ihren Pferdezüchter wiederhaben.

»Ich kann es immer noch nicht glauben, daß am Ende tatsächlich alles genauso geklappt hat, wie du es dir von Anfang an gewünscht hast!« seufzte Tiffany glücklich, als sie und Megan durch den Hyde Park spazierten. Sie war gestern in London angekommen, denn in knapp einer Woche sollte die Hochzeit sein. »Du hast deinen Herzog gekriegt. Du liebst ihn. Und er betet dich an!«

»Naja, was letzteres betrifft, bin ich mir nicht so sicher, Tiff.«

»Was soll denn *das* auf einmal heißen?«

»Hm. Woher weißt du denn so genau, daß Devlin mich wirklich liebt?«

»Aber natürlich liebt er dich!« beharrte Tiffany. »Das muß er doch. Sonst hätte er dich doch nicht geheiratet, oder?«

Megan wandte sich von Tiffany ab und schaute gedankenverloren über den See. Nach einer längeren Pause sagte sie leise: »Er hat mich nicht aus Liebe geheiratet.« Dann überwand sie sich und fügte hinzu: »Ich habe dir nicht die ganze Wahrheit geschrieben, Tiff. Ich erwarte ein Kind.«

»Aber das ist doch wunderbar!«

»Ja, inzwischen freue ich mich auch. Doch an dem Tag, als ich gemerkt habe, daß ich schwanger bin, war ich völlig verzweifelt. Ich war damals nämlich noch nicht verheiratet.«

Tiffany blieb stehen und schaute Megan fassungslos an. »Aber ... großer Gott, das heißt also, du *mußtest* ihn heiraten?«

Megan wandte sich Tiffany zu, wagte es aber immer noch nicht, ihr in die Augen zu schauen. »Ja«, hauchte sie.

Tiffany sah sie an. »Jetzt verstehe ich, daß du dich fragst, ob er dich wirklich liebt. Aber er hat dir doch sicherlich seitdem irgendeinmal gesagt, daß er dich liebt, oder?«

»Nicht ein einziges Mal.«

»Aber was sagt er denn dann, wenn *du* ihm sagst, daß du ihn liebst?«

»Das tu ich nicht.«

»Wie bitte? Du liebst ihn nicht? Aber du hast mir doch gerade *gesagt*, daß du ihn liebst!«

»Ja, aber ich meine etwas anderes: Ich habe ihm auch noch nie gesagt, daß ich ihn liebe.«

»Megan! Aber warum denn nicht?«

»Jetzt hab ich dir so einen langen Brief geschrieben, aber ich sehe, du weißt gerade die Hälfte von allem, Tiff«, seufzte Megan. Dann erzählte sie ihrer Freundin die ganze Geschichte, nicht ohne das eine oder andere Detail ein wenig zu beschönigen. Zum Schluß bemerkte sie leise: »Vielleicht verstehst du jetzt besser, warum ich ihn bisher nie offen gefragt habe, ob er micht liebt. Denn womöglich hätte er dann nein gesagt, und dann ... dann wäre wahrscheinlich auch unser ganzer schöner ›Waffenstillstand im Bett‹ auch noch in die Binsen gegangen, und das wollte ich auf keinen Fall.«

Tiffanys Wangen wurden genauso rot wie Megans Locken. »Ist das ... das im Bett ... wirklich so schön?«

»Noch viel schöner, als du denkst!«

Die beiden Mädchen schlenderten durch den Park. Hin und wieder nickten sie huldvoll dem einen oder anderen Gentleman zu, der ehrerbietig seinen Hut lüftete. Die weniger höflichen Männer, die stehenblieben und sie anzüglich angafften, ignorierten sie einfach.

»Das erste Mal ist alles andere als schön, zumindest am Anfang nicht. Männer haben trotzdem ihren Spaß, was ich eine verdammte Ungerechtigkeit finde, wenn du *mich* fragst. Aber es ist wohl einfach das Schicksal der Frauen. Wir haben keine Ahnung, wie das geht mit der Liebe, und haben Angst vor dem ersten Mal; und dann müssen wir auch noch den Schmerz aushalten.«

Tiffany wurde bleich. »Mein Kammerzofe hat gesagt, daß es grauenhaft weh täte.«

Megan schnaubte ärgerlich. »So ein Quatsch! Das Mädchen hat überhaupt keine Ahnung. Der Schmerz ist leicht auszuhalten und außerdem gleich wieder vorbei. Es ist einfach nur unangenehm. In meinem Fall hat mich der Schmerz wieder zur Besinnung gebracht, und ab diesem Augenblick war ich nur noch in Panik. In deinem Fall wird das ganz anders sein. Es tut nur ganz kurz ein bißchen weh, und dann wird es wunderbar. Dann fühlst du die Liebe und schwebst im siebenten Himmel!«

»Ach, Megan, da bin ich aber erleichtert! Ich war die ganze Zeit total nervös deswegen. Je näher der Tag heranrückte, desto ängstlicher bin ich geworden.«

Megan dachte an ihre eigene Angst, die sie auf der Fahrt nach Schottland ausgestanden hatte, wenn sie auch damals in einer ganz anderen Lage war als ihre Freundin. Tiffany konnte sicher sein, daß Tyler sie liebte und daß sie mit ihm eine glückliche Ehe führen würde. Megan hatte nicht die geringste Sicherheit – außer daß Devlin gerne mit ihr schlief.

»Das ist ganz normal. Das nennt man Hochzeitsfieber. Ich

habe vor diesem verdammten Ball, den Duchy geben will, ja auch ganz schön Angst, wenn es für diese Art von Angst auch keinen speziellen Ausdruck gibt.«

»Doch! Das nennt man ›Lampenfieber vor dem Auftritt‹.«

Megan lachte. »Moment mal! Also *so* aufgeregt bin ich nun auch wieder nicht! Außerdem wirst *du* mir ja treu zur Seite stehen. Ihr beide kommt doch auch, oder? Jetzt, wo ihr eure Flitterwochen bis zum Frühling verschoben habt?«

»Aber sicher doch! Ich werde die Leitung des Suchdienstes übernehmen!«

Megan mußte noch mehr lachen. »Komm, hör auf! *So* groß ist Sherring Cross doch gar nicht!«

»Vielleicht hast du recht. Aber wie ich sehe, hast du dein altes Lachen wiedergefunden. Ich habe mich schon langsam gefragt, was mit dir los ist.«

Megan seufzte. »Tut mir wirklich leid, Tiff. Ich hätte dich nicht mit meinen Problemen belasten sollen, jetzt, wo dein großer Tag vor der Tür steht!«

»Unsinn! Und außerdem bin ich mir noch nicht einmal sicher, ob du nicht Probleme siehst, wo gar keine sind. Das gibt es doch gar nicht, daß er dich nicht liebt, Meg! Jeder Mann, den du bisher getroffen hast...«

»Devlin ist eben kein Mann wie alle anderen. Er ist ein außergewöhnlicher Mensch, der verliebt sich nicht so schnell. Seine Großmutter hat mir erzählt, daß sich alle Frauen sofort in ihn verknallen, wenn sie ihn zum ersten Mal sehen, und daß sie sich dann oft fürchterlich lächerlich machen. Und das glaube ich ihr gerne, denn ich hab mich vor ihm ja auch oft genug blamiert. Für ihn bin ich einfach nur eine kleine, verzogene Göre.«

»Aber das stimmt doch gar nicht. Du bist einfach nur manchmal ein wenig ungeduldig.«

Megan lächelte. »Ach Tiff, gib's doch auf. Wir wissen doch beide ganz genau, daß ich ein verdammt verzogenes Biest bin.«

»Na wenn schon!« entrüstete sich Tiffany. »Dann kriegt er

eben manchmal nicht das, was er will. Das wird er doch wohl aushalten können, oder?«

Megan blieb stehen. Ihr war eine Idee gekommen. »Jetzt, wo du es sagst, Tiffany, fällt mir auf, daß er wirklich ganz genauso reagiert wie ich.«

»Na siehst du! Und das ist auch kein Wunder. So ein Herzog, der ist doch selber ungeheuer verzogen! Der hat doch bestimmt zehn Kindermädchen gehabt, die hinter ihm hergerannt sind, als er klein war. Und noch einen ganzen Troß von sonstigen Bediensteten, die ihm jeden Wunsch von den Augen abgelesen haben! Du dagegen hattest nur ein einziges Kindermädchen und einen Vater, der dich abgöttisch liebt. Wenn du *mich* fragst, dann ist dein lieber Herzog wahrscheinlich noch viel verzogener als du!«

»Da hast du völlig recht. Du, das muß ich ihm unbedingt mal unter die Nase reiben – das nächste Mal, wenn wir wieder streiten.«

42

Es war eine Traumhochzeit, genau so, wie sich Megan ihre eigene immer vorgestellt hatte. Gut, vielleicht wäre ihre nicht ganz so rauschend wie Tiffanys gewesen, vielleicht eher im kleinen Kreis, nur mit ihren Freunden und ihrer Familie in ihrer kleinen Pfarrkirche. Doch sie hatte sich diese Hochzeit selbst vermasselt, weil ihre innere Stimme und ihre verdammte Neugier sich gemeinsam gegen ihre Vernunft verbündet hatten.

Sie war traurig und niedergeschlagen, als sie wieder heimfuhren. Dabei hätte sie sich doch über das Glück ihrer Freundin freuen sollen! Auch Devlin war still; wahrscheinlich war auch er schlechter Stimmung, wenn auch aus anderen Gründen als Megan, und das allein schon reichte, um Megan trübsinnig werden zu lassen. Ja, er hätte eine genauso prächtige Hochzeit haben können, haben *müssen*. Statt dessen hatte er bei Nacht und Nebel mit ihr nach Schottland reisen müssen.

Ich sollte dich erschießen.

Mich oder ihn?

Dich! Du solltest endlich ein für allemal aus meinem Leben verschwinden. Ich will nie mehr etwas von dir hören.

Warum muß eigentlich immer jemand anderer schuld daran sein, daß du dich elend fühlst?

Es ist niemand anderer daran schuld, sondern einzig und allein du!

Mein Gott, langsam verlor sie tatsächlich den Bezug zur Realität! Ihre innere Stimme war doch kein anderer Mensch, sondern sie selbst! Aber es war so wie immer. Megan weigerte sich einfach, bei sich selbst die Schuld für ihr Elend zu suchen. Langsam war es wirklich an der Zeit, daß sie es lernte, die Verantwortung für ihr Handeln zu übernehmen.

Am nächsten Tag kehrte Megan nach Sherring Cross zurück – allein, das heißt nicht *ganz* allein, denn sie wurde von fünf kräftigen Dienern sowie ihrer neuen Kammerzofe begleitet. Duchy war schon ein paar Tage früher heimgefahren. Das hektische Getriebe von London konnte sie in ihrem Alter nicht allzu lange ertragen, außerdem hatte sie noch eine Menge Dinge für den bevorstehenden Ball vorzubereiten.

Devlin hatte Megan eigentlich begleiten wollen. Doch im letzten Moment kam etwas dazwischen. Geschäfte, meinte er, die er noch unbedingt vor dem Ball erledigen wollte, damit er dann hinterher nach dem Fest noch ein paar Tage in Kent bleiben könnte.

Megan hatte leise Zweifel, ob das mit den Geschäften wirklich stimmte. »Geschäfte« waren immer eine beliebte Entschuldigung für ihn, wenn er ihr aus dem Weg gehen wollte. Seine trübsinnige Stimmung gestern nach der Hochzeit hatte ihn den ganzen Tag nicht verlassen; er war nicht einmal nachts zu ihr gekommen. Auch er hatte gesehen, wie glücklich Tiffany und Tyler gewesen waren, und womöglich hatte er daraufhin auch an seine eigene »halbherzige« Hochzeit gedacht und gemerkt, was ihm alles entgangen war.

Am Morgen des Tages, an dem der Ball stattfinden sollte, fegte ein eisiger Sturm über das Land, doch zum Glück klarte das Wetter wieder auf, bevor die ersten Gäste kamen. Megan hatte sich für diesen Tag auch eine Bekanntmachung ganz eigener Art, eine höchst private, vorgenommen. Sie war sich allerdings nicht sicher, ob sie Devlin ihr Geständnis noch vor oder erst nach dem Ball ablegen sollte. Sie würde ihm damit in jedem Fall diesen Tag verderben – sofern er überhaupt vorhatte, auf dem Ball zu erscheinen. Bisher war er auf jeden Fall noch *nicht* aufgetaucht, und Duchy begann langsam nervös zu werden.

Megan war den ganzen Tag in ihrer Suite geblieben. Als Tiffany am Nachmittag auf Sherring Cross ankam, eilte sie gleich hinauf zu ihrer Freundin. Seit fünf Tagen war sie nun frisch vermählt, und sie strahlte vor Glück und Lebensfreude.

»Tyler ist schnurstracks in die Ställe gegangen«, sprudelte sie sofort los. »Er will unbedingt einen der St. James-Vollblüter kaufen, doch er hatte Angst, daß andere Gäste die gleiche Idee haben könnte, so daß kein einziges Pferd mehr übrig wäre, wenn der Ball vorbei ist. Mein Gott, und *wer* alles kommen wird! Ich habe sogar munkeln gehört, daß die Königin vorbeischauen wird! Und du glaubst ja gar nicht, was auf den Straßen und in den Gasthöfen auf dem Weg hierher los war! Wenn Tyler nicht zufällig Bekannte hier in der Gegend gehabt hätte, dann wären wir hier mitten in der Nacht angekommen, weil einfach keine Herberge aufzutreiben war, und in der Kutsche hätte ich ja nun wirklich nicht übernachten wollen!«

Megan fuhr dazwischen, als Tiffany einen Moment lang Atem holte. »Du hättest schon gestern kommen sollen wie mein Vater, dann wärst du dem ganzen Trubel auf den Straßen entkommen. Du weißt doch hoffentlich, daß du keine Einladung brauchst, sondern hier jederzeit willkommen bist, oder? Du mußt *überhaupt* einmal für längere Zeit kommen!«

»Ach, weißt du, wir haben befürchtet, daß bei dem Ansturm von Gästen womöglich selbst auf Sherring Cross kein Zimmer mehr für uns frei wäre. Ehrlich, Megan, ich wette, wenn du heute in London einen Lord suchst, wirst du keinen einzigen mehr finden, weil alle auf diesem Ball hier sind!«

Megan lachte. »Also *du* müßtest doch nun wirklich wissen, daß es in diesem Riesenhaus *immer* ein freies Zimmer gibt! Außerdem hatte ich doch, noch bevor ich nach London gefahren bin, extra für dich eine Suite reservieren lassen. Hat man sie dir denn noch nicht gezeigt?«

»Dieses Mini-Mausoleum da? Ja, eine der Zofen ist gerade dabei, mein Ballkleid aufzuhängen. Aber wo ist denn *deines*? Ich kann es gar nicht erwarten zu sehen, was du an deinem großen Tag anziehen wirst!«

Megan führte ihre Freundin in ihr Ankleidezimmer. Sie selbst war von ihrem neuen Ballkleid nicht sonderlich angetan. Duchy hatte die Wahl der Garderobe diesmal nicht Megan selbst überlassen, sondern das Modell für sie ausgesucht und die letzten Details noch eigenhändig entworfen. Denn es sollte doch ein ganz besonderes Fest werden, und sie war sich nicht sicher, ob Megan wirklich in der Lage wäre, für einen so außergewöhnlichen Anlaß ein angemessenes Kleid auszuwählen. Das Ergebnis war dann auch ein wahrer Traum: eine luxuriöse und dennoch elegant-dezente Kreation aus elfenbein- und saphirfarbener Seide – nicht rosa, wie sie scherzhaft zu Devlin gesagt hatte. Das tief ausgeschnittene Oberteil war mit kostbaren Perlen bestickt, und auch die Schleppe und der Kranz weißer Rosen, der den seitlich gerafften Rock schmückte, waren mit schimmernden Perlen übersät.

»Großer Gott! Du wirst wie eine Prinzessin aussehen!« rief Tiffany begeistert.

»Nein, nur wie eine Herzogin«, seufzte Megan.

Tiffany wunderte sich, daß Megans Stimme so niedergeschmettert klang – und erriet sofort den Grund. »Du hast es Devlin immer noch nicht gesagt, stimmt's?«

»Nein, aber heute werde ich es ihm sagen.«

»Und deshalb hast du jetzt ganz schön Bammel.« Wieder hatte sie den Nagel auf den Kopf getroffen.

Megan lächelte schwach. »Ja, ich glaube schon.«

»Dann verschieb es einfach auf einen anderen Tag. Dieser Ball heute abend ist doch schon aufregend genug.«

»Was denn verschieben?« fragte Duchy, als sie in den Ankleideraum gerauscht kam.

Megan versuchte, der Antwort auszuweichen. »Ist Devlin schon da?«

»Er ist gerade eben gekommen, und der gute Junge ist ziemlich zornig auf mich, um die Wahrheit zu sagen. Ich hätte ihm vielleicht doch eine Abschrift der Gästeliste schicken sollen.«

»Warum denn? Hast du jemanden eingeladen, den er ganz besonders wenig leiden kann?«

»Das läßt sich bei so einem Fest *nie* vermeiden, aber das ist nicht der Punkt. Nein, er ist ganz einfach stinksauer, weil er letzte Nacht in einem Stall hat übernachten müssen.«

»Das darf doch nicht wahr sein!« rief Megan ungläubig.

»Das habe ich dir ja gleich gesagt!« kicherte Tiffany.

Duchy seufzte nur. »Er hat in drei verschiedenen Gasthöfen nachgefragt, aber es war alles belegt. Und es war schon zu spät in der Nacht, als daß er bei irgendwelchen Bekannten hätte vorbeischauen können. Wenn er früher von London losgefahren wäre, hätte er womöglich noch bei jemandem unterkommen können. Vielleicht aber auch nicht. Er hat eben einfach nicht mit so einem Ansturm gerechnet. Dabei hätte er das doch wirklich wissen müssen. Wir haben zwar die letzten zehn Jahre hier keinen einzigen Ball mehr gegeben, aber unsere Familie feiert immer in großem Stil – *wenn* sie feiert.«

Megan fiel auf, daß sie selbst die Gästeliste auch noch nicht zu Gesicht bekommen hatte. »Wie viele Leute hast du denn schließlich eingeladen?«

»Ach, so ungefähr sechshundert. Und die werden auch alle kommen, abgesehen natürlich von den Leuten, die ich vergessen habe einzuladen und die deshalb erst recht auftauchen werden, um mich daran zu erinnern, *daß* ich sie vergessen habe.«

Ein paar Sekunden lang herrschte ungläubiges, erstauntes Schweigen. Dann bemerkte Tiffany trocken: »Na, dann kann man ja nur von Glück reden, daß es auf Sherring Cross nicht einen, sondern gleich zwei durchgehende Ballsäle gibt!«

»Ich hab mich immer gewundert, warum«, flüsterte Megan ängstlich. »Jetzt weiß ich es.«

Duchy tat so, als würde sie die allgemeine Verblüffung nicht bemerken. Sie liebte nun einmal Überraschungen. Deshalb hatte sie auch in den Einladungen nichts von dem Anlaß dieses Balles erwähnt. Nicht einmal ihren allerbesten Freundinnen hatte sie von Devlins Hochzeit etwas erzählt. Nur ihre Schwester Margaret wußte davon, und deshalb mußte sie seit deren Ankunft die ganze Zeit hinter ihr her sein, um zu verhindern, daß diese Plaudertasche es wieder einmal nicht fertigbrachte, ihr Geheimnis für sich zu behalten.

»Ach, da habe ich noch etwas vergessen«, sagte sie dann und reichte Megan eine Schmuckschatulle. »Devlin bestand darauf, daß ich den Familienschmuck herausholen sollte. Dabei kann ich mir einfach nicht vorstellen, wieso er meint, daß gerade Rubine zu deinem Ballkleid besonders gut passen würden.«

Megan wußte sehr wohl, warum. Denn Devlin glaubte ja immer noch, daß sie in einem rosa Ballkleid erscheinen würde. Doch sie mußte so lachen, daß Duchy, die noch jede

Menge zu tun hatte, die Geduld verlor und nicht mehr warten wollte, bis sich Megan von ihrem Lachanfall erholt und ihr den Grund für ihr Gekicher mitteilen konnte. Sie meinte nur noch schmunzelnd: »Ich glaube, dir täte es ganz gut, wenn du vorher noch ein Nickerchen machtest.« Dann verschwand sie durch die Tür.

Megan fand gerade noch Zeit, ihr die Frage hinterherzurufen: »Ist es wirklich wahr, daß die Königin auch kommt?«

»Aber sicher doch!« tönte es aus dem Gang zurück.

»Oh Gott!« stöhnte Megan.

43

»Mach jetzt endlich deine Ansage, oder du wirst gleich sehen, wie der Herzog von Wrothston einen Skandal verursacht!«

Lucinda schaute ungläubig zu ihrem Enkel hoch, dann folgte sie seinem Blick hinüber zu Megan, die inmitten eines Pulks von jungen Verehrern kaum mehr zu sehen war. »Devlin, ich bitte dich, der Ball hat gerade erst begonnen, und du kannst sie ja schließlich da herausholen, indem du einfach mit ihr tanzt. Das ist durchaus erlaubt, wie du weißt.«

»Das ist aber auch keine Lösung«, brummte er ärgerlich, doch dann gab er sich einen Ruck und ging zu Megan hinüber, um genau das zu tun, was ihm seine Großmutter vorgeschlagen hatte.

Duchy schaute ihm kopfschüttelnd hinterher. Sie ahnte nicht, daß er jetzt gleich seine *eigene* Art von Ansage machen würde. Doch dann hörte sie es, *konnte* es gar nicht überhören, genausowenig wie alle anderen, denn Devlin sagte es mit der geballten Wucht seines ganzen Stimmvolumens, damit es auch jeder vernehmen könnte.

»Verzeihen Sie, Gentlemen, aber ich würde jetzt gerne mit meiner *Frau* tanzen.«

Die Nachricht schlug ein wie eine Bombe und verbreitete sich wie ein Lauffeuer durch alle Säle, bis es auch der allerletzte wußte. Duchy seufzte gequält. Wo sie sich doch so gefreut hatte, daß *sie* es wäre, die die freudige Nachricht überbringen würde! Aber dann mußte sie trotzdem schmunzeln. Wenn ihr schon jemand die Show gestohlen hatte, dann war Devlin auf jeden Fall der einzig richtige Mann dafür. Man mußte ja blind sein, um nicht zu sehen, *wie* der Junge vor Eifersucht platzte!

Die einzige, die nichts davon bemerkte, war Megan selbst. Sie wäre nie im Leben auf die Idee gekommen, daß Devlin aus schlichter Eifersucht sich so unhöflich benommen hatte. Seit sie die Treppe heruntergekommen war, war sie die ganze Zeit von einer Schar von Verehrern umschwärmt, doch sie war an männliche Bewunderung so gewöhnt, daß ihr an der Situation nichts Besonderes aufgefallen war. Es waren nun einmal sehr viele Männer zu Gast, und da war es für sie ganz normal, daß sie versuchten, ihre Bekanntschaft zu machen.

Auch die Tatsache, daß Devlin das Wort »Frau« so hervorgehoben hatte, hatte sie nicht auf die Idee gebracht, daß er womöglich eifersüchtig sein könnte. Sie hatte sich als Megan St. James vorgestellt, und es war ja nicht *ihre* Schuld, daß die meisten gedacht hatten, sie wäre eine Verwandte des Herzogs und nicht seine Frau. Und um ehrlich zu sein, hatte sie sich darüber auch gar keine Gedanken gemacht.

Devlin war wirklich sehr unhöflich gewesen, und sie wollte herausfinden, warum. Deshalb sagte sie zu ihm, während sie sich im Walzertakt drehten: »Wenn du immer noch wütend bist, daß du letzte Nacht in einem Stall schlafen mußtest, dann wäre ich dir sehr dankbar, wenn du deinen Ärger nicht an *mir* auslassen würdest.«

»Sehr witzig.«

Megan traute ihren Ohren nicht. Das war ja auf einmal ganz der alte Devlin! Ohne es zu merken, mußte sie lächeln.

Dann fragte sie ihn: »Hat dich die letzte Nacht an deine Stippvisite in der Welt der Stallknechte erinnert?«

Jetzt, wo er sie in den Armen hielt, schwand dieses quälende Gefühl der Eifersucht schnell, und ihr strahlendes Lächeln tat ein übriges dazu, vielleicht sogar ihr leiser spöttischer Unterton. Und so nahm er die Erklärung, die sie ihm in den Mund legte, dankbar an, denn er hatte sich – was er allerdings jetzt erst merkte – ja wirklich sehr unhöflich benommen.

»Ja, auf dem Heuhaufen war es wirklich nicht sehr bequem.«

»Auf einem Heuhaufen?« fragte sie entsetzt. »Das wußte ich nicht...« Sie hielt inne, um nicht allzu mitfühlend zu wirken, denn sie war mit ihrer Strafpredigt noch nicht am Ende. »Aber das ändert nichts daran, daß *ich* nicht schuld daran bin, oder?«

»Ja, das stimmt. Ich muß mich entschuldigen.«

»Ja, das mußt du wirklich. Aber wenn wir schon bei der Beschwerdeliste sind...«

»Das sind wir aber nicht!« versuchte er sie zu unterbrechen.

»Doch, das sind wir sehr wohl!« beharrte Megan. »Du hast mich vier Tage lang nicht gesehen und hältst es nicht einmal für nötig, mich zu begrüßen, wenn du zurückkommst – also so geht man wirklich nicht mit seiner Ehefrau um, Devlin!«

»Wenn du wüßtest, wie normalerweise Männer mit ihren Ehefrauen umgehen, würdest du dich über so etwas nicht beklagen. Außerdem hat mir Duchy gesagt, daß du dich hingelegt hättest.«

»Hab ich aber gar nicht, dazu war ich nämlich viel zu nervös! Und du hättest ja wenigstens einmal nachschauen können.«

Sie hielt die ganze Zeit den Blick gesenkt, und so beugte sich Devlin nun zur Seite, um zu sehen, ob sie wirklich genauso beleidigt dreinschaute wie ihre Stimme klang, doch sie drehte ihren Kopf weg. Wenn sie wüßte, wie sehr er sich nach ihr gesehnt hatte! Er hatte bestimmt ein halbes Dutzend Mal versucht, zu ihrer Suite durchzudringen. Doch seit er das Haus betreten hatte, waren von allen Seiten Gäste auf ihn zugestürmt, und er hatte es einfach nicht geschafft, sich loszueisen. Er hatte zum Großteil auch nur deshalb so eifersüchtig reagiert, weil er keine einzige Chance gehabt hatte, sie zu sehen, bevor der Ball offiziell eröffnet wurde.

»Hast du mich wirklich so vermißt, Megan?« fragte er vorsichtig. Er wußte nicht, ob *das* der Grund für ihr Maulen war.

»Ja!«

»Hättest du dann etwas dagegen, wenn wir uns für einen Augenblick verziehen würden? Dann könnte ich dich begrüßen, wie es sich gehört, und Wiedergutmachung leisten.«

»Hm. Wenn ich deinen Vorschlag bedenke, muß ich sagen, daß ich ganz und gar nichts dagegen hätte.«

Er ließ ihr keine Zeit, es sich anders zu überlegen, nahm sie fest bei der Hand und zog sie so ungestüm von der Tanzfläche, daß sie ihm kaum hinterherkam. Doch er achtete gar nicht darauf, so eilig hatte er es. Irgendwo in diesen Menschenmassen mußte doch ein ungestörtes Plätzchen zu finden sein. Duchy, die zusammen mit Frederick Richardson genau neben der Tür stand, die Devlin mit Megan im Schlepptau zügig ansteuerte, wußte sofort, was los war.

»Großer Gott, jetzt macht er tatsächlich noch einen Skandal zum Schluß!« rief sie entsetzt. »Halten Sie ihn auf, Freddy, ich nehme an, Sie sind der einzige von allen hier, der sich vorstellen kann, was der Junge gerade vorhat!«

»Das kann ich wohl. Aber ich habe eigentlich keine große Lust, heute abend zu sterben, bloß damit er keinen Skandal macht, wenn Sie verstehen!«

»Er wird Ihnen dankbar sein, sobald er wieder zur Vernunft gekommen ist!«

»Dann, verehrte Duchy, wird es aber leider zu spät sein!« brummte Freddy, doch trotz seiner Bedenken stellte er sich Devlin in den Weg – zum Glück gerade noch rechtzeitig. »Ich denke, alter Junge, du hast doch nicht vor, dich an einem einzigen Abend gleich zweimal zu blamieren, oder?«

Devlin blieb stehen. »Du bist zwar mein Freund, aber dafür, daß ich dir immer noch nicht ganz verziehen habe, nimmst du den Mund ganz schön voll, Richardson«, sagte er leise und bedrohlich.

Freddy nahm eine lockere Haltung an und grinste verlegen. »Naja, da hast du ja vielleicht nicht ganz unrecht, aber deine Großmutter wäre fast in Ohnmacht gefallen, also was blieb mir übrig?«

Megan verstand sofort, worum es ging, und improvisierte, um die Situation zu retten. Sie ließ Devlins Hand los, nicht ohne sie gleich dem Marquis entgegenzustrecken.

»Ich denke, mein Mann hatte es nur so eilig, weil er uns miteinander bekanntmachen wollte, Lord Richardson. Wenn ich gewußt hätte, daß *Sie* es sind, dessentwegen er mich durch den halben Saal geschleift hat, hätte ich ihm gleich sagen können, daß wir uns bereits auf dem Ball bei Leightons in Hampshire kennengelernt haben. Trotzdem freue ich mich außerordentlich, Sie wiederzusehen.«

»Ganz meinerseits, Euer Gnaden«, schmunzelte Freddy, während er sich höflich verbeugte, dann zwinkerte er Devlin zu: »Und damit du die gerade so glänzend gerettete Situation nicht erneut vermasselst, gestatte ich mir höchstpersönlich, deine Frau Gemahlin zum nächsten Tanz zu bitten, wenn du nichts dagegen hast.«

»Ich *habe* aber etwas dagegen!«

»Nein, das hast du nicht!« tönte es plötzlich aus Duchys Mund, die dazugetreten war. »Nur zu, Freddy, aber nimm die Herzogin nicht zu lange in Beschlag. Sie muß heute abend noch mit allen ihren Gästen tanzen, nicht nur mit einigen auserwählten!« Und als der Marquis mit Megan davongerauscht war, fügte sie dazu: »Was dir, mein Freund, wohl gänzlich entfallen sein dürfte!« Und dann machte sie ihrem Ärger endlich Luft: *»Sag einmal, hast du eigentlich völlig den Verstand verloren?!«*

»Es tut mir leid.«

»Schämst du dich denn gar nicht, Devlin?«

»Es tut mir leid!« knurrte er unwirsch. Dann riß er sich zusammen und fragte in dem förmlichen Tonfall, den sie immer an ihm kritisierte: »Darf ich bitten, Euer Gnaden?«

»Scher dich zum Teufel!« schnaubte sie wütend und drehte sich abrupt um, nicht ohne ihm noch zuzuzischen: »Und laß *gefälligst* die Finger von deiner Frau heute abend!«

Devlin tat, wie ihm geheißen. Erst als das üppige Festmahl, der Besuch der Königin und ihre Abfahrt und die *offizielle* Bekanntmachung seiner Verheiratung vorbei waren und als er eineinhalb Flaschen Champagner geleert hatte, glaubte er, lange genug gewartet zu haben und sich seiner Frau wieder nähern zu können, ohne zum dritten Mal an diesem Abend einen Skandal zu provozieren.

Doch gerade als er sich auf die Suche nach ihr machen wollte, stieß er auf eine andere Dame, der es gelungen war, sich den ganzen Abend lang vor ihm versteckt zu halten – bis jetzt. Er erkannte sie von hinten, packte sie grob an der Hand und zog sie von ihren Freunden weg auf die Tanzfläche. »Ich habe deinem Bruder gesagt, daß ich dir den Hals umdrehen würde, wenn du mir noch jemals unter die Augen kommen solltest. Hat er dich nicht gewarnt?«

Sabrina starrte ihn mit großen Augen an, schien aber nicht ernsthaft beunruhigt. »Ja, aber ... ich dachte, ich müßte trotzdem kommen. Weil ich dich um Verzeihung bitten muß. Das bin ich dir einfach schuldig.«

»Ich glaube, du bist mir noch einiges mehr schuldig«, erwiderte er kalt. »Fangen wir doch gleich einmal bei der *Wahrheit* an.«

»Ja, also es war so. Ich wollte eben einfach Herzogin werden, und du warst der einzige Herzog, den ich kannte, der auch in meinem Alter und noch ledig war.«

»So einfach also. Das darf doch wohl nicht wahr sein!«

»Du wolltest doch die Wahrheit hören«, verteidigte sie sich. »Es tut mir leid, aber das ist sie, so simpel es dir vielleicht auch erscheinen mag.«

»Und *warst* du dann überhaupt schwanger?«

»Nein.« Sie wurde über und über rot.

»Hast du Freddy das erzählt?«

Sabrina nickte. »Ja, als er mir gesagt hat, daß du eine andere Frau geheiratet hast.«

»Und? Hat er dich dafür anständig übers Knie gelegt?«

Sie wurde noch röter. »Ja.«

»Dann verzeihe ich ihm. Dir allerdings, dir sollte ich eigentlich ein paar hinter die Löffel geben!«

»Komm, Devlin, hör auf. Schließlich ist doch am Ende alles gut ausgegangen, oder? Freddy hat gesagt, wenn *wir* nicht gewesen wären, hättest du niemals deine Frau kennengelernt.« Sie hatte recht, doch Devlin hatte jetzt überhaupt keine Lust, sich selbst und ihr das einzugestehen. Aber Sabrina ließ nicht locker. »Ich hatte gedacht, daß sie mir unsympathisch sein würde, ist sie aber überhaupt nicht. Freddy ist übrigens in sie verliebt.«

»So ein Quatsch.«

»Er hat es mir selbst gesagt.«

»Niemals.« Devlin schaute hinüber zu Megan, ob Freddy auch zu der Schar ihrer Bewunderer gehörte. Und tatsächlich, da stand er unter ihnen. Devlin wurde wütend. »Verdammt. Dann hätte ich ihm also doch schon damals meine Sekundanten vorbeischicken sollen.«

44

Megan hatte gedacht, daß nach der offiziellen Bekanntgabe ihrer Heirat mit dem Herzog sich die meisten ihrer Verehrer enttäuscht zurückziehen würden. Doch das Gegenteil war der Fall. Sie war weiterhin von einer ganzen Heerschar von Verehrern umschwärmt. Es gesellten sich sogar noch weitere Herren zum Kreis ihrer Bewunderer, auf die sie jedoch gut und gerne hätte verzichten können. Es waren aufdringliche Lüstlinge mit zweifelhaftem Charme, die jetzt, wo sie eine verheiratete Frau war, erst richtig wild auf sie wurden und sie um jeden Preis verführen wollten.

Sie war froh, daß sie mit dieser Gattung von Herzensbrechern bisher noch nichts zu tun gehabt hatte – wenn man einmal von ihrem Pferdezüchter absah. Sie bekam an diesem einen Abend bereits siebzehn unanständige Anträge; manche waren wenigstens noch charmant und witzig, andere dagegen nur widerlich vulgär. Doch sie schaffte es, ihre aufkommende Verärgerung zu unterdrücken und sich diese »Herren« vom Hals zu halten, ohne daß es zu einem offenen Eklat kam.

Doch abgesehen von diesen Unannehmlichkeiten, genoß sie den Abend in vollen Zügen. Sie war überglücklich, und das lag einzig und allein an Devlin. Sie war sich absolut sicher, daß er zu Beginn des Balles, als er sie so ungestüm von der Tanzfläche zog, vorgehabt hatte, sich irgendwo ein stilles Plätzchen zu suchen, um sie zu lieben. Natürlich hätte das einen Riesenskandal verursacht, und dieses impulsive Verhalten paßte auch gar nicht zum Herzog. Aber es paßte so herrlich zu – ihrem Pferdezüchter!

Megan mußte immer wieder leise grinsen, wenn sie an diese Szene dachte, und sie dachte mehr als einmal daran. Immer dann, wenn ihre Augen Devlin suchten und ihn schließlich fanden, fiel es ihr wieder ein. Und den ganzen Abend lang mußte sie immer wieder nach ihm schauen. Es machte ihr nichts aus, daß es immer die gleichen Frauen waren, die ihn belagerten, während er seiner Pflicht als Gastgeber nachkam und sich um seine Gäste kümmerte. Sie war auch nicht eifersüchtig, wenn sie ihn mit anderen Frauen tanzen sah und mitbekam, wie sie mit ihm flirteten und affektiert herumkicherten. Denn sie wußte zufällig, daß er kichernde Frauen haßte wie die Pest. Und sie wußte auch zufällig, daß er am liebsten nur *sie* in seinen Armen gehalten hätte, denn das sagten ihr seine begehrlichen Blicke, die er immer wieder zu ihr hinüberschickte.

Alles in allem war sie glänzender Laune – wenn da doch bloß nicht dieses verflixte Geständnis gewesen wäre, das sie ihm heute abend machen wollte. Denn das hatte sie sich nun einmal vorgenommen. Sie erwartete nicht, daß Devlin ihre Gefühle erwidern würde, zumindest nicht sofort. Vielleicht würde er sie später einmal lieben können, auch wenn das womöglich nur ein frommer Wunsch war. Auf jeden Fall aber hätte er im Augenblick zumindest wohl nichts *dagegen*, wenn sie ihm sagen würde, daß *sie* ihn liebte.

»Ich nehme an, daß Sie heute abend mit Gratulationen nur so überschüttet worden sind.«

Megan drehte sich um und erblickte eine attraktive Blondine mit hellgrauen Augen, die eine derartig raffiniert-verführerische Ausstrahlung hatte, daß sich Megan neben ihr wie ein linkisches kleines Mädchen vom Lande vorkam. »Das ist an so einem Tag ja wohl auch naheliegend, oder?« antwortete Megan.

»Dann darf *ich* Ihnen statt dessen mein herzliches Beileid ausdrücken.«

»Wie bitte?«

Die Frau lachte kurz auf. Es war ein brüchiges, heiseres Lachen. »Sie haben keine Ahnung, wer ich bin, stimmt's?«

»Wie sollte ich auch?«

»Da haben Sie recht. Ich bin Marianne Aitchison, die Frau, die Ihr Ehemann vor wenigen Monaten vor den Stufen des Altars sitzengelassen hat.«

Megan starrte sie an. Sie war fassungslos. Wie durch einen Schleier hindurch hörte sie einen der Gentlemen sagen: »Ich glaube, Gräfin, bis zum Altar haben Sie es wohl nicht ganz geschafft, oder? Wenn ich mich recht erinnere, hat Wrothston die Verlobung gelöst, bevor es soweit kam.«

»Dann erinnern Sie sich vielleicht ebenso daran, daß er mich zehn Jahre lang auf die Hochzeit hat warten lassen!« fauchte sie zurück. »Zehn *verlorene* Jahre!«

Megan war sprachlos. Die Verbitterung dieser Frau war mit Händen zu greifen. Zehn Jahre? Großer Gott! Devlin war also tatsächlich *zehn Jahre* mit dieser Frau verlobt gewesen? Warum hatte ihr das eigentlich niemand vorher gesagt? Es wußten doch offenbar alle. Nur sie hatte keine Ahnung davon!

»Sie haben verdammtes Glück gehabt, mein Kind«, bemerkte Marianne fast mit einem Anflug von Freundlichkeit, doch mit unüberhörbarer Bitterkeit. »Sie haben ihn heiraten können, *bevor* er das Interesse an Ihnen verloren hat. Und er *wird* es verlieren, und zwar schnell, ganz plötzlich, von einem Tag auf den anderen, das schwöre ich Ihnen! Vergessen Sie also seine Liebeserklärungen! Sie sind in den Wind gesprochen, sie sind nichts wert!«

Welche Liebeserklärungen denn, wollte Megan wissen. Aber dann fragte sie: »Warum waren Sie denn so lange verlobt?«

»Weil er dauernd die Hochzeit verschoben hat, immer und immer wieder, und als ich schließlich dieses Spiel nicht mehr mitmachen wollte, hat er die Verlobung endgültig gelöst.«

»Aber warum denn bloß?« fragte Megan verwirrt.

»Ja, warum wohl, meine Liebe? Weil er gar keine Ehefrau haben wollte. Das einzige, was er brauchte, war eine Verlobte, um vor all den Müttern sicher zu sein, die ihn sich sonst als Ehemann für ihre süßen kleinen Töchter geangelt hätten.«

Megan wurden die Knie weich. In ihr brach eine Welt zusammen. Also wollte Devlin gar keine Frau haben! *Sie* sowieso nicht, und Marianne Aitchison offensichtlich auch nicht! Es klang wirklich überzeugend, was diese Frau ihr sagte, und Megan konnte ihre Bitterkeit gut verstehen. Da hatte Marianne also zehn lange Jahre gewartet, daß er sie heiraten würde, hatte in der ganzen Zeit keinen weiteren Heiratsantrag bekommen, weil ja jedermann wußte, daß sie schon verlobt war, und wenn sie dennoch einen bekam, hatte sie ihn ablehnen müssen. Und zum Dank für ihr geduldiges Warten wurde sie dann von einem Tag auf den anderen sitzengelassen!

Die Gräfin war zwar durchaus noch attraktiv, aber sie war nun einmal nicht mehr die Jüngste. Ihre Zukunftsaussichten standen äußerst schlecht. In ihrem Alter war es ziemlich schwer, noch einen Ehemann zu finden, wo doch jedes Jahr erneut Scharen von jungen, hübschen Mädchen auf den Heiratsmarkt drängten. Devlin hatte sie dazu verurteilt, ein Leben als alte Jungfer zu fristen.

Megan wußte nicht, was sie Marianne Aitchison antworten sollte. Sie konnte gut verstehen, daß sie so verbittert war, aber es wäre eine sinnlose, leere Floskel gewesen, ihr dies zu sagen. Sie empfand tiefes Mitleid mit ihr und verachtete Devlin für seine abgrundtiefe Gefühlslosigkeit...

»Na, Marianne, sind Sie mal wieder dabei, Ihr Gift zu verspritzen?« Freddy stand plötzlich neben Megan.

»Ich sage nur, wie die Dinge liegen«, erwiderte die Gräfin mit gepreßter Stimme, doch es war ihr jetzt auf einmal offensichtlich etwas unbehaglich zumute.

»Großartig!« sagte der Marquis mit liebenswürdigem Lächeln. »Dann sollten wir uns die Dinge doch vielleicht auch einmal aus anderem Mund anhören, hm?«

»Halt dich da raus, Freddy«, ertönte plötzlich Devlins Stimme von hinten.

»Laß mich, alter Junge, ich habe schließlich noch einiges wiedergutzumachen – vor allem, wo man dir jetzt auch noch erzählt hat, ich wäre in deine Frau verliebt, was natürlich völliger Blödsinn ist!« Devlin hatte ihn gerade darauf angesprochen – oder besser: zähnefletschend angeknurrt –, als die beiden Männer sahen, daß Marianne gerade bei Megan stand und auf sie einredete, was absolut nichts Gutes verhieß. »Damit will ich natürlich nicht sagen«, fuhr Freddy schmunzelnd fort, »daß ich mich, wenn sie nicht deine Frau wäre, nicht durchaus in sie verlieben *könnte*...«

Devlin warf ihm nur einen grimmigen Blick zu, nahm dann Megan am Arm und führte sie davon. Doch sie ließ sich nur ganze drei Sekunden festhalten, dann riß sie ihren Arm aus seiner Hand und zischte: »Sir, Sie sind wirklich verabscheuungswürdig!«

Er wußte natürlich sofort, worauf sie anspielte. »Aha, werde ich also gleich verurteilt, ganz ohne Prozeß? Die gute Marianne scheint es ja heraus zu haben, die Leute für sich einzunehmen, obwohl sie wirklich die letzte ist, die irgendein Mitleid verdient!«

»Was hast du dieser Frau bloß angetan...«

»Hör auf, Megan«, unterbrach er sie gereizt, »ich habe der Frau überhaupt nichts angetan. Außer, daß ich sie in einem für sie äußerst ungünstigen Moment überrascht habe – als sie es nämlich gerade mit einem anderen Mann trieb.«

Megan riß entsetzt die Augen auf. *So* war das also? Ihr fiel ein Stein vom Herzen. »Das darf doch nicht wahr sein! Dann *war* also der Grund für eure Entlobung gar nicht, daß du wieder einmal den Hochzeitstermin verschoben hast?«

»Wieder einmal? Acht Jahre lang hatten wir vor, zu heiraten, und in der ganzen Zeit habe ich nur ein einziges Mal den Termin verschoben, weil mein Großvater gestorben ist. Marianne dagegen kam dauernd mit irgendeinem fadenscheinigen Grund daher, warum sie gerade jetzt noch nicht heiraten könnte. Ich weiß beim besten Willen nicht mehr, wie oft sie dieses Spiel mit mir getrieben hat.«

»Aber das heißt doch dann..., daß *sie* es war, die *dich* nicht heiraten wollte!«

»Oh nein! Ich bin sicher, daß sie durchaus die Absicht hatte, mich zu ehelichen – aber eben irgendwann später einmal. Wir haben uns von Anfang an nicht geliebt. Es war eine arrangierte Ehe, der letzte Wunsch meines Großvaters. Während der Zeit unseres Verlöbnisses hat sie wohl gemerkt, daß es sich auch ohne Trauschein ganz gut leben ließ. Sie hatte ihren Spaß, aber nicht die Pflichten und die Verantwortung einer Ehefrau, jedoch als angehende Herzogin das gleiche Prestige, wie wenn sie bereits mit mir verheiratet wäre.«

»Und daß sie andere Liebhaber gehabt hat, ist ja auch ein Beweis dafür, daß sie es nicht sonderlich eilig hatte, in den Hafen der Ehe zu kommen«, folgerte Megan.

»Gut möglich.«

Megan wunderte sich, daß Devlin ihr gar nicht böse war, wo sie ihm doch gerade noch solche Gemeinheiten unterstellt hatte. Sie war entsetzt über sich selbst. Wie konnte sie ihm nur so wenig vertrauen! Und das an dem Abend, an dem sie vorhatte, ihm ihre Liebe zu gestehen! Er würde ihr niemals mehr glauben, nicht mehr nach dem, was gerade geschehen war.

Megan haderte mit sich selbst. Doch genauso haderte sie mit Marianne Aitchison. Und Marianne war natürlich ein wesentlich willkommeneres Ziel für ihre Wut. Denn wann hätte Megan einmal sich selbst zur Rechenschaft gezogen, wenn noch irgendwo jemand herumlief, dem man die Schuld zuschieben konnte?

Und da war ja zum Glück *noch* einer: Devlin. Sie mußte ihm wirklich eine kleine Rüge erteilen. Warum hatte er ihr die Geschichte mit Marianne nicht erzählt, bevor sie auf diese peinliche Weise mit hineingezogen wurde? »Warum, zum Teufel, hast du mir das alles nie erzählt?«

»Es gibt sicher viele Leute, die ihr ihre Geschichte glauben, aber wer mich wirklich kennt, der *kann* ihr gar nicht glauben«, antwortete er.

Das hatte gesessen! Er hielt ihr also vor, daß sie nicht zu letzteren gehörte, obwohl sie doch seine Ehefrau war! »Entschuldige bitte«, stieß sie zerknirscht zwischen den Zähnen hervor.

Er seufzte. »Megan, ich verstehe ja deine Reaktion. Du kennst mich eben noch viel zu wenig, um mir einfach blind zu vertrauen. Das kann man ja auch gar nicht erwarten; ich habe dir ja schließlich genügend Anlässe gegeben, an meinen menschlichen Qualitäten zu zweifeln.«

»Hast du *nicht*. Es war wirklich *meine* Schuld. Ich habe einer wildfremden Frau einfach geglaubt, ohne mir vorher deine Darstellung der Vorfälle anzuhören. Ich verstehe nicht, wie sie dazu kommt, dir die Schuld zuzuschieben, wenn sie es doch selber ist, die...«

Sie brach mitten im Satz ab, denn auf einmal fiel es ihr siedendheiß auf, daß *sie* ja genauso war! Sie versuchte ja auch immer, den Schwarzen Peter weiterzureichen.

Devlin, der sah, wie sie bis unter die Haarwurzel errötete, erriet ihre Gedanken. »Nein, sei nicht kindisch!« fuhr er sie an. »Du bist überhaupt nicht so wie sie! Du gehst nicht einfach herum und machst mich vor allen schlecht. Natürlich schiebst du manchmal jemandem die Schuld zu, der das nicht verdient, aber *so* schießt du niemals übers Ziel hinaus! Und außerdem weiß ich ganz genau, daß du das meiste von dem, was dir im Zorn herausrutscht, gar nicht so meinst. Es gehen dir nur manchmal die Pferde durch!«

Wie er sie in Schutz nahm! Megan war ganz gerührt, und mit einem Mal lösten sich all ihre Selbstvorwürfe in Luft auf. Sie lächelte ihren Mann dankbar an. Doch dann meinte sie: »Trotzdem. Ich finde, du solltest die Dinge klarstellen, nicht nur vor mir, sondern in aller Öffentlichkeit!«

»Wenn die Wahrheit Marianne gesellschaftlich ruinieren würde? Das kann ich als Gentleman nicht tun!«

»Nein, das kannst du wirklich nicht tun«, pflichtete sie ihm bei, und bevor er sie noch zurückhalten konnte oder auch nur ahnte, was sie vorhatte, fuhr sie herum und rief mit gellend lauter Stimme durch den Saal: »Lady Aitchison, Sie sind eine Lügnerin!«

Devlin stöhnte leise. Mit einem Schlag verstummten alle Gespräche. Wie von Geisterhand bildete sich sogleich eine Gasse durch die Menge der Tanzenden, so daß Marianne ihre Anklägerin sehen und auch gut hören konnte. Ein paar Tanzpaare stießen in der allgemeinen Verblüffung aneinander, so daß auch die übrigen Tänzer stehenblieben, woraufhin das Orchester so irritiert war, daß kurz danach auch die Musik aussetzte.

Totenstille breitet sich aus. Und mitten hinein hörte man Duchy vom anderen Ende des Ballsaales her stöhnen: »Oh Gott, jetzt ist es passiert.«

Leises Getuschel war die Antwort, verlegenes Räuspern und dumpfes Füßegetrampel, als die Gäste näherrückten, um nur ja jedes Wort mitzubekommen.

Die Situation hatte sich so zugespitzt, daß Devlin alles nur schlimmer gemacht hätte, wenn er Megan jetzt einfach den Mund zugehalten und sie mit Gewalt aus dem Saal bugsiert hätte, was ihm im ersten Moment durch den Kopf geschossen war. Statt dessen legte er ihr nur die Hand auf die Schulter und sagte so leise wie möglich: »Tu es nicht!«

Sie schaute zu ihm auf und lächelte ihn an. Es schien, als wäre ihr gar nicht bewußt, was für ein Aufsehen sie gerade erregte. »Du weißt, Devlin, daß ich Beleidigungen nicht auf mir sitzen lasse«, sagt sie gelassen. »Und du weißt ebenso, daß ich mir in solchen Fällen auch kein Blatt vor den Mund nehme. Und daß Lady Aitchison mit ungerechtfertigten Verleumdungen deinen Namen in den Schmutz zieht, *ist* für mich eine Beleidigung. Wenn ich vorhin schon gewußt hätte, daß sie mich anlügt – nun, du kennst ja mein Temperament. Ich möchte nicht wissen, was ich mit ihr gemacht hätte.«

Devlin verspürte auf einmal den absurden Wunsch, laut loszulachen. Sie war wirklich raffiniert. Sie erweckte den Anschein, nur ganz privat mit ihm zu reden, als merkte sie gar nicht, daß sämtliche Gäste jedes Wort mithörten. Doch er kannte sie besser. Sie wußte sehr wohl, was sie tat. Sie wollte ihre Warnung – und nichts anderes war es – in aller Öffentlichkeit aussprechen, damit sich auch noch andere Herrschaften angesprochen fühlten. Devlin hätte gerne erfahren, wer sie denn an diesem Abend *noch* alles beleidigt hatte, um mit diesen Gentlemen dann auf seine Weise abzurechnen. Doch jetzt im Moment konnte er sich kaum ein Grinsen verkneifen, als er sah, was sie hier für eine Szene machte. Zum Glück hatte sie ja damit weniger Schaden angerichtet, als er befürchtet hatte.

»Ich glaube, Liebling, du hast dich jetzt klar und deutlich genug ausgedrückt.«

»Nein, das glaube ich nicht«, erwiderte sie in einem Ton, der ihn wissen ließ, daß ihr Auftritt noch nicht zu Ende war. »Du bist natürlich zu sehr Gentleman, um ihren Verleumdungen ein Ende zu bereiten, aber *ich* bin das nicht.«

Bei dieser letzten Bemerkung kam eine gewisse Heiterkeit im Publikum auf, die jedoch sogleich wieder verstummte, als klar wurde, daß Megan sich durch nichts davon abhalten ließ, Marianne, die totenbleich ihr gegenüberstand, zum letzten Duell herauszufordern. »Lady Aitchison, am Ende siegt stets die Wahrheit, und auch *Sie* können sich ihr nicht entziehen! Würden Sie also bitte so freundlich sein und uns den *wahren* Grund nennen, warum mein Gatte die Verlobung mit Ihnen gelöst hat – oder wollten Sie gerade gehen?«

Marianne brauchte nur einen kurzen Moment, um zu begreifen, daß es nur eine einzige Möglichkeit gab, aus dieser hochnotpeinlichen Situation herauszukommen, ohne für alle Zeiten gesellschaftlich ruiniert zu sein. Und so verzichtete sie auf eine Antwort und wählte den Ausweg, den Megan ihr anbot. Sie drehte sich abrupt um und verließ den Saal, gedemütigt, als Lügnerin gebrandmarkt, aber eben auch nicht mehr.

»Na, bist du nun fertig?« fragte Devlin hinter Megans Rücken.

Sie drehte sich um und schenkte ihm ein strahlendes Lächeln. »Ja, ich denke doch. Wo bleibt denn die Musik?«

45

»Wo bleibt denn die Musik?« Megans Frage war das Signal für alle Umstehenden, wieder ihre Gespräche aufzunehmen. Devlin nickte dem Orchester zu, dann spielten die Musikanten wieder zum Tanz auf, am Anfang noch ein bißchen aus dem Takt, doch bald hatten sie sich gefangen, und als Devlin Megan auf die Tanzfläche zog, erklang eine süße Walzermelodie.

»Du weißt ja gar nicht, wie oft ich mir gewünscht habe, genau das zu tun, was du gerade gemacht hast – oder zumindest etwas Ähnliches«, gestand er ihr, während sie sich zwischen den anderen Tanzpaaren drehten. »Ich danke dir.«

»Es war mir ein Vergnügen.«

»Das glaube ich dir gerne«, grinste er. »Die Leute werden sich jetzt wochenlang den Kopf zerbrechen, was wohl der besagte Grund war, den du angedeutet hast.«

»Meinst du?«

»Es macht dir ganz schön Spaß, die Gerüchteküche anzuheizen, stimmt's?«

»Überhaupt nicht. Aber du batest mich, Marianne nicht gesellschaftlich zu ruinieren, und daran habe ich mich gehalten. Wenn du mich *nicht* darum gebeten hättest, hätte ich es mit Sicherheit nicht dabei belassen, sie lediglich in Verlegenheit zu stürzen. Ich hoffe, du weißt das zu schätzen, Devlin.«

»Das weiß ich sehr wohl. Und die anderen werden es sich zur Warnung gereichen lassen. Wundere dich also nicht, wenn sich die Leute in Zukunft sehr genau überlegen, was sie dir sagen. Sie werden Angst haben, daß du irgendein unbedachtes Wort von ihnen schon als Beleidigung auffassen könntest.«

»Dir sind solche Ängste eher fremd, nicht wahr?«

»Was dich betrifft, in der Tat. Denn ich denke, daß ich bei dir gerade so viel austeile, wie ich einzustecken habe.«

»Das sehe ich leider ganz anders. Du nimmst dir schon ganz schöne Dreistigkeiten heraus, mein Lieber. Daran gemessen bin ich wirklich harmlos.«

»Findest du das harmlos, was du gerade eben gemacht hast?«

»Da ist doch nur mein Temperament ein bißchen mit mir durchgegangen«, versuchte sie, die Angelegenheit herunterzuspielen. »Ich bin sonst nicht sehr mutig. Ich wollte dir zum Beispiel die ganze Zeit schon ein Geständnis machen, aber ich habe mich einfach nicht getraut.«

Devlin stöhnte leise, denn er mußte an das letzte Mal denken, wo sie ihm »ein Geständnis« gemacht hatte. Und so sagte er in bestimmtem Ton: »Weißt du, eigentlich möchte ich jetzt gar nichts davon wissen.«

»Du möchtest nichts davon...?« stotterte sie fassungslos.

»Aber du *mußt* einfach: Ich erwarte ein Kind.«

Die Erklärung traf ihn völlig unvorbereitet. »Aber du sagtest doch selbst, daß das ganz unwahrscheinlich sei?« fragte er entgeistert.

»Weiß ich nicht. Aber das ist auch egal, denn dieses Baby ist das gleiche, das ich auch vorher schon erwartete.«

Diese Erklärung brachte ihn nun völlig aus der Fassung. Er blieb abrupt stehen, dann zog er sie an den Rand der Tanzfläche. »Dann hast du mich also – angelogen?«

»Ja, aber ich habe es doch nur aus einem ganz bestimmten Grund gemacht, nur dir zuliebe!«

»Ich erinnere mich sehr wohl an diesen ›ganz bestimmten Grund‹, Megan!« gab er kalt zurück. »Du wolltest also tatsächlich die Ehe annullieren lassen, obwohl du immer noch mein Kind unter dem Herzen trugst? Du hättest mich also allen Ernstes verlassen, obwohl du *immer noch mein Kind unter dem Herzen trugst?*«

Sie wich zurück, so sehr erschrak sie vor seinen Worten. »*So* habe ich das nie gesehen, Devlin. Ich habe nur einfach gesehen, daß du mit mir schrecklich unglücklich warst.«

»Meinst du, daß ich andernfalls weniger unglücklich gewesen wäre? Nein, antworte nicht! Wenn du noch *ein* Wort sagst, dann passiert hier noch genau der Skandal, der vorhin schon um Haaresbreite passiert wäre! Ich muß jetzt gehen, ich brauche einen Drink, verdammt.«

Er ließ sie einfach stehen. Normalerweise hätte sie sich das nicht gefallen lassen, hätte ihm irgend etwas hinterhergerufen, um ihn zurückzuholen. Aber jetzt konnte sie das nicht. Sie brachte kein einziges Wort heraus. Es waren auch schon einige der Gäste aufmerksam geworden und schauten sie neugierig an.

Na, das hatte sie ja wieder einmal glänzend angestellt! Sie hätte ihm besser *erst* ihre Liebe gestehen und *dann* die Sache mit dem Baby hinterherschicken sollen. Aber sie hätte ja auch nie im Leben gedacht, daß die Geschichte mit dem Baby ihn derartig zur Weißglut bringen würde.

Sie machte sich auf die Suche nach ihrem Vater und Tiffany, denn sie brauchte jetzt Trost und Unterstützung, der Abend war schließlich noch lang. Sie hatte fest vor, Devlin noch den Rest zu erzählen, ob er es nun hören wollte oder nicht. Aber erst einmal mußte sie ihm ein bißchen Zeit lassen, sich zu beruhigen, bis sein Zorn verraucht war.

Doch Devlin war wie vom Erdboden verschluckt. Er tauchte auch den ganzen Abend nicht mehr auf, nicht zur offiziellen Verabschiedung und auch nicht, als die ersten Gäste aufbrachen. Bestimmt die Hälfte der Leute fuhr bereits in dieser Nacht nach Hause, weil sie ganz in der Nähe oder nur ein paar Stunden entfernt wohnten, manche wollten auch schon früher los, um am Morgen wieder in London zu sein. Andere blieben über Nacht, um irgendwann am nächsten Tag die Heimreise anzutreten. Nur ein paar Dutzend hatten vor, als Gäste des Hauses noch eine Zeitlang auf Besuch zu bleiben.

Es dämmerte schon der Morgen, als Megan sich endlich zurückziehen konnte. Sie nahm an, daß Devlin schon früher zu Bett gegangen war, und schaute deshalb bei ihm vorbei, bevor sie in ihr eigenes Schlafzimmer ging. Devlins Suite war stockfinster; er hatte kein einziges Licht brennen lassen, so daß sich Megan nur mühsam vortasten konnte.

Sie fand ihn auf seinem Bett. Er lag zusammengerollt, die Decke über den Kopf gezogen. Sie setzte sich zu ihm, und als sie ihm vorsichtig die Decke herunterzog, sah sie, daß er auf dem Bauch lag, den Kopf von ihr abgewendet. Mit den Armen hielt er das Kopfkissen umklammert.

Sein Rücken war nackt. Sie verspürte das starke Bedürfnis, zu ihm unter die Decke zu kriechen und einfach zu warten, bis er ausgeschlafen hatte und ihm *dann* ihr Geständnis zu machen. Doch das würde bedeuten, daß sie wieder einmal alles aufschob, und das hatte sie nun schon lange genug getan.

Sie rüttelte ihn sanft an der Schulter. »Devlin?« Er murmelte irgend etwas. Sie schüttelte ihn heftiger. »Devlin?«

Er fuhr mit dem Kopf hoch, schaute sich schlaftrunken um, und als er sie erkannte, ließ er sich wieder aufs Kopfkissen fallen. »Was ist denn?«

»Bist du wach?«

»Nein.«

Das hörte sich wieder wie einer seiner üblichen Witze an, und so wurde sie mutiger. »Du hast mir gar keine Chance gelassen, dir die andere, viel wichtigere Hälfte meines Geständnisses zu sagen. Ich weiß, die erste Hälfte hat dich geärgert, und das tut mir wirklich sehr leid, aber ich habe es doch nur für *dich* getan, verstehst du?«

Sie wurde immer nervöser, sie brachte es einfach nicht über die Lippen. Zärtlich streichelte sie seinen Rücken, strich ihm liebevoll die Haare aus der Stirn.

Es war unglaublich, aber er hatte sich nicht einmal für diesen Ball seine langen Haare abgeschnitten, sehr zum Ärger von Duchy. Er hatte sie lediglich mit Pomade nach hinten gekämmt, und in seinem tadellosen schwarzen Abendanzug sah er mit dieser Frisur ausgesprochen schneidig aus. Sie liebte seine langen Haare, sie nahmen ihm etwas von seiner steifen Art.

Und dann auf einmal konnte sie die Worte nicht mehr zurückhalten, sie brachen geradezu aus ihr heraus: »Ich liebe dich, Ambrose Devlin St. James.« Sie wartete atemlos auf seine Reaktion. Doch er sagte *gar* nichts. »Hast du gehört, was ich gesagt habe?« fragte sie ihn, fast ein wenig ungehalten.

Er fuhr hoch. »Was?«

»Hast du gehört, was ich gesagt habe?« wiederholte sie.

»Ja, ja, natürlich, Megan. Aber jetzt laß mich allein. Ich hab zuviel getrunken. Ich muß meinen Rausch ausschlafen.«

Sie richtete sich kerzengerade auf, fassungslos. Sie hatte nicht genau gewußt, was er wohl auf ihr Geständnis hin antworten würde. Jetzt wußte sie es.

46

Ungefähr um drei Uhr nachmittags am nächsten Tag, eine Stunde, nachdem sie aufgestanden war, sah man Megan mit ihrer kleinen Reisetasche das Haus verlassen. Sie rief nicht nach einer Kutsche. Sie ging schnurstracks in den Stall, doch auch hier verlangte sie nicht nach ihrem Pferd.

Sie hatte nicht wirklich vor, Sherring Cross zu verlassen, obwohl es den Bediensteten, die ihr ungläubig hinterherschauten, so erscheinen mußte. Nein, sie hatte lediglich die Absicht, ein Zeichen zu setzen, ein deutliches Zeichen, das auch Devlin nicht würde übersehen können. Und dafür sorgte schon das Personal, indem es ihm sofort Bescheid gab, noch ehe Megan die Stallungen erreicht hatte.

Als sie eintrat, ignorierte sie die Stallburschen, die verlegen herumstanden und sich nicht trauten, sie zu fragen, was sie hier eigentlich wollte, denn ihr Gesichtsausdruck verhieß nichts Gutes. Dennoch folgten sie ihr in ehrfürchtigem Abstand durch die einzelnen Stallgebäude und überlegten sich, was sie wohl suchte. Megan war enttäuscht. Sie hatte gedacht, daß es auch hier einen kleinen Schlafraum geben würde, einen ähnlichen wie den, in dem Devlin auf dem Gut ihres Vaters gewohnt hatte. Doch auf Sherring Cross gab es derartig viele Stallburschen, daß es für sie einen eigenen Wohntrakt gab, in dem sie untergebracht waren, und dorthin konnte Megan natürlich auf keinen Fall gehen.

Ich hab vorhin gleich am Eingang einen hübschen Heuhaufen gesehen.

Spar dir deine Ironie. Du glaubst wohl, daß ich mich das nicht traue, was? Er hat es sich ja schließlich auch getraut.

Aber du bringst so etwas nicht zusammen! Trotzdem, so ein Heuhaufen ist vielleicht auf jeden Fall ganz nützlich. Doch meinst du wirklich, daß dein Plan auch funktioniert? Glaubst du nicht, daß du dich mit dieser ganzen Aktion ein bißchen lächerlich machst?

Ich hab dir doch bereits erzählt, daß ich mir von dir nichts mehr sagen lasse. Also fang jetzt nicht wieder an.

Sie ging zurück und schaute sich den Heuhaufen genau an. Dann warf sie ihre Tasche in die Ecke und schleppte weiteres Heu herbei, bis sich der Haufen zu einem ansehnlichen Gebirge aufgetürmt hatte, in dessen Mitte sie sich ein bequemes Bett bauen konnte. Sie stand immer noch im Heu und schaute befriedigt auf ihr Meisterwerk, als die Tür aufflog und Devlin hereingestürmt kam. Er scheuchte erst einmal mit bellender Stimme die gaffenden Stallburschen hinaus, bis Megan und er allein waren, dann baute er sich vor ihr auf.

Megan raffte die Schleppe ihres cremefarbenen Kleides und drehte sich dann mit trotzig verschränkten Armen zu ihrem Ehemann um. Sie nahm an, daß er total in Rage wäre, und wahrscheinlich tobte er auch innerlich vor Wut, aber nach außen hin hatte er seine herzögliche Miene aufgesetzt, so daß sie sich nicht ganz sicher war, was in ihm vorging.

Sie öffnete den Mund, doch er kam ihr zuvor. »Was, zum Teufel, treibst du hier, Megan?«

Sie reckte ihr Kinn vor, so weit sie konnte. »Ich ziehe in den Stall um.«

Er warf einen kurzen Blick auf ihre Reisetasche in der Ecke, von der man ihm auch schon erzählt hatte, aber mit *dieser* Antwort hatte er nun wirklich nicht gerechnet. »Du machst *was*?«

»Du hast ganz richtig gehört. Und ich bleibe auch hier im Stall, bis ich meinen Pferdezüchter wiederhabe!«

Sie sah verbissen aus, und er zweifelte keinen Augenblick daran, daß sie es ernst meinte. Er hatte nur nicht die geringste Ahnung, was sie damit bezweckte. Doch ihm fiel ein Stein vom Herzen, und seine Wut verflog mit einem Schlag. Also hatte sie gar nicht vor, ihn zu verlassen! Auch wenn er sie natürlich daran gehindert hätte, hätte ihn doch diese Absicht allein schon zutiefst verletzt.

Für einen Augenblick war er total durcheinander, dann fragte er sie vorsichtig: »Ich dachte, du kannst den Pferdezüchter nicht ausstehen?«

»Da irrst du dich«, gab sie zurück.

Noch vorsichtiger fügte er hinzu: »Aber es gibt ihn doch gar nicht.«

»Es gibt ihn sehr wohl«, beharrte sie trotzig. »Du verbirgst ihn nur geschickt hinter der arroganten Fassade des Herzogs. Aber ich warne dich, Euer Ehren. Wenn ich schon deine Liebe nicht gewinnen kann, dann will ich wenigstens meinen Devlin Jefferys zurück, und ich bleibe hier so lange, bis ich ihn wiederhabe.«

Er stieß verblüfft den Atem aus. »Soll das heißen, daß du wirklich *willst*, daß ich dich liebe?«

»Was für eine saudumme Frage!« Seine Begriffsstutzigkeit brachte sie wirklich noch an den Rand der Verzweiflung. »Meinst du, ich habe aus lauter Langeweile wochenlang mit mir gekämpft, bis ich es endlich über die Lippen gebracht habe, dir meine Liebe zu gestehen? Gut, du hast sie nicht gewollt. Aber dann will ich eben Devlin Jefferys wiederhaben.«

Jetzt platzte aber auch ihm der Kragen. »Zum Teufel nochmal, das wird dir aber nicht gelingen! Und wenn du schon davon redest, du hättest mit dir gekämpft...«

»Ich habe aber nicht die geringste Lust, darüber jetzt zu reden!«

»Na, gut. Dann möchte ich doch aber wissen, wieso ich angeblich deine Liebe ›nicht gewollt‹ hätte! Ich hätte sie liebend gern gewollt, wenn du nur ein einziges Mal zu mir gekommen wärest und mir *gesagt* hättest, daß du mich liebst. Wenn du es vorhattest, warum hast du es dann verdammt noch mal nie getan?!«

»Aber das habe ich doch!«

»Unsinn! An *so* ein Geständnis würde ich mich doch weiß Gott erinnern, wenn ich es jemals gehört hätte!«

»Aber du hast es doch gehört, verfluchter Kerl! Gestern nacht in deinem Bett. Jetzt erzähl mir doch nicht, daß du...«

»Megan«, unterbrach er sie, verzweifelt bemüht, nicht aus der Haut zu fahren. »Ich bin gestern nacht mit einer Flasche Whiskey ins Bett gegangen!

Sie hielt überrascht inne. »Heißt das, daß du dich nicht mehr daran erinnerst, daß ich zu dir ins Schlafzimmer gekommen bin?«

»Nein. Bist du das denn?«

»Allerdings.«

»Kannst du dann nicht einfach wiederholen, was du mir gesagt hast und was ich nicht gehört habe?« fragte er leise.

Sie zog mißtrauisch die Brauen zusammen, als sie seinen zärtlichen Ton hörte. »Ich denke nicht daran.«

Er stieß einen wilden Fluch aus und trat mit dem Fuß wutschnaubend in den Heuhaufen. Megan riß die Augen auf und tat so, als wäre sie schockiert über seinen Wutausbruch, doch er wußte, daß sie im tiefsten Herzen darüber begeistert war, und so brach er plötzlich in schallendes Gelächter aus.

»Mein Gott, ich liebe es wirklich, wenn du mich provozierst, du freche Göre. Du bringst einfach mein Blut in Wallung.«

Ihre Augen weiteten sich noch mehr, als sie sah, daß er bei seinen letzten Worten sein Jackett auszog. »Ehrlich?« fragte sie verlegen.

»Spiel nicht den Unschuldsengel! Du machst das doch alles mit Absicht, stimmt's?«

»Aber nicht doch – Devlin, was *tust* du da eigentlich?«

Er zog sich sein weißes Batisthemd über den Kopf und ließ es auf den Boden fallen. »Na, was glaubst denn du?«

Sie trat einen Schritt zurück, doch ihre Augen verschlangen jeden Zoll seiner nackten Haut. »Aber es ist hellichter Tag!« protestierte sie.

»Na und?«

»Du willst doch nicht etwa...«

»Warum denn nicht? Ich dachte, du wolltest deinen Pferdezüchter wiederhaben.«

»Ja, aber ... aber...« Sie stieß einen kleinen Schrei aus, als sie rückwärts ins Stroh fiel. Sie war mal wieder auf ihre verdammte Schleppe getreten, als sie einen weiteren Schritt zurückwich.

»Sinkst du mir wieder zu Füßen?« grinste er. »Das gefällt mir!«

Megan wollte widersprechen und versuchte aufzustehen, doch er kam ihr zuvor und warf sich auf sie. Sie wand sich unter ihm und versuchte zappelnd, ihn daran zu hindern, daß er sie splitternackt auszog und auch sich selbst die letzten Kleider vom Leib riß. Schließlich gab sie lachend auf, denn sie konnte ihre Begeisterung nicht länger verbergen, daß sie ihren alten Devlin wiederhatte.

Sie fuhr mit ihren spitzen Fingernägeln seinen Rücken hinab bis zu seinem Gesäß. »Wir haben uns in meinem Stall geliebt«, stöhnte sie atemlos, als er kraftvoll in sie eindrang, »da ist es nur gerecht, wenn wir es auch in deinem tun!«

»Das hier hat nichts mit Gerechtigkeit zu tun«, keuchte er, heiser vor Erregung.

»Ich liebe meinen Pferdezüchter«, seufzte sie glücklich.

»Wen liebst du noch?«

»Dich!« stieß sie hervor, als seine Lippen zärtlich an ihrer Brustwarze saugten. »Glaubst du, daß du mich irgendwann auch lieben kannst?«

Er hob den Kopf und schenke ihr ein verwirrendes Lächeln.

»Wieso zweifelst du daran?«

»Liebst du mich denn?«

»Ich überleg's mir.«

»Ich hasse dich.«

»Nein. Du liebst mich!«

»Und?«

»Ich überleg's mir immer noch.«

Sie grinste, dann kicherte sie leise. »Spann mich nicht so elend auf die Folter, Devlin St. James. Oder muß ich es für dich sagen?«

»Nein.« Er beugte sich über sie und berührte sanft ihren Mund mit seinen Lippen. Dann sank er auf sie und küßte sie, daß ihr die Sinne schwanden. »So, wie ich dich kenne, würdest du es mit Sicherheit wieder ganz falsch ausdrükken.«

»Ich würde einfach nur sagen: ›Ich liebe dich!‹«

»Eben. Und *ich* sage: ›Ich liebe dich – freche Göre!‹«

Drei Wochen später begleiteten Megan und Devlin ihren Vater nach Hause. Devlin meinte, er hätte in der Gegend Geschäfte zu erledigen, und erklärte außerdem, daß er es nicht ertragen könnte, länger als ein paar Tage von seiner Frau getrennt zu sein; deshalb müßte sie unbedingt mitkommen. Doch er richtete es so ein, daß sie genau am Sonntag vormittag in Teadale ankamen. Als Megan bemerkte, daß die herzögliche Kutsche vor ihrer Pfarrkirche anhielt, brach sie in Tränen aus.

»Aber das war doch nicht nötig«, schluchzte sie und schlang die Arme um Devlins Hals.

»Ich weiß.«

»Du hast mir doch schon so viel gegeben!«